CÓMO SER TODA UNA DAMA

Amor y Aventura

CÓMO SER TODA UNA DAMA

Katharine Ashe

Traducción de Ana Isabel Domínguez Palomo
y María del Mar Rodríguez Barrena

VERGARA
GRUPO ZETA

Barcelona•Bogotá•Buenos Aires•Caracas•Madrid•México D.F.•Miami •Montevideo•Santiago de Chile

Título original: *How to be a proper lady*
Traducción: Ana Isabel Domínguez Palomo y María del Mar Rodríguez Barrena
1.ª edición: abril de 2013

© 2012 by Katharine Brophy Dubois
© Ediciones B, S. A., 2013
    para el sello Vergara
    Consell de Cent, 425-427 - 08009 Barcelona (España)
    www.edicionesb.com

Printed in Spain
ISBN: 978-84-15420-38-5
Depósito legal: B. 4.947-2013

Impreso por Novagràfic, S.L.

Para Laurie y Kimberley Van Horn,
cuyo apoyo, afecto y entusiasmo
agradeceré siempre.

Y para Marquita Valentine,
mi querida amiga.
Gracias de corazón.

La conciencia, verdugo invisible que tortura el alma, es un azote implacable y feroz.

Sátira XIII, JUVENAL, siglo I a. C.
(Citado en *The Pirates Own Book*, siglo XIX)

Familia Carlyle-Lucas

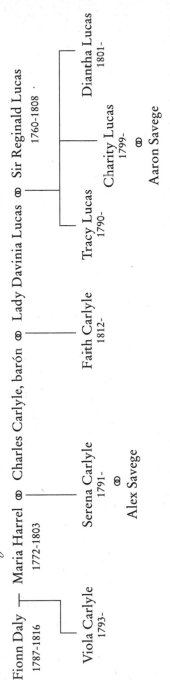

Maria Harrel 1772-1803 ⚭ Charles Carlyle, barón ⚭ Lady Davinia Lucas ⚭ Sir Reginald Lucas 1760-1808

Fionn Daly 1787-1816

Viola Carlyle 1793-

Serena Carlyle 1791-
⚭
Alex Savege

Faith Carlyle 1812-

Tracy Lucas 1790-

Charity Lucas 1799-
⚭
Aaron Savege

Diantha Lucas 1801-

Familia Savege

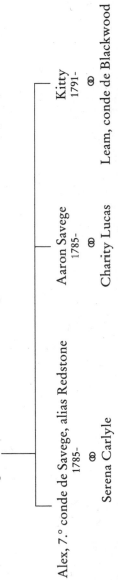

6.° conde de Savege ⚭ Ellen Clemens ⚭ Douglas Westcott, lord Chamberlayne

Alex, 7.° conde de Savege, alias Redstone 1785-
⚭
Serena Carlyle

Aaron Savege 1785-
⚭
Charity Lucas

Kitty 1791-

Leam, conde de Blackwood

Prólogo

Devonshire, 1803

Las niñas jugaban como si nada malo pudiera sucederles. Porque nada podía ocurrirles en la verde colina desde la que se observaba el océano y donde habían jugado toda la vida. Su padre era un barón, de modo que llevaban gruesas enaguas blancas de muselina que las cubrían hasta las pantorrillas y delantales bordados con hilo de seda.

Soplaba una leve brisa que les pegaba las faldas a las piernas y les alborotaba el pelo, ladeándoles los bonetes una y otra vez. La mayor, que tenía trece años y era alta y de extremidades largas como si fuera un muchacho, estaba recogiendo delicados jacintos silvestres para hacer un ramillete. La pequeña, bajita y risueña, giraba con los brazos en cruz, lanzando al aire una lluvia de violetas silvestres. Corrió hacia el borde del acantilado con sus rizos oscuros flotando al viento. Su hermana la siguió con un brillo soñador en los ojos mientras sus rubios tirabuzones se agitaban en torno a sus hombros.

En el horizonte, a muchas millas de distancia, allí donde el cielo azul se encontraba con el resplandeciente océano, apareció una vela.

—Ser, si fuera un marinero —le gritó la pequeña a su hermana—, me convertiría en el capitán de un barco inmenso y nave-

13

garía hasta los confines del mundo para poder contar mi hazaña después.

Serena meneó la cabeza con cariño.

—Vi, las mujeres no pueden ser marineros, no está permitido.

—¿A quién le importa lo que esté permitido y lo que no? —La risa de Viola flotó en la brisa, a su alrededor.

—Si alguna chica puede convertirse en capitana de un barco, eres tú —replicó Serena, con un brillo cariñoso en los ojos.

Viola corrió a abrazar a su hermana por la cintura.

—Serena, eres una princesa.

—Y tú eres un duendecillo, por lo que te admiro mucho.

—Mamá admira a los marineros. —Viola comenzó a saltar muy cerca del borde del acantilado—. La vi hablando con uno en Clovelly, el día que fuimos a comprar las cintas.

—Mamá es amable con todo el mundo. —Serena sonrió—. Seguro que le estaba dando limosna.

Sin embargo, a Viola no le pareció que su madre estuviera dando limosna. La había visto hablar con el marinero durante un buen rato y cuando regresó a su lado, tenía los ojos llenos de lágrimas.

—A lo mejor quería más dinero que el que mamá podía darle.

El barco se acercó y de él descendió un bote alargado con doce remos. Las hermanas observaron la escena. Estaban acostumbradas a ella, ya que vivían muy cerca del puerto, pero poseían la curiosidad típica de los niños.

—Ser, ¿crees que son contrabandistas?

—Podrían serlo, supongo. La cocinera dice que había contrabandistas por la zona el miércoles, cuando fue al mercado. Papá dice que los contrabandistas son bienvenidos porque estamos en guerra.

—No reconozco el barco.

—¿Cómo vas a reconocer alguno?

Viola puso sus oscuros ojos violetas en blanco.

—Por la bandera, tonta.

El bote se acercó a la playa situada a los pies del acantilado, subiendo y bajando sobre la espumosa cresta de las olas. Los marineros saltaron al agua y se mojaron los pantalones. Unos cuantos arrastraron el bote hasta la pedregosa orilla. Cuatro de ellos se dirigieron al estrecho sendero que subía por el acantilado.

—Parece que quieren subir —comentó Serena, que se mordió el labio inferior—. Pero estas tierras son de papá.

Viola se aferró a los dedos de su hermana. Encontrarse tan cerca de unos contrabandistas era algo que solo sucedía en sus sueños. Tal vez les preguntara por sus viajes o por el cargamento del barco. Tal vez llevaran algún tesoro a bordo, algo muy valioso procedente de tierras lejanas. Seguro que tenían muchas historias que contar de dichas tierras.

—Agárrate fuerte a mi mano, Ser —dijo con la voz trémula por la emoción—. Vamos a saludarlos y a preguntarles qué se les ofrece.

El marinero que guiaba a los demás era un hombre fornido, apuesto y un tanto siniestro. Pero en absoluto estaba desaseado o mal vestido como cabría esperar. Tanto él como sus compañeros coronaron el acantilado y se acercaron directamente a ellas.

—¡Caray! —exclamó Viola—. ¡Es el mismo marinero con el que mamá estuvo hablando el otro día!

Las niñas los observaron y no vieron nada peligroso en el saludo sonriente y afable del marinero, cuyos ojos se clavaron en sus manos unidas. Porque contaban con su amor fraternal, feroz y tierno, y nada malo podía sucederles.

1

Londres, 1818

Compatriotas británicos:

Los ciudadanos de nuestro gran reino no deben seguir viendo que el dinero que ganan con su sudor es malgastado por los ociosos ricos. ¡Mi misión continúa! Mientras recababa información acerca del misterioso club para caballeros sito en el 14 ½ de Dover Street y conocido como Club Falcon, descubrí algo muy intrigante. Uno de sus miembros es un hombre de mar y lo apodan Águila Pescadora.

¡Pájaros por todas partes! ¿Cuál será el siguiente apodo, Mamá Pato?

Por desgracia, no he podido averiguar el nombre de su navío. Pero no me sorprendería nada que fuera un miembro de la Armada o un corsario. Otro gasto más a cuenta de las arcas públicas para apoyar los intereses personales de aquellos que ya disfrutan de inconmensurables privilegios.

No descansaré hasta que todos los miembros del Club Falcon sean descubiertos o, debido a mi investigación, hasta que dicho grupo se desbande por temor a la identificación.

LADY JUSTICE

A la atención de Lady Justice
Brittle & Sons, editores
Londres

Estimada señora:

Su persistencia a la hora de descubrir la identidad de los miembros de nuestro humilde club es gratificante. Nos complace en gran medida sabernos el centro de atención de una dama de semejante altura.

Ha dado en el clavo. Uno de nuestros miembros es, ciertamente, un hombre de mar. Le deseo mucha suerte para identificarlo entre la legión de ingleses que surcan los mares. ¡Ah, por cierto! ¿Me permite ayudarla? Poseo un modesto esquife. Se lo prestaré encantado para que pueda hacerse a la mar en busca de su enemigo. Mejor aún, me ofrezco para remar. Tal vez mientras esté sentado frente a usted, que manejaría el timón para surcar las espumosas olas, me enamore tanto de su belleza como me he enamorado de su tenaz inteligencia... porque solo una beldad podría ocultarse tras un nombre y un proyecto tan aterradores.

Confieso que la curiosidad me puede y que estoy tentado de intentar averiguar su identidad con la misma insistencia con la que usted busca la nuestra. Señora, una palabra suya bastará para que lleve mi barca a su puerto en este instante.

Atentamente,
PEREGRINO
Secretario del Club Falcon

Estimado señor:

He dejado la nota con el nombre codificado en un lugar donde L J pueda encontrarla y perder el tiempo persiguiendo sombras. No me cabe la menor duda de que sus bolsillos están tan vacíos como sus bravuconadas, de modo que debe mantener contento a su editor.

De hecho, el nombre en clave de Águila Pescadora puede darse por perdido. No he tenido comunicación directa con él desde hace quince meses. El Almirantazgo me ha informado de que aunque sigue ostentando una patente de corso, no tiene noticias suyas desde que acabó ese asunto escocés hace más de un año. Aun trabajando para el Club se regía por sus propias normas. Sospecho que ha dimitido, tal como ya sospechábamos. Debemos agradecer que, al menos, ahora sea leal a la Corona y no su enemigo.

A su servicio,
PEREGRINO

2

Jin Seton clavó la vista en su único amor y se le heló la sangre en las venas. El viento y la lluvia lo azotaban mientras observaba cómo la personificación de la belleza se hundía en el fondo del océano Atlántico, envuelta en llamas y humo negro.

La goleta más elegante que jamás había surcado los mares. Desaparecida.

Su pecho exhaló un gemido silencioso cuando los últimos restos de madera ardiente, de velamen y de quilla desaparecieron bajo la burbujeante superficie verdosa. Unos pedazos salieron a flote, trozos de tablones y de mástiles, barriles vacíos y jirones de velas. Su precioso caparazón permaneció en el fondo.

La cubierta del bergantín norteamericano se mecía bajo sus pies separados y la lluvia arreciaba, ocultando los restos de su navío naufragado, a unos cincuenta metros de distancia. Cerró los ojos con fuerza para contener el dolor.

—Ha sido muy buena, Jin —dijo el hombretón que tenía al lado, meneando apenado su cabeza morena—. No ha sido culpa tuya que se fuera al fondo.

Jin frunció el ceño. No era culpa suya. ¡Dichosos corsarios norteamericanos que le disparaban a todo lo que navegaba!

—Se han comportado como piratas —replicó entre dientes con voz ronca—. Han arriado un bote. Han disparado sin previo aviso.

—Se nos han echado encima sin darnos cuenta. —La enorme cabeza asintió.

Jin resopló y apretó los dientes al tiempo que sus brazos se tensaban contra las sogas que lo ataban al mástil del bergantín. Alguien iba a pagar por eso. De la forma más dolorosa que se le ocurriera.

—La trataste como a una reina, ya lo creo —masculló Mattie, cuya voz se impuso al creciente rugir de la rabia que inundaba los oídos de Jin.

Una rabia que amortiguaba los gritos y los gemidos de los heridos a su alrededor. Volvió la cabeza para echar un vistazo más allá de su enorme timonel, buscando, contando. Matouba estaba atado a una barandilla; Juan, a una jarcia. Pequeño Billy se debatía contra un marinero que lo doblaba en tamaño. Gran Mattie le tapaba el resto de la cubierta, pero había treinta...

—Los otros consiguieron subir a los botes cuando empezó a arder —gruñó Mattie—. Los chicos están bastante bien, porque como estos no son piratas... No hay que preocuparse de nada.

—No hay que preocuparse de nada. —Jin soltó una carcajada amarga—. Estoy más atado que un pavo en el horno y la *Cavalier* está en el fondo del mar. No, no tengo de qué preocuparme.

—No me vengas con esas. Sé que te preocupas más por nuestros chicos que por tu dama, y mira que la mimabas.

—Te equivocas como siempre, Matt.

Levantó la cabeza y vio la bandera del estado de Massachusetts que colgaba lacia por la lluvia que le golpeaba la cara. Había perdido el sombrero. Sin duda alguna lo perdió en algún momento durante la escaramuza que lo llevó del bote a la cubierta enemiga, cuando se dio cuenta de repente que les había ordenado a sus hombres abordar un navío corsario norteamericano, no un barco pirata. La lluvia chorreaba desde su nariz hasta su boca. Escupió y echó un vistazo a su alrededor.

La cubierta del bergantín, velada por una capa grisácea, estaba llena de hombres y de madera. Hombres de ambas tripulaciones yacían tumbados mientras otros intentaban curar las heridas con urgencia. Las velas colgaban de los mástiles, algunas desgarradas. Una de las vergas estaba rota y las barandillas habían acabado destrozadas por los cañonazos. Además, había restos de pólvora por todas partes. Aunque la habían pillado desprevenida, la *Cavalier* se había defendido bien. Sin embargo, el barco yanqui seguía a flote. Mientras que el navío de Jin, la *Cavalier*, estaba en el fondo del mar.

Volvió a cerrar los ojos. Sus hombres estaban vivos y él podía permitirse otro barco. Podía permitirse doce barcos más. Por supuesto, le había prometido al anterior dueño de la *Cavalier* que la cuidaría. Pero se había prometido a sí mismo mucho más. Ese golpe no lo detendría.

—Hemos estado en peores. —Mattie enarcó sus pobladas cejas.

Jin le lanzó una mirada hosca.

—Vamos, tú has estado en peores —se corrigió el timonel.

En situaciones muchísimo peores. Pero ninguna tan humillante ni tan dolorosa. Nadie le ganaba la mano. Nadie.

—¿Quién ha hecho esto? —gruñó, entrecerrando los ojos para protegerlos de la lluvia—. ¿Quién narices ha podido acercarse tan rápido sin ser detectado?

—Pues ha sido Su Alteza, señor. —La voz cantarina le llegó desde la cintura. El chiquillo, delgaducho, pecoso y pelirrojo, le sonrió enseñándole las mellas, se llevó una mano a la cintura y le hizo una reverencia—. Bienvenido a bordo de la *Tormenta de Abril*, capitán Faraón.

Jin se tensó de la cabeza a los pies.

«La *Tormenta de abril*», pensó.

—¿Quién es el capitán de este barco, muchacho?

El niño se estremeció al escuchar su tono desabrido. Acto seguido, examinó las cuerdas que los ataban a ambos al palo mayor por la cintura, el pecho y las manos, y los delgaduchos hombros se relajaron.

—Violet Laveel, señor —replicó.

—Deja de removerte, niño, y dile a tu patrona que venga —rugió Mattie.

El niño puso los ojos como platos y se marchó a toda prisa.

—¿Violet *la Vil*? —masculló Mattie antes de apretar sus gruesos labios—. Mmmm.

Jin inspiró hondo para calmarse, pero el corazón le latía demasiado deprisa.

—¿Los muchachos están listos?

—Lo están desde hace meses. Claro que ahora da igual, porque están todos atados.

—Hablo yo.

Mattie frunció su enorme nariz.

—Mattie, como no cierres la boca, te la cierro yo aunque esté atado.

—Sí, capitán. Como quieras.

—Maldita sea, Mattie, como después de todo este tiempo se te ocurra siquiera abr...

—Vaya, vaya, vaya, ¿qué tenemos aquí, chicos? —La voz les llegó antes de ver a la mujer, una voz melódica, armoniosa y dulce, como la caricia de la seda contra la piel. Muy distinta a la de cualquier otra mujer hecha a la mar que Jin había conocido.

Sin embargo, cuando apareció ante sus ojos tras rodear a su timonel, Jin comprobó que su aspecto era muy común. A través de la intensa lluvia vio por primera vez a la corsaria de Massachusetts más afamada y con más éxito: Violet *la Vil*.

La mujer a quien llevaba buscando casi dos años.

Los marineros la rodearon de forma protectora, mirándola con adoración y lanzándoles miradas asesinas a Jin y a su timonel. La mujer era más baja que los hombres que la protegían. A él le llegaría por la barbilla. Vestía pantalones anchos y un largo gabán de loneta desgastada; además, llevaba un enorme pañuelo negro al cuello, un tahalí con al menos tres pistolas distintas y un sombrero de ala ancha que le ocultaba la cara. No se parecía mucho a su hermana. Sin embargo, Jin había pasado incontables noches en puertos desde Boston a Veracruz, emborrachando a marineros y a mercaderes, sobornándolos con cualquier cosa que tuviera a mano para recabar información sobre la niña que desapareció quince años atrás. El hecho de que la mujer que había encontrado no se pareciera en absoluto a una elegante dama inglesa daba igual.

24

Violet *la Vil* era Viola Carlyle, la niña a quien había salido a buscar desde Devonshire veintidós meses antes. La niña que, con diez años, fue raptada por un contrabandista norteamericano del hogar de un caballero. La niña a quien todo el mundo, salvo su hermana, daba por muerta.

El ala del sombrero se elevó despacio entre la lluvia. Ante sus ojos, apareció una barbilla alargada, seguida de una boca fruncida, una nariz delgada y bronceada y un par de ojos entrecerrados, con arruguitas en los rabillos. Unos ojos que lo observaron de los pies a la cabeza. La mujer enarcó una ceja y sus labios esbozaron una sonrisa irónica.

—Así que este es el famoso Jin Seton del que tanto he oído hablar... El Faraón. —Su voz se deslizaba como una vela sobre un mástil bien engrasado. Las espesas pestañas se agitaron mientras lo repasaba de nuevo, aunque más rápido en esa ocasión. Meneó la cabeza e hizo un puchero—. Menuda decepción.

Mattie casi se atragantó.

Jin entrecerró los ojos.

—¿Cómo sabes quién soy?

—Tus hombres. Presumían de ti aunque estabais perdiendo el combate. —Rio y puso los brazos en jarras antes de volverse hacia los hombres que la rodeaban—. ¡Mirad, chicos! La Armada británica ha enviado a su peor pirata para aprehenderme.

Los marineros vitorearon, y los aplausos y silbidos se extendieron por toda la cubierta. Los hombres se acercaron con enormes sonrisas, dejando al descubierto sus dentaduras maltrechas, y riéndose a carcajadas, blandiendo mosquetes y espadas. Ella levantó la mano y se hizo el silencio, solo se escuchaba el golpeteo de las olas contra la quilla del bergantín y el de la lluvia contra las velas y la madera. La mujer clavó la mirada, tan afilada como un cuchillo, en Jin.

—Supongo que debería sentirme halagada... —Su voz era como el terciopelo.

Por un instante, un momento totalmente inusitado, Jin sintió un nudo en la garganta. Ninguna mujer debería hablar con esa voz. Salvo cuando estaba en la cama.

—¿Por qué has hundido mi barco? —Adoptó el deje acerado que solía usar cuando era más joven sin esfuerzo alguno—. Era la embarcación más rápida del Atlántico. ¿Qué clase de corsario eres que hundes semejante botín? Podrías habértela quedado o haberla vendido. Habrías ganado bastante dinero.

La mujer enarcó las cejas.

—Cierto, podría habérmela quedado, capitán inglés. O haberla vendido. Pero me daba la impresión de que el capitán de la *Cavalier* no iba a permitir que pasara a otras manos. ¿Me he equivocado? —Sonrió—. Claro que no. En cuanto recuperase la libertad, dicho capitán me perseguiría para recuperarla, de modo que tendría que hundir otro de sus barcos hasta que se alejara de mi costa. No, gracias. —Sus ojos relucieron.

—Nuestros países ya no están en guerra. Deberías habernos dejado tranquilos en cuanto te diste cuenta de quiénes éramos.

—No me disteis alternativa, os dispusisteis a abordar mi barco sin invitación.

Jin meneó la cabeza, asombrado.

—Ibais a abordarnos. ¿Qué hacéis acechando como piratas al abrigo de la lluvia?

—Buscamos tontos ansiosos de fama —respondió ella con tranquilidad—. ¿Qué clase de imbécil ataca un barco pirata?

La clase de imbécil que había presenciado cómo clavaban los pies de un hombre a una tabla entre otras torturas inimaginables. La clase de imbécil que en otro tiempo fue igual de desalmado que dichos piratas y que en ese momento intentaba expiar esos pecados. Jamás permitiría que un barco pirata surcara los mares libremente.

—Da igual —continuó ella al tiempo que se encogía de hombros—, ver cómo se hundía la todopoderosa *Cavalier* ha sido tan entretenido que no he podido resistirme.

Jin lo vio todo rojo. Parpadeó para intentar librarse de la ira. Le dolía el estómago. Por todos los infiernos, se moría por tener un cuchillo y una pistola. O quizá se moría por una botella de ron.

La mujer esbozó una sonrisa desdeñosa.

«Dos botellas», se corrigió. Se rumoreaba que era muy buena

marinera para ser mujer, pero nadie le había dicho que estaba loca.

—¿Qué vas a hacer con mi tripulación? —Le temblaba la voz. ¡Por todos los infiernos!

La mujer volvió a enarcar una ceja.

—¿Qué crees que voy a hacer con ellos? ¿Venderlos?

Jin se tensó.

—No lo harías. No podrías vender ni a la mitad. —Solo a la mitad de piel oscura.

—Por supuesto que no voy a hacerlo, majadero. —Pese a las palabras, su voz siguió siendo aterciopelada.

—Entonces, ¿qué?

Una ráfaga de aire hizo que la lluvia cayera de lado. El bergantín se inclinó y la mujer separó aún más las piernas. La vio apretar los labios.

—Os desembarcaré esta noche cuanto atraquemos en el puerto. Os llevarán a la cárcel y el jefe del puerto decidirá qué hacer con vosotros.

—¿El jefe del puerto? —masculló Mattie.

—¿Qué pasa, hombretón? ¿Quieres quedarte a bordo? —Lo miró con una sonrisa torcida—. Me vendría bien un gigante como tú. Eres bienvenido si quieres quedarte y dejar que lord Faraón se pudra en la cárcel con los demás.

Mattie se puso muy rojo. A Jin le dolían los puños por las ganas de estampárselos en la mandíbula a su timonel. Mattie se volvía tonto con las mujeres.

Sin embargo, inspiró hondo para tranquilizarse. Con ese discursito le había revelado todo lo que necesitaba. La mujer había delatado sus orígenes.

A lo largo de sus veintinueve años, Jin había navegado desde Madagascar hasta Barbados. Se había emborrachado con hombres desde Cantón hasta Ciudad de México, y había escuchado muchos idiomas. Nada le había resultado más dulce que la curiosa dicción de Violet *la Vil*, delatora de su origen. Si esa mujer no había nacido y crecido en Devonshire, él no era marino. Daba igual que hubiera perdido la *Cavalier*. Había encontrado su objetivo.

Su tripulación la creía un corsario más al que capturar para conseguir la recompensa, un objetivo fijado por su trabajo para el gobierno. No lo era, era una misión particular. Con el regreso de Viola Carlyle a Inglaterra, por fin saldaría la deuda que tenía con el hombre que le había salvado la vida.

—Gracias, señorita. —Mattie intentó hacer una reverencia pese a las ataduras—. Me quedaré con mis compañeros.

—Tú mismo. —Miró a Jin—. Supongo que esperas que te desate, pirata.

—Así es. Y deprisa.

—Ya no es pirata, señorita —masculló Mattie—. No desde hace dos años.

Los ojos de la mujer relampaguearon.

—Me complace llamarlo así —dijo, enarcando una ceja—. Es evidente que no le gusta. Es tan arrogante como dicen.

La mujer se acercó a él, deteniéndose a escasos centímetros. Echó la cabeza hacia atrás, de modo que el ala del sombrero quedó justo por encima de la nariz de Jin mientras lo observaba a través de los párpados entornados. Un color inusual. De un azul tan oscuro que podría decirse que eran violetas. De ahí su apodo, sin duda alguna.

De cerca su piel irradiaba el calor del sol y estaba bronceada, todo lo contrario de la delicada blancura de una dama inglesa. Tenía los labios más carnosos de lo que había supuesto en un principio, en forma de corazón y con un pequeño lunar junto al labio inferior. Una lluvia de pecas salpicaba su nariz chata.

Aunque no era chata. Delicada. Casi como la de una dama.

Le devolvió la mirada insolente.

La vio fruncir ese apéndice que era casi como el del una dama.

—Arrogante. —Soltó un sonoro suspiro—. Y me sigue decepcionando. Admito que esperaba mucho más de la leyenda.

—Puedo darte más si lo deseas. —Y lo haría. En cuanto se librara de la soga que lo inmovilizara, le daría a Viola Carlyle justo lo que debería haber tenido quince años atrás.

Le daría a su familia.

Viola soltó una carcajada.

—¿De verdad?

—Puedo hacerte daño incluso con las manos atadas a la espalda. —Su voz era grave; y sus gélidos ojos azules, intensos.

En todas las historias que Viola había escuchado del infame pirata reconvertido en corsario británico, no se mencionaban esos ojos. Sin embargo, los marineros eran un hatajo de necios que no se percataban de esos detalles. Todos los miembros de su tripulación podían decirle la dirección exacta en la que soplaba el viento en el cabo de Nantucket en pleno diciembre o la diferencia entre el nudo llano y el de vuelta redonda. Pero apostaría cualquier cosa a que no sabían de qué color tenía ella el pelo aunque apareciera con la cabeza descubierta, y eso que era su capitana desde hacía dos años y los conocía desde hacía quince. Los marineros no eran muy observadores a ese respecto.

Una lástima que ese no fuera su caso. Jinan Seton era un magnífico espécimen masculino.

Sonrió.

—Me gustaría ver cómo lo intentas. —Burlarse de un hombre atado a un mástil no era muy digno. Pero sí era divertido, sobre todo cuando dicho hombre era demasiado guapo, además de un reconocido sinvergüenza.

—¿Te gustaría? —Los gélidos ojos relucieron.

—Pavonéate y alardea todo lo que quieras, pirata. —Viola se desentendió de la repentina sequedad de su garganta mientras señalaba las cuerdas que lo ataban—. Mis hombres saben cómo hacer nudos.

—No me cabe la menor duda. —Su voz era grave. Relajada. Destilaba demasiada confianza—. ¿Me estás desafiando?

—¿Rodeada por sesenta de mis hombres mientras que los tuyos están tan atados como tú? —Meneó las cejas—. ¿Por qué no?

Él chasqueó los dientes. Y Viola sintió un repentino dolor en la nariz.

Consiguió liberarse y se alejó de un salto al tiempo que se llevaba una mano a la cara.

El gigantón se dobló de la risa.

—Parece que no ha oído todo lo que se cuenta del capitán Jin, ¿eh? ¿Verdad, señorita?

Viola fulminó al hombre con la mirada, bajó la mano y se pegó a Seton de nuevo. Una barba incipiente le ensombrecía el mentón, casi negro por completo, tan empapado como el resto de lo que había a bordo. Llevada lloviendo tres días seguidos, una manta de agua tan densa que casi no se veía. Su intención no había sido la de sorprender a la *Cavalier*. Eso había sido cuestión de suerte.

Los ojos de Seton eran tan duros como el cristal.

Tal vez no hubiera sido cuestión de suerte después de todo.

Apretó los dientes.

—No vuelvas a hacer algo así en la vida. —Le clavó un dedo en el chaleco empapado. Encontró músculos debajo. Aunque eso era normal en un marinero—. O haré que te aten al mascarón en un abrir y cerrar de ojos.

—Me has desafiado, de hecho. Se ve que no lo habías pensado como es debido. —El gélido azul refulgía. Se lo estaba pasando en grande. Esos ojos, que estaban tan cerca de los suyos, pasaron por su nariz dolorida antes de enfrentar de nuevo su mirada. Su voz resonó como una tormenta estival, grave y un tanto amenazadora—. Podría haberte arrancado un trozo.

—Lo ha hecho antes —añadió el gigantón, de buen humor—. Y algún que otro lóbulo de la oreja. Una vez le arrancó el dedo a un tipejo.

Viola era incapaz de apartar la mirada de esos gélidos ojos.

—Retiro el apodo de Faraón. Eres un animal.

—Y tú estás demasiado cerca para tu propia seguridad.

Con el pelo oscuro pegado al puente de la nariz y a los pómulos afilados, sus ojos parecían casi sobrenaturales y demasiado inteligentes. La nariz larga y el fuerte mentón le conferían un aire aristocrático. Además, hablaba con el acento de un hombre educado, aunque con un deje extranjero. No era del todo inglés. En los puertos, desde Boston hasta La Habana, lo llamaban Faraón por un buen motivo.

Un brillo blanquecino apareció entre sus labios. Dientes. Unos dientes muy afilados. Debería apartarse de ellos.

Viola no lo hizo. Y no solo porque nunca había retrocedido ante un enemigo delante de su tripulación, sino porque, en realidad, estaba hipnotizada. Sus labios eran perfectos, de un modo muy erótico y moldeados de la forma más maravillosa y sensual. La masculinidad en estado puro. Intentó recordar los labios de Aidan. No pudo. Habían pasado meses desde la última vez que lo vio, cierto, pero estaba enamorada de Aidan Castle. Enamorada desde hacía diez años. Debería recordar sus labios, ¿no?

Los perfectos labios de Seton esbozaron una lenta sonrisa. Su aliento le rozaba la cara y se mezclaba con la lluvia. Levantó la vista. Él se inclinó un poco hacia delante y le murmuró en tono confidencial, como si fueran amantes que compartieran cama:

—Lo haré de nuevo si no te apartas.

—Eso creo, sí. —Se estremecía por dentro, la traición de una mujer adulta que llevaba demasiado tiempo al mando de unos brutos. Sin embargo, su padre siempre le había dicho que era de sangre caliente—. Pero en ese caso tendré que matarte y ninguno de los dos quiere que eso suceda, ¿verdad?

—Apártate o lo averiguaremos.

—No me tientes. Al puñal que llevo en la cadera le gusta la sangre pirata.

—Ya no es un pirata, señorita —masculló el gigantón.

—Me parece que no captas el mensaje más importante —dijo Seton, que ladeó la cabeza, de modo que esos labios perfectos quedaron muy cerca de los suyos.

Olía a sal, a lluvia y a viento. Y a algo más. Era un olor almizcleño y viril, no el hedor rancio y sudoroso de un marinero cualquiera. Olía a hombre. Un olor que la recorrió como una llama.

Viola dejó de respirar.

—A lo mejor soy dura de oído. O a lo mejor acabo de hundir tu barco y tú eres mi prisionero.

Él enarcó una ceja.

—Pues mátame si es tu deseo.

—A lo mejor lo hago.

—No lo harás. —Parecía confiado.

31

—¿Cómo lo sabes?

Seton bajó la voz hasta convertirla en un susurro y clavó la mirada en su boca.

—Nunca has matado una mosca. No empezarás conmigo.

No replicó. ¿Para qué? Ese desgraciado tenía razón.

Muy despacio, él apartó la cabeza. Viola se permitió respirar. El rostro de Seton seguía impasible. Deslizó el pie derecho unos cuantos centímetros hacia atrás. A continuación, hizo lo propio con el izquierdo. Si sonreía siquiera, le clavaría el puñal y al infierno él y su juramento de no convertirse en la clase de marinero que fue su padre.

Como si Seton supiera lo que estaba pensando, sus ojos se iluminaron una vez más. Con un brillo travieso.

Ella entrecerró los ojos.

—No crees que vas a pasar la noche entre rejas, ¿verdad?

Seton no respondió.

—El capitán Jin no es de los que mienten, señorita —dijo el gigantón con voz ronca—, pero no creo que quiera insultarla delante de sus hombres, ¿sabe, usted?

—¿Cómo te llamas, marinero?

—Matthew, señorita.

—Matthew, mantén la boca cerrada o te la cerraré yo.

La boca perfecta de Seton esbozó una sonrisa torcida.

Viola se quedó sin aliento. Apartó la mirada al punto y gritó hacia el timón:

—Becoua, pon rumbo al puerto.

—¡Sí, capitana!

—¡Señor Loco! —gritó hacia la otra punta de la cubierta, a su segundo de a bordo—. Nos quedaremos todo lo que tengan estos hombres antes de entregarlos al jefe del puerto.

Su segundo de a bordo andaba como un cangrejo y era un saco de huesos con una poblada barba blanca.

—¿Todo, capitana?

Viola sonrió, inspiró hondo una vez más y se cruzó de brazos.

—Todo. —Señaló con la cabeza al Faraón—. Y, Loco, empieza con el señor Seton.

Viola se percató de su error enseguida. Después de un largo viaje, su tripulación valoraba más la ropa que las armas o el dinero, y los marineros de la *Cavalier* iban mejor vestidos que la mayoría. Pero debería haber dejado tranquilo a Seton. Después de todo, llevaba años siendo el dueño de su propio barco, su igual en el mar. Era cuestión de buenos modales tratar a los otros capitanes con respeto.

En resumidas cuentas, su perfección iba más allá de la boca.

Fue incapaz de apartar la vista. Seton le sostuvo la mirada mientras unas manos diestras aflojaban las sogas y lo despojaban primero del gabán, del pañuelo y del chaleco, y después de la camisa y de los pantalones. Sus ojos la desafiaron durante todo el proceso. Sin embargo, llegados a un punto, ella dejó de mirarle la cara.

¡Santa Bárbara bendita, parecía más un dios que un hombre!

Hombros anchos relucientes por la lluvia, torso delgado y musculoso con una línea de vello oscuro que se perdía bajo los calzones, que se ceñían a sus caderas. Después de haber pasado años en el barco de su padre, Viola había visto a incontables hombres desnudos. Los marineros o estaban muy delgados por la vida en el mar o estaban muy musculosos por el trabajo duro. Jinan Seton no estaba ni una cosa ni la otra. Su altura le confería a esos brazos fibrosos, a ese torso y a ese duro abdomen un aspecto muy placentero a la vista.

Empezó a respirar entrecortadamente. Desde luego que había pasado demasiado tiempo desde la última vez que vio a Aidan.

—¿Te gusta lo que ves, capitana? —Seton apenas había movido los labios, pero su voz sonó fuerte y desabrida.

¡Arrogante hijo de una ballena jorobada! Aunque tenía motivos para ser arrogante, claro.

—¿Te gusta el tiempo que hace, Seton? —Tenía que estar tan helado como un iceberg de Nueva Escocia. Su tripulación también. Sería mejor que los desembarcara antes de que murieran congelados.

Lo vio sonreír.

—Hace bastante calor para ser primavera, ¿no crees?

Cierto. Pero no más allá de su piel. A su lado, Matthew estaba temblando, pero el Faraón permanecía inmóvil como una estatua. Debería acercarse a él para comprobar si tenía la piel de gallina. Cuando el barco subió una ola, Seton afianzó los pies y sus músculos se tensaron... El torso, los brazos, el cuello y las pantorrillas. Viola casi se atragantó por la sorprendente oleada de calor que la atravesó.

Y la sonrisa de Seton se ensanchó.

Con paso tranquilo, ella se dirigió a la escalera, dándole la espalda, y descendió bajo cubierta.

Una vez en su camarote, abrió el armarito de las medicinas y sacó un bote con yodo, láudano y otros frasquitos, metiéndoselos en los bolsillos de su gabán, junto con unas tijeras y un grueso rollo de vendas. Estaría bien ocupada hasta el anochecer curando cortes y brechas, pero no había visto heridas graves ni entre su tripulación ni entre los marineros de la *Cavalier*. Añadió una aguja e hilo antes de subir a cubierta.

Empezó a atender a los heridos conforme se los encontraba, acostumbrada a esa tarea. Desde que tenía diez años, cuando cruzó el océano por primera vez en el bergantín que su padre utilizaba para el contrabando, este dejó que ella se encargara de esas responsabilidades, que recaían en el capitán. Su padre dijo que de esa forma los hombres apreciarían su presencia en vez de resentirla.

La mayoría nunca había puesto pegas y se había acostumbrado a ella enseguida. Viola se aseguró de que fuera así. Al fin y al cabo, el único consuelo tras perder a su familia en Inglaterra fue la aventura que representaba la vida en el mar. Por aquel entonces, hizo todo lo que se le ocurrió para convencer a su padre de que la dejara a bordo en vez de en tierra con su hermana viuda y sus tres hijos llorones. La había recompensado durante las primaveras y los veranos, pero la dejaba en tierra, en la ciudad de Boston, durante el resto del año para que recibiera clases y esperara impaciente su regreso en abril.

Más adelante, cuando ya creció un poco, se dio cuenta de que su padre la dejaba acompañarlo en el barco porque le recordaba a su madre. Su verdadero amor. Cuando conoció a Aidan Castle, por fin comprendió la devoción de su padre.

Dejó de llover justo cuando Viola ataba el último vendaje y le indicaba al marinero que volviera al trabajo. Su tripulación limpiaba y reparaba, con martillos, clavos y sogas. De hecho, su barco no había salido muy mal parado. Teniendo en cuenta la identidad de su oponente, era extraordinario que hubieran salido victoriosos.

Se obligó a mirar a popa. Atado al mástil, Seton permanecía con los ojos cerrados y la cabeza apoyada en la madera. Sin embargo, ella no se dejó engañar. Un hombre como él no dormiría mientras estaba retenido a bordo de otro navío. Seguramente estaba planeando su huida.

Lo vio abrir los ojos y mirarla a la cara. En esa ocasión no sonrió.

Viola sabía que a lo largo de la última década la rápida *Cavalier* había pasado casi todo el tiempo persiguiendo buques británicos, y que durante la guerra con Napoleón había derrotado a algunos barcos de guerra franceses. De vez en cuando abordaba algún corsario norteamericano, pero nunca un mercante ni un barco de la Armada de Estados Unidos. Sin embargo, desde hacía unos meses corría el rumor de que la *Cavalier* había hundido un barco pirata cerca de La Habana. Poco después, había entregado a otro pirata, una goleta mexicana, a un capitán norteamericano en Trinidad. Buen trabajo. Decente.

Aun así, con el colorido pasado del navío y con la reputación del Faraón, si Viola entregaba a su tripulación a las autoridades portuarias de Boston, era muy probable que Seton y sus hombres acabaran colgados.

Miró por encima del hombro a su segundo de a bordo que estaba enganchando una driza al palo mayor.

—Loco, ¿sería deshonesto que un pirata ocultara su identidad para que no lo colgasen?

—No sería deshonesto, capitana. —Los ojos del hombre eran muy perspicaces. Desde que tenía diez años, Loco le había enseñado la mitad de lo que ella sabía acerca del mar y de la vida—. Diría que sería sensato —añadió, tras lo cual le lanzó una mirada de reojo al capitán de la *Cavalier.*

—¿Crees que nuestros muchachos podrán mantener la boca cerrada? —preguntó en voz baja—. ¿O querrán alardear? Al fin y al cabo, no han hundido un barco cualquiera. Tienen derecho a sentirse orgullosos.

Loco resopló.

—Estos muchachos harían cualquier cosa por usted y lo sabe. —Lo dijo sin sentimentalismo alguno.

Los marineros no se ponían sentimentales por más afecto que se tuvieran entre sí. Viola lo había aprendido enseguida. También había aprendido a tragarse las lágrimas como cualquier hombre.

—Pues asegúrate de correr la voz. —Hizo una pausa—. Pero no se lo digas a Seton ni a los suyos.

Loco asintió y se alejó para cumplir sus órdenes. Viola relajó los hombros. Cuando arribaran a puerto en cuestión de una hora, le contaría una patraña al jefe del puerto acerca de un barco a la deriva que le disparó al suyo por error. Le diría que había subido a la tripulación a bordo y que los había atado por si querían armar jaleo. Pero que, pese a todo, estaba convencida de que no eran peligrosos. Demonios, si no habían sido capaces de salvar su propio barco, ¿cómo iban a ser una amenaza?

Los documentos de la *Cavalier* se habían hundido con ella. Sin pruebas de su origen, detendrían a su tripulación esa noche. Pero con su historia, no los retendrían más tiempo a menos que Seton abriera su arrogante bocaza y proclamara su identidad y la de su barco.

Ella no tendría la culpa de que lo ahorcaran. Dejaría que el Faraón se encargara de eso él solito.

3

El jefe del puerto, un viejo amigo, se tragó la historia sin dudar. O, al menos, fingió tragársela. El saquito lleno de monedas de oro que Viola había conseguido en un bergantín español dos meses antes y que le había metido con disimulo en un bolsillo seguro que tenía mucho que ver con su buena disposición.

Viola acompañó a la tripulación de la *Cavalier* mientras desembarcaba y se encargó de trasladarlos a todos a la cárcel del puerto, tras lo cual se lavó las manos.

—Señorita Violet, ha hecho usted lo correcto. —Loco caminaba junto a ella por el muelle en dirección a la calle, atestada de marineros, estibadores, comerciantes y las prostitutas que los complacían a todos. A través de las puertas de las tabernas, se escuchaban risotadas y voces. La niebla nocturna todavía flotaba en el aire—. He hablado con unos cuantos tripulantes de la *Cavalier.* No son mala gente.

—Salvo el capitán.

—Ya sabe cómo son los rumores. La gente cambia.

Viola miró de reojo a su segundo de a bordo mientras se quitaba la gruesa corbata para rascarse el cuello. Las piernas no acababan de acostumbrarse a tierra firme. La travesía de diez semanas no la había agotado. Y aunque le encantaría darse un baño caliente y que le lavaran la ropa con agua limpia, estaba deseando volver a embarcar y poner rumbo al sur.

Volver con Aidan.

Tenía casi veinticinco años y había decidido confesarle que estaba dispuesta a vivir en tierra al menos seis meses al año. En esa ocasión, Aidan se casaría con ella. Desde luego que sí.

—¿Crees que tu mujer te aceptará esta vez, Loco?

El aludido se pasó una mano por el mentón, cubierto por una áspera barba blanca.

—Cuando me fui, me dijo que lo haría, pero no es muy constante, la verdad.

—Pues que tengas suerte. Te recogeremos a la vuelta, en agosto.

—¿Pondrá rumbo a Puerto España entonces?

Viola se pasó una mano por la frente, apartándose el pelo húmedo. Todo estaba húmedo, desde su gabán hasta... sus expectativas.

—Ajá. —Clavó la vista en las antorchas que iluminaban los portales de la calle. Sin embargo, en ellas no encontraría respuesta. Para hacerlo, tendría que ir al soleado Caribe.

—No ha tenido noticias del señor Castle últimamente, ¿verdad?

—No desde diciembre.

Loco carraspeó y replicó:

—Los plantadores suelen estar muy ocupados. Además, todavía está aprendiendo el oficio. No es habitual que un hombre de mar se establezca en tierra y se ocupe de una granja.

—Loco, no es una granja. —Con el dinero que había ahorrado a lo largo de seis años mientras trabajaba como segundo de a bordo en el barco del padre de Viola, Aidan había comprado una plantación de caña de azúcar de más de veinte hectáreas.

Su segundo frunció el ceño.

—Será mejor que vaya a verlo y vea lo que está pasando.

—¿Te importaría echarle un vistazo a mi casa de camino a la tuya? Los inquilinos son buenas personas, pero me gustaría saber si necesitan algo.

—No zarpará hasta dentro de quince días. ¿Por qué no lo comprueba usted misma?

—Habrá mucho trabajo que hacer aquí, entre descargar y cargar de nuevo. No tendré tiempo. —Ni ganas.

—No le guarda mucho cariño a esa casa, ¿verdad?

—¿Conoces la cárcel a la que hemos enviado a esos muchachos? —Hizo un gesto.

Loco asintió en silencio.

Viola enarcó una ceja y su segundo de a bordo rio entre dientes.

—¿No le gustaba que la dejaran allí, señorita Violet?

—No, señor.

Sin embargo, cuando comenzó la guerra en 1812 y consiguió la patente de corso de las autoridades de Massachusetts, su padre la dejaba en esa casa durante meses y meses, con su tía y sus primos mientras él se hacía a la mar. A ella nunca le había gustado cocinar, ni lavar, ni coser. Solo le gustaba leer periódicos y novelas de aventuras, cuando podía conseguirlas.

En primavera, cuando su padre la llevaba con él a bordo, afirmaba que estaba hecha para navegar, que no podía dejarla en tierra.

Serena siempre había dicho que se adaptaría perfectamente a la vida en el mar. Serena... su preciosa y dulce hermana mayor que hacía tanto tiempo que la dio por muerta, como su madre. Serena, que tal vez ya nunca pensara en ella. Y que seguro que se escandalizaría si viera en qué se había convertido su hermana pequeña: su piel bronceada, sus modales toscos y el vulgar grupo de marineros que lideraba, siempre a disposición del gobierno americano.

Después de que su padre la secuestrara delante de su hermana y se la llevara de la propiedad del que hasta entonces había creído que era su verdadero progenitor, Viola había pasado años esperando volver a Inglaterra. Había escrito cartas y más cartas que enviaba cuando su padre estaba en la mar, para que no se enterara y así no sufriera. Fionn Daly, un marinero curtido, tenía un corazón de gelatina en lo referente a las mujeres que amaba: su hermana viuda, Viola y la madre de esta, a quien jamás había dejado de querer aunque estuviera casada con otro hombre. La siguió queriendo hasta el día que murió a causa de su extravagante devoción.

Serena jamás respondió a sus cartas. Ni una sola a lo largo de seis años. De modo que a los dieciséis, Viola dejó de escribir. Sin embargo, a veces aún se preguntaba qué sería de ella y deseaba poder tener un catalejo capaz de alcanzar las costas de Devonshire. A esas alturas, seguro que Serena estaba casada y tenía unos cuantos hijos.

Sin embargo, jamás lo sabría con certeza. Iba a casarse con Aidan. Puesto que él se negaba a volver a Inglaterra hasta no haber hecho fortuna, ella tampoco iría. Su vida estaba en ese lugar. En América. Con Aidan.

—Buena suerte con la parienta, Loco. Espero que esta vez te acepte.

—Gracias, señorita. —Rio entre dientes—. No me vendría mal que rezara por mí si tiene tiempo.

—¡Ah! —Viola soltó una carcajada—. Dios ya no escucha mis plegarias sobre ese tipo de cosas. Hace años que no lo hace.

Se despidió agitando la mano y siguió hacia el hostal. El edificio se emplazaba en una calle estrecha, alejado del bullicio de los muelles, y garantizaba la paz y la tranquilidad de las que jamás podía disfrutar a bordo de su barco. Sin embargo, Viola era incapaz de soportarlas durante más de quince días seguidos.

Una anciana encorvada le abrió la puerta.

—Señora Digby, he vuelto otra vez en busca de su tarta crujiente de manzana.

—Señorita Violet —replicó la mujer, con una sonrisa que le arrugó aún más el rabillo de los ojos—, bienvenida a casa.

No podía decirse que fuera su casa, pero las sábanas estaban siempre secas y no tenían chinches ni pulgas.

—Para los gastos. —Viola dejó un puñado de monedas en la temblorosa mano de la mujer y subió a su habitación. Aunque la señora Digby no podía permitirse lujos, era un lugar razonablemente cómodo.

Una vez en ella, se quitó las prendas de lana y lino, empapadas por la lluvia, la sal y el sudor. La criada llegó para encender el fuego y Viola le dio un penique. Después, se lavó de pie en una tina, para lo cual usó un jarro de agua caliente. Se secó el pelo delante del fuego, desenredándoselo con los dedos y se metió en la cama. Dormiría hasta el domingo si no tuviera que madrugar al día siguiente para supervisar la carga de la *Tormenta de Abril.*

Antes de que se le cerraran los ojos, reparó en la figurilla que descansaba en la mesita de noche. Su posesión más preciada después del barco.

Su padre había cambiado una vajilla de plata que había robado de un buque mercante holandés por ese tesoro. Se lo regaló el día que cumplió trece años. Del mismo tamaño que su dedo índice, estaba tallada con gran delicadeza y pintada con detalle. Tenía tonos dorados, rojos, azules, verdes y amarillos. Era la estatuilla de un rey egipcio.

De un faraón.

Años después, cuando escuchó por primera vez que había un pirata con dicho apodo, un hombre de mar tan afortunado que hasta los corsarios españoles temían cruzarse con él, quiso conocerlo. Quiso ver con sus propios ojos quién era ese hombre tan afamado. Esa leyenda viva. Últimamente, al escuchar en las tabernas de los puertos que el Faraón se dedicaba en exclusiva a hundir barcos piratas, sus deseos de conocerlo aumentaron.

Por fin lo había conocido.

Y por su culpa, por culpa de una mujer, el poderoso Faraón estaba durmiendo en una celda. Y también por su culpa, al llegar la mañana sería libre. Siempre y cuando mantuviera esa preciosa boca cerrada.

Viola se durmió con una sonrisa en los labios.

Jin se despertó temblando.

Contuvo la reacción de su cuerpo. No temblaba de frío. Temblaba por culpa de los barrotes de hierro que tenía delante de los ojos.

Se enderezó contra la pared, respiró hondo un par de veces y desterró el sudor frío que amenazaba con cubrir su cuerpo y el pánico latente que le debilitaba las extremidades. La luz del amanecer se filtraba por el ventanuco de la celda, situado por encima de la cabeza de un hombre. A su alrededor y también en la celda contigua, se encontraba su tripulación. Sus hombres dormían o descansaban tirados en el mohoso suelo. Todos eran capaces de descansar en cualquier sitio. Igual que él. Normalmente.

Llevaba doce años sin estar detrás de unos barrotes, desde que tenía diecisiete años. En aquella ocasión, dos hombres pagaron por su libertad. Él se encargó de que pagaran. Con sus vidas.

Ocho años antes de dicho momento, lo arrastraron encadenado y pataleando a una subasta de esclavos bajo el ardiente sol de Barbados. En aquella ocasión, fue un muchacho quien pagó por su libertad. Con oro. Un muchacho de doce años a quien le debía la vida. Desde entonces, cada día que pasaba en libertad le parecía un tesoro robado.

Volvió la cabeza al escuchar un golpe. En un rincón de la celda, frente a él, Pequeño Billy lanzaba un ajado dado de madera contra la pared. Al verlo despierto, el muchacho estiró el cuello y esbozó una sonrisa.

—Buenos días, capitán. —A sus dieciséis años, Billy seguía haciendo honor a su mote. Era bajito, delgado y desgarbado. Sonreía como si fuera un niño—. ¿Está listo para el juez?

—No habrá juez, Bill. —Jin paseó su mirada por los muros y los barrotes de la celda en busca de algún punto débil en su estructura.

Lo hizo por costumbre, ya que no era necesario. Los liberarían al cabo de unas horas. Ya lo había escuchado la noche anterior de labios del jefe del puerto, antes de que les hiciera llegar los harapos que en esos momentos llevaban tanto él como su tripulación, en vez de su propia ropa. La capitana de la *Tormenta de Abril* le había mentido al jefe del puerto sobre él y sobre su barco.

42

Esa mujer estaba loca. Tendría que llevar a una loca a Inglaterra, para devolverla al seno de una familia respetable.

Mattie, que se encontraba a su lado, soltó un sonoro bostezo. Después, se llevó unas manos tan grandes como dos jamones a la cara, que procedió a frotarse antes de sacudir la cabeza y mirar a Jin con el ceño fruncido, como era habitual.

—¿Cuál es el plan, capitán?

—Estoy en ello.

—Capitán, ¿por qué no les paga a estos tipos por ella? —Pequeño Billy gateó hasta ellos y señaló el techo, indicando al parecer a los gobernadores del litoral—. Para que se libren de ella.

—No estás pensando con la cabeza. —Mattie empujó uno de los huesudos hombros del muchacho—. Esa muchacha no es propiedad de nadie.

—Pues eso no importó con la que trabó amistad en La Coruña —replicó Billy, con la pálida frente arrugada ya que había fruncido el ceño.

—¿Qué sabrás tú? —dijo Matouba con su vozarrón. Se encontraba al otro lado de la celda y sus ojos eran dos esferas blancas en su rostro negro—. Eras un bebé por aquel entonces.

—No trabó amistad con aquella muchacha —gruñó Mattie—. Además, esa no era libre. El señor Jin se la compró al que la estaba azotando. —Volvió la cabeza hacia Jin—. ¿Qué ha sido de esa chiquilla española?

Jin se encogió de hombros, pero se acordaba perfectamente. Recordaba a todas las personas a las que había liberado. Recordaba sus caras y sus nombres. A esa muchacha le había buscado un trabajo como criada en la casa de una solterona. Una anciana respetable. Era lo mejor que pudo encontrar en una ciudad desconocida. En los puertos que conocía mejor, dicha empresa siempre le resultaba más fácil.

Lo mismo daba. Cada vez que compraba la libertad de alguien, conseguía desprenderse de un trocito de la rabia y de la desesperación con las que cargaba. Sin embargo, eran trocitos muy pequeños y la losa aún era bien grande. Tendría que liberar unos cuantos miles antes de que desapareciera por completo.

—Yo digo que se compre cuatro barcos, o quizá cinco o seis, y los llene de hombres —dijo Matouba—. Así podrá rodear a la *Tormenta de Abril* mar adentro y llevarla de vuelta a Inglaterra.

—No. —Jin meneó la cabeza—. Debe ir de forma voluntaria. —Una mujer como Violet *la Vil* lo acompañaría solo si quería hacerlo. Si no, tendría que atarla y mantenerla encerrada en la bodega durante el mes de travesía. Pero él no trataba a ningún ser humano de esa forma. Ya no—. No —repitió—. Tengo otro plan.

Cuando comenzó a buscar a Viola Carlyle, albergaba la esperanza de encontrarla en una casita de la costa, ansiosa por regresar a Inglaterra, pero sin los recursos o el valor necesarios para hacerlo. Sin embargo, tras varios meses de búsqueda, cuando las pistas descubiertas lo llevaron a la corsaria apodada Violet *la Vil*, se vio obligado a revaluar la situación. Su verdadero padre, Fionn Daly, fue un contrabandista mediocre antes de convertirse en un corsario más mediocre si cabía. Posiblemente, solo le permitiera embarcar por motivos prácticos, para que se encargara de las tareas domésticas y ahorrarse de esa manera la paga de un marinero. De modo que supuso que estaría encantada de volver a Inglaterra y de reintegrarse en la sociedad.

Supuso mal. La capitana de la *Tormenta de Abril,* una mujer segura, temeraria y en absoluto parecida a una dama, no se marcharía voluntariamente. No obstante, él debía convencerla. Había pasado toda una vida mintiendo y abriéndose paso con uñas y dientes para conseguir una victoria tras otra. Al final, la señorita Viola Carlyle zarparía rumbo a Inglaterra con él por decisión propia y retomaría la vida para la que nació. No le cabía la menor duda.

Estaba obligado a conseguirlo.

Veinte años antes, Alex Savege había comprado su libertad y le había salvado la vida. Una década después, cuando solo era un ladrón enfurecido que pagaba su rabia con el mundo en general, Alex le ofreció otra alternativa. Lo subió a bordo de la *Cavalier* y le mostró lo que significaba ser un hombre. La flamante esposa de Alex creía que su hermanastra seguía viva. Alex, que a esas alturas era un aristócrata inglés, no necesitaba el dinero de Jin ni la ayuda que le prestaba con su barco. Solo le interesaba la felicidad de su esposa.

De modo que partió sin decirles nada a lord y lady Savege, en busca de Viola Carlyle. Para saldar su deuda. La devolvería sana y salva al seno de su familia o moriría en el intento.

El jefe del puerto torció el gesto mientras miraba a Jin de arriba abajo por tercera vez y le exigía oro.

Jin sacó un pagaré. El oficial del puerto sonrió. Cerró su despacho con llave y fue al banco en persona. Jin esperó con tranquilidad. La cuenta que el señor Julius Smythe, comerciante, tenía en el Banco de Massachusetts era muy abultada.

Al cabo de poco tiempo, el jefe del puerto volvió con una sonrisa de oreja a oreja.

—Felicidades, señor Smythe —le dijo al tiempo que le hacía una reverencia, como si Jin fuera el caballero que fingía ser cuando iba a hacer negocios al banco—. Es libre para marcharse con tres de sus hombres.

De vuelta en los muelles, con el sol primaveral del mediodía colándose entre los mástiles y reflejándose en las desgastadas pasarelas, Jin les dijo a Matouba, a Mattie y a Billy que se marcharan hasta que los mandara llamar. El muchacho y Matouba lo hicieron discutiendo, como de costumbre. Mattie lo miró con gran seriedad antes de seguirlos.

Jin caminó por el muelle observando la bulliciosa escena, el tráfico de carretas, marineros y comerciantes, hasta dar con lo que buscaba: un flamante y reluciente barco cuyas barandillas no estaban aún colocadas. Desde la cubierta le llegaban los martillazos contra la madera. Un par de muchachos estaban lijando la cubierta principal, cuya madera todavía no había sido barnizada ni alquitranada.

No era la *Cavalier.* Ninguna embarcación se asemejaría jamás a ella. Pero lo que tenía delante era una belleza, pequeña y rápida, tal como le habían asegurado que sería seis meses antes en Boston, cuando vio los planos. Era perfecta para lo que necesitaba.

Sin embargo, un hombre no podía aparecer para comprar una embarcación como si acabara de pasar la noche en la cárcel. De modo que se volvió y se dirigió al banco.

Dos horas más tarde, recién afeitado y arreglado, Jin doblaba la carta que había estado esperándolo cuatro meses en el banco antes de guardársela en el chaleco. Estuvo a punto de sonreír. El Almirantazgo conseguía enviarle alguna que otra carta a través de los capitanes de la Armada. Esa, sin embargo, no le había llegado mediante ese cauce.

El vizconde Colin Gray seguía buscándolo.

Jin había pasado años trabajando para otra institución al servicio de la Corona, que no tenía nada que ver con el Almirantazgo. Se trataba de una organización secreta enraizada en el Ministerio del Interior, cuya existencia solo conocían aquellos que precisaban su ayuda. El Club Falcon.

El club se desmanteló el año anterior. Al menos nominalmente. Lo conformaban cinco miembros, pero cuatro seguían en activo. El compañero de Jin y único contacto con el misterioso director del club, Colin Gray, se negaba a abandonar la misión de la organización: la búsqueda de las almas perdidas que necesitaban volver a casa. Pero no se trataba de cualquier alma. Las personas a las que buscaba el Club Falcon eran aquellas cuya desaparición, o a veces su simple existencia, ponía en peligro la paz de la élite del reino y aquellas cuya ausencia y devolución debía mantenerse en secreto. Por la seguridad de Inglaterra.

Jin no había abandonado, en teoría. Pero de momento no tenía tiempo ni ganas de complacer a Gray ni al Almirantazgo. Por fin había encontrado a la persona que se había propuesto localizar dos años antes. Otra alma perdida. Una mujer que llevaba tanto tiempo fuera que ya no sabía que estaba perdida.

Avanzó por el muelle y pasó junto al barco que lo había llevado al puerto. La *Tormenta de Abril,* que debía de tener unos veinte años, descansaba en el atracadero, cual caballo de tiro entre los varales de un carruaje. Era un bergantín de tamaño medio, con las velas cuadradas para lograr la mayor velocidad, pero con un casco demasiado pesado que le restaba maniobrabilidad.

Se le retorcieron las entrañas. Que lo hubiera capturado semejante embarcación después de haber sobrepasado a todas las que cruzaban el Atlántico era casi ridículo.

Su mirada se posó sobre una muchacha que trabajaba enrollando unas cuerdas en el muelle, junto al barco, y su expresión se relajó. Estaba inclinada y de espaldas a él, lo que dejaba a la vista un trasero perfectamente abarcable por las manos de un hombre. Las calzas ajustadas se amoldaban a sus muslos y dejaban a la vista unas pantorrillas torneadas. Llevaba una camisa blanca de trabajo, que se ajustaba a sus hombros y revelaba unos huesos delicados y unos brazos delgados.

El taconeo de las botas de Jin sobre el suelo la hizo mirar por encima del hombro, deteniéndose al verlo. Se enderezó, se quitó el sombrero y se pasó el dorso de la mano por la sudorosa frente.

Jin se excitó mientras contemplaba la preciosa imagen de la mujer, una imagen demasiado infrecuente desde que se empeñó en completar su misión. Tenía una frente ancha y despejada, unos enormes ojos azules oscuros rodeados por largas pestañas, una nariz respingona y unos labios carnosos y rosados que invitaban al placer. Algunos mechones de pelo castaño se le rizaban sobre la frente, pero el resto lo llevaba recogido con una tira de cuero. Su cara le pareció conocida. Y muy hermosa. Demasiado para estar trabajando en los muelles.

—¿Está la capitana del barco por aquí? —le preguntó, señalando hacia la *Tormenta de Abril.*

Ella asintió con la cabeza. En sus ojos apareció un brillo peculiar, resaltado por el sol de primavera. Jin esbozó una sonrisa. Hacía un siglo que no tenía debajo a una mujer, y la mirada directa de esa resultaba muy prometedora.

—En ese caso, ve a buscarla. —Su sonrisa se ensanchó—. Y no tardes.

—No tardaré en absoluto, marinero. La tienes delante de tus ojos.

Su voz era tan sedosa como su pelo satinado. La vio poner los brazos en jarras y en ese momento Jin se percató del lunar que tenía bajo el labio inferior.

Su sonrisa se desvaneció.

No obstante, en los eróticos labios de Viola Carlyle apareció una dulce sonrisa.

—Te han liberado, ¿no? Qué tontos son. —Se echó a reír y regresó al trabajo—. Veo que has encontrado ropa.

—Pues sí. —La ropa que ella llevaba se amoldaba a ese cuerpo tan femenino de la misma forma que lo hacía antes, cuando ignoraba que estaba loca y que era una dama—. He comprado mi libertad. —Junto con la de Mattie, la de Billy y la de Matouba.

El resto de la tripulación tendría que esperar. Sería contraproducente que lo vieran gastar oro a manos llenas. Sin embargo, sus hombres estaban acostumbrados a vivir en lugares estrechos y el jefe del puerto los liberaría tarde o temprano.

Ella meneó la cabeza.

—Los jefes de puerto hacen cualquier cosa por una bolsa de oro.

—Y también ayuda la palabra de una corsaria de confianza. Gracias por tu ayuda.

Ella se enderezó de nuevo y sus ojos lo recorrieron despacio de los pies a la cabeza. Aunque no se movió, su porte delataba una actitud temeraria. Colocó la mano sobre la empuñadura del largo puñal como si esa fuera su posición desde el día que nació.

Pero no era así. Esa mano no había nacido para eso, sino para llevar guantes de piel de cabritilla. Para llevar la cinta de un carnet de baile en la muñeca. Para descansar en el brazo de un hombre.

—No me gusta ver hombres de mar atrapados en tierra —adujo ella—. Aunque sean piratas.

Unas palabras sinceras. Jin admiró su honestidad.

—Llevo años sin ejercer la piratería y jamás he abordado barcos americanos. —El primer capitán de la *Cavalier*, Alex Savege, solo abordaba embarcaciones de acaudalados nobles ingleses—. Pero ya lo sabías, ¿verdad?

—Es posible. —Su boca esbozó una sonrisa torcida.

—De todas formas, estás en deuda conmigo. —Jin enfrentó su mirada sin pestañear—. Has hundido mi barco.

—¿Crees que te debo algo, marinero? ¿Quieres que te dé mi barco? —Ella soltó una carcajada ronca que derrochaba alegría—. Que te lo has creído.

Era evidente que le gustaba reír y el aterciopelado sonido se deslizó por el pecho de Jin de camino a la bragueta de sus pantalones.

—Tu barco no es compensación suficiente —replicó con una voz desabrida que a él mismo le sorprendió—. Me debes la oportunidad de recuperar parte de lo que he perdido y ahora carezco de una embarcación con la que conseguirlo.

Viola enarcó las cejas.

—No me digas que esperas enrolarte en mi barco.

—Pues sí. Con tres de mis hombres.

—He dicho que no me lo digas. No me lo creo. ¿El Faraón quiere unirse a la tripulación de una corsaria que trabaja para el estado de Massachusetts? A otro perro con ese hueso, marinero.

Jin no encontró una réplica adecuada. Su voz seductora bastaba para distraer a un hombre.

—Tenías dinero suficiente para comprar tu libertad y para comprar ropa —añadió ella.

—He gastado todos los fondos de los que disponía. —En realidad, ni siquiera había gastado una cuarta parte—. Ya había entregado el pago inicial para la embarcación que está en aquel astillero.

Ella silbó por lo bajo y meneó la cabeza. Saltaba a la vista que no quedaba ni rastro de la educación que había recibido durante sus diez primeros años en la casa de un aristócrata.

—Es una preciosidad —comentó al tiempo que miraba en dirección al astillero—. Y debe de ser muy rápida. Seguro que más rápida que la *Cavalier*.

—Tendré que entregar el resto del pago cuando esté terminada. He oído que zarparás hacia el sur dentro de quince días.

—Pues sí, pero no voy a buscar beneficios de camino, a menos que me cruce con alguna presa que no pueda dejar escapar. En este viaje llevaré un cargamento.

—Tengo cierto capital en Tobago que debo recoger para poder comprar el barco. Me vendría bien la travesía hacia el sur y tú podrías beneficiarte de mi presencia a bordo.

Viola pareció reflexionar al respecto y sus ojos adquirieron una expresión recelosa. Al cabo de un instante, se volvió para retomar el trabajo y dijo:

—Lo pensaré.

Jin sintió un ramalazo de furia que le tensó los hombros. Se movió hacia delante y se detuvo al borde de la sombra de Viola.

—Lo vas a pensar ahora.

Ella alzó la vista para mirarlo con los ojos entrecerrados. El pulso latía enloquecido en su delicada garganta.

—Marinero, como te acerques más te vas a tragar la hoja de mi puñal.

—Como me niegues lo que me corresponde, haré que te arrepientas durante más tiempo del que necesitaría esta vieja barca para convertirse en una nave decente.

Su comentario hizo que ella se sonrojara.

—Esta vieja barca hundió tu embarcación. ¿Es que tus padres no te enseñaron modales, Seton?

Lo que le enseñó su madre le fue de poca utilidad después de que lo vendieran como esclavo. En cuanto a su padre, era un inglés cuyo nombre ni siquiera conocía. En fin, ese era otro motivo para ir a Tobago.

—Supongo que no —contestó con voz serena—. ¿Nos contratarás a mis hombres y a mí?

—Apártate de mi espalda y te contestaré.

50

La obedeció apartándose unos pasos y disimuló la satisfacción que sentía. La muchacha empezaba a claudicar. El asunto se resolvería antes de lo que esperaba.

La vio calarse de nuevo el sombrero mientras se enderezaba.

—Mi segundo de a bordo está de permiso —dijo a la postre—. Y mi cocinero se enroló esta mañana en una fragata de la Armada. ¿Alguno de tus hombres es ducho con las sartenes?

Si no lo eran, lo serían. Asintió con la cabeza.

—La verdad, me vendría bien un segundo de a bordo —reconoció Viola con los ojos entrecerrados, la misma expresión que tenía la primera vez que la vio, bajo el azote de la lluvia—. ¿Cómo llevarías ese puesto después de haber sido capitán de una nave?

—No te daré problema alguno.

Ella frunció el ceño.

—Lo dudo mucho.

Jin se permitió una sonrisa. Esa mujer no se había ganado el mando cometiendo errores.

—Seton, esto no es un barco pirata. Mis hombres me son leales. Si lo que tramas es arrebatarme el control de mi nave, no vas a lograrlo.

—No quiero la *Tormenta de Abril.* —Lo que quería era tener en junio a la señorita Viola Carlyle en su barco, rumbo a Inglaterra—. ¿Me contratas o no?

Ella observó su rostro con una mirada penetrante.

—Sospecho que acabaré arrepintiéndome de esto. —Sin embargo, se acercó a él con una mano extendida.

Él la aceptó. Su palma era áspera; sus dedos, delgados; su apretón, firme. Era una dama y una mujer de mar. Y de cerca seguía siendo preciosa. El sol primaveral se reflejaba sobre unos rasgos delicados. Según los registros oficiales tenía casi veinticinco años, pero pese al tono bronceado de su piel, aún parecía una jovencita. Tal vez fuera por el brillo de sus ojos. Una expresión que dejaba bien claro la confianza que sentía pese a la constante incertidumbre de la vida de un marino. Dicha confianza era fruto de los diez primeros años de su vida, durante los cuales no tuvo la menor preocupación.

—No te arrepentirás.

¿Por qué iba a arrepentirse? El lugar de una dama estaba en el hogar de un caballero. Y él se aseguraría de que Viola Carlyle ocupara su lugar.

4

Viola les dio dos semanas de permiso a sus hombres para que armaran jaleo en las diferentes tabernas de la ciudad mientras ella abastecía el barco, se encargaba del dichoso papeleo y lidiaba con el oficinista que trabajaba para el comerciante cuyos productos llevaría a Trinidad. En cuanto entregara el cargamento y disfrutara de unas cuantas semanas en compañía de Aidan, regresaría a las aguas del norte en busca de enemigos de su país de adopción, tal como le encargó el estado de Massachusetts hacía ya casi dos años, después de que muriera su padre. De hecho, había sido la capitana de facto desde que su enfermedad lo dejó incapacitado dos años antes. Pero él no quería abandonar su barco y a bordo ella podía cuidarlo.

El cargamento por fin estaba en la bodega: barriles de harina, guisantes, jamón, manzanas y gran cantidad de muebles que llenaban el barco, pero que no lo lastraban demasiado. La *Tormenta de Abril* iba tan ligera que realizarían el trayecto en nada de tiempo, en menos de un mes si era lista y no se cruzaban con piratas.

Sin embargo, para eso había contratado al Faraón. Su seguro personal. Si los problemas iban a buscarla, tendría el respaldo del hombre adecuado.

Cuando por fin subió a bordo, con una única bolsa de viaje en la mano, él ya estaba allí, dándoles órdenes a sus hombres. La cubierta era un hervidero de actividad.

—¿Ganándote a la tripulación con la esperanza de ascender con un motín, Seton?

—No, señora. —Su maravillosa boca esbozó una media sonrisa—. Solo hago mi trabajo.

Se obligó a apartar la vista de esa boca y clavarla en las diferentes cubiertas, donde sus hombres estaban preparando el cabestrante, levando el ancla y organizándolo todo, tal como ella querría. Su tripulación había aceptado el liderazgo de Seton sin parpadear. Y no podía culparlos. Su postura dejaba bien claro que estaba al mando, irradiaba seguridad y confianza; tenía la clase de aura que ella había desarrollado a lo largo de los años con mucho esfuerzo para, una vez que la enfermedad acabara con su padre, convertirse en una buena capitana para sesenta hombres.

El cielo era de un azul resplandeciente, el agua de la bahía resultaba incitante y la brisa era fresca y prometedora. Sin embargo, un escalofrío premonitorio le erizó el vello de la nuca, cubierto por capas de tela gruesa.

—¿Todo en orden?

—Sí, señora.

—¿Ha subido toda la tripulación?

—Sí, señora.

—Nunca has navegado a las órdenes de una mujer, ¿verdad, Seton?

—No, señora.

Claro que no. Podía contar con los dedos de una mano, y le sobraban cuatro, las mujeres que capitaneaban barcos a las que había conocido.

—Puedes llamarme capitana.

—Como quieras. —Su voz sonó indiferente, pero apareció cierto brillo en sus ojos.

No se fiaba de él. Le había dicho que no se arrepentiría de haberlo contratado. Pero los piratas tenían la costumbre de mentir. Dudaba mucho que quisiera venganza. Parecía la clase de hombre que exigía lo que quería... de la misma manera que había exigido que ella lo contratara.

Todavía no la había llamado «capitana».

Lo había mirado a los ojos a través de la lluvia mientras era su prisionero, medio desnudo y atado al palo mayor. En ese momento, llevaba unos pantalones, una prístina camisa blanca que resaltaba el moreno de su piel, un sencillo chaleco y una corbata, así como una expresión un tanto desafiante en su apuesto rostro, como si no necesitara ni molestarse en proyectar una imagen más amenazadora.

Viola separó los pies y sintió el agradable peso de la pistola que llevaba en el tahalí y que rozó su pecho.

—¿Qué miras, marinero?

Sus gélidos ojos no parpadearon.

—A mi capitana.

—Vuelve al trabajo, Seton.

Él le hizo una reverencia.

¿Una reverencia?

Acto seguido, la obedeció. Viola inspiró hondo y se dirigió a su camarote. Todavía no habían zarpado y ya se estaba burlando de ella. Había cometido un error muy tonto al permitir que se embarcara. Pero no iba a admitirlo en ese momento ni mucho menos, aunque aún estaban amarrados y podría echarlo del barco. Tal vez cuando estuvieran en mar abierto podría desembarazarse de parte del cargamento, aligerar el barco y llegar a Trinidad mucho antes. O podría tirar a Seton por la borda.

Jin jamás había visto nada semejante. Y cuanto más presenciaba, más sorprendido estaba.

La adoraban. Desde el delgaducho grumete hasta el gigantón que manejaba el timón y que hacía que Gran Mattie pareciera una muñeca de trapo. La tripulación al completo la trataba como a una reina. Como a una reina de la que no se cansaban. Cuando ella no estaba presente, hablaban de su capitana con tono reverente. Halagüeño. Cariñoso. Cuando estaba delante, la agasajaban o corrían para cumplir sus órdenes sin rechistar. Mattie y Billy ya habían caído bajo su influjo, los muy idiotas. Incluso el estoico Matouba parecía estar sucumbiendo.

Jin no estaba acostumbrado a sentirse aturdido. Pero así se sentía.

Hasta cierto punto, entendía su devoción. La mayoría de marineros veía a muy pocas mujeres a lo largo de su vida, y muchísimas menos que no llevaran el pelo teñido de rojo y que no tuvieran la piel pálida tras pasar los días durmiendo por las noches de trabajo. Cuando se quitaba el sombrero que le confería el aspecto de una bruja desgarbada, las mejillas de Viola Carlyle brillaban sonrosadas. El pelo que llevaba recogido en una trenza o en un moño era muy oscuro y se rizaba allí donde los mechones conseguían escapar de su confinamiento. Y su piel era delicada y suave pese a los años pasados en alta mar. Era una mujer arrebatadora, aunque nunca mostrase un ápice del dulce y voluptuoso cuerpo que él había visto en el muelle... Algo que, por intrigante que fuera, Viola Carlyle no hacía. Su tripulación tenía que admirarla por fuerza.

Sin embargo, su devoción iba más allá. Solo necesitó unos días con sus hombres para darse cuenta.

—La capitana dice que nos leerá por la noche como en el último viaje. —Un tipo delgaducho y avejentado, de unos sesenta años, se disponía a remendar una vela rasgada.

—Me gusta la de ese tipo que le dieron en el talón con la flecha —replicó su compañero, un jovenzuelo de piel oscura, mientras subía por la jarcia—. Su madre tendría que haber metido el brazo hasta el codo para bañarlo en el río.

Se echaron a reír.

—Señor Jin, ¿sabe que la capitana sabe leer? —Los ojos del jovenzuelo miraron a Jin con evidente orgullo.

—¿En serio? —Por supuesto. La habían educado en la habitación infantil de la casa de un aristócrata.

—Sí, señor. Nos leyó la historia de ese caballo hecho de madera y de los imbéciles que no vieron el truco hasta que ya era demasiado tarde.

Jin no conocía a ninguna dama que leyera acerca de la guerra de Troya. El talón de Aquiles, y el resto de dicho guerrero sanguinario, no se consideraba una lectura apta para las jovencitas de alcurnia. Claro que un hombre que secuestraba a su hija y la ponía a trabajar en un barco contrabandista a los diez años no se preocuparía por semejantes cosas.

—Pero suelen ser sermones de curas. —El mayor asintió con la cabeza, sonriendo.

—La capitana es una mujer temerosa de Dios.

De Dios, tal vez. Pero aún no lo temía a él. Cuando hablaban, mantenía la barbilla en alto y lo miraba a los ojos. Aunque, bien era cierto, hablaba poco con él y solo cuando era estrictamente necesario. A diferencia de los capitanes con los que había navegado, comía sola en su camarote. Además, no permanecía en cubierta cuando hacía buen tiempo, el mar estaba en calma y los hombres se relajaban hasta tal punto que empezaban a cantar o a tocar algún instrumento. Si se debía a su presencia, aún no lo sabía.

Sin embargo, cuando se cruzaba con él en cubierta o en la escalera, no se detenía para charlar. Era lo mejor que le podía pasar a esas alturas del viaje. Se sentía incómoda delante de él. Si le temía, acabaría por obedecerlo. Siempre lo hacían, tanto hombres como mujeres.

—¿Qué haces ahí plantado, Seton? ¿Esperas que aparezca alguien para tallar tu estatua de piedra? —La voz sensual de Violet *la Vil* le llegó desde el alcázar—. Ah, perdón. Ya eres de piedra. Lo de estatua es redundante.

No, definitivamente todavía no le tenía miedo.

Jin volvió la cabeza hacia el alcázar. El sol vespertino brillaba tras ella, recortando su silueta. Ataviada con ropas anchas y ese ridículo sombrero, parecía un saco de patatas.

Sabía que no era así. Había visto sus curvas. Se las había imaginado a su merced.

Asintió con la cabeza.

—Me estoy encargando de esta vela rota.

A la mortecina luz, apenas la vio entrecerrar los ojos como era habitual en ella. Las damas no entrecerraban los ojos. Le quitarían ese hábito en cuanto regresara a la casa de su padre. Sin embargo y pese a las vueltas del pañuelo que le envolvía el cuello y le cubría parte de las mejillas, la expresión no menguó su atractivo. Aunque sí la hizo más irritante.

—No está tan rota como para arriesgarnos a perder el viento si se remienda ahora. —Hizo un gesto—. Dejadlo para la noche.

Los marineros dejaron lo que estaban haciendo y se miraron sin saber qué hacer.

—Con el debido respeto —replicó Jin con voz serena—, ahora apenas si hay viento. Cuando comience a soplar al anochecer, será conveniente tener la vela arreglada para aprovecharlo al máximo.

—¿Estás cuestionando mis órdenes, marinero?

Jin inspiró hondo. Durante dos años no había tenido más patrón que él. Antes había pasado casi un año entero a su libre albedrío, cuando Alex estuvo en tierra y él capitaneó la *Cavalier* en su lugar. Durante una década no había discutido ni una sola vez con su superior.

Pero antes de firmar con Alex, el último capitán con el que Jin navegó lo había desafiado a menudo, cuestionando su autoridad con los marineros y sus decisiones. La actitud irrespetuosa de dicho capitán encontró un abrupto final cuando, después de intentar asestarle una cuchillada a Jin, se encontró con una herida mortal inflingida por su propio cuchillo.

Un cuchillo que Jin había cogido prestado.

Sin embargo, Viola Carlyle no era una pirata. Ni siquiera debería estar en un barco. Por más que actuara y pareciera una despótica bucanera, era una dama, y su objetivo era el de rescatarla de esa existencia. Aunque se colara bajo sus defensas como ningún otro marinero había conseguido hacer. U otra mujer. Claro que jamás había conocido a una marinera con una voz tan aterciopelada como el brandi y con la tendencia a decir justo lo que él no quería escuchar.

Se mordió la lengua para no pronunciar las palabras que quería.

—No, señora.

—No... capitana.

Menos mal que el sol se ponía deprisa. Porque así no podía

verle los ojos. Unos ojos enormes y oscuros de largas pestañas que ese ridículo disfraz no podía ocultar.

Miró a los marineros que guardaban el equilibrio en el trinquete.

—Señor French, señor Obuay, desplieguen la vela y bajen.

Los marineros amarraron la vela una vez más y la desplegaron, haciendo que la ligera brisa agitara el fino desgarrón. Sin volver a mirarla, Jin se dio media vuelta y atravesó la cubierta en dirección al castillo de proa.

—Estás haciendo buenas migas con la capitana, ¿eh?

—Cierra el pico, Mattie. —Jin les hizo un gesto con la mano a unos marineros que estaban junto al palo mayor, que se dispusieron a arriar la bandera para pasar la noche.

—Bueno, ¿este es el plan?

—Lo es.

Cogió el catalejo del hueco de la barandilla donde lo había dejado antes. Justo después del amanecer un marinero había avistado una vela en el horizonte, de modo que le ordenó a Mattie que vigilara todo el día, con el ojo avizor de Matouba en la cofa. Tal vez fuera la mujer más irritante de los siete mares, pero él no iba a permitir que nadie la tocara. Hasta que no la tuviera a salvo en su barco, ninguna embarcación iba a acercarse a Viola Carlyle... ya fuera amiga o enemiga.

Oteó el horizonte crepuscular mientras las corrientes hacían que la quilla surcara el mar con elegancia bajo sus pies. El océano estaba despejado hasta donde alcanzaba la vista.

—¿Has visto algo hoy?

Mattie apoyó el cuerpo en la barandilla mientras se limpiaba los dientes con un palito.

—Peces. Olas. Nubes.

—¿Nubes? —El cielo era una inmensidad azul salpicada de pinceladas rosas y lavandas.

—Lo decía para comprobar algo. Pareces muy distraído últimamente. No sabía si te ibas a dar cuenta.

—Mattie —replicó en voz baja—, he matado a hombres por insultos mucho menos graves.

Mattie gruñó antes de fruncir sus labios regordetes.

—Pero no has matado a ninguna dama, ¿verdad?

Jin se dio media vuelta y echó a andar hacia la escalera que llevaba a la bodega del bergantín. En la cubierta de cañones, olía a rancio y en ella se alineaban dieciséis cañones de acero. Había hamacas colgadas, donde dormían los marineros antes de empezar la guardia nocturna. La *Tormenta de Abril* era mucho más grande y más basta que la *Cavalier*. Era un bergantín feo y viejo. Los tablones crujieron bajo sus pies mientras se dirigía a la sala de oficiales, un camarote diminuto, pegado al del capitán. A Viola le gustaba observar el anochecer en el alcázar, de modo que podía devolver el catalejo sin una confrontación.

Enfiló el estrecho pasillo entre los camastros de los oficiales y casi chocó con ella.

Sin el pañuelo ni el sombrero que le ocultaran el rostro, su cara era un corazón casi perfecto. Los rizos oscuros partían de la frente, dejando a la vista una piel delicada, una boca muy femenina y unos ojos que lo miraban como si fuese una especie de monstruo. Esas larguísimas pestañas velaron sus ojos violetas y muy despacio, como la marea, un rubor comenzó a cubrir sus mejillas.

En perfecta sincronía, una oleada de calor le asaltó la entrepierna.

Un inconveniente. Debería haberse ocupado de esa necesidad cuando estuvo en Boston. No necesitaba que una mujer a bordo lo hiciera comportarse como un muchacho salido, como un marinero que después de un largo viaje veía la cara de una mujer bonita.

Aunque no solo era una cara bonita. En ese momento, ella solo llevaba una camisa blanca de algodón. Ni gabán ni chaleco ocultaban los bordes de la inútil prenda de ropa interior que lucía debajo... una prenda que no escondía la voluptuosa belleza de sus pechos contra el encaje de la camisa. Unos pechos perfectos para las manos de un hombre.

Una dama debería llevar más ropa. Si esa dama en concreto llevara más ropa, no resultaría tan... provocadora.

Hechizante.

Sin embargo, no necesitaba que sus pechos estuvieran tan cerca de él para permanecer clavado en el pasillo. La curva de ese labio inferior y el lunar bastaban para paralizarlo. Era como si un maestro hubiera pintado con cariño el retrato de una muchacha y, al parecerle demasiado perfecta, le hubiera añadido ese lunarcito para estropear su belleza, pero hubiera conseguido todo lo contrario.

—No puedes evitarlo, ¿verdad? —La voz de Viola surgió entre ellos con un sonido maravilloso.

Jin parpadeó. Levantó la cabeza, aunque ni siquiera se había dado cuenta de que la había inclinado.

—Nunca podéis —continuó, con el mismo tono de voz.

Jin retrocedió. Enderezó los hombros.

—Iba a devolver esto. —Sacó el catalejo. Su voz sonaba muy ronca.

—¿Lo robaste cuando estaba distraída y ahora querías devolverlo antes de que te pescara? —Enarcó una ceja, algo descuidada para una dama—. Cuidado, Seton. Te estás comportando como un pirata nervioso.

Él inspiró hondo y resopló.

—Vimos una vela en el horizonte esta mañana. Puse un vigía.

Viola entrecerró los ojos.

—¿Y no se te ocurrió decírmelo? —le preguntó.

—No volvió a aparecer.

—Creo que estás acostumbrado a hacer las cosas a tu manera.

—Me gusta evitarle preocupaciones innecesarias a mi capitana cuando sin duda tiene cosas más importantes de las que ocuparse.

Como coger el dichoso catalejo que él le estaba devolviendo porque así podría regresar a cubierta, donde estaba su lugar y donde esa lengua afilada y descarada, junto con su dueña, no debería aparecer. Tenía el cuello acalorado. Y sentía la tensión en otras partes de su cuerpo. Sin embargo, nunca se había dejado dominar por la lujuria. No permitiría que sucediera en ese momento.

Sin embargo, lo empujaba algo más que la lujuria. Lo sabía a pesar de que quería negarlo. Esa confianza tan atrevida, esa lengua descarada, sus éxitos pese a los contratiempos que le había deparado la vida... incluso la devoción de sus tontos tripulantes indicaba que era una mujer excepcional. Una mujer que no se parecía a ninguna otra que hubiera conocido.

Y había conocido a muchas.

—Tienes muchas responsabilidades —murmuró.

Ella enarcó todavía más la ceja.

—Estás endulzándolo más de la cuenta, ¿no crees, marinero?

—Estoy esforzándome para servir a mi capitana, como prometí. —Y lo hacía. Pero no como ella esperaba.

Claro que un juramento era un juramento, y ni la extraña confusión que lo embargaba ni las burlas de una mujercita como esa echarían al traste el trabajo de veintidós meses.

—¿Volviendo a la tripulación en su contra?

Jin frunció el ceño al escucharla.

—French y Sam —explicó ella—. La vela rota.

—Hice lo que me ordenaste.

La vio apoyar las manos en sus redondeadas caderas.

—Pero saben que no estabas de acuerdo.

—Para mí da igual lo que ellos crean. Un capitán está en su derecho de contradecir la orden de su segundo de a bordo cuando le parezca bien.

—¿Capitán?

Si ella no fuera una mujer...

—Capitana.

La vio entrecerrar los ojos. Pero el gesto no le restó belleza. ¡Por todos los demonios! Ojalá fuera un mocoso chato al que pudiera tumbar de un puñetazo.

—Eres incapaz de decirlo, ¿verdad? —Alzó la voz un poco—. No soportas llamarme «capitana». Te mata imaginarlo siquiera, arrogante hijo de un egipcio.

El temperamento de Jin, reprimido durante días, escapó de sus amarras. Se acercó a ella de modo que apenas si quedó espacio entre sus cuerpos y clavó la mirada en su cara.

62

—Oye, bruja consentida, puede que esté bajo tu mando pero no tengo por qué aguantar...

—¿Bruja consentida? ¿Bruja? —repitió ella, casi a voz en grito—. Creo que ningún hombre se ha atrevido a llamarme eso en la vida.

—Tal vez si alguno lo hubiera hecho, no serías tan...

—¿Cómo sabes si estoy consentida o no?

—Lo veo en el comportamiento de tus hombres.

—Ya te advertí de que no te gustaría.

—¿De que no me gustaría el qué? —¿Sus ojos relampagueantes? ¿Sus carnosos labios? ¿El mechón rebelde que le caía por la frente, que ocultaba su perfección y aumentaba su atractivo al mismo tiempo?

—Servir a mis pies.

A sus pies. Encima. Como ella quisiera. Y teniendo en cuenta su temperamento, sospechaba que le iba a gustar bastante. Dadas las circunstancias, la idea le gustaba más de lo que debería. El brillo beligerante de sus ojos se le clavó directamente en la entrepierna.

—No lo soportas, engreído corsario de medio pelo. —Esbozó una sonrisa satisfecha—. Ajá. Eso te ha picado.

En cierto sentido...

Jin inspiró hondo para calmar su rabia y su excitación al mismo tiempo.

—No soy un corsario de medio pelo. Soy un corsario legítimo.

—¿Crees que porque el gobierno británico te ha dado patente de corso ya no tienes los instintos de un sucio pirata?

La excitación desapareció de golpe, como si le hubieran echado un cubo de agua gélida.

—Sí.

—Demuéstralo.

Le cogió la mano, que encontró cerrada en un puño, y le separó los dedos. Acto seguido, le colocó el catalejo en la palma y la obligó a cerrar los dedos.

—No cojo lo que no me pertenece por derecho. —La soltó.

Viola tenía una expresión aturdida en los ojos y la respiración, agitada. La reacción parecía excesiva, pero a él le gustaba. Se acercaba más al miedo que la actitud que había demostrado antes.

—Lo dices porque soy una mujer —afirmó con una nota trémula en su aterciopelada voz—. Algunos hombres son incapaces de aceptar órdenes de una mujer.

—Lo digo porque eres una bruja. Y yo no soy como la mayoría de los hombres.

Dicho lo cual, se marchó. De haberse quedado en el dichoso pasillo un instante más, habría sucumbido a la tentación de contarle la verdad.

No se trataba de que fuese una mujer, una mujer muy guapa con labios carnosos que imaginaba realizando toda clase de cosas que nada tenían que ver con proferir insultos. No se trataba de que él hubiera sido un pirata la mayor parte de su vida. Ni siquiera se trataba de que se hubiera prometido llevarla a Inglaterra pasara lo que pasase. Se trataba de que a lo largo de los dos años que había pasado buscando a una niña a la que habían secuestrado en su casa, se había percatado de algo muy perturbador. Algo sobre lo que rara vez se permitía meditar.

Viola tenía un hogar al que regresar. Tenía una familia. El hecho de que en ese momento lo negara, incluso después de tantos años, y de que viviera como si la familia que la adoraba no existiera lo enfurecía.

Sí, estaba furioso. Con una mujer a la que apenas conocía.

De joven, la rabia lo había consumido. Sin embargo, durante una década entera había conseguido doblegar esa rabia y utilizarla para algo útil. Pero en esa ocasión la ira lo miraba con el rostro de una mujer terca que no comprendía que el regalo que ella despreciaba era justo lo que algunos, lo que él, siempre habían soñado tener.

5

—¿Está triste hoy, señora? Seguro que es por el tiempo.

Viola miró ceñuda a su grumete, y se arrepintió nada más ver la expresión alicaída en su cara pecosa. Ni siquiera había cumplido los siete años y era un niño alegre, entusiasmado por todo, tal como lo era ella cuando su padre la subió a bordo de ese mismo barco por primera vez. Un barco que era suyo desde hacía casi dos años. Un barco al que consideraba su hogar y que la llevaba a encontrarse con el hombre con quien algún día esperaba formar también un hogar.

Alborotó el pelo naranja de Gui y su sonrisa reapareció al punto, otorgándole un parecido enorme a su abuelo, Frenchie. Saltó de la barandilla del alcázar, donde estaba sentado y una vez en cubierta se dio una palmada en su delgaducho muslo. El viento le alborotó el pelo todavía más.

—Sé muy bien lo que puede animarla, capitana. Las gachas de Pequeño Billy. —Bajó a la carrera la estrecha escalera del alcázar y desapareció.

Las gachas de Pequeño Billy eran incapaces de levantarle el ánimo a nadie. Apostaría su barco a que ese muchacho no había cocinado en la vida antes de embarcarse en la *Tormenta de Abril.*

Aunque lo cierto era que estaba de mal humor. A esas alturas le había hablado mal a Sam, se había quemado el brazo con una soga y se había tropezado con un cubo, y ni siquiera era mediodía. El cielo estival era de un plomizo gris y su mente estaba igual de encapotada, de ahí su irritación.

Sabía muy bien cuál era el motivo de la misma. Quién la provocaba. Un hombre que se encontraba en el castillo de proa, siempre de espaldas a ella. Sus hombros y sus piernas recortadas contra el brillante océano. Parecía gustarle pasar el tiempo en la proa del barco. Tal vez porque así mantenía la mayor distancia posible con ella.

Viola sabía que no le habían gustado sus insultos de la noche anterior. A ningún hombre le gustarían. En realidad, no sabía por qué lo había insultado. Las feas palabras parecían salir de su boca por voluntad propia, una tras otra. Aunque, en el fondo, seguro que se merecía la mitad de lo que le había dicho, no debería haberle dado rienda suelta a su lengua. Sobre todo mientras la miraba como si...

No, seguro que habían sido imaginaciones suyas.

Al principio, Aidan siempre la miraba así justo antes de besarla. Esa mirada ardiente y fija que parecía indicar algo totalmente distinto de lo que decían sus palabras. Sin embargo, no conocía a Jinan Seton. Tal vez esa era su forma de mirar a la gente que lo insultaba.

Debía reconocer que era un hombre que controlaba su temperamento. Si lo perdiera algún día, podría acusarlo de haberse amotinado. Sin embargo, un hombre que había llevado el tipo de vida que había llevado él no perdía los estribos a las primeras de cambio. Cuando eso sucedió, fue un poco alarmante.

O más bien emocionante. Le había agarrado la mano, y la fuerza controlada que había ejercido sobre ella la había afectado muchísimo.

Tal como solía hacer cuando lo observaba desde lejos, se volvió en ese momento y sus miradas se encontraron. Acto seguido, lo vio descender del castillo de proa con pasos decididos y cruzar la cubierta de camino al alcázar. Tuvo la impresión de que lo había llamado con su mirada y que, como su fiel sirviente que era, él había respondido. Como si quisiera complacerla.

«Un sueño absurdo», se dijo.

Serena era la soñadora. Ella, la aventurera.

Jinan Seton también era un aventurero en cierto modo.

Lo miró de arriba abajo con gesto arrogante. Había aprendido que los hombres dominantes miraban de arriba abajo, que los hombres honestos miraban a los ojos y que los deshonestos desviaban la mirada.

—Los hombres comentan que vamos a atracar en Corolla. —Desde el incidente sucedido bajo cubierta, cuando su repentino contacto la dejó temblorosa, la miraba a los ojos directamente y se mostraba eficiente—. Dicen que lo han hecho en otras ocasiones durante el mismo trayecto.

Ella frunció el ceño.

—En Corolla, tienen uno de sus cotos de caza preferidos. —Un burdel donde las muchachas solo llevaban medias de red y ropa interior de encaje.

O eso le había dicho una noche un marinero borracho como una cuba. En aquel entonces, solo tenía diecisiete años, y estaba deseando saber qué podría despertar el interés de Aidan. Estuvo a punto de sobornar al marinero para que volviera al burdel y comprara algunas de las prendas que llevaban las muchachas. Sin embargo, no tuvo el valor de hacerlo. Cuando se lo contó después a Aidan, él rio entre dientes, le dio unos golpecitos en la barbilla y le dijo que era una muchacha demasiado decente para ese tipo de cosas.

—¿Por qué no permitírselo? —Seton desvió la mirada hacia el horizonte y después hacia el agua, a babor.

La brisa era templada. Viola se había percatado de que a ese hombre no se le escapaba nada. Siempre estaba observando, calculando y planeando el siguiente movimiento del barco.

—Un día en tierra no alterará demasiado nuestros planes.

Y la tripulación podría enseñarle el burdel.

—No. —En realidad, podían permitirse el lujo de pasar unos días en tierra. Dicho retraso no les haría daño—. No. Debemos continuar. Con lo impredecibles que son las tormentas, no quiero perder la ventaja que llevamos ahora mismo.

—¿Impredecibles? —replicó él, si bien su apuesto rostro se mantuvo impasible.

—Las tormentas estivales. Debes de haber navegado por estas aguas cientos de veces. —Lo miró con recelo—. Lo sabes tan bien como yo.

—No necesariamente. Durante los últimos años he pasado gran parte de mi tiempo al otro lado del océano. Sobre todo en las costas inglesas.

Hablaba con gran seguridad, tal como hacía todo lo demás. Viola nunca había visto un hombre de mar tan competente ni tan seguro. Era un hombre consciente de quién era y seguro de sus intenciones. Su forma de ser despertó el vestigio de un recuerdo en ella, reminiscencias de una época durante la cual los hombres que habitaban su mundo se movían como si tuvieran derecho a todo. Sus recuerdos infantiles estaban plagados de hombres que trataban a las mujeres no solo con deferencia, como su tripulación había aprendido a hacer, sino también con consideración. De hombres que no solo hacían lo que se les decía, sino que se anticipaban a los deseos de una mujer.

El día de su séptimo cumpleaños, el barón la llevó hasta el vetusto roble de la propiedad y le mostró el columpio que había instalado. Sin necesidad de preguntar, supo qué era lo que ella deseaba por encima de todo. Aquel día la tomó de la mano, una mano que parecía diminuta en su cálida palma, y ella miró la cara sonriente del hombre al que quería como a un padre, porque eso era lo que había sido para ella aunque él estuviera al tanto de la verdad.

Le resultó curioso que un antiguo pirata le recordara al que fuera su padre. Sin embargo, Jinan Seton tenía un aura de caballero, los modales de un hombre educado pese a su poco caballerosa profesión. Tal vez así fue como se ganó su regio apodo. Y su arrogancia.

En ese momento, parecía evaluarla con detenimiento, como si estuviera esperando su reacción. Mientras lo hacía su mirada se tornó intensa y ardiente, tal como sucedió el día anterior en el pasillo.

—En todo caso —comentó ella, que decidió pasar por alto su acelerado pulso—, sabes muy bien que las tripulaciones intentan engatusar a sus capitanes para que hagan lo que desean, pese a las consecuencias negativas que eso pueda conllevar.

Jinan Seton frunció el ceño.

—¿Qué consecuencias negativas...?

—¡Capitana! —gritó el vigía—. ¡La verga del trinquete se ha soltado!

—Otra vez —murmuró ella—. Tendrán que repararla cuando atraquemos en Trinidad. —Hizo ademán de alejarse hacia la escalera.

Sin embargo, Seton se lo impidió al extender un brazo.

—Yo me encargo. —Esos ojos claros no la miraron con gesto interrogante, pero sí se mostraron cautelosos.

Ella asintió con la cabeza.

Seton se encargó de la verga suelta. Viola lo observó lo mejor que pudo entre el velamen, impresionada como era habitual por su serena forma de comandar a la tripulación, y por la rápida disposición de esta para acatar sus órdenes. Una vez que la difícil tarea se completó, volvió a su lado junto al timón, como si ella lo hubiera llamado de nuevo. Algo que no había hecho, aunque cierto demonio interior había estado deseándolo sin otro motivo aparente salvo que le gustaba que la acicatearan. O simplemente porque le gustaba verlo de cerca. En ciertos ángulos, la dejaba casi aliento.

O más bien en todos los ángulos. Era incapaz de pasar por alto ese físico tan atlético que había visto desnudo, y esa boca tan increíble. Si fuera una mujer normal y corriente, posiblemente estaría enamorada de él hasta las cejas.

Su irritación aumentó.

—¿Qué quieres, Seton?

—Más órdenes.

—No. Lo que quieres es irritarme.

—Parece que lo estás consiguiendo tú sola. —Cruzó los brazos por delante del pecho y esa boca perfecta esbozó una sonrisa torcida.

Solo llevaba un chaleco sobre la camisa, y la absoluta belleza masculina de esos músculos que tensaban el lino la estaba atontando.

—Son los hombres —admitió, aunque solo fuera la verdad a medias—. No llevan ni quince días a bordo y ya están deseando pisar tierra.

—Acaban de volver de su última travesía. ¿No te parece que eres un poco dura con ellos?

—Bueno, tal vez lo sea. —Como réplica no valía gran cosa, pero la sonrisa de Seton se ensanchó.

Viola se descubrió buscando réplicas tontas capaces de convertir el gesto en una sonrisa de oreja a oreja.

—No tienes por qué lidiar con todo esto —dijo él en voz baja—. Nunca más. Podrías vender la *Tormenta de Abril* y despedirte de estos marineros malhumorados y de las vergas sueltas para siempre. Si quisieras.

Viola rio entre dientes, esforzándose para no mirar sus brazos. Sin embargo, la atraparon esos ojos cristalinos, con el mechón de pelo oscuro que caía sobre ellos.

—¿Por qué iba a querer hacer algo así? —Y añadió a modo de broma—: ¿Te está afectando el sol, Seton?

—Tal vez se deba a los absurdos deseos de tus hombres.

Otra vez el dichoso burdel.

—Los hombres no necesitan una parada en Corolla esta semana —dijo a toda prisa, porque la idea de que esos claros ojos azules se clavaran en ella mientras llevaba medias de red y ropa interior de encaje se había adueñado de sus pensamientos—. Lo que necesitan es ver dentro de tres semanas una playa de arenas blancas y palmeras que se agitan con la suave brisa.

Seton guardó silencio un instante antes de preguntarle:

—¿Y qué necesitas tú, Viola Carlyle?

Se quedó petrificada.

—O debería decir «señorita» Carlyle... Tu hermana cree que sigues con vida. —Su mirada no flaqueó en ningún momento—. Te he estado buscando por todos lados y he venido para llevarte a casa.

6

Viola sintió un nudo en la garganta.

—No tengo hermanas.

—Tienes una, y lleva quince años esperando tu regreso.

—Me estás confundiendo con otra persona.

Él frunció el ceño.

—¿Por qué no has vuelto?

Apretó los labios para evitar que le temblasen.

—Me estás confu...

—¿Por qué no has vuelto a casa?

La respuesta no podía compartirla con ese hombre. Apenas había sido capaz de dársela a su padre, ya en su lecho de muerte, cuando le hizo esa misma pregunta después de trece años.

—Podrías haber regresado a Inglaterra en cualquier momento de estos últimos años. Tienes un barco a tu disposición y dinero de sobra. —Seton la miraba fijamente. Daba la sensación de que podía sostenerle la mirada todo el tiempo que quisiera, una hora, un día o dos semanas, hasta obtener una respuesta.

Salvo el día anterior, cuando por un instante pareció, por raro que sonara, impaciente.

—No tengo dinero suficiente para nada. ¿Por qué crees que trabajo para comerciantes americanos? —replicó ella y tuvo la impresión de que la miraba con más atención.

—Así que admites ser inglesa.

—Admito haber nacido en Inglaterra. Pero eso no me convierte en la persona que dices que soy.

—No puedes negarlo.

—Sí puedo. ¿Tienes pruebas?

—No me hacen falta. Te delatas cada vez que abres la boca.

Viola abrió la boca y la cerró de golpe enseguida. Él se apoyó en la barandilla, como si dispusiera de todo el día para continuar con la conversación. Algo que era cierto. La había atrapado en su propio barco en mitad del océano Atlántico. El Faraón era un hombre muy astuto.

—Tu acento se diferencia muy poco del de los yanquis —dijo él—, pero la entonación y la pronunciación de ciertas vocales delatan tus orígenes. —Inclinó la cabeza—. Y usas palabras que ningún marinero conocería.

—No es verdad.

—La primera vez que subí a bordo, usaste la palabra «pseudónimo». Y hace unos momentos empleaste la palabra «engatusar».

—Leo mucho.

—¿Por qué?

—¿Por qué no iba a hacerlo?

—Debes hacerlo. Eres la hija de un caballero. De un aristócrata...

—Todo el mundo sabe que mi padre era contrabandista.

—... y de una dama.

Eso no podía negarlo. Su madre nació en el seno de una buena familia, bien situada económicamente, con una casa elegante y buenas tierras. Cuando el padre de Maria Harrell le concedió su mano en matrimonio al tímido y estudioso barón Carlyle para aumentar el prestigio social de la familia, apenas tenía diecisiete años, contaba con una dote considerable, era guapa y ya estaba enamorada de Fionn Daly, un marinero al que jamás debería haber conocido, mucho menos entregarle su corazón.

La llama nunca se apagó. Nueve años después, durante una maravillosa primavera en la que lord Carlyle se encontraba en

Londres participando en las sesiones de la Cámara de los Lores y lady Carlyle se quedó en casa para cuidar de su primogénita, el marinero irlandés regresó al puerto... y engendró a Viola. Diez años más tarde, Fionn volvió de nuevo en busca de su amada y de su hija. Con consecuencias desastrosas.

Viola se mordió la lengua. Cualquier cosa que dijera en ese momento no serviría de nada y, además, el corazón le latía demasiado deprisa como para hablar con calma. Recorrió la cubierta con la mirada, fijándose en los marineros. Todos le eran leales, y los conocía de toda la vida. Su vida. Su realidad. No el mundo en el que había nacido y que se le antojaba a millones de kilómetros de distancia, además de al otro lado de un océano.

Sin embargo, no todos los hombres a bordo pertenecían a esa vida. Gran Mattie estaba junto al palo mayor, fulminando con la mirada a un joven marinero que manejaba las escotas. Un intruso en su hogar. Al igual que los otros dos marineros de la *Cavalier.* Y de Seton.

Se volvió hacia él. Seton la observaba con detenimiento, tal como hizo en el pasillo el día anterior. Intentó desembarazarse de la sensación de que la conocía. No la conocía en absoluto. Solo conocía un nombre de una época muy lejana.

—¿Lo saben tus hombres? —exigió saber.

—¿Tu verdadera identidad?

—Mi pasado.

—Solo los tres a bordo. —Su cara permaneció impasible.

—¿Y qué hay de mis hombres? ¿Se lo has dicho?

—No.

—¿Por qué no?

—¿Por qué iba a hacerlo? —Tenía el ceño fruncido y su expresión era sincera. Tanto que resultaba inquietante.

Se acercó un poco a él, con el corazón desbocado, hasta que quedaron a la misma distancia que el día anterior bajo cubierta. El cielo gris enmarcaba su apuesto rostro.

—¿Quién eres?

Seton no parpadeó.

—Mi identidad no es la que está cuestionada.

—¿Por qué me has buscado? ¿Qué más te da si vuelvo a Inglaterra o no?

—Tu hermana se ha casado hace poco. Su marido desea encontrarte.

Entre toda la amalgama de emociones y pensamientos, algo punzante se agitó en su interior. Jin Seton había subido a su barco con miras de ganar algo. Pero ella ya lo sabía, así que no debería molestarla que lo confirmase.

—¿Crees que el deseo de un desconocido basta para arrastrarme de vuelta a Inglaterra en contra de mi voluntad?

—Sí. Pero preferiría que vinieras voluntariamente. —Lo dijo con voz serena, pero en sus ojos apareció un brillo feroz.

El instinto le dijo a Viola que se apartase. No lo hizo. No demostraría debilidad. Un hombre como él solo emplearía dicha vulnerabilidad a su favor.

—¿Por qué no les dices a ambos que me encontraste sana, salva y muy feliz, y lo dejas estar? Después de todos estos años, seguro que ella se contenta con eso.

Si acaso le importaba. Serena no había contestado ninguna de las cartas que ella le escribió durante los primeros años. Tal vez la quisiera, pero una vez descubierto quién era su padre, cuáles eran sus orígenes, su hermana mayor se avergonzaba. Al igual que su pobre padre... Mejor dicho, el barón.

Seton torció el gesto.

—Di su nombre.

Viola parpadeó.

—¿El de quién?

—El de tu hermana.

Esos ojos azules la miraban con una expresión penetrante, algo que se le clavó en el alma y le provocó un estremecimiento. En el fondo de su mente volvió a evocar recuerdos casi olvidados: salones iluminados por el sol e impregnados con el olor a lavanda y a rosa; ribetes, encajes y sedas en tonos pastel; cintas de los colores de las piedras preciosas adornando dobladillos y peinados; el olor de madera vieja y seca; acantilados cubiertos de hierba húmeda; libros polvorientos en una biblioteca y el lustre del pasamanos, logrado a base de limón, cera y tomillo; campos de color esmeralda salpicados de ovejas blancas y prados llenos de flores silvestres. Recordó una sonrisa muy dulce y unos ojos de diferente color enmarcados por una melena rubia oscura. Su hermana, su mejor compañera, su amiga del alma, la niña con la que había convivido durante sus primeros diez años de vida y a quien aún quería.

Todo eso cobró vida en su mente con solo pensar en el nombre de su hermana y sentir la fija mirada de un pirata egipcio.

No solo egipcio. Y ya no era un pirata. Era un corsario británico. ¿Enviado para encontrarla? ¿A la hija ilegítima de un contrabandista y una adúltera ya fallecida?

—¿Quién es el marido de mi hermana?

—El conde de Savege, el vecino más cercano de lord Carlyle en Devonshire.

Viola sintió un nudo en el estómago. La cosa empeoraba por momentos. ¿Un aristócrata? ¿Un conde? Debería alegrarse por su hermana, desearle lo mejor y creer que era un matrimonio deseado. Sin embargo, ella no tenía cabida en ese mundo, ni quería tenerla.

—Se llevará una decepción cuando vuelvas sin mí, no me cabe la menor duda. Pero no tiene autoridad sobre mí, por muy conde que sea.

—Volverás conmigo.

—No lo haré. —Separó todavía más las piernas y puso los brazos en jarras. La postura aminoró su agitación e hizo que casi volviera a sentirse a gusto. Como en casa. En un lugar que le gustaba.

—Inglaterra es tu lugar —afirmó él sin el menor asomo de duda.

Viola soltó una carcajada al escucharlo, aunque sonó forzada.

—Mi lugar está a bordo de mi barco, con mis hombres. Hazte a la idea, Seton. —Se volvió para bajar la escalera, soltando órdenes a diestro y siniestro. Sin embargo, sentía su mirada clavada en ella y la confusión la carcomía.

Si su lugar estaba en su barco con sus hombres, ¿por qué estaba tan empecinada en sentar la cabeza con Aidan Castle y vivir en su plantación en el trópico, aunque solo fuera unos cuantos meses al año? Lo quería, por supuesto. Lo quería desde que él trabajaba en el despacho de aquel comerciante de Boston y su padre lo llevó a cenar a casa una noche. La noche que ella descubrió su corazón de mujer.

Tenía quince años, seguía soñando con regresar a Inglaterra algún día, pero desconocía si ese sueño podía hacerse realidad. Su madre había muerto. Sin ese lazo, Viola no era nada para Charles Carlyle. Y Fionn siempre insistió en que lo era todo para él. Su única hija. Su mejor marinero. Y algún día la señora de Aidan Castle, según le dejó caer.

Fionn los dejó a solas en muchas ocasiones. Le prestó a Aidan el dinero necesario para comprar su plantación, a pesar de que su barco apenas si tenía las velas necesarias. A todas luces, se arrepentía de todo lo que le había arrebatado a Viola, una vida respetable entre otras cosas, y quería que algún día tuviera algo mejor. Había visto ese «mejor» en Aidan Castle, un hombre hecho a sí mismo, nacido en Inglaterra como Viola, primo de un noble inglés, pero convertido en norteamericano como Fionn. Como Viola. Su padre le había proporcionado el marido ideal a una edad muy temprana. Y ella le había dado el gusto al enamorarse de él.

En ese caso, ¿por qué la idea de ver a Aidan en menos de un mes ya no le producía alegría? No era tonta. Aidan llevaba un siglo sin escribirle. Pero cuando volviera a verla, las cosas serían como antes y le pediría que se casara con él, como llevaba insinuando durante años. Y ella sería feliz.

Una imagen de Seton, pegado a ella delante de la puerta de su camarote, hizo que no se dirigiera a su refugio. En cambio, puso rumbo a la bodega. Cuando por fin la pisó, reparó en todas y cada una de las rajas de la madera, en todas y cada una de las tablas ajadas. Atestada de barriles, cajas y muebles envueltos en paños, parecía un mercante. Los dos marineros que vigilaban la santabárbara se llevaron las manos a las gorras. Ella les devolvió el saludo y se dispuso a examinar el cargamento.

¿Por qué llevaba mercancías a Trinidad? Era una corsaria,

por el amor de Dios. Debería estar surcando el océano en busca de piratas, no transportando harina.

Inspiró el aire, mohoso y cargado, mientras desterraba esos inquietantes pensamientos. Seton tenía la culpa. Todo iba a las mil maravillas antes de que él subiera a bordo. Podría desviarse hacia las Outer Banks, tal como quería su tripulación, y desembarcar a Seton en alguna de las islas. No necesitaba que dirigiera su barco por ella.

No lo necesitaba en absoluto.

—¡Sam!

El marinero que charlaba con el guardia de la santabárbara se puso firme.

—¿Capitana?

—Dile al señor Seton que quiero doblar la velocidad. Quiero atracar en Trinidad dentro de dieciocho días.

—Sí, capitana. —Corrió escaleras arriba.

Viola clavó la mirada en la bodega de su barco, llena con los bienes de otro hombre, y por primera vez en su vida se sintió atrapada en el mar.

—¿Capitán Jin? —Pequeño Billy sirvió un cucharón de algo que parecía estofado en un cuenco y se lo ofreció—. He estado pensando.

Jin dejó el cuenco en una mesita emplazada en el comedor. El camarote que servía de cocina no tenía ni un metro cuadrado, pero era el único lugar donde nunca había visto a Viola Carlyle.

Tampoco tenía que haberse molestado en evitarla, ya se encargaba ella de eso. Llevaba cuatro días transmitiéndole órdenes a través de su tripulación. Sus palabras debieron de causarle una gran impresión. Ya solo tenía que decidir cómo aprovechar esa impresión para conseguir sus fines. Y controlar su genio. El desafío que le había lanzado seguía escociéndole como si lo hubiera insultado. Debía aplacar su enfado antes de volver a hablar con ella.

Llenó la cuchara de estofado.

—¿En qué, Bill?

—En los rebeldes escoceses a los que perseguimos en el mar del Norte. Y en el chico al que llevamos a casa antes de eso, desde España.

Jin tragó el insípido guiso y se llevó otra cucharada a la boca. Lo mejor sería acabar pronto con el estofado, ya que debía enfrentarse a la señorita Viola Carlyle. No se había esperado esa negativa tan tajante.

Claro que debería haberlo hecho. Si bien ya era demasiado tarde para lamentarse.

—¿En serio? —murmuró.

—Sí, señor. —Billy metió una patata sin pelar en la olla y removió el contenido—. No conseguimos un botín, y eso que el gobierno aflojó bien. Pero me preguntaba para qué hemos estado haciéndolo.

Por justicia. Para ayudar a los desesperados. Para servir a la Corona. Para servir al Club Falcon.

Habían pasado casi dos años desde que abandonó el selecto club y zarpó en busca de una desaparecida a quien su familia daba por muerta. Menos su hermana. Sin embargo, Serena Savege no estaba al tanto de su misión, Alex tampoco. No se lo había contado.

—Lo hicimos porque Su Majestad nos lo pidió, Bill. —Una verdad a medias, aunque era mejor que nada.

Tal vez debería haberle contado una verdad a medias a Viola Carlyle. Tal vez todavía tenía margen de maniobra para inventarse otra historia, una que la convenciera de que lo que él proponía era lo mejor.

No. Había pasado demasiados años viviendo de mentiras de un lado a otro del Atlántico. No volvería a empezar, mucho menos con una dama, por más terca que esta fuera.

Apuró el estofado y dejó el cuenco en la encimera.

—¿Le ha gustado el rancho, señor?

—No, pero al menos consigues que sea digerible. —Le dio una palmadita en el hombro—. Gracias, Bill.

La cara del muchacho se iluminó con una sonrisa mellada.

—De nada, capi.

—Billy...

—De nada, señor Jin. —El muchacho guiñó un ojo.

Jin examinó los cañones y les hizo un gesto de cabeza a los marineros encargados de su cuidado antes de subir a la cubierta principal. Una vez arriba, se detuvo. Viola Carlyle estaba sentada en el castillo de proa, debajo de unas velas henchidas, rodeada de marineros, con el cielo azul y las olas del mar como telón de fondo. Delante de ella, cuatro hombres formaban una línea perfecta y estaban cantando. Le cantaban a ella.

En mitad del día. A diez nudos de velocidad con la corriente a su favor.

Cantando.

A ella.

La canción no era nada del otro mundo, una tonada popular muy conocida, aunque en esa ocasión la cantaban con increíble armonía. Era evidente que a ella le gustaba. Se había echado el sombrero hacia atrás, dejando al descubierto gran parte de su cara. Sonreía mientras miraba a los marineros, uno a uno, con el sol reflejado en sus ojos.

Por un instante, Jin fue incapaz de moverse, asaltado por una oleada de deseo. En los cuatro días en los que apenas la había visto no se había permitido pensar en lo guapa que era.

Saltaba a la vista que sus hombres lo pensaban en ese momento. La mirada de todos y cada uno de los cantantes, y de todos y cada uno de los hombres que la rodeaban, estaba clavada en ella. Casi cuarenta hombres permanecían hipnotizados por su capitana mientras el barco surcaba las olas, cabeceando con fuerza pero sin perder velocidad, al parecer timoneado por fantasmas.

La canción acabó y ella comenzó a aplaudir al tiempo que escuchaba la risa más sincera y sensual que había oído. Una risa hermosa, cargada de inocente alegría y de placer incauto. Los marineros golpearon el suelo con los pies para mostrar su aprobación. Pero Jin solo la escuchaba a ella.

En ese momento, Viola desvió la mirada y lo vio, y su alegría desapareció al punto.

Jin sintió un nudo en la garganta que le dificultó la respiración. Incluso con el ceño fruncido, era atractiva. Resultaba atractiva aunque echara chispas por los ojos, y él se moría por tenerla debajo, por desterrar el descontento de sus ojos y reemplazarlo con una vehemente sumisión.

Algo que no podía hacer. Al menos de la manera que él quería.

Cuando Viola apartó la mirada, él echó a andar, haciendo que los marineros se dispersaran para dejarlo pasar. Los cantantes se dieron palmadas en las espaldas, felicitándose con aire satisfecho. Con una sonrisa dulce y un tono agradable, ella los felicitó y les dio las gracias, haciendo que las curtidas mejillas de los marineros se sonrojaran. Cuando pasaron junto a él, Jin les ordenó que se encargaran de las tareas que ya deberían estar haciendo y siguió hacia su capitana.

—Jonah, ¿te acuerdas del problemilla del que te hablé anoche y que necesita un apaño? —le preguntó ella a un hombre.

El marinero que tenía delante se quitó la gorra como un criado delante de un aristócrata antes de asentir con la cabeza.

—Claro que sí, capitana. Hay que desatascar el tigre.

—Sí. —Miró al marinero con una sonrisa comprensiva—. Las cosas se van a poner muy feas si lo dejamos atascado mucho tiempo, ¿no crees?

—¡Sí, capitana! Lo arreglaré en un periquete. —Asintió con la cabeza y se alejó a toda prisa.

Jin clavó la mirada en la espalda del marinero antes de mirar a la mujer capaz de enviar a un hombre a limpiar la letrina con una sonrisa feliz. Señaló el castillo de proa.

—¿A qué ha venido esto?

Ella frunció el ceño y se caló bien el sombrero.

—Yo también te deseo buenos días —masculló ella—. ¿Qué bicho te ha picado? Claro que a lo mejor siempre eres igual de quisquilloso.

—¿Quisquilloso? ¿Y eso me lo dice la misma mujer que me insulta a la menor oportunidad y que me evita el resto del tiempo?

—No soy quisquillosa. —Desvió la mirada—. O no lo era antes de que tú subieras a bordo.

—¿Qué hacían esos hombres? Vamos a toda vela. Deberían estar controlando que el rumbo no varíe, no cantando como imbéciles para complacerte.

—El barco va perfectamente —replicó ella—. Como puedes ver.

—Y si el viento hubiera cambiado de repente, ya habríamos zozobrado.

—Pero no ha cambiado y seguimos navegando —le soltó Viola. Seton tenía razón, pero por un instante, mientras disfrutaba de la compañía de su tripulación y sus pensamientos le daban una tregua al no pensar en ese hombre, había sido feliz. Y muy irresponsable—. ¿Pones en duda mis conocimientos sobre mi barco?

—Solo cómo tratas a tu tripulación. ¿Qué clase de capitán monta un concierto yendo a toda vela y con la corriente a favor?

—Un capitán que sabe mucho más de sus marineros que tú. Claro que no me sorprende. —Hizo ademán de rodearlo, pero él le cortó el paso—. Quítate de en medio, Seton, o te abriré la cabeza con la culata de mi pistola.

—No amenaces con golpear a un hombre que sabe muy bien cómo devolver los golpes... señorita Carlyle.

Algo había cambiado, y por primera vez desde que ese hombre con reputación de violencia desenfrenada subiera a bordo de su barco, sintió miedo. No de que le hiciera daño a ella. No creía que se lo hiciera, no después de haberla llamado «señorita Carlyle» y de querer llevarla de vuelta a Inglaterra, junto a su cuñado, que era un conde inglés. Sin embargo, la gelidez había desaparecido de sus ojos y había sido reemplazada por algo muy distinto. Algo apasionado y volátil. En cualquier otro hombre, lo habría tildado de incertidumbre. Incluso de confusión. En Jinan Seton, tan arrogante como un pavo real, la asustaba.

Tenía las manos húmedas y frías; pero sentía algo muy cálido en las entrañas.

Intentó desentenderse de la sensación.

—Si vuelves a llamarme así una vez más en mi barco, ordenaré que te tiren por la borda.

—Si sigues capitaneando el barco como hasta ahora, acabaremos los dos dándonos un chapuzón.

Lo miró con los ojos entrecerrados, pero así solo acrecentó la sensación que le quemaba las entrañas. Se cruzó de brazos.

—Es mi cumpleaños... La canción ha sido mi regalo.

Él se quedó igual.

—Tu cumpleaños.

—Sí. Tengo veinticinco años. A partir de hoy, soy mayor de edad. Ni siquiera en Inglaterra un hombre puede tener autoridad sobre mí.

—¿Por eso la canción? —Señaló a los marineros—. ¿Querías reforzar tu autoridad sobre los hombres?

—Manejo mi barco como me place. ¿Tienes algún problema con eso, marinero?

—Lo tengo cuando pones a toda la tripulación en peligro. —La miró a la cara con gesto inescrutable, una expresión que para ella era mucho más peligrosa que cualquier otra cosa—. Los tratas como si fueran pretendientes.

—Los trato como si fueran mi familia. Que es lo que son. —La única familia que le quedaba después de que su padre la alejara de la que siempre había conocido.

—Coqueteas con ellos.

—Hago que el trabajo les parezca interesante.

—¿Y a qué se debe que Jonah se fuera como unas castañuelas a limpiar el tigre? Dime. ¿A su estupidez supina?

—Es muy leal. Hace lo que le dice su capitana con sumo gusto, a diferencia de algunos marineros a los que no voy a nombrar, aunque los dos sabemos de quién estoy hablando.

Seton meneó la cabeza con expresión incrédula.

—Supongo que si le ordenas a Jonah que se meta en la boca de una ballena, lo hará sin titubear.

—Muy listo. Estoy muy impresionada.

—¿Qué pasa? ¿Te habría gustado más una referencia a los mitos griegos de las historias que les lees a la hora de dormir como una niñera a sus pupilos? Con razón te miran con ojos de cordero degollado.

La compostura de Jinan Seton comenzaba a flaquear. Viola lo percibía en la tensión de su cuello y en la tensión de su mandíbula. Estaba consiguiendo que el frío y seguro Faraón perdiera los nervios, y el éxito se le subió a la cabeza como un buen trago de ginebra. Bajo su atenta mirada, se sentía un poco embriagada. Un poco osada. Como la niña que fue en otro tiempo.

—¿Celoso de su devoción, Seton? A lo mejor si les lees, también te mirarán con ojos de cordero degollado. —Meneó las cejas.

—Esa no es forma de capitanear un barco. Los hombres están medio enamorados de ti.

Le dio un extraño vuelco el corazón al escucharlo, pero se obligó a encogerse de hombros.

—Si funciona, ¿por qué quejarse? —Esbozó una sonrisa burlona—. ¿Por eso te molesta tanto que te haya evitado? ¿Tú también estás medio enamorado de mí?

—¡Por el amor de Dios! —Él frunció el ceño—. ¿Me tomas por un completo imbécil?

—¿Un hombre tiene que ser un imbécil para enamorarse de mí?

—Y también medio ciego y sin capacidad de raciocinio, por no mencionar que debe tener tendencias suicidas.

Eso le dolió, y no le gustó un pelo que le doliera. Se devanó los sesos en busca de una réplica, de modo que las palabras le salieron solas.

—Me apuesto lo que quieras a que puedo hacer que te enamores de mí.

«¡Por el amor de Dios!»

Seton soltó una carcajada seca.

—Atrévete si eres capaz.

—¡Je! —¡Maldita fuera su lengua!, pensó—. Muy bien. ¿Apostamos? —Las irresponsables palabras seguían saliendo de su boca. Sin embargo, la idea evocaba algo emocionante, algo peligroso, tentador... Algo que no debería sentir.

Seton se quedó boquiabierto.

¡Santa Bárbara bendita, esos labios la volvían loca! Casi podía saborearlos. Sabría a hombre, a pasión y fuerza. Una lástima que la mirase como si se hubiera escapado de un manicomio. Y, por supuesto, una lástima que ella no lo soportara.

—Estás loca —murmuró él, asombrado—. ¿Verdad?

—Nunca he rechazado un desafío. ¿Cómo crees que he llegado hasta aquí? Yo, una simple mujer. —Señaló el castillo de proa.

—Lo dices en serio. —Seton entrecerró los ojos—. No puedes decirlo en serio.

—¿Te da miedo que gane?

—Desde luego que no.

—Pues acordemos las condiciones. Si gano yo, me quedo con tu nuevo barco.

—¡No!

—Y si ganas tú, volveré a Inglaterra contigo.

Eso lo pilló a contrapié. A Viola le costaba respirar con normalidad. No sabía de dónde habían salido esas palabras. No deseaba volver a Inglaterra.

Aunque merecería la pena verlo retorcerse de la incomodidad mientras ella se pegaba a él en su intento por seducirlo. No lo conseguiría, claro. Seton tenía una piedra por corazón y una voluntad férrea, y acabaría ganando. Pero ella siempre podía regresar a casa después... Después de ver a Serena. Su hermanastra. La condesa.

«Ay, Dios, ¿qué he hecho?»

—¿Cuánto duraría la apuesta? —preguntó él a la postre.

—Dos semanas.

—¿Dos semanas?

Ella enarcó una ceja.

—Hay hombres que se enamoraron de mí en cuestión de minutos. —Aidan siempre le decía que ese era su caso.

Seton la miró con evidente incredulidad.

—No me cabe la menor duda de que algunos hombres están tan locos como tú.

Esas palabras fueron humillantes. Y le escocieron. De hecho, le dolieron.

Eso la encendió.

—Tal vez tú también lo estés, escoria pirata.

—Y vuelta a los insultos. Estás perdiendo tu alta catadura moral.

—Mi catadura moral sigue muy alta, gracias. ¿Aceptas la apuesta?

Seton la miró en silencio un rato, con una expresión misteriosa en los ojos.

—Sí.

De repente, le costó respirar. Sin embargo, ella sola se había metido en ese lío. E iba a tener que tocarlo en ese momento, y sentir el calor que irradiaba su piel una vez más, como en el pasillo. Un contacto que le había alterado el sueño desde aquella noche.

Los ojos de Seton relucían.

—¿Ya te arrepientes de tu impulsividad... señorita Carlyle?

El corazón le dio un vuelco al escucharlo.

—Ya te he dicho que no me llames así a bordo de mi barco.

Esa boca perfecta esbozó una sonrisa torcida, y en esa ocasión destilaba seguridad.

—Expón tus condiciones.

¿Condiciones? Debía hablarle con respeto y permitirle a ella toda clase de libertades con su persona. Se ruborizó al punto. La mirada de Seton recorrió sus mejillas y apareció una pequeña arruguita en su cara.

—Debes permanecer a bordo en todo momento —se apresuró a decir—, incluso cuando atraquemos en algún puerto, hasta el final de la quincena, a menos que yo también desembarque. En ese caso, me acompañarás allí donde yo vaya. —Maldita fuera su estampa por hacerle eso, por hacer que su lengua dijera cosas que no debería y por ser tan arrogante y tan guapo que se le hacía la boca agua.

—Muy bien.

Bajo la atenta mirada de esos ojos azules, sus pensamientos se dispersaron. Pero tenía que llegar hasta el final. Su orgullo estaba en juego.

—Si desembarcas por cualquier motivo, renuncias a la apuesta y yo gano automáticamente.

—¿Y mi parte? ¿Si me echas del barco, renuncias a la apuesta y gano yo?

—Exacto. —No lo haría. Había soportado su inquietante presencia durante casi dos semanas a esas alturas. Pero esos ojos claros le decían que estaba tramando algo. Había cometido una tontería, un error. Bajó la vista a sus labios. Un error tontísimo y garrafal—. Y al final de la quincena tienes que decir la verdad —añadió—. Nada de mentir para ganar.

—Por supuesto.

Le tendió la mano.

—¿Trato hecho?

Cuando la mano de Seton envolvió la suya, su cuerpo cobró vida. Su apretón era fuerte, y ella quería sentir esa fuerza en otra parte. Quería sentir esas manos sobre su cuerpo. Era una desvergonzada infiel que retaba a un hombre para que la tocara mientras su corazón pertenecía a otro.

—Al final de la quincena, Viola Carlyle, subirás a mi barco y viajarás a Inglaterra conmigo. —Habló en voz baja y serena, todo lo contrario a lo que ella estaba sintiendo por dentro.

—Al final de la quincena, Seton, te arrepentirás de haberte acercado siquiera a Violet Daly.

Seton le soltó la mano y se alejó, con parsimonia, sin ser consciente de que el aire vibraba a su alrededor. Ella siguió donde estaba, con la vista clavada en su espalda mientras lo veía desaparecer bajo cubierta, maldiciéndose en silencio y maldiciéndolo a él. Le haría la vida imposible. Lo obligaría a abandonar el barco con sus atenciones y así la dejaría tranquila. Después, retomaría su relación con Aidan donde la dejaron la última vez que la abrazó y le dijo que ella era lo mejor que le había pasado en la vida.

Sin embargo, la idea de abrazar a Aidan no le aceleraba el corazón en ese momento. A Aidan precisamente, no.

7

Milady:

Mi padre, mi hermano y yo estamos encantados con su último panfleto sobre las Despreciables Condiciones Laborales que sufren los trabajadores de las fábricas textiles de Manchester. Sus llamamientos escritos son una fuente de inspiración para Gran Bretaña.

Sin embargo, debo pedirle con todos mis respetos que quite La Sirena de las oficinas.

Su tamaño y su Estado de Desnudez han causado incomodidad entre nuestros clientes y una considerable Falta de Concentración entre los operarios de la prensa. Si lo estima conveniente, estaré encantado de encargarme de su traslado.

JOSIAH BRITTLE

Estimado señor Brittle:

Siento muchísimo los inconvenientes que ha causado la estatua. Por favor, encárguese de la Devolución al Remitente a la siguiente dirección: señor Peregrino, Club Falcon, número 14 ½ de Dover Street, Londres.

Una sirena debe estar allí donde pueda ocasionar la ma-

yor destrucción posible. No al lado de esos pobres trabajadores, sino bien cerca de los ricos indolentes que se lo me-
rezcan.

Atentamente,
LADY JUSTICE

8

Viola Carlyle era una desvergonzada.

En el transcurso de un día, su actitud hostil e irritable desapareció y todo fueron miraditas de reojo y párpados entornados. Jin lo habría encontrado gracioso si no se le diera tan bien. Si no fuera tan convincente. Como si de verdad deseara sus atenciones. Adoptó el papel de una mujer recatada que le tiraba los tejos como si fuera una consumada actriz, pero con mucha más delicadeza y con la ventaja de contar con una cara bonita y un cuerpo bien formado.

Un cuerpo que estaba más que dispuesto a explorar nuevamente.

Durante ese día, abandonó el abrigo que la cubría como un saco y se puso un chaleco ajustado que se amoldaba a sus pechos y a su estrecha cintura, enfatizando la delicadeza de su silueta. En el tahalí que llevaba al hombro y que cruzaba su torso hasta la cadera opuesta había una pistola pequeña y un puñal cuya empuñadura señalaba hacia un lugar donde no debía posarse la mirada de un hombre. El espantoso sombrero también había desaparecido, reemplazado por una gorra con visera cuando estaba en cubierta. Si estaba abajo, no llevaba nada en la cabeza. Su abundante melena, recogida en una simple coleta como el día que la vio en los muelles hacía ya semanas, relucía como el satén y se mecía en la brisa, rozándole los labios.

No cometió el error de abandonar su papel de capitana. Mantuvo un firme control sobre su barco y sobre las actividades de la tripulación, dejándole a él sus tareas habituales. Sin embargo, comunicaba sus órdenes sin burlas ni insultos, empleando una voz serena que sugería una plena confianza en él y en el desempeño de sus responsabilidades.

Era seductora, elegante y en absoluto servicial o demasiado reservada. Era la tentación en persona, como una dama bien educada que reservara sus favores para el hombre que considerara adecuado. Y solo para él.

Era un demonio engañoso y manipulador.

Sin embargo, todo ello sirvió para convencerlo de que su lugar se encontraba entre la alta sociedad británica. Su belleza y su elegante coqueteo, sumados a la actitud confiada con la que se movía en su mundo, la señalaban como la aristócrata que estaba destinada a ser. Como la hija de su madre, que no de su padre.

No obstante, Jin llevaba dos décadas inmerso en juegos mucho más peligrosos, y sabía cómo manejar la situación. De modo que mantuvo las distancias.

Ella le puso las cosas difíciles. Empezó a comer con los hombres. Cada vez que Jin estaba en cubierta, Viola se las apañaba para aparecer. Era evidente que pensaba que la clave del éxito estaba en la proximidad. De modo que se descubrió alejándose de ella más de lo que le gustaría. Ningún hombre le decía lo que tenía que hacer, y ciertamente no iba a hacerlo una mujer. Hacía veinte años que nadie le daba órdenes. Sin embargo, la cercanía de Viola lo distraía. Demasiado.

Tras las nubes, los vientos y el día soleado en el que hicieron la apuesta, llegó la lluvia. Jin se encontraba en su camarote, preparándose para acostarse cuando apareció Becoua.

—Señor, el cielo está parcialmente despejado. Se ven algunas estrellas. Pensé que le gustaría saberlo, porque la capitana ya está dormida.

—Gracias, señor Maalouf.

Becoua se volvió para marcharse, aunque se detuvo.

—Señor Jin, la capitana huele a flores de un tiempo a esta parte, ¿verdad? Como si usara perfume, ¿no?

—No lo he notado.

Becoua lo miró a los ojos con expresión socarrona y curiosa. Jin meneó la cabeza.

—Vuelva al trabajo, marinero.

El contramaestre rezongó algo mientras se alejaba. Jin se pasó una mano por la cara, tras lo cual se aferró la nuca. Debía comprobar que el barco llevaba la dirección correcta mirando las estrellas. Tal vez pasaran días antes de que el cielo volviera a despejarse.

No obstante, Viola guardaba el sextante en su camarote.

Que era donde ella se encontraba en ese momento. Lo sabía porque había pasado un rato antes por delante de la puerta de su camarote, dejando tras de sí un olor a flores y hierbas. Sí, llevaba unos días usando perfume, un aceite de rosas de las Indias Orientales o tal vez fuera aceite de champaca. Una fragancia rica y embriagadora que se mezclaba con su aroma a mujer y que incluso a cierta distancia parecía afectar a un hombre y acariciarlo justamente donde más lo necesitaba.

Una fragancia obvia.

Desvergonzada.

Que estaba surtiendo efecto. El resto del barco olía a sudor y a hombres sucios, mientras que su capitana olía como el vestidor de una dama. Jin se arrepentía de no haber visitado los burdeles de Boston antes de embarcarse en esa travesía. Con esas miraditas dulces y el incitante perfume, lo estaba excitando, y también estaba despertando el deseo de darle una lección sobre las consecuencias de tentar a un hombre que llevaba demasiado tiempo sin una mujer.

Si él estaba frustrado, el resto de la tripulación debía de estarlo también. La confusión de Becoua lo demostraba.

¡Esa mujer era un demonio irresponsable! O tal vez estuviera loca, como pensó la primera vez que la vio.

Caminó hasta la puerta de su camarote y llamó. La abrió una mujer que no parecía en absoluto la capitana de un barco.

Llevaba el pelo suelto y sus ondulados mechones le enmarcaban la cara como la más costosa marta cibelina. Solo llevaba una diáfana camisa blanca con los lazos desatados, lo que dejaba a la vista gran parte de su escote. En una mano sujetaba un libro abierto.

Sus enormes ojos violetas lo miraron con una expresión distraída, que no tardó en despejarse. Pestañeó varias veces al tiempo que se ruborizaba, y por un instante pareció sofocada. No obstante, al cabo de un momento, bajó el libro y le ofreció una sonrisa femenina un tanto calculadora.

—Señor Seton, una visita tardía. Es un placer.

—¿Siempre le abres la puerta a tus marineros vestida así? —Señaló la piel sedosa de su escote que la camisa dejaba a la vista, unas curvas de lo más tentadoras.

Porque lo eran.

Lo tentaban.

Se percató de que ella esbozaba una sonrisa torcida.

—En absoluto. Te esperaba a ti.

—Con insultos y bravuconería te sería más fácil convencerme de que abandonara el barco.

—Puedo ganar la apuesta de dos formas.

—Exactamente igual que yo. —Apoyó un hombro en la jamba de la puerta—. No soportarás mucho tiempo mi indiferencia. Tu orgullo se resentirá y me tirarás por la borda movida por la exasperación.

—Podría ser así si te mostraras indiferente. —Su mirada descendió y se clavó en los labios de Jin, donde se detuvo un instante antes de proseguir hacia su torso. Lo hizo como si fuera una caricia, despacio.

Y él sintió esa mirada como tal. Como una caricia.

Viola lo miró de nuevo a los ojos.

—Pero no es el caso —concluyó.

Jin cruzó los brazos por delante del pecho con indiferencia y se permitió una sonrisa, aunque en el fondo lo hacía para inmovilizar los brazos. O más bien las manos.

—Ya te gustaría.

—El otro día, aquí en el pasillo —siguió ella en voz baja. Una voz femenina, dulce y tentadora—, querías besarme.

—Viola Carlyle, si hubiera querido besarte, lo habría hecho —replicó él también en voz baja.

—Mientes.

Jin no replicó, se limitó a mirarla como si no lo hubiera insultado con un brillo decidido en los ojos.

Viola sintió una espantosa sequedad en la boca. Ansiaba tener una copa de vino en la mano y librarse de la presencia de Jinan Seton. Esa charada era insoportable. Cuánto más obligada se veía a pestañear como una tonta y a mantenerse cerca de él en la cubierta vestida con mucha menos ropa de la que usaba para acostarse, más difícil le resultaba recordar que todo era teatro. Había abierto la puerta de esa guisa porque estaba tratando de leer un libro que le encantaba de pequeña y, en cambio, se había pasado el rato imaginando cómo serían sus besos.

—¿Qué estás leyendo? —le preguntó él como si fuera lo más natural del mundo.

—Un libro —respondió de mala manera. Esa boca tan maravillosa y perfecta, esos brazos musculosos y todo lo demás estaban demasiado cerca—. ¿Esta es tu manera de intentar entablar conversación?

—Vaya, la fierecilla ha vuelto —comentó él con una sonrisa que le provocó un cosquilleo en el estómago—. Es posible que acabe saltando por la borda después de todo.

—Ojalá.

Jinan Seton tuvo la audacia de reír entre dientes.

—Puestos a pensarlo, prefiero esta actitud a la otra. Me gustan los marineros honestos.

—Querrás decir las mujeres, ¿no?

Sus ojos parecieron ensombrecerse.

—La gente en general —respondió él.

Sin embargo, esas palabras no reflejaron lo que estaba pensando. Viola lo vio en su expresión, y supo sin el menor género de duda que ese hombre había sido testigo de la deshonestidad de una mujer y que había salido mal parado.

Abrumada por un repentino impulso, Viola hizo algo muy tonto. Extendió un brazo, le colocó la mano en el pecho y se oyó decir:

—Yo siempre soy honesta.

Y lo era, en lo concerniente a ese tema. Porque quería estar a su lado en contra de su voluntad y tocarlo.

Sintió que su torso subía y bajaba rápidamente bajo la palma de su mano, pero cuando replicó, su voz sonó firme:

—Estás interpretando un papel que no nos gusta a ninguno de los dos. Retira la apuesta. Es infantil y sabes que vas a perder.

Sin embargo, ella no se sentía infantil en lo más mínimo. Su forma de mirarla con esa intensidad cristalina, aun mostrándose distante, la hacía sentirse como una mujer. Debería apartar la mano de su cuerpo. Por debajo de la delgada tela de lino, demasiado fina para un hombre de mar, solo había músculo.

—¿Y si no me importara perder? —preguntó, en cambio, extendiendo los dedos. Percibió su calor corporal y los latidos de su corazón, y sintió un extraño palpitar. Deslizó un dedo hasta colocarlo sobre los lazos de la camisa y con un leve movimiento se la abrió. Piel. Bajo su dedo sintió el roce firme y caliente de esa piel masculina. Apartó la tela, dejando a la vista su clavícula y su piel morena. Se le alteró la respiración—. ¿Y si estoy disfrutando de la apuesta?

Jinan Seton la aferró por la muñeca y le metió la mano debajo de la camisa.

Viola se quedó sin aire en los pulmones. En un primer momento se limitó a sostenerle la mano, presionándosela contra su pezón. Después, inclinó la cabeza y dijo en voz baja:

—Viola Carlyle, no tienes que atarme a un mástil para desnudarme. Si me lo pides, lo haré gustoso.

—¿Ah, sí? —¡Por el amor de Dios! Seguro que él sentía sus estremecimientos.

Ansiaba acariciarlo sin tapujos, ordenarle que se desnudara de inmediato. ¡Ansiaba sentirlo por entero! Seguir experimentando esa deliciosa sensación que la embargaba por momentos.

Porque nunca la había sentido. Por ningún hombre. Salvo por Aidan, claro. Posiblemente. O tal vez no.

¿Qué le estaba pasando?

—Solo tienes que decirlo, capitana —susurró él contra su frente.

Viola se quedó paralizada. La proximidad hacía que sus sentidos se saturaran con el olor de ese hombre. Era un olor estupendo, embriagador, agradable y cálido.

—¿Eres consciente de que acabas de llamarme «capitana»? —le preguntó, y sintió que le acariciaba la muñeca con la yema del pulgar.

—Lo soy —respondió él con una carcajada—. Fíjate tú. Tal vez porque estoy esperando una orden.

Si volvía la cabeza, sus labios se encontrarían. Lo ansiaba tanto que apenas recordaba el orgullo ni la voz de la razón. Lo deseaba más que a Aidan.

—¿Y si me dices antes por qué has venido a mi camarote a estas horas?

Jinan Seton le soltó la mano y le acarició el brazo. Con una delicadeza que jamás habría imaginado en él, la instó a apartarse.

—He venido a por el sextante.

Viola parpadeó, consciente de que se había sonrojado, consciente a juzgar por su expresión de que él sabía hasta qué punto la había afectado.

—En fin, pues podrías haberlo dicho antes. —Se volvió hacia el interior del camarote para ocultar su sonrojo y soltó el libro para coger el instrumento de navegación.

—Me hace gracia provocarte —dijo él cuando volvió a su lado.

—No lo dudo. —Viola enarcó una ceja y fingió ignorar que él era consciente de la verdad. Fingió que la verdad no era la verdad: que por un momento se había derretido bajo la caricia de su mano y que seguiría derretida si él no la hubiera soltado—. ¿Se ha despejado el cielo?

—En parte. —Él aceptó el sextante y echó un vistazo hacia

la mesa sobre la que ella había soltado el libro—. Estás leyendo a Herodoto.

Lo dijo a modo de afirmación. Una afirmación sin inflexión alguna en la voz, si bien Viola captó cierta sorpresa. En ese momento, él la miró a los ojos, y el palpitante hormigueo comenzó otra vez.

—Sí. —Deseó que él llevara la camisa abrochada hasta el cuello. Deseó llevar su gabán abrochado hasta la barbilla. Deseó estar en cualquier otro lugar, bien lejos de la mirada cristalina de ese hombre. No estaba hecha para esa situación tan confusa, para desear a un hombre aunque amara a otro—. ¿Lo has leído?

Lo vio asentir con la cabeza. Había fruncido el ceño.

—Bueno —comentó ella a la ligera—, pues ya tenemos algo más en común además de la apuesta. Impresionante. —Se obligó a esbozar lo que esperaba que fuese una sonrisa recatada.

Él levantó el sextante.

—Gracias —dijo, y se marchó.

Viola clavó la mirada en su espalda hasta que desapareció en la oscuridad del pasillo de la cubierta de cañones.

Fionn solía decir que era demasiado testaruda. El barón afirmaba, con cierto brillo en los ojos y una sonrisa en los labios, que era temeraria. Sus dos padres llevaban razón.

—¿Qué opinas? —Mattie colocó sus gruesos codos en la barandilla y se frotó el mentón cubierto por la barba.

El mar bajo él era oscuro, salvo por la blanca espuma de las crestas de las olas. El cielo, gris plomizo. Soplaba un viento húmedo y salado.

Jin levantó el catalejo y observó la embarcación que se veía en el horizonte gris. A juzgar por su movimiento, errático y lento, iba a la deriva. Llevaba las velas arriadas y uno de los mástiles descansaba sobre la cubierta, partido. Una bandera desconocida, roja y blanca, ondeaba al viento. Se trataba de un bergantín muy similar a la *Tormenta de Abril*, pero de mayor tamaño y con mayor calado. Un buque mercante con parte de la carga a bordo. ¿Una presa de los piratas o no?

—No podemos arriesgarnos —dijo en voz baja.

—¡Becoua! —gritó la capitana de la *Tormenta de Abril* desde el alcázar. Su voz era seductora incluso cuando gritaba—. Dirígete hacia esa nave, despacio pero sin perder el rumbo.

Seductora como sus pechos medio desnudos, como esos enormes y curiosos ojos, y como su mano delgada mientras le exploraba la piel.

Jin se volvió y buscó su mirada en la distancia. Debía convencerla de que dejara tranquila esa embarcación desconocida. Sin embargo, eso requeriría una conversación privada; y tras el incidente en la puerta de su camarote, reconocía que acercarse nuevamente a ella no sería sensato. Llevaba días evitándola.

Viola también había mantenido las distancias. Lo que sugería que tal vez fuera útil variar su estrategia a fin de lograr que regresara a Inglaterra. Podía conseguir su propósito empleando otro método.

Porque no era inmune a él. A la luz de la lámpara en el pasillo, se había percatado de que su cuerpo respondía a la proximidad. Si Viola hubiera sido consciente de ello, si hubiera visto cómo se tensaba la camisa sobre sus endurecidos pezones, tal vez no habría recuperado la actitud desafiante tan pronto.

Aunque quizá sí fue consciente.

Capitaneaba un barco como si fuera un hombre, leía libros que eran lectura obligada para los caballeros con estudios universitarios y, sin embargo, era la mujer más excitante que había conocido jamás. En la puerta de su camarote, con los ojos brillantes bajo la luz dorada y la sonrisa en los labios, había estado a punto de hacer lo que no debía hacer. Aunque tal vez ese fuera un método bastante más rápido para devolverla a Inglaterra. Una mujer bajo la influencia del deseo solía hacer aquello que quería el hombre que deseaba. Era algo que había aprendido a una edad bien temprana, observando el comportamiento de su madre con su marido. Cuando fue mayor, usó esa lección para su beneficio.

No deseaba mentirle a Viola Carlyle. Ella no era lo que aparentaba ser, no era lo que deseaba que vieran los demás. Por un instante, en la puerta de su camarote, había visto algo muy distinto en sus ojos oscuros. Vulnerabilidad. Y confusión por el deseo que la embargaba.

Si así lo decidía, podía aprovecharse de dicho deseo. Pero ya no era ese tipo de hombre. Prefería conquistar a Viola sin engaños.

—No vas a convencerla.

Jin volvió la cabeza.

Mattie había torcido el gesto.

—No te escuchará si le dices que no ponga rumbo a esa embarcación.

—En ese caso, tal vez sería mejor que se lo dijeras tú. Me he dado cuenta de que le gustas.

Mattie soltó una carcajada y se puso muy colorado. Jin meneó la cabeza y devolvió la mirada al horizonte.

Cuando vio que los separaba media milla del barco, decidió que ya no podía posponer más el momento. Enderezó los hombros y caminó hacia el alcázar.

—Esto es una insensatez —dijo, con la vista clavada en el mar.

—No he pedido tu opinión.

—Es mi deber ofrecerla cuando lo considero necesario.

—¿Necesario, por qué? Es obvio que está abandonada. No hay por qué temer un ataque.

—Podría ser un engaño. Para atraerte.

Viola lo miró y enarcó las cejas.

—¡Vaya! ¿Conoces esa táctica? Sin duda la pusiste en práctica durante tus días de pirata. —Su tono siguió siendo amable y mantuvo los párpados entornados.

Jin no pudo evitar una sonrisa. La combinación de arpía ofensiva y recatada seductora le sentaba muy bien.

La vio parpadear varias veces antes de que desviara la mirada. Jin la siguió, incapaz de apartar los ojos de ella. Tenía un aura encantadora e inocente que rodeaba su fachada de mujer curtida por la vida en el mar, y había sido un imbécil al no percatarse de ello el día que se la encontró en el muelle, en Boston. Llevaba veinte años sin sentir que se le aceleraba el corazón cuando estaba en la cubierta de un barco. En ese momento se le aceleró.

—Si quieres llegar a Trinidad en quince días —le dijo con una brusquedad que no fue premeditada—, será mejor que continúes el rumbo. Es lo más seguro.

Ella puso los brazos en jarras.

—¿Qué te pasa? No me puedo creer que al Faraón le preocupe una posible escaramuza, así que debe de tratarse de otra cosa. —Mantuvo la mirada en el horizonte y bajó la voz—. ¿Te asusta que yo muera y no puedas entregarle el botín al conde?

—Sí.

El viento le alborotó el pelo, que tuvo que apartarse de la mejilla.

—Pues es una posibilidad con la que tendrás que aprender a vivir.

—No puedo —replicó él.

Viola apartó los puños de las caderas y encorvó los hombros. Acto seguido, se alejó de él sin mediar palabra.

La tripulación del barco a la deriva había intentado presentar batalla. Las velas colgaban hechas jirones de las vergas, aunque la mayor parte yacía en el suelo. La cubierta principal estaba negra por la pólvora y agujereada por los cañonazos, al igual que lo estaban los candeleros. Pero el detalle más convincente era el estado del trinquete, inclinado totalmente hacia la proa. En cubierta, había cuatro cadáveres, muy pocos hombres salvo que se tratara de un buque mercante. Los marineros precisos para manejar la embarcación y mantener el rumbo. Si no había nadie más en el sollado, el resto de la tripulación debía de haber sido obligada a abandonar el barco. Mejor vivir la vida de un pirata hasta el siguiente puerto a morir en alta mar. Jin había visto tomar esa decisión a muchísimos marineros.

—Transportan ron —masculló Mattie mientras se colocaba a su lado—. ¿Qué va a hacer? —preguntó al tiempo que señalaba con la cabeza a Viola, que se encontraba en la cubierta inferior dando órdenes a la tripulación mientras se acercaban al otro barco.

—Invitarlos a tomar un té, sin duda. —Jin respiró hondo y bajó a la cubierta principal. Al llegar junto a ella le dijo—: No lo hagas.

—Cállate, Seton, o te libero de tu deber.

—Me contrataste precisamente para este propósito.

—Te contraté bajo un falso pretexto. ¡Gui, trae mi sable! Sam, Frenchie, arriad el bote. Vosotros dos, Stew, Gabe y Ayo me acompañaréis.

Los marineros comenzaban a congregarse junto a la barandilla con la vista clavada en la cubierta de la otra embarcación.

—En ese caso, permíteme acompañarte —dijo Jin en voz baja.

—He dicho que te calles.

—Un capitán debe permanecer en su barco.

—¿Y dejarle la diversión a los demás?

—¿Diversión? En ese barco hay cadáveres.

Viola miró al grumete, que le entregó un sable de hoja ancha. Ella se lo aseguró al tahalí.

—Gui, tú te quedas aquí. Te traeré un regalo, te lo prometo.

El grumete frunció el ceño y su mirada furiosa fue casi tan convincente como la de Mattie. Ella le alborotó el pelo y soltó la trabilla que aseguraba su pistola.

—¡Asegurad las velas y arriad el bote!

Jin siguió hablando en voz baja pese al alboroto.

—¿Qué tipo de marinero arriesga la vida solo por divertirse?

—Empiezas a parecerte a mi antigua niñera.

—Quizá porque te estás comportando como una niña alocada que no sabe lo que le conviene.

Viola se volvió al escucharlo, con una mirada decidida.

—Me las he apañado muy bien en alta mar durante quince años sin ti, Jinan Seton. No me cabe duda de que seguiré haciéndolo al menos durante otros tantos. —Se abrió paso entre la tripulación de camino a la escala.

Jin la siguió, maldiciendo por lo bajo. Ella llegó en primer lugar y bajó con gran agilidad. El pequeño bote se mecía en las aguas grises. Los marineros bajaron los remos y pusieron rumbo al barco. Cuando llegaron junto a él, Sam lanzó un garfio. Jin fue el primero en subir, tras lo cual arrió la escala.

Viola subió y se detuvo en mitad de la cubierta mientras observaba la escena.

—Malditos piratas —murmuró.

Jin se acercó a uno de los cadáveres. El hombre tenía el pelo lleno de sangre seca, al igual que la pechera de la camisa, que también estaba quemada por un disparo. La hoja de la espada que aún aferraba con una mano lívida estaba manchada de sangre.

—Tres días como mucho —dijo Jin, que se enderezó—. Todavía no hay señales de aves carroñeras.

—Estamos demasiado lejos de la costa —señaló Viola, que se santiguó mientras sus labios se movían para rezar una silenciosa plegaria. Después, dijo en voz alta—: Nadie los estará buscando.

—No seas tonta —dijo Jin, a quien le ardían los hombros bajo el ardiente sol—. Siempre hay alguien.

—¿Por qué no la han hundido? ¿Por qué no la han arrastrado para usar sus partes?

—¿Porque están escondidos en las bodegas, esperando el momento idóneo para salir, matarnos y quedarse con tu barco? Es una suposición.

—Cobarde.

Jin la miró sin hablar.

Ella sonrió. Por extraño que pareciera, y pese a las circunstancias, el gesto le provocó un ramalazo de deseo. Al parecer, esa mujer no sabía lo que era el miedo. Y estaba preciosa cuando sonreía con ese mohín travieso.

—Muchachos —dijo, dirigiéndose a sus hombres—, ¿quién quiere bajar conmigo y ver qué estaban preparando estas pobres almas para cenar antes de que el Señor se los llevara al paraíso?

Jin se acercó a la escalera y los demás siguieron donde estaban... haciendo gala de una gran sensatez. Viola lo siguió.

—Seton, ¿ya no te da miedo echar un vistacillo? —le preguntó.

Bajaba la escalera justo tras él y sus pisadas resonaban en el sollado.

—Como vuelvas a llamarme cobarde, te pegaré un tiro aun a riesgo de tener que enfrentarme a la ira del conde.

Ella se echó a reír. Su risa era ronca y musical. Debía reconocer que era una mujer descarada. Y sin miedo.

Tuvieron que agachar la cabeza para entrar en la cubierta de los cañones. El reducido espacio resultaba agobiante. Las troneras estaban aseguradas y no había indicios de que hubieran disparado el cañón. En ese lugar no había cadáveres, pero sí unas cuantas jaulas abiertas junto a la base del bauprés.

—Se han llevado los animales, pero no el cargamento al completo. También han dejado los aparejos y las velas. Ni siquiera se han llevado el agua.

Él asintió con la cabeza.

—Iban con prisa. Tal vez porque tenían otro objetivo en mente.

—Entonces, ¿ya no crees que vayan a abalanzarse sobre nosotros como espectros? —preguntó Viola—. Siento mucho que te lleves esa desilusión.

El comentario lo dejó al borde de la sonrisa.

—Tal vez tenga que matarte yo mismo después de todo.

—Inténtalo. —Viola se volvió y siguió descendiendo.

Jin se descubrió siguiéndola de nuevo.

—¿No te interesa registrar el camarote del capitán?

—No me hace falta. Estaba en cubierta.

—¿Cómo lo sabes?

—Lo conocía —respondió ella como si tal cosa.

Jin se obligó a apartar la mirada de la sedosa cascada que le caía por la espalda para escudriñar el amplio espacio. Estaba medio vacío. Sin embargo, quedaban barriles y sacos de lona, algunos abiertos, con su contenido desperdigado. Allí tampoco había seres humanos.

—¿Quién era?

—Jason Pettigrew. Un amigo de mi padre. —Colocó los brazos en jarras—. Fionn capitaneó uno de sus bergantines antes de la guerra. Jason siempre decía que... —Se le quebró la voz y frunció el ceño.

—¿Acompañaste a tu padre a bordo de ese barco? —preguntó él, intentando animarla para que continuara.

—Fionn casi siempre me llevaba con él.

—¿Desde el principio?

—Sí. Seton, ¿esto es un interrogatorio? ¿Quieres que me siente y que te cuente mi vida? ¿O quizá prefieres leer mis diarios? Aunque tal vez sean demasiado aburridos para tu gusto.

—Sospecho que serán tan fascinantes como su autora.

Viola lo miró en ese momento. Sin embargo, ya no fruncía el ceño. Lo miraba con recelo. Sin mediar palabra, se dio media vuelta y comenzó a subir la escalera.

Jin la siguió, observando las curvas de sus caderas.

—¿Ordeno que trasladen el cargamento?

—Solo el agua fresca. Tenemos aprovisionamiento de sobra.

—¿Y qué hacemos con los cuerpos?

Ella lo miró de reojo, sorprendida. Jin sostuvo su mirada sin flaquear. Si lo creía un ser inhumano, en otra época no habría andado muy desencaminada.

—Diles a los muchachos que corten los aparejos y las velas para envolverlos. Los enterraremos al atardecer.

—Sí, capitana.

Viola le entregó la pistola y el sable a Sam. Acto seguido se desabrochó el chaleco y se quitó los zapatos. Después se acercó a la barandilla mientras aferraba el puñal que llevaba al cincho.

Jin frunció el ceño.

—¿Qué vas a hacer?

Ella esbozó una sonrisa torcida que le produjo un efecto inmediato en la entrepierna antes de lanzarse de cabeza al mar.

9

Jin se abalanzó hacia ella para sujetarla, pero llegó demasiado tarde y acabó aferrando la barandilla mientras ella desaparecía bajo la grisácea superficie.

—¡Por todos los infiernos...!

—A la capitana le dan estos prontos, señor, ya lo creo que sí —dijo Sam.

—¿Que le dan prontos? —Mareado y con el corazón en la garganta, el pánico lo ahogaba como las olas que se habían tragado a Viola Carlyle. Clavó la mirada en el océano—. ¿Qué está haciendo?

—No lo sé, señor. Supongo que está buscando algo. Pero tiene buenos pulmones.

—Al bote —dijo mientras lanzaba la escala.

Fue el momento más largo de su vida, incluyendo los que pasó veinte años antes, encadenado con grilletes de hierro a la bodega del barco negrero mientras cruzaba el Atlántico. Pasaron dos minutos. Y más. Se quitó el gabán, dispuesto a zambullirse. Y en ese momento la cabeza de Viola apareció en la picada superficie del océano y él por fin pudo respirar, si bien de forma superficial.

La vio nadar hacia el bote, levantando los brazos por encima de las olas y con el pelo pegado a la cabeza. Y no solo el pelo. Llevaba una cuerda, cubierta con algas que se le pegaban a la cara, sujeta entre los dientes.

Se inclinó sobre el borde del bote y la cogió, ayudado por el señor French, y con un gran chapoteo consiguieron subirla. Viola se sacudió el agua e intentó recuperar el equilibrio, pero Jin no la soltó. Tras quitarse la soga de la boca, recuperó el objeto que sujetaba y que ella llevaba a la espalda. La soga le dejó restos verdosos en la cara, el cuello y la camisa blanca, que se le pegaba al cuerpo. Un cuerpo que tiritaba de frío.

La envolvió con su gabán.

—¿Qué ha pescado, capitana?

—Un tesoro, Ayo, por supuesto.

Viola le sonrió al marinero mientras esperaba que la tormenta se desatara con más turbulencia a su lado. Seton le sujetaba el brazo como un grillete. La arrastró hacia uno de los asientos, la soltó y los marineros bajaron los remos al agua. Viola agradeció su rapidez, y también el gabán de Seton. El mar era inmisericorde ese día. Estaba acostumbrada a largas zambullidas, pero había permanecido sumergida más tiempo del que debería en esa ocasión. Le castañeteaban los dientes y la cabeza le daba vueltas.

Seton ni habló ni la miró. Tras dejar en su regazo la cajita que había recuperado del barco hundido, lo miró de reojo. Tenía un tic nervioso en el mentón, de modo que cerró los ojos.

Al cabo de unos minutos, que pasaron volando, estaban de nuevo en el barco, al que subió por la escala, empapada y helada. A su espalda, Seton les ordenó a los marineros que trasladaran las reservas de agua del mercante a la bodega de la *Tormenta de Abril*. Viola echó a andar hacia la escalera. Él la siguió, pero se mantuvo en silencio mientras dejaban atrás a los marineros que se agolpaban en la cubierta principal. Cuando colocó un pie en el primer escalón, Seton por fin habló, aunque lo hizo con voz firme y serena.

—Supongo que Pettigrew te habló en alguna ocasión de esa caja.

Ella bajó los escalones, apretando con más fuerza el tesoro que tanto esfuerzo le había costado conseguir. Había perdido el puñal con el último clavo que sujetaba la cajita al casco del barco, que se había soltado de repente, haciendo que se le escurriera la empuñadura de entre los dedos dormidos.

—Evidentemente.

—Su contenido tiene que ser valiosísimo. —La siguió hacia su camarote, pero csc tono sereno no la engañaba—. He oído hablar de esos tesoros. De cajas sencillas con contenido de valor incalculable. Entiendo que se puedan correr riesgos tontos para recuperar semejante objeto. —Su voz adquirió un tono cortante.

—No ha sido una tontería. En otras ocasiones, he permanecido debajo del agua más tiempo.

—Sam me lo ha comentado. —Lo tenía pegado a ella. Seton extendió una mano para abrir la puerta de su camarote, rodeándola un instante. Viola pasó por debajo de su brazo y se acercó al aguamanil. Él entró tras ella—. De cualquier modo, ha sido una imprudencia arriesgarse por una posibilidad.

—No era una posibilidad. —Se pasó un paño húmedo por la cara y pudo oler la sal del mar—. Sabía lo que estaba buscando y lo he recuperado enseguida. Mis hombres saben...

La cogió de un hombro y la obligó a volverse.

—No soy uno de tus hombres y no sabía que ibas a lanzarte de cabeza al mar revuelto. —Esos ojos cristalinos brillaban a la tenue luz mientras que sus dedos se le clavaban en el hombro.

Viola se zafó de sus manos, aunque la piel le ardía allí donde la había tocado.

—Pareces una vieja casada, Seton. Vete a darle la tabarra a otro.

Esos ojos azules, de expresión intensa y hosca, le examinaron la cara. Pero había algo en ellos... un brillo curioso. De repente, se le aflojaron las rodillas.

¿Se le habían aflojado las rodillas?

Se aferró al aguamanil.

—Vete.

—¡Maldita sea! —Seton hablaba en voz baja—. A veces te comportas como si estuvieras poseída.

—¿Poseída por el repentino arrepentimiento de haberte contratado?

—¿Qué hay en la caja, Viola?

Viola. Solo Viola. No señorita Carlyle. No capitana.

Se quedó sin aire en los pulmones. Tal vez estaba loca. O, cuando menos, era una tonta. Le bastaba con escuchar su nombre de pila, esa sencilla familiaridad, para que la poca fuerza que le quedaba en las piernas la abandonara por completo. Nadie la había llamado por su nombre real en quince años. Ni siquiera su padre.

—Una carta.

—¿Qué carta?

—¿Crees que si lo supiera me habría zambullido en el océano helado para recuperarla del casco del mercante?

—Viola...

—Una carta para su mujer y sus hijos. —Puso los ojos en blanco—. No es nada. Me contó que acostumbraba a clavar una cajita al casco del barco cada vez que se preparaba para zarpar en un nuevo viaje. De esa manera, si un pirata abordaba su barco y lo lanzaba por la borda, algún día alguien podría encontrar la carta y enviársela a su familia. Como una especie de despedida.

El pecho de Seton se agitó cuando inspiró hondo, pero no habló.

—Le dije que era lo más ridículo que había oído en la vida. —Le quitó hierro con un gesto de la mano, pero sus movimientos eran erráticos—. ¿Qué clase de pirata le enviaría una carta a la mujer del hombre al que acababa de matar? Además, había muchas posibilidades de que acabara en el fondo del mar o de que ni siquiera repararan en ella, por más decorada que estuviera la caja. Pero dijo que si había la menor oportunidad de que llegara a su... —Se le quebró la voz al percatarse de la intensidad de su mirada. Se había echado a temblar, calada hasta los huesos como estaba—. Quiero decir que no me parecía muy lógico que él...

Seton separó los labios, como si quisiera hablar, pero no lo hizo.

—¿Por qué me miras así? —le preguntó, molesta.

—¿Has arriesgado la vida para recuperar la carta de un difunto a su familia?

108

—Ya te he dicho que no había peligro de...

La cogió de los hombros y la pegó a él, arrancándole un jadeo. Acto seguido, inclinó la cabeza, y su aliento le rozó la helada piel. Viola intentó no cerrar los ojos, intentó reprimir el deseo que la consumía.

—¿Vas a morderme la nariz de nuevo como un crío de diez años, Seton? —Le temblaba la voz.

—No.

En ese momento, Viola descubrió que esa boca perfecta era incluso más perfecta de lo que parecía a simple vista. La besó, y de repente la pregunta de si se lo permitiría o no se convirtió en cuánto tiempo podría hacer que durase.

No fue un beso breve ni simple. No desde el comienzo. Se encontraron a medio camino y se abrazaron, inmóviles. Durante demasiado tiempo. Demasiado cerca. Con demasiada intimidad. Como si él deseara besarla tanto como ella había deseado hacerlo, pero con la certidumbre de que si se separaban lo más mínimo, la realidad desaparecería. Como si Seton quisiera impregnarse de su esencia. Aidan nunca la había besado así. Aidan la besaba como si pudiera apartarse en cualquier momento, como si besarla fuera un favor que le estaba haciendo y que no le gustaba mucho.

Eso era distinto. Eso era una conquista en toda regla. Era alivio y certeza a partes iguales. Era el ansia de estar cerca y de permanecer así mientras pudieran aguantar la respiración. El ansia de disfrutar de la increíble intimidad del abrazo, de su mano en la nuca, inmovilizándola contra su boca, aunque estaba más que dispuesta a quedarse entre sus brazos y no necesitaba sujetarla. ¡Por Dios, cómo le gustaba estar entre sus brazos! Jinan Seton era la personificación de la fuerza y del calor, y no le hacía falta respirar más si él no la soltaba.

Al final, él la soltó, pero solo el tiempo justo para tomar aire, al igual que ella, antes de unir sus bocas de nuevo.

En ese instante, se hizo evidente que no solo se trataba de un hombre capaz de ahogar a una mujer, sino que también poseía un vasto conocimiento sobre los besos para abrasarla. En un abrir y cerrar de ojos, la inquietante intimidad dio paso a una sensualidad abrumadora.

Seton la saboreó, prestando especial atención a su labio inferior y a la cara interna de este, antes de continuar con el labio superior. Eso la excitó todavía más. Separó los labios para permitirle el acceso. Tras obligarla a echar la cabeza hacia atrás, Seton la torturó, acariciándola lentamente hasta que se pegó a él en busca de más. Se puso de puntillas. Cuando él le lamió los labios, urgiéndola a separarlos más, el placer la inundó por completo.

Gimoteó como una gata desesperada.

Seton le enterró los dedos en el pelo y le rozó la lengua con la suya de forma tentativa. El ansia se extendió por su cuerpo mientras seguía besándola con una familiaridad que iba más allá de la mera intimidad, conquistándola poco a poco hasta que pudo sentirlo en su interior y la asaltaron los estremecimientos. Lo aferró por la muñeca, fuerte como solo podía ser la muñeca de un hombre, el símbolo de la fuerza que la sujetaba, pero quería sentirlo por todas partes. Su piel se lo exigía. Esa mano se deslizó por su nuca y la sangre de Viola se convirtió en lava ardiente.

Él apartó la boca. Durante un instante se mantuvo muy cerca de ella, ambos respirando de forma entrecortada.

—Mira —dijo él con voz ronca—, eso ha logrado silenciarte durante un minuto entero.

—Más de un minuto. —Tragó saliva para deshacer el nudo enorme que tenía en la garganta—. Yo diría que sí. —La mano de Seton seguía haciendo maravillas en su nuca. Parecía muy grande. Cierto que ella era bajita, pero por primera vez en la vida también se sentía delicada. Como una dama.

Claro que una dama no ansiaría lamer esos labios, aunque fuera capaz de reunir el valor necesario para hacerlo, algo de lo que ella era incapaz pese a la perfección de esa boca húmeda tan cerca de la suya.

Dicha boca esbozó una sonrisa torcida. Sus manos la soltaron, su cabeza se apartó, y Viola se quedó inmóvil, empapada y con su gabán como única fuente de calor, mientras él cruzaba el pequeño camarote, salía y cerraba la puerta.

Retrocedió un paso y se le aflojaron las rodillas de repente, aunque tuvo la suerte de topar con una silla, sobre la que se dejó caer. Debería estar furiosa. Debería haberle sacado los ojos. En cambio, había dejado que la besara sin oponer la menor resistencia.

Sin embargo, llevaba sin besar a un hombre muchísimo tiempo. Era lógico que no se hubiera resistido.

Aunque la próxima vez, lo haría.

No habría otro beso. Había sido un error. El cerebro de Jin lo sabía aunque su cuerpo, excitado a todas horas, no. Viola tenía un sabor dulce y picante a la vez, como una mujer que necesitaba ser besada. Como una mujer que necesitaba mucho más que besos.

Aunque no debería haberlo hecho. La idea de que aceptara regresar a Inglaterra mediante la seducción no era realista. Sería incapaz de controlar el deseo de Viola si antes no controlaba el suyo propio. Algo de lo que ya se sabía incapaz mientras estuviera tocándole el pelo, la cara y el cuerpo. Empapada y aterida por la zambullida, mientras intentaba justificar su ridículo comportamiento con voz entrecortada, lo había mirado con esos ojos oscuros y el deseo se le había clavado en el vientre. En el pecho. Tuvo que besarla. Solo fue capaz de contentarse con un beso al recordar que, pese a las evidencias de lo contrario, era una dama.

Él no era un caballero. Era el bastardo de una mujer que lo quería tan poco que permitió que lo vendieran como esclavo. Era un hombre que había cometido los peores pecados a sangre fría, que había hecho cosas en absoluto honorables. No era un hombre que pudiera disfrutar de las caricias de una mujer de alcurnia, por más que ella negara sus derechos de nacimiento o respondiera con ardor a sus avances. Y también era el hombre que iba a llevarla a Inglaterra, tanto si lo quería como si no.

Sin embargo, no era un hombre que se arrepintiera de sus actos. Sencillamente evitaría cometer el error de acercarse más de la cuenta.

Para tal fin, se mantuvo alejado de ella. Y Viola hizo lo propio. Era increíble lo fácil que se podían evitar en un barco relativamente pequeño. Cuando pusieran rumbo al este en su propio barco, no sería posible, ya que era mucho más pequeño. Aunque ya se preocuparía de eso cuando llegara el momento.

Rodearon Cuba bastante alejados de la isla, sin encontrar oposición, y Jin contó los días que faltaban para llegar a puerto. Se acercaron a las islas de Jamaica, más seguras, y solo avistaron una fragata norteamericana, pero la perdieron de vista en las intensas lluvias que se sucedieron. El chaparrón duró doce horas y empapó el velamen y todo lo que había a bordo, si bien el viento se mantuvo y los impulsó por el Caribe. Los hombres apenas se quejaron, ya que estaban siempre de buen humor gracias a su capitana. Como perros falderos. Incluso Matouba, que subía y bajaba de la cofa empapado, lo hacía con una sonrisa para su capitana.

Sin embargo, era lluvia, no una tormenta, de modo que Jin debía contentarse con su progreso.

La víspera de su llegada a puerto, escampó y comenzó a soplar viento del norte. Jin se llevó el mapa al castillo de proa para estudiarlo a placer. De todas formas, conocía las islas, las ensenadas, las playas y las montañas como la palma de su mano. Se había pasado casi toda su juventud navegando de una isla a otra, aceptando los trabajos que le surgían y robando cuando no tenía nada.

Atracarían en cuestión de dieciséis horas. Dos días después, la quincena habría terminado y él devolvería a Viola Carlyle a su hogar, al lugar que le pertenecía. A su familia.

Escuchó sus pasos a su espalda, en cubierta, acercándose a él. Se movía con una seguridad que los hombres no poseían, y la reconoció por sus pisadas y por el aroma a flores silvestres que le llevó el viento. Conocía su voz aterciopelada y el sabor de su boca, y también la textura de su piel en la delicada curva del cuello. Conocía su terca determinación y también el brillo indeciso de sus ojos violetas. La conocía mucho mejor de lo que le gustaría.

Volvió la cabeza, enfrentó su mirada fija y, de repente, temió que dos días y dieciséis horas fueran una eternidad.

10

Evitar a Jinan Seton no tuvo el efecto que Viola había esperado. Seguía tan guapo como quince días antes, cuando le robó el sentido común con un beso en su camarote. El sol poniente creaba una sombra que oscurecía su cara y sus manos, recortándolo contra un telón de color cobalto con pinceladas lavandas. No era una imagen que la ayudara a calmar sus nervios.

Viola contuvo el aliento y puso los brazos en jarras.

—No quiero que vuelvas a besarme.

Él enarcó las cejas y a juzgar por su expresión, Viola supo que estaba echando mano de toda su paciencia.

—No me mires como si no supieras de lo que estoy hablando.

—No tengo la menor intención de besarte otra vez.

—Tampoco creo que tuvieras intención de besarme el otro día, pero lo hiciste de todas formas.

Él rio entre dientes y meneó la cabeza.

—No puedes evitar discutir por cualquier cosa, ¿verdad?

Viola había planeado acercarse a él con una estrategia más seductora, recurriendo al coqueteo para negarle sus favores de modo que su negativa lo desesperara y se viera obligado a declararle sus sentimientos para conquistarla, con lo que ella sería la ganadora de la apuesta. Loco, su segundo de a bordo, le dijo en una ocasión que un hombre podía desquiciarse cuando la mujer a la que deseaba se negaba a besarlo o a acostarse con él. Según Loco, en esas circunstancias él era capaz de prometer cualquier cosa, de decirle lo que fuera a su mujer, aunque en el fondo fuera mentira, con tal de convencerla de que le diera la mano.

Sin embargo, Seton no parecía desesperado. Más bien parecía estar pasándoselo en grande. Las cosas no marchaban como ella quería. Ninguno de los dos estaba siguiendo el libreto.

Viola hizo un puchero.

—No discuto cuando estoy de acuerdo con alguien, y contigo jamás lo estoy, así que no esperes que te dé la razón.

La luz dorada del sol poniente se reflejaba en esos ojos azules. Viola sintió que se le secaba la garganta al recordar cierta ocasión en la que sí había estado de acuerdo con él. Y Seton bien que se había aprovechado del momento.

—¿Tienes algo que discutir conmigo? —le preguntó él con una tranquilidad desquiciante—. Referente a la travesía, me refiero.

—Una vez que atraquemos en el puerto y que descarguemos, tú y yo iremos a una plantación situada no muy lejos de la costa.

—¿Con qué propósito?

—Para visitar a un hombre con el que mi padre solía hacer negocios. Un viejo amigo.

—Puedo quedarme en el barco —replicó él.

Hasta que el plazo de la apuesta llegara a su fin, quería decir. Pero Viola no estaba dispuesta a perder y tenía un as guardado en la manga: Aidan Castle. Según le había dicho Loco, ese era otro método muy eficaz para enloquecer de deseo a un hombre. Presentarle a la competencia.

—Vendrás conmigo —insistió—. Si quieres, dile a Mattie que nos acompañe. A modo de protección. —Sonrió y enarcó una ceja.

Sin embargo, no obtuvo la reacción que esperaba. En vez de negarse o de mostrarse indiferente, Seton siguió mirándola sin parpadear de forma casi tierna.

—No necesito protección para tratar contigo, Viola Carlyle.

—Durante las tres primeras semanas de la travesía no te vi ni un solo día en cubierta durante el atardecer —señaló ella—. Sin embargo, llevas siete días seguidos subiendo a cubierta a esta hora, desde que me besaste. Creo que lo haces para verme. —Ladeó la cabeza—. ¿Seguro que no necesitas que alguien te proteja de mí después de todo?

—¿Por qué no estás al timón? Es donde te gusta estar al atardecer, ¿verdad?

—Veo que intentas librarte de mí. Interesante.

—Lo que tú digas. —Esbozó una sonrisa torcida y por un instante el sol pareció estallar en llamas en el horizonte, lanzando una lluvia de chispas al cielo.

Era extraño que conociera sus costumbres, tal como sucedía entre los marineros de un mismo barco, y que, por el contrario, no lo conociera en absoluto como persona. La mayoría de su tripulación confiaba en ella, la veía bien como a una hermana o como a una hija, algunos incluso como a una madre. Pero ese hombre jamás buscaba consejo. Sospechaba que el Faraón no necesitaba confidente alguno. El gesto decidido de su mentón y su expresión firme, su forma de comportarse, su porte erguido y su actitud dominante dejaban bien claro que era un hombre independiente.

Viola apenas conocía a Jinan Seton. Solo sabía que su infrecuente sonrisa... le hacía ver las estrellas.

Veía las estrellas cada vez que él sonreía.

Estrellitas.

Parpadeó para librarse de ellas.

—Durante mis primeros años en alta mar, el atardecer era el único momento en el que Fionn me permitía ponerme al timón. —Se apoyó en la curva del bauprés.

Seton la miraba con una expresión inescrutable. Sin embargo, ese era su barco y podía sentarse donde le apeteciera. Y, en ese momento, le apetecía sentarse a su lado durante el atardecer.

Le parecía natural.

Y quizá si se sentaba con él un rato, lo vería sonreír de nuevo.

—Tengo muy buenos recuerdos de aquellos momentos —añadió.

—No son los únicos buenos recuerdos que tienes —afirmó él.

Ella meneó la cabeza.

—Cierto. Tengo muchos. Pero... —Él esperó a que continuara, como siempre. Se le daba bien mantenerse en silencio y escuchar. No como a ella, que jamás lo había logrado. La hija callada y soñadora había sido Serena, el complemento perfecto para la arrolladora energía de Viola. Clavó la vista en el reluciente horizonte y continuó—: El crepúsculo es un momento especial.

Siempre le había gustado estar en cubierta durante el atardecer. La titilante luz del sol poniente la hacía sentirse muy sola, le provocaba cierta añoranza. Era el momento del día que parecía menos seguro, en el que mirara hacia donde mirase y sin importar hacia donde estuviera orientada la proa de la *Tormenta de Abril*, no parecía haber un puerto seguro en ningún sitio. En ese momento, durante el crepúsculo, podía estar en el alcázar y sentirse a la deriva bajo el cambiante cielo, sentirse tan liviana que parecía ser capaz de echarse a volar en cualquier instante o de desaparecer diluida en los colores del firmamento o arrastrada por el viento. De modo que imaginaba que su tabla de salvación era el timón, el ancla que la mantenía en cubierta. En el mundo real.

Era disparatado. Como lo que sentía por Jinan Seton.

Lo admitió para sus adentros mientras lo miraba a los ojos, brillantes a la luz del atardecer. Desde que lo conoció, hacía ya semanas, se sentía embargada por esa sensación de añoranza. Y había decidido alimentar dicha emoción porque le gustaba. Seton lograba que la añoranza fuera algo deseable, algo placentero, tal y como siempre le había parecido a ella.

—¿Qué me dices de ti, Seton? —Apoyó las manos en el bauprés y echó el cuerpo hacia atrás—. ¿Cuáles son tus recuerdos felices de la infancia?

Su mirada se deslizó despacio por su cuerpo, dejando a su paso una cálida estela. Después, la miró a los ojos.

—Supongo que estar en el estrado después de que el tratante de esclavos me vendiera y ver cómo el muchacho que me había comprado me quitaba los grilletes de las muñecas para dejarme en libertad podría calificarse como el mejor recuerdo de mi infancia, señorita Carlyle.

Viola tardó unos minutos en recuperarse lo bastante como para respirar con normalidad.

—Supongo, sí —comentó a la postre. Tras unos cuantos minutos más de silencio durante los cuales solo se escuchó el crujido de las jarcias y las voces de los marineros en el otro extremo de la embarcación, arrastradas por la brisa, dijo—: ¿Conociste a tu familia?

—A mi madre.

—¿Solo a tu madre?

—Ella presenció el momento en el que su marido me vendió a los tratantes de esclavos. Se había percatado de que el muchacho que correteaba por los aposentos de la servidumbre se parecía demasiado a su mujer y a un inglés que vivía en Alejandría siete años antes. Le sacó la verdad a golpes y después la castigó por su infidelidad. Y me castigó a mí.

—Piratas berberiscos. —Criminales capaces de vender a cualquiera por un precio. Incluso a un niño blanco. Sin embargo, que lo llevaran al oeste para venderlo en un mercado inglés era inusual. Alguien les había pagado una fortuna para asegurarse de que lo hicieran.

Seton la miraba con una expresión inescrutable.

—En fin, nuestras historias son parecidas como puedes ver. Pero teniendo en cuenta la diferencia principal, tal vez ahora entiendas por qué no me hace mucha gracia tu reticencia a volver a Inglaterra.

Viola tenía el corazón desbocado.

—Tu situación no se parece en nada a la mía. —El viento le azotó el pelo y un mechón se le coló entre los labios, pero estaba tan paralizada que fue incapaz de levantar una mano para apartarlo.

—Debes decirle a tu familia que te encuentras bien. Se lo debes —comentó él.

La ira comenzó a quemarla por dentro, acicateándole la lengua.

—¿Se lo dijiste a tu madre mientras ibas por el mundo robando los barcos de los demás?

—Cuando pude volver a Alejandría, ella había muerto.

Viola se puso en pie.

—No tienen por qué oírlo de mis labios. Se lo puedes decir tú. De hecho, te verás obligado a hacerlo porque no pienso volver contigo.

—¿Por qué no? —le preguntó sin mover un solo músculo.

—Porque no pertenezco a ese lugar —le soltó—. Pertenezco al lugar al que me dirijo ahora, y nadie me obligará a tomar otro rumbo. —Aunque tal vez fuera mentira, porque al mirar esos ojos cristalinos pensó con gran temor que haría lo que él quisiera cuando llegara el momento indicado.

No debería haberle preguntado por su pasado. La añoranza se había adueñado de ella como una nave avanzando a toda vela, le había provocado un nudo en la garganta y una emoción tan intensa que no acababa de gustarle. Ese hombre no era lo que ella quería: un hombre independiente. Ella quería a Aidan Castle, que siempre le decía lo perfecta que era para él.

Jinan Seton se mantuvo en silencio, como solía hacer siempre que ella necesitaba que dijera algo para variar el curso de sus pensamientos, algo que pudiera rebatir.

—Cuando atraquemos mañana en el puerto, vendrás conmigo a la plantación —dijo.

—De acuerdo.

—Porque si no lo haces, perderás la apuesta.

—Iré contigo porque no pienso perderte de vista hasta dejarte en casa de tu hermana.

La invadió una repentina debilidad que le aflojó las rodillas. Ese hombre hacía que se sintiera débil cuando ella había sido fuerte toda su vida. El barón siempre decía que era la niña más fuerte y aventurera de toda Inglaterra. La más temeraria.

Años después de que la secuestrara, Fiona descubrió la reacción de su familia inglesa tras el incidente, gracias a un antiguo amigo contrabandista que había pasado por Devonshire. La creían lo bastante temeraria como para trepar por el acantilado sin cuerdas y sin la supervisión de un adulto, y pensaban que había muerto, que se había caído al mar desde las rocas.

Viola no los culpaba. Su comportamiento había sido muy irreflexivo en ocasiones, pero no lo fue el día que Fionn la cogió, la subió a su largo bote de remos y se la llevó delante de su hermana. La usó como cebo para que su madre la siguiera. Sin embargo, su madre murió.

Y Jinan Seton decía que Serena jamás la dio por muerta. Si quería descubrir la verdad, solo tenía que ir a Inglaterra, incluso podía dejar su embarcación atrás, y después regresar y seguir con su vida tranquilamente, con su tripulación y con Aidan.

Sin embargo el pánico la invadió, diciéndole que no fuera. Porque si lo hacía, tal vez nunca regresara a esa vida, a la vida que se había hecho en el mar. Junto a la gente que apreciaba y junto al hombre con quien quería casarse. Correría el riesgo de perderlo todo, de la misma forma que había perdido aquel otro mundo de pequeña. Había aprendido a vivir sin él. Había luchado para aprender a vivir sin él, suprimiendo los recuerdos y obligando a su corazón a obedecerla mientras el mar se convertía en su hogar poco a poco.

—Vete al infierno, Jinan Seton.

Él se echó a reír, aunque en esa ocasión no fue una risa agradable.

—Me temo que llegas demasiado tarde. Hace años que pasé por allí.

Viola se obligó a tragar saliva, pese al doloroso nudo que tenía en la garganta.

—Ahora mismo no se me ocurre otra cosa peor que desearte.

—Esperaré encantado —replicó al tiempo que hacía una reverencia.

Viola soltó el aire con fuerza y bajó del bauprés de un salto para alejarse de él. Sin embargo, no fue al alcázar. La noche había caído y ya no sentía la añoranza que la ayudaba a aclararse las ideas y a librarse de la confusión.

Esa era la razón por la que le gustaba tanto estar en el alcázar, por la que le encantaba el crepúsculo y le provocaba esa sensación dolorosa y placentera a la vez. Porque además del dolor que la invadía por haber perdido a sus seres queridos, estaban los peligros de la vida diaria en el mar que convertían el afecto de los rudos y curtidos marineros en algo incierto. De modo que la única certeza en su vida era la soledad.

La soledad no era como el amor. La soledad era algo puro. Era constante. Jamás la abandonaría.

Y, en esos momentos, la soledad tenía el rostro de un hombre.

11

Pescadería Odwall Blankton, lonja de Billingsgate

RECIBO DE COMPRA: 4 kg de caballa, ahumada
8 kg de lenguado
1 docena de langostas, vivas
2 kg de caviar
3 docenas de ostras
20 limones

DIRECCIÓN DE ENTREGA: A la atención de Lady Justice, Brittle & Sons, Editores, Londres
NOTA ADJUNTA: Milady, con mis mejores deseos. Peregrino

12

—¿Matthew? —Viola deslizó una mano por uno de los gruesos radios del timón. Sentía el azote del viento en las mejillas. A sotavento se avistaba tierra, playas de arena blanca, altas palmeras y yucas. En menos de media hora, llegarían a Puerto España, en la isla inglesa de Trinidad.

—¿Capitana? —Matthew la saludó, llevándose la mano a la gorra. Sus curtidas mejillas se sonrojaron. A pesar de ser un hombre muy corpulento, era tan tímido como una jovencita.

—¿Sois cazarrecompensas? ¿A eso se dedicaba la *Cavalier* desde que abandonó la piratería?

El hombre arrugó su enorme nariz y se rascó detrás de una oreja.

—Solo somos marineros, señora.

—Menos el capitán Jin. —Pequeño Billy estaba sentado sobre un rollo de soga, limpiándose los dientes con un palo que era tan largo como su escuálido brazo—. Siempre está detrás de gente perdida que tiene que llevar a casa.

—¿Ah, sí? —Eso explicaba muchas cosas: su determinación y su firme disposición. Incluso mientras la besaba, pensó.

Viola había llegado a pensar que tal vez la había besado para animarla a hacer lo que él quería. Muchos hombres tenían a las mujeres por cabezas de chorlito. Sin embargo, por más que la irritara, no creía que Jin Seton pensara eso de ella. Que la tuviera por una irresponsable y una loca, sí. Pero no por tonta. El Faraón no se habría puesto al servicio de una capitana a la que creyera imbécil, ni siquiera para asegurarse de cumplir su objetivo.

—Y da igual donde estén —añadió Billy con voz cantarina—. O si quieren venir. El capitán Jin no se detiene hasta que encuentra a su hombre. —Mordió el palo, que sobresalía entre sus dientes—. O a su mujer, señora. Quiero decir, capitana.

Viola sonrió. Billy podía parecer tonto, pero en realidad era muy listo. Sabía que Seton había ido a por ella. Gran Mattie y Matouba también lo sabían. Sin embargo, los miembros de su tripulación todavía lo ignoraban.

Resultaba curioso que unos antiguos piratas fueran tan discretos.

—¿Qué tipo de gente busca? —Además de ella, claro. La había perseguido hasta encontrarla. La idea aún le resultaba sorprendente y le provocaba una sensación incómoda. El legendario pirata la había buscado por dinero. Un dinero que le había prometido su cuñado, el conde.

Sin embargo, no la había besado como si le pagaran por hacerlo. La había besado como si quisiera hacerlo. Como si lo necesitara.

—De todo tipo —respondió Billy alegremente mientras acomodaba su huesudo trasero sobre la soga.

El viento era fresco y los hombres estaban contentos porque se aproximaba el final de la travesía. Ella, en cambio, estaba tan nerviosa que tenía un nudo en el estómago. Debería estar pensando en Aidan. Debería estar emocionada por la idea de verlo después de lo que le parecían siglos. Y lo estaba. Desde luego que lo estaba.

Pero no dejaba de pensar en otro hombre.

—¿En serio? —insistió.

Billy asintió con la cabeza.

—A veces son damas. A veces son caballeros.

—¿Damas y caballeros? —le preguntó ella.

¿Se dedicaría a eso de forma habitual desde que abandonó la piratería? ¿Se dedicaría a buscar personas que habían sido secuestradas como ella? Era ridículo. El número de personas que habría sufrido el mismo destino sería incalculable.

—Algunos —terció Mattie con voz gruñona y con el ceño fruncido. Tenía unas espesas cejas castañas—. Otros son rufianes.

—Como esos escoceses que estuvimos persiguiendo en el norte —confirmó Billy, que seguía mordisqueando el palillo.

—¿Damas, caballeros y rufianes? Y en el norte. Habéis estado muy ocupados, ¿verdad, chicos?

Ambos asintieron en silencio.

Ella era una más de entre muchos. Los nervios se convirtieron en una pesada bola en el interior de su estómago.

—Estoy segura de que tenéis un establecimiento preferido en cada puerto —se escuchó decir—. Y una mujer, claro. —Sonrió como solía hacer con Loco y Frenchie cuando hablaban de sus esposas.

Billy se puso muy colorado.

—Billy, ya veo que no —añadió ella mientras se reía por lo bajo—. Y tú, Matthew, ¿hay una mujer especial en algún puerto? —Parecía incapaz de morderse la lengua.

Las barbudas mejillas de Matthew también se sonrojaron.

—Tiene una muy bonita en Dover —respondió Billy.

—Una mujer afortunada, como la mujer de tu capitán —replicó ella.

—El capitán no tiene mujer, señora. —Billy se rascó la coronilla—. No le duran más de una noche.

Viola se quedó sin habla. Gran Mattie frunció el ceño aún más.

—Al capitán no le gusta mantener relaciones largas con las mujeres —murmuró el hombretón mientras la miraba con una expresión perspicaz—. No es un hombre constante.

—Ah, claro, por supuesto —se obligó a replicar Viola y a asentir con la cabeza.

Decidió concentrarse en la costa, ya que no le resultaba muy conocida. Solo había visitado a Aidan en una ocasión desde que él adquirió la plantación. En aquel entonces, había desbrozado los campos y la caña de azúcar crecía en largas hileras. Sin embargo, ni siquiera tenía un tejado sobre las tablas recién puestas en el suelo de su nuevo hogar. De eso hacía dos años, así que la casa debía de estar terminada. Ya no tendrían que hacer el amor en un rincón de la cocina infestado de moscas y mosquitos, cubierto por hojas de palmera por las que se colaba la lluvia.

Aunque en dicha ocasión apenas si hicieron el amor. Aidan estaba cansado y nervioso por un problema suscitado entre el capataz y los jornaleros que trabajaban los campos. De modo que cuando satisfizo su deseo con ella, se marchó para ver cómo se desarrollaban los acontecimientos y la dejó anhelando algo más. Otra cosa.

De hecho, no conocía otra cosa. Se había entregado a Aidan cuando tenía diecisiete años, cuando Fionn enfermó y acudió a Aidan en busca de consuelo. Después, lo repitió unas cuantas veces más. Él jamás la presionaba. Era un caballero.

Su mirada recorrió la costa. Dos años atrás, antes de abandonar esa isla, él la besó, le dijo que era la persona más importante de su vida, que siempre la amaría, y juró escribirle. Meses después, cuando llegó una carta, Viola leyó con una mezcla de alegría y confusión sus renovadas promesas sobre el futuro que compartirían. Aún deseaba casarse con ella. Debía concederle un poco más de tiempo para asentarse en esa nueva vida antes de que le pidiera que se reuniera con él. Aidan fue un contable antes de ser marinero, y debía acostumbrarse a las obligaciones de un terrateniente. Una vez que lo hiciera, la mandaría llamar y se casarían.

Pasaron cinco meses entre esa carta y la siguiente. En ella, le hablaba del mal tiempo, de los díscolos trabajadores y de los molestos impuestos, y le reiteró su amor. Seis meses después llegó la tercera, con el mismo contenido. Desde entonces, Viola solo había recibido la breve nota donde Aidan le confirmaba que había recibido las noticias de su visita y que la esperaba ansioso.

A lo largo de la costa se alzaban altísimos acantilados cubiertos de un verde esmeralda muy intenso bajo el sol matinal. Dejó que sus ojos disfrutaran contemplando la vegetación mientras intentaba localizar los nervios que deberían provocarle un hormigueo en el estómago por la emoción de volver a verlo después de tanto tiempo. Sin embargo, sus entrañas parecían vacías.

Tal vez necesitara comida.

—Matthew, ¿conoces este puerto?

El timonel asintió con la cabeza.

—Estuve viniendo dos veces al año durante un tiempo.

—¿Nos guiarás, pues?

—Sí, capitana.

—Gracias. —Viola sonrió y le entregó el timón, tras lo cual se volvió hacia la escalera.

—Siempre tan educada. —Seton la observaba apoyado en la barandilla, a los pies de la escalera—. Estás consintiendo a mis hombres. Después, esperarán que yo los adule y se llevarán una desilusión al ver que no es así. —Esos preciosos labios esbozaron el más leve amago de sonrisa.

Viola sintió un hormigueo en el abdomen.

Se aferró a la barandilla. Eso no debía ocurrir. Amaba a Aidan. Lo vería en cuestión de horas. Debería estar pensando en él. No obstante, era incapaz de apartar la mirada del apuesto rostro de su segundo de a bordo.

Los ojos claros de Seton la miraron con seriedad, y la sonrisa desapareció.

—¿Qué pasa? —le preguntó, apartándose de la barandilla mientras ella bajaba el último peldaño—. Algo va mal, dímelo.

Viola tragó saliva para ver si así conseguía hablar.

—Nada. Estoy un poco mareada, supongo. Se me ha olvidado almorzar.

Él frunció el ceño.

—No es de extrañar. Ni siquiera son las diez.

—Pues entonces voy ahora mismo. —Viola se encaminó hacia la otra escalera.

—Estamos a punto de llegar al puerto. ¿No quieres quedarte en cubierta?

—Sí. —Se detuvo—. Sí, claro.

Seton la miró con gesto interrogante. Sin embargo, ella sentía el corazón desbocado y no se le ocurrió nada que replicar. Se dio media vuelta y echó a andar hacia proa. Siguió en su puesto hasta que rodearon el cabo y viraron hacia el puerto. A partir de ese momento, comenzaron las maniobras de fondeo y tuvieron que anunciar su presencia a las autoridades portuarias que se acercaron en un pequeño bote, de modo que ya no tuvo tiempo para alimentar absurdas confusiones. Era una corsaria respetable que acababa de atracar en un puerto aliado. Cumpliría su papel con facilidad.

Seton incluso le facilitó las cosas. Mientras que Loco solía correr de un lado para otro gritándoles órdenes a los hombres, el Faraón parecía mantener el control sobre la tripulación en todo momento y no necesitó hablar mucho. El resto del tiempo lo pasó a su lado, en silencio, con las manos unidas a la espalda y las piernas separadas, aguardando sus órdenes.

No parecía haber mucho ajetreo en el puerto, ya que apenas había barcos atracados o en los muelles. Un viejo balandro desvencijado y una goleta que ni siquiera valía el precio de sus aparejos se mecían en las tranquilas y verdes aguas del puerto. Ambas embarcaciones parecían extranjeras. También había un sinfín de barcas de pesca y un par de embarcaciones de recreo.

Una vez que firmaron los documentos precisos, que el cargamento de la *Tormenta de Abril* quedó asentado en el registro a fin de pagar los impuestos correspondientes, que los barriles y las cajas fueron desembarcados y colocados en carretas mientras los hombres cantaban, Viola por fin bajó a su camarote en busca de su bolsa de viaje. Cuando reapareció en cubierta, quedaban pocos marineros a bordo. La tripulación mínima para custodiar el barco por la noche hasta que ella regresara por la mañana a fin de alejar el barco del muelle y anclarlo en la bahía.

Seton la esperaba sentado en un barril junto a la pasarela, con las largas piernas estiradas al frente y la vista clavada en ella.

Al verla, se puso en pie y se acercó.

—¿Siempre eres la última en bajar cuando llegas a puerto?

—Sí.

Lo vio asentir con gesto pensativo mientras extendía un brazo para coger su bolsa. Ella se lo impidió, alejándola.

—No te atrevas. —Sentía un nudo en la garganta.

Él enarcó las cejas.

—No eres mi criado —adujo Viola.

—Pues no.

—Entonces, ¿por qué tienes que llevar mis cosas?

Seton retrocedió y la miró con recelo.

—Entiendo que lo haces para negar tu sexo.

—No lo estoy negando. Lo que hago es restarle importancia.

—Entiendo.

—¿De verdad?

—Creo que empiezo a entenderlo. —Cogió su bolsa y se la echó al hombro—. Espero que no te resulte una impertinencia imperdonable por mi parte, pero he dispuesto que nos espere un carruaje —dijo a la ligera.

Seton había comprendido que debía demostrar su valía en cada puerto, que debía crear una buena impresión y dejar que la trataran como a cualquier otro capitán de barco. Comprendía que esa había sido su vida durante los últimos dos años, desde que su padre murió. El hecho de que lo hubiera comprendido sin necesidad de que ella se lo explicara le aceleró un poco más el corazón.

—Gracias. Antes necesito ir al hotel que está al otro lado de la calle —dijo, señalando hacia la ciudad, cuya calle principal estaba muy tranquila bajo el sol de mediodía.

—Como desees. —Señaló hacia la pasarela por la que bajarían hasta el puerto—. Señora.

—¡Nada de reverencias!

—¿Te importaría dejar de mascullar órdenes ahora que estamos en tierra?

Viola lo miró echando chispas por los ojos... y le dio un vuelco el corazón. ¡Tenía un hoyito en una mejilla! Empezó a ver estrellitas, ¡estrellitas!, como si le faltara el aire.

Estrellas. En pleno día.

—Si no te gusta —logró decir—, eres libre para marcharte.

—Ajá. Conozco ese truco. —Su sonrisa no flaqueó.

Llegaron a la calle y la atravesaron, sorteando el poco tráfico de vehículos y personas. El brillante sol caribeño caía sobre la ciudad y una polvareda se levantaba del suelo, conformando una capa resplandeciente.

Seguro que era por eso. Por culpa del sol. No era su sonrisa. Era el sol.

—Te veo muy alegre y me resulta raro. Para haber pasado la vida en el mar, pareces disfrutar mucho pisando tierra.

El hotel, un edificio de tres plantas, estaba recién pintado y contaba con unas altísimas ventanas. Junto a él había elegantes edificios. La calle, limpia y ordenada, mostraba claros signos de riqueza. La modesta colonia inglesa prosperaba.

Seton se detuvo para que lo precediera por la escalera de entrada al establecimiento.

—Creo que, en realidad, disfruto mucho con mi capitana —la corrigió él en voz baja.

Ella volvió la cabeza, con los ojos de par en par.

—¿Qué estás haciendo?

Seton enarcó las cejas.

—Supongo que entrando en el hotel que has dicho que querías visitar, ¿no?

—Quiero decir que no me halagues.

Él meneó la cabeza, puso los ojos en blanco y entró en el establecimiento.

Una vez en el vestíbulo, Viola se acercó al mostrador y sacó el monedero mientras le indicaba con un gesto a Seton que pasara a la taberna adyacente. La obedeció sin hacer el menor comentario. Sabía que no la dejaría escapar, pero tenía la extraña sensación de que Jin Seton confiaba en ella lo suficiente como para saber que no intentaría darle esquinazo.

Unos pensamientos ridículos. Por supuesto que no le daría esquinazo teniendo en cuenta que su barco estaba en el muelle y que la mayoría de su tripulación estaría como una cuba a esa hora, dispersa por la ciudad.

Pagó por el uso de una habitación, y la dueña la acompañó por una escalera que ascendía en paralelo a una pared, tras lo cual le mostró una modesta estancia. Viola deshizo su equipaje. Al cabo de un momento, llegó una criada con agua limpia. Viola se lavó las manos y la cara, y se bebió el agua sobrante en el aguamanil, encantada con el sabor del agua fresca. Acto seguido, la muchacha se dispuso a desenredarle el pelo, y después la ayudó a ponerse ropa limpia. Cuando acabaron, Viola le entregó una moneda y la despachó.

Ya a solas, Viola se colocó delante del espejo oval y contempló su trabajo. Encorvó los hombros. Siempre era igual. Estaba ridícula.

Tenía la cara demasiado bronceada por el sol, sus rizos eran indomables y odiaba ese vestido. Sin embargo, la modista de Boston le había asegurado que era el último grito: un corpiño muy ajustado que se plisaba a la altura del pecho y mangas de farol que apenas le cubrían los hombros. El color, al menos, era aceptable: un marrón muy claro con rayas más oscuras. La modista no estuvo de acuerdo con su elección y le mostró una espantosa tela amarilla con florecillas naranjas bordadas que a Viola le resultó tan parecida a la tela de la ropa interior que la rechazó. Si debía vestirse como una mujer, al menos lo haría sin ponerse en ridículo. De cualquier forma, contaba con un chal para cubrirse. Una práctica prenda de lana gris que le había tejido la esposa de Loco.

Metió los pies en los incómodos escarpines que su padre le regaló hacía ya seis años y guardó las calzas, la camisa y los zapatos en la bolsa de viaje. Mientras salía de la habitación, se echó un último vistazo en el espejo y se detuvo.

Seguramente se debiera al calor o al hecho de llevar el pelo apartado de la cara gracias al recogido que le había hecho la doncella. El caso era que sus mejillas parecían resplandecer y que sus ojos tenían un brillo peculiar.

De cualquier forma, estaba ridícula.

Seton se reiría de ella. O guardaría un silencio tan elocuente que ella sabría que la estaba comparando con las damas junto a las que pretendía llevarla, damas reales como su hermana Serena, y que no saldría airosa de dicha comparación.

Daba igual. No lo acompañaría a Inglaterra ni la obligarían a

131

relacionarse ni a compararse con esas damas. Se quedaría en Trinidad y se casaría con Aidan Castle. Un hombre que la conocía desde que tenía quince años, que la había visto a bordo del barco y en tierra, que no le importaba si llevaba calzas o vestidos. ¿Por qué se había cambiado de ropa antes de ir a su casa?

Bajó la escalera francamente enfadada y se dispuso a entrar en la taberna deseando ser capaz de pasar por alto la opinión que tanto Aidan Castle como Jinan Seton tuvieran de ella. Mientras deseaba ser capaz de pasar por alto también el deseo de que él se percatara del cambio.

Lo encontró con facilidad. Mientras que otros hombres charlaban y bebían en grupo, él estaba solo. Apoyado en la pared, con los brazos cruzados por delante del pecho y los ojos cerrados, como si durmiera. Parecía muy a gusto, como si la posibilidad de que surgiera una amenaza o algún peligro fuera ridícula. ¿Y por qué no iba a serlo? El Faraón era temido desde Lisboa hasta Puerto Príncipe, pasando por Nueva York. Los marineros lo temían y lo respetaban. No tenía nada de lo que preocuparse.

Como si hubiera percibido su presencia, abrió los ojos y su mirada cristalina se clavó en ella por debajo de un mechón de pelo oscuro. Viola se percató de que sus ojos se detenían en las faldas y después volvían a subir. Lo vio separar los labios, apartar los hombros de la pared y descruzar los brazos.

La miraba fijamente.

La estaba mirando a ella.

Y no parecía disgustado.

Viola tenía los nervios a flor de piel. Sentía un intenso calor en las entrañas, pero tenía las manos frías. Seton aseguraba que no quería volver a besarla. Ella se repetía que no necesitaba sus besos.

Sin embargo, ambos mentían.

Los ojos de Viola resplandecían. Sin embargo, su mirada quedaba un tanto empañada por el recelo. Un recelo que Jin no había visto antes en ella y del que quizás él fuera culpable.

Porque no le sentaba bien. Esa chispa temeraria y traviesa que la acompañaba normalmente no debía apagarse.

No obstante, estaba preciosa. Y hecha un desastre, desde el espantoso recogido que llevaba en la coronilla hasta los rozados escarpines que asomaban por el bajo del vestido, pasando por el mismo vestido, de diseño sencillo y confeccionado con una tela de un color espantoso. Sin embargo, dicho vestido revelaba la mujer que había debajo. Una mujer que lo dejaba sin aliento. Delgada pero con curvas, con la barbilla alzada de forma orgullosa, mostrando la blancura de su cuello. Parecía la dama que debía ser por nacimiento.

Llamaba la atención. Los clientes de la taberna guardaron silencio al verla bajar la escalera y caminar hacia él. Sin embargo, sus movimientos eran los de un marinero. Sus pasos eran largos y acabó pisándose el bajo del vestido. Él la agarró por el codo.

—¡Maldición! —murmuró ella, zafándose con un tirón de su mano.

Jin sonrió.

La vio resoplar con delicadeza justo antes de decirle con evidente irritación:

—¿Qué pasa? No me mires así.

—Así ¿cómo? ¿Cómo a una mujer hermosa que ha elegido acercarse a mí de entre todos los hombres de esta taberna y de lo cual me siento muy afortunado?

Su réplica la hizo pestañear varias veces y su mirada se tornó amable. Sin embargo, acabó frunciendo el ceño, lo que estropeó sus delicadas facciones.

—Seton, guárdate las lisonjas para las mujeres frívolas. No vas a desconcertarme.

—No pretendía hacerlo.

—Al parecer, ese es tu problema, que no pretendes hacer muchas cosas de las que haces.

—Te estás contradiciendo. ¿Estás desconcertada o no?

—Ya te gustaría... —contestó, haciendo un mohín con esos labios carnosos que sabían a miel.

Jin tuvo que esforzarse para no perder el hilo de sus pensamientos. Pero acabó perdiéndolo. De un tiempo a esa parte, solo soñaba con besar esos labios a placer. En sus sueños, Viola se entregaba por completo a él para que hiciera con ella lo que quisiera.

—¿Dónde se habrá metido la perfumada joven inocente que conocí en el barco? —murmuró.

Ella abrió los ojos de par en par un instante y adoptó una expresión cándida.

—No está muy lejos. ¿Por qué? ¿Logró afectarte?

Jin se echó a reír.

—¿Cuántas mujeres hay en ese cuerpo, Viola Carlyle?

Ella frunció el ceño.

—Solo una, a ver si consigo convencerte de que es así.

—¿Se celebra algo especial? —le preguntó, señalando el vestido.

No se permitió mirarle de nuevo el pecho, apenas oculto por la tela del corpiño, porque si lo hacía, se pondría a babear como el resto de los hombres que había en el establecimiento.

Viola se cubrió los hombros con un chal feísimo.

—Soy una mujer, Seton. Una mujer puede ponerse un vestido sin necesidad de celebrar nada.

Él enarcó una ceja.

—¿Y qué ha pasado con lo de restarle importancia a tu sexo?

—Sigo pensando lo mismo.

Jin echó un vistazo por la taberna y llegó a la conclusión de que los hombres que la miraban no eran de la misma opinión.

—Ajá. —La miró de nuevo, deteniéndose en sus labios. Le encantaría lamerle el lunar del labio inferior y después seguir por todos sitios. Por la suave curva de su cuello, por sus endurecidos pezones. Se contentaría con poder hacerlo durante una sola noche. O casi—. Ese ceño fruncido es cautivador, pero no va en consonancia con la ropa que llevas. Tal vez deberías cambiarte.

—Tal vez deberías saltar desde la pasarela a un mar infestado de tiburones hambrientos —replicó ella, pasando por su lado.

El roce de su hombro le provocó un deseo ardiente. Por un

instante, Jin fue incapaz de moverse y todos sus músculos se tensaron.

Tal vez ella lo hiciera a propósito. Pero si ese fuera el caso, estaría regalándole castas sonrisas como en el barco. Más bien Viola ignoraba que una dama jamás rozaba a un hombre de forma accidental. Tal vez, pese a los quince años que llevaba viviendo entre marineros, no sabía lo que le pasaba a un hombre cuando una mujer lo tocaba.

—Los tiburones siempre están hambrientos, señorita Carlyle —replicó mientras se volvía para seguirla, pero en ese momento ella se dio media vuelta para mirarlo.

—¡No me llames así en este lugar! —susurró—. Ni cuando lleguemos a la plantación. Por favor. —Sus ojos parecían más oscuros a causa de la vulnerabilidad que ya le había visto en una ocasión en el barco—. Por favor, prométeme que no lo harás.

—¿Tan importante es para ti?

—Soy consciente de que no tengo nada que ofrecerte a cambio de esa promesa. Pero sé que si me das tu palabra, la mantendrás.

—¿Y por qué estás tan segura de eso?

Viola parpadeó con rapidez. Sus ojos eran muy expresivos.

—Lo sé sin más.

Jin asintió con la cabeza.

—Te doy mi palabra.

Tras parpadear de nuevo, Viola se volvió y salió del hotel.

13

Durante el largo trayecto por el camino de la costa hacia el interior de la isla, Viola ocultó la cara bajo el ala de su bonete de paja y se mantuvo callada. Jin la observaba en silencio, percatándose de la tensión de los hombros bajo el grueso chal que llevaba cual armadura pese al calor del mediodía y también del modo en el que sus delgados y callosos dedos se retorcían.

Era una mujer cambiada, no tanto por la ropa como por la actitud. En cuanto el océano desapareció tras las colinas y a medida que las palmeras, los trinos de los pájaros tropicales y el olor de la tierra y la vegetación se hacían más evidentes, Viola se retrajo. Sin embargo, no era la misma quietud que la embargaba durante sus vigilias al atardecer en el alcázar de la *Tormenta de Abril*.

Ella deseaba silencio y él se lo concedió, encantado de esperar a que le diera una explicación.

El cochero enfiló una estrecha avenida de entrada flanqueada por enormes yucas, y su destino apareció ante ellos. No era una propiedad diminuta, era una plantación en toda regla. La avenida no era muy larga, pero la casa era bastante amplia, con dos plantas, de estilo inglés y muy elegante, pintada de blanco y con una veranda que recorría tres de sus cuatro costados. Los cultivos de caña de azúcar se extendían por las laderas, como un paisaje pintado a la perfección.

Viola levantó la cabeza y se le escapó un jadeo. Clavó la mirada en la casa mientras sus dedos aferraban el polvoriento borde del carruaje.

Jin habló por fin.

—¿De quién es esta plantación?

—Pertenece a Aidan Castle. En otro tiempo fue contable en Boston y luego se enroló en el barco de mi padre, tras lo cual compró estas tierras. —Su mirada recorrió con renuente admiración la casa y los edificios adyacentes, pero no con placer—. La última vez que estuve aquí, aún no había construido la casa. Es impresionante —añadió con voz apagada.

El carruaje se detuvo delante de la veranda y por la puerta principal salió un criado negro, ataviado con sencilla ropa blanca. Jin se apeó, y sus botas resonaron en la gravilla del camino, de la que ascendió una polvareda. Se volvió hacia Viola y le ofreció la mano, que ella ni miró mientras se arreglaba las faldas y el chal en el borde del alto escalón, aunque al final soltó un suspiro exasperado y aceptó su ayuda. Una vez en el suelo, se apresuró a soltarle la mano.

—Buenos días, señora. Señor. —El criado bajó el equipaje del carruaje.

—Buenos días —replicó ella—. ¿Serías tan amable de informar al señor Castle de que ha llegado Violet Daly?

El criado hizo una reverencia y regresó a la casa.

Jin volvió a ofrecerle la mano para ayudarla a subir los escalones de acceso a la veranda, pero ella se agarró a la barandilla y subió sola. De modo que quedó rezagado, observando cómo se pasaba las manos por encima de las faldas varias veces y cómo se ajustaba de nuevo el bonete y el chal. Después, la siguió.

La puerta se abrió. Un hombre salió al porche con paso firme y seguro. Iba ataviado con pantalones y chaqueta de lino, zapatos lustrosos y un chaleco de seda, y parecía tener más o menos su edad, si bien era más ancho de hombros pero algo más bajo. La atención del recién llegado se concentró en la mujer que había entre ambos.

Viola se acercó a él, bajó la barbilla y le tendió la mano.

Castle la cogió y dijo:

—Querida Violet.

Acto seguido, la abrazó. Ella le rodeó la cintura con los brazos y pegó la cara a su chaleco.

Jin permaneció muy quieto y en silencio mientras el sol de media tarde se derramaba sobre la terraza, iluminando a la pareja, y la ligera brisa procedente de los campos de cultivo agitaba las faldas de Viola.

No le había contado la verdad, por supuesto. Su cambio de ropa y de actitud se debía, al parecer, a Aidan Castle.

Parecía el mismo, su torso era igual de fuerte y sólido. Y olía igual, a jabón de afeitar y a tabaco. Era un aroma tan familiar que Viola casi sintió la presencia de su padre, como si pudiera levantar la vista y ver a Fionn al lado de Aidan.

Cuando la soltó, se permitió observarlo con detenimiento. También tenía el mismo aspecto. El pelo castaño claro se rizaba sobre su frente, un tanto largo, como solía llevarlo cuando se le olvidaba cortárselo. Su cara no había cambiado, seguía igual aunque no tan bronceada, con la misma nariz imponente, los mismos labios carnosos, el mismo hoyuelo en la barbilla y los mismos ojos verdosos, muy tiernos, que la miraban con expresión risueña en ese momento.

—Supongo que tu viaje ha sido tranquilo. —Su voz sonaba muy conocida, una voz que había escuchado todos los días hasta que cuatro años antes abandonó el barco de su padre para convertirse en un terrateniente.

—Sin problemas.

—Es lo que esperaba. Supusimos que todavía es demasiado pronto para que encontraras tormentas estivales durante la travesía. —Parecía alegrarse muchísimo de verla y la miraba fijamente, sin aparente incomodidad.

—¿Supusisteis, en plural?

—Seguro que te acuerdas de mi primo Seamus. La primavera pasada vino a verme y no se ha marchado. —Soltó una risilla, el mismo sonido del que ella había dependido cuando su padre enfermó y necesitaba seguridad con desesperación—. Mis tíos estaban ansiosos porque abandonara Irlanda, por supuesto, ya que se había metido en líos, como de costumbre.

—Así que... ¿está aquí? —Viola conoció a Seamus Castle durante una visita que hizo a Boston hacía años. Un joven con demasiada cara dura y poquísima imaginación.

—Ha sido una gran ayuda para gestionar a los trabajadores. Pero no nos quedemos aquí fuera con este calor. Entra y tómate algo fresco. —Hizo ademán de cogerle la mano, pero se detuvo al mirar tras ella—. Ah, perdón. El caballero...

—Es mi segundo de a bordo, mientras Loco está de permiso. Aidan, te presento a Jinan Seton.

—Encantado de conocerlo, señor Seton. —Le tendió la mano.

Seton dio un paso al frente y se la estrechó.

—El placer es mío —dijo.

Viola sintió que algo en su interior daba un vuelco.

Aidan frunció el ceño.

—Creo que me suena su nombre.

Seton soltó la mano de Aidan.

—¿En serio?

—Claro que supongo que Seton es un apellido muy común en estas latitudes, ¿no?

—Supongo.

—Ah. —Aidan sonrió—. Es inglés.

—El señor Seton tiene patente de corso de la Armada Real —terció Viola, que los miraba a uno y a otro—. Solo está sirviendo como mi segundo porque... En fin... Porque...

—Ahora mismo estoy sin barco —concluyó él.

—Ah, claro. —Aidan recorrió a su invitado con la mirada—. Cualquier marinero del barco de Viola es bienvenido en mi hogar. —Señaló la puerta—. Por favor. Quiero que conozcas a mis otros invitados.

Viola los precedió al entrar en un vestíbulo de techo alto mientras miraba de soslayo al hombre con quien había navegado hasta esa isla. Seton llevaba una camisa blanca, pantalones limpios y una chaqueta que nunca había visto, de una confección tan elegante que le hacía justicia a sus anchos hombros y a su cuerpo atlético. Parecía tan cómodo con esa ropa como cuando lucía la que se ponía a bordo. Durante el viaje en carruaje, concentrada como estaba en intentar no mirarlo, no había reparado en su vestimenta.

Sobre todo, como de costumbre, se había fijado en sus ojos. Y en sus manos. Y en su boca. Siempre en su boca.

Le daba igual lo que llevara puesto. Estaba guapo con cualquier cosa o sin apenas nada. Subió la mirada desde su chaleco y, al igual que el primer día, él también la estaba observando.

Aidan le ofreció el brazo. Por un instante, se quedó mirando su manga sin saber qué hacer, incapaz de olvidarse del recuerdo del pecho desnudo de Jinan Seton bajo la lluvia.

Ninguno de los dos hombres habló.

—¿Violet?

—Ah. —Se ruborizó antes de colocar los dedos sobre el brazo de Aidan.

Este soltó una risilla y dijo:

—Querida, eres increíble. —La condujo al salón.

Era una estancia muy acogedora, decorada con suma elegancia y detalles ingleses; sin embargo, era otro aspecto de la casa que había construido sin consultarla a pesar de que la compartiría con ella algún día.

En el salón había cuatro personas. Seamus Castle estaba apoyado en un sillón negro, haciendo girar la cadena de un recargado reloj de bolsillo de oro con el índice.

—Buenos días, señorita Violet. —La saludó con un gesto de cabeza apenas imperceptible. Era un hombre atractivo, con una frente amplia como Aidan y el mismo pelo rizado, pero su boca parecía congelada en un perpetuo deje burlón, y sus ojos verdes tenían una expresión ladina—. Encantado de volver a verla.

La última vez, unos cinco años antes, la había acorralado en un rincón oculto y había intentado tocarle el pecho. A Viola le había dolido la rodilla durante varios días después de impactar con la culata de la pistola que llevaba al cincho y que quedaba a la altura de la entrepierna de Seamus. Él también acusó el impacto en sus partes bajas. Viola aprendió varios tacos muy soeces en aquel momento.

—Señor Hat, señora Hat, permítanme presentarles a la señorita Daly y al señor Seton, amigos míos cuyo barco acaba de atracar en el puerto. —Aidan la instó a volverse para que los mirara.

Viola supo de inmediato que eran prósperos comerciantes de alguna ciudad del norte. De Nueva York, de Filadelfia o de Boston. Todos los habitantes de esas ciudades tenían el mismo aspecto: hombres con exceso de peso, mujeres con exceso de arrogancia y ambos con exceso de ropa.

El señor Hat, que llevaba una enorme corbata alrededor de un cuello de camisa altísimo y una chaqueta de lana con enormes solapas, se puso en pie para estrechar la mano de Seton.

—Encantado de conocerlo —dijo con voz ronca.

—Señor. —Él se volvió hacia la señora Hat y le hizo una reverencia—. Señora.

La mujer lucía una sonrisa tensa y un vestido de tafetán adornado con perlas negras, carísimo y totalmente inadecuado para el clima de la zona. Examinó a Viola de la cabeza a los pies, procedió a hacer lo mismo con Seton y, a la postre, asintió con la cabeza, haciendo que la pluma negra de su tocado se agitara.

—Y esta —anunció Aidan con una sonrisa amable— es la señorita Hat.

Era una muchacha de aspecto angelical que no tendría más de diecisiete años. Tan guapa que quitaba el aliento. Viola la miró embobada mientras se preguntaba cómo había conseguido la señorita Hat que los tirabuzones rubios enmarcaran a la perfección su frente y sus mejillas, y cómo podía llevar tan poca ropa delante de tanta gente. Era alta como su madre, con un cuerpo delgado y unos ojos azules enmarcados por espesas pestañas doradas, y mantenía la mirada gacha, de forma recatada. La muchacha hizo una reverencia y la diáfana falda de su prístino vestido blanco le rozó las piernas mientras sus manos quedaban entre los pliegues de la tela como lirios blancos.

—Señor. Señorita —susurró la muchacha a modo de saludo—. Encantada de conocerlos.

Seton hizo una reverencia y pareció tan inglés, tan galante, que por un instante Viola también lo miró embobada a él.

Aidan la condujo a un sillón.

—Viola, el señor Hat es el propietario de una empresa de prendas masculinas en Filadelfia. Ha venido en visita de negocios con la idea de expandir sus horizontes. Hemos tenido la suerte de que su familia pudiera acompañarlo, ¿no es verdad, Seamus?

El irlandés esbozó una sonrisa torcida.

—Claro, primo. Siempre es bueno contar con damas para embellecer el lugar. —Miró a Viola con expresión lasciva.

El señor Hat le cogió una mano a su hija y le dio unas palmaditas.

—Quería que mi pequeña Charlotte viera un poco de mundo antes de entregarle su mano al hombre afortunado de tenerla para el resto de su vida.

La señorita Hat se ruborizó hasta la raíz del pelo y agachó la mirada, pero mantuvo la sonrisa dulce.

El criado que los recibió a su llegada se acercó a Viola con una bandeja. Ella aceptó el vaso y le sonrió.

—Gracias.

—Vaya por Dios, señor Castle. —La señora Hat tenía la vista clavada en los pies de Viola—. Me temo que he sido muy desconsiderada estos dos días. No tenía la menor idea de que las damas de la isla se dirigían a los criados delante de las visitas. Tenga por seguro que rectificaré mi comportamiento.

Aidan soltó una risilla.

—Las relaciones entre el servicio y las personas de mayor posición es algo más distinguida aquí que en el norte, es cierto, señora. Pero a usted jamás se la podría tildar de desconsiderada.

La mirada de la mujer ascendió, deteniéndose en el regazo de Viola, que bajó la vista y se percató de que tenía las faldas dobladas a la altura de las rodillas, dejando expuestas sus pantorrillas y las medias baratas.

Se ruborizó por la vergüenza.

—Vaya.

Se dio un par de tironcitos con las manos húmedas para soltar la tela. Sin embargo, se vio obligada a tirar con bastante más fuerza y a levantar el trasero para que el dobladillo llegara hasta el suelo.

—Castle, tengo entendido que no posee la propiedad desde hace mucho. —La voz de Seton resultó serena en el silencio—. Conozco a varios plantadores de Barbados y de Jamaica, pero ninguno de esta isla. ¿Qué tal va el negocio por aquí?

—Bastante bien, la verdad. Mi vecino más próximo, Palmerston, no es muy generoso con el agua del arroyo que atraviesa sus tierras antes de llegar a las mías, pero de momento no he tenido problemas de irrigación. —Miró a los presentes con una sonrisa—. Si los trabajadores pidieran menos privilegios, sería un hombre la mar de contento.

—Ya te he dicho, primo, que si se les da libertad a los hombres, abusarán de ella siempre que puedan. Deberías tener esclavos en tus tierras, no jornaleros.

Aidan meneó la cabeza.

—Siento llevarte la contraria, Seamus.

—Ya no se puede encontrar un esclavo doméstico en Filadelfia —añadió el señor Hat, asintiendo con la cabeza—. Claro que es lo mejor. Por supuesto, no hay un solo esclavo en mis almacenes, pero ese dichoso francés, Henri, los usa para descargar sus barcos y reducir los costes.

—Mal asunto, sí, señor —masculló Aidan.

—Pero de cualquier forma realizan el trabajo. Y el trabajo es lo que nos interesa. —Seamus cruzó los brazos por delante del pecho, estirando el chaleco de cachemira—. ¿Y usted qué dice, Seton? ¿El Parlamento debería pedir que se liberen a los esclavos como les gustaría a los abolicionistas o deberíamos mantener el orden como hombres racionales?

El aludido miró a Seamus con expresión tranquila.

—Un hombre debe seguir solo a su conciencia —respondió—. La ley, sea cual sea, jamás podrá alterar ese hecho.

—Bien dicho —murmuró Aidan, aunque tenía el ceño fruncido.

A Viola le ardían las mejillas y sentía un nudo en la garganta. La mirada reprobatoria de la señora Hat no había desaparecido, como tampoco cesaba el tímido examen que le hacía la hija.

Le daba igual una cosa y la otra.

Seton la había rescatado de su vergüenza a propósito. Cierto que no había imaginado que la conversación tomara ese rumbo, pero no creía que a él le importase mucho. Tal como había dicho, no era un hombre que se dejara llevar por los argumentos de los demás. Era el único hombre a quien Viola conocía que vivía según sus propias reglas, guiado por un objetivo en el que tenía fe ciega. Eso, mucho más que cualquier otra cosa que supiera de él, la asustaba. La asustaba y la emocionaba a la vez.

Con la caída de la noche, la brisa fresca que soplaba por la plantación al atardecer desapareció. La calma era total, las cañas de azúcar permanecían inmóviles, e incluso los pájaros se habían callado con la oscuridad. Cenaron en el comedor, y el calor que subía de la tierra recalentada resultaba opresivo en el interior de la casa, lo que le quitaba el apetito a Viola.

Los Hat se comportaron como si ella no existiera. La señora Hat felicitó a su anfitrión por las impresionantes renovaciones. El señor Hat interrogó a Seton sobre la actividad en el puerto de Boston que Viola podría haber contestado mejor que él. La señorita Hat picoteó de su plato y mantuvo la mirada gacha. Seamus bebió un vaso tras otro de ron endulzado mientras miraba a Seton con los ojos entrecerrados.

Después de tomar el té en el salón, los Hat anunciaron su intención de visitar la ciudad al día siguiente.

—Señor Castle, espero que pueda acompañarnos. —La señora Hat esbozó una sonrisa elegante y condescendiente.

Aidan asintió con la cabeza.

—Por supuesto, señora. Será un placer llevarlos a las mejores tiendas. —Se dirigió a su marido—. El maderero es un buen amigo mío, aunque es más un comerciante de madera que un maderero como tal. Conoce en persona al propietario de esa rara madera que le mencioné ayer. Estaré encantado de presentarlos.

—Estupendo, estupendo. —El señor Hat se dio unas palmadas en su abultado vientre y el corsé que llevaba protestó cuando se puso en pie—. Pues nos vemos mañana, Castle.

La señora Hat se cogió del brazo de su hija, la señorita Hat hizo una reverencia y los tres se marcharon. Seamus miró a Viola con una sonrisa insolente.

—En fin, señorita Violet —dijo él—, ahora que es la única mujer presente, ¿cómo va a entretenernos? ¿Va a tocar algo al piano?

Aidan carraspeó.

—Viola no sabe tocar el piano, por supuesto. —Se acercó a ella y le ofreció el brazo—. ¿Te acompaño a tu habitación?

Ella asintió con la cabeza, le colocó la mano en el brazo y miró a Seton.

Que le hizo una reverencia.

El ambiente se volvió más bochornoso conforme ascendían la escalera. Era una casa muy bonita, pero no parecía diseñada para la climatología local, sino para cumplir los requisitos del frío tiempo inglés. Sin embargo, la puerta a la que la condujo Aidan tenía un bonito grabado y parecía recién pintada pese a la humedad. Había trabajado muy duro para construirse un hogar y debería sentirse orgullosa de él.

La cogió de las manos.

—Me alegro de verte de nuevo, Violet. Te he echado de menos.

—Yo también me alegro de verte después de tanto tiempo.

Aidan frunció el ceño y la miró con expresión seria.

—Querida, ahora recuerdo por qué me sonaba familiar el apellido Seton.

Se le secó la garganta al escucharlo.

—Supuse que lo recordarías tarde o temprano.

—A juzgar por tu expresión, deduzco que lo sabías cuando lo contrataste. ¿Por qué lo hiciste? —Su tono tenía un leve deje acusador.

—En fin, es complicado.

No quería decirle que había hundido la *Cavalier*. Aidan ya no tenía nada que ver con su barco o con su trabajo. ¿Por qué iba a darle detalles? Además, le costaba hablar de Jinan Seton en voz alta, porque la desestabilizaba.

Aidan le apretó las manos con más fuerza.

—Esto no me gusta.

Ella intentó restarle importancia.

—El gobierno británico lo ha perdonado, Aidan. ¿No te parece razón suficiente para que tú también confíes en él?

—No. —Meneó la cabeza—. Sabes lo mucho que me preocupo por ti, así que no me parece bien que este hombre te acompañe a bordo. Fionn me daría la razón. Se le puede poner un collar a un leopardo, pero el cautiverio no cambiará su naturaleza.

Viola clavó la mirada en sus ojos verdosos y estuvo a punto de darle la razón en la imposibilidad de que un hombre cambiara su naturaleza. Desde que tenía quince años, ese hombre la había cortejado con palabras y había aceptado su devoción como si fuera lo más normal para él. Pero se había negado a cumplir sus promesas una y otra vez. Cuando trabajaba para su padre, insistió en que no se casaría hasta no asentarse en tierra y construir un hogar para su familia. Llevaba cuatro años como dueño y señor de dicha tierra.

En ese momento, veía en sus ojos que se creía con derecho sobre ella. Después de meses sin recibir una sola carta y tras dos años sin verse, Aidan se creía con derecho a decirle cómo organizar su vida, a ofrecerle unos consejos que ella no había pedido, y además pensaba que ella estaba en la obligación de obedecerlo. Por fin lo veía claro.

Jinan Seton esperaba lo mismo... al menos en lo referente a la parte de la obediencia. Pero cuando no la miraba como si estuviera loca, en sus ojos también veía respeto a una igual, atracción y deseo. Admiración. Y pasión. Con independencia de todas las veces que Aidan había bromeado con ella y le había dicho lo mucho que significaba para él, nunca la había mirado así.

—Creo que te equivocas con él —replicó en voz baja.

—Los piratas son ladrones y mentirosos, Violet. Cometes una imprudencia al confiar en él.

—Eso lo tengo que decidir yo. —Se soltó de su mano—. Gracias por la cena. Buenas noches.

Aidan se inclinó hacia ella aún con el ceño fruncido y la besó en la mejilla.

—Me alegro de que estés aquí, querida.

Ella asintió con la cabeza. Aidan titubeó un momento antes de bajar la escalera.

Viola se tocó con los dedos el punto donde sus labios la habían rozado. Lo quería. Llevaba queriéndolo diez años. Aidan sabía mucho de ella, de su padre y de su vida en el mar. Por supuesto, él ya no formaba parte de dicha vida. Pero sí formaba parte de su pasado, y durante muchísimo tiempo supo que formaría parte de su futuro. Que él sería su futuro. Sin embargo, por extraño que pareciera, tanto conocimiento se le antojaba más bien como... desconocimiento. Incluso ese inocuo beso le había resultado raro.

Tal vez unos días en su mutua compañía cambiaran esa impresión. Los amigos, incluso aquellos que se conocían muy bien, necesitaban tiempo para acostumbrarse al otro tras periodos de ausencia. ¿O no?

Se colocó junto a la ventana y el calor la envolvió. La cama tenía capas y capas de tela, y le resultaba muy repulsiva. En cuanto vio a los otros invitados, supo que Aidan no le pediría compartir su cama. Nunca lo hacía cuando había otras personas. Pero eso no le importaba en ese momento. De todas maneras, hacía demasiado calor para esas actividades; además, el estómago le rugía de hambre y tenía una sensación extraña, incómoda, en la piel. El sueño parecía algo imposible.

Una estantería muy modesta ofrecía material de lectura, libros de sermones y cuadernos de negocios. Escogió el menos aburrido y se sentó junto a la lámpara. Sin embargo, la lectura no consiguió distraerla, y el sudor comenzó a agolparse en la punta de su nariz, por lo que se vio obligada a enjugarlo con la manga antes de que las gotas resbalaran. Se acercó a la ventana, apartó las cortinas y la rodeó un enjambre de mosquitos.

—¡Oh! —Cerró la ventana con fuerza.

Nada de brisa. Tal vez por eso Aidan había podido comprar una propiedad de semejante extensión. Con la ausencia de brisa y la humedad reinante, las propiedades del interior de la isla debían de estar a un precio asequible. Si hacía tanto calor en junio, sería insoportable en pleno verano. Pero ella había soportado toda clase de privaciones durante sus años en alta mar. Si iba a convertirse en su esposa, tendría que soportar el calor y los mosquitos.

Sin embargo, no tenía por qué soportarlo tan estoicamente. El único sitio donde podría encontrar algo de aire fresco sería en el jardín o en la avenida de entrada. Además, se sentía inquieta. Echaba de menos el constante balanceo del barco bajo sus pies y el susurro del mar en los oídos. Allí, entre campos, cosechas y cuatro paredes, era incapaz de respirar.

Aunque no le gustaba la idea de ponérselo, cogió el chal de lana por si se encontraba con la recatada señorita Hat y su viperina madre, y bajó la escalera. La puerta principal estaba cerrada, pero en el salón había otra puerta por la que se accedía a la veranda que rodeaba la casa. La abrió y salió a la oscuridad de la noche.

Se ocultó en la sombra que proporcionaba el dintel.

Más allá del porche, se extendía un jardín en dirección a los campos de cultivo, salpicado de vetustos árboles y setos exóticos, delimitado con pulcritud por una valla blanca tapizada con enredaderas. Las flores tropicales florecían a la luz plateada de la luna y los estridentes insectos saturaban la oscuridad.

Bajo la copa de un matipo, un hombre y una mujer paseaban muy juntos el uno al lado del otro. El vestido blanco de la señorita Hat parecía brillar bajo la luz de la luna. El caballero cogió una flor y se la ofreció, hablándole en voz baja. Y en el silencio reinante, la voz de Aidan llegó hasta sus oídos mientras cogía la mano de la señorita Hat como si estuviera hecha de porcelana, para llevársela a los labios y besarla.

Y a continuación la besó en la boca.

Viola se quedó sin aliento al tiempo que se le revolvía el estómago. Se dio media vuelta y chocó contra Jin.

—Cuidado. —Él la aferró por la cintura y clavó los ojos en su cara antes de desviar la mirada hacia el jardín.

Jin frunció el ceño, pero ella ya tenía los ojos llenos de lágrimas y las manos contra su pecho. Encontrarse con él tan de repente solo consiguió confundirla todavía más. Porque por fin comprendió que Jinan Seton no la hacía sentirse débil.

Aidan sí. Con Aidan siempre tenía la sensación de que no era lo bastante buena. Claro que Charlotte Hat sí parecía serlo. Era guapa, refinada, disponía de una buena dote y procedía de una familia de buena cuna. Podía pasear con ella a medianoche por un jardín y besarle la mano mientras que a ella le hacía promesas que nunca cumplía.

Alzó la mirada hacia Jin y en esos ojos cristalinos vio comprensión junto con un ramalazo de rabia.

Sintió un nudo en el estómago. Nunca fingía con ella. A su lado, se sentía insegura, sí, sobre todo en los raros momentos en los que perdía el férreo control de sus emociones. Pero también la hacía sentirse viva y llena de esperanza.

—¿Violet? —Sus manos le apretaron la cintura, con fuerza y seguridad. No volvió a mirar al jardín, sino que se concentró en ella por completo.

Una lágrima resbaló por la mejilla de Viola.

—No —susurró. Se lo había exigido, pero en ese preciso momento no quería que la llamase así. Quería que la llamara por su verdadero nombre.

Se zafó de sus manos, se pasó los dedos por la cara y corrió hacia el interior de la casa.

14

El sueño la eludía. Viola yacía en la cama con su feo vestido marrón, contemplando la asfixiante oscuridad mientras contenía las lágrimas. Llorar no la ayudaría. Solo demostraría que era tan tonta como una mujer cualquiera.

Sin embargo, ella no era una mujer cualquiera. Era Violet *la Vil*, capitana de su propio barco y de cincuenta hombres completamente entregados a ella, con una patente de corso del estado de Massachusetts, fuerte y lista como para manejar esa situación de la misma manera que había manejado otras muchas adversidades, atolladeros y tropiezos durante los años transcurridos en el mar. La mujer que había hundido a la legendaria *Cavalier* no se derrumbaría ni se echaría a llorar porque el hombre al que había querido durante diez años y con el que pretendía casarse había besado a otra mujer, a una joven inocente y elegible, delante de todo el mundo, ella incluida. Antes prefería la muerte.

Pero dolía. Y detestaba sentirse dolida. De repente, su futuro había cambiado, pero también había cambiado su pasado. ¿Todas las ocasiones en las que Aidan le había prometido matrimonio habían sido falsas? ¿Había sido la mayor tonta del mundo por creer después de tantos años que él cumpliría sus promesas? Y lo peor de todo: ¿su padre lo sabía? ¿Le había dado a Aidan el dinero que le permitió abandonar el barco para que ella no siguiera esperanzada con sus sueños de juventud?

Siguió contemplando la oscuridad sin llorar, con el pecho y la garganta doloridos por su afán de contener los sollozos. Al escuchar los gritos, pensó que eran producto de su imaginación. Sin embargo, las voces aumentaron de volumen y se hicieron más estridentes.

Saltó de la cama y se acercó a la ventana. En la distancia, a unos cinco kilómetros de la casa, la plantación de caña de azúcar se teñía de rojo por el fuego y el humo ascendía hacia el cielo nocturno.

Se echó el chal sobre los hombros mientras se ponía los escarpines y salió a toda prisa del dormitorio en dirección a la veranda.

En el exterior reinaba el caos. Había hombres corriendo en todas direcciones. Algunos tiraban de unos bueyes, otro de una mula. Todos se gritaban. Seamus y Aidan alzaban sus voces por encima de las de los demás para dar órdenes. Se escuchó el rebuzno de un burro. El humo era denso y olía a caramelo quemado.

Aidan se acercó a ella y le aferró las manos.

—Violet, debes entrar y decirles a los... ¡Ah! —Se interrumpió al mirar tras ella—. Aquí están. Gracias, Seton.

Viola se volvió y se encontró con la mirada de Jin. La señorita Hat se aferraba a su brazo con las manos tan blancas como las de un espectro mientras él la guiaba hasta la avenida, siguiendo a sus padres, que habían aparecido con la ropa de dormir, igual que la hija.

—¿Qué está pasando, señor Castle? —exigió saber la señora Hat—. ¿Existe el riesgo de que nos alcance el fuego?

Aidan negó con la cabeza.

—En absoluto, señora. Le aseguro que mis hombres están haciendo todo lo necesario para contenerlo. Solemos quemar los campos ya recogidos a fin de preparar la tierra para la siguiente cosecha, de modo que estamos acostumbrados a esto.

—Castle, eso no es un campo cosechado y el miedo de sus hombres es evidente —comentó Seton con serenidad, al tiempo que dejaba a la muchacha al cuidado de su madre para acercarse

152

a Aidan—. Salta a la vista que es intencionado, porque lo que están ardiendo son las cañas. ¿Quién tiene motivos para hacer algo así?

—Esos malditos jornaleros, que intentan obligarte a concederles mayores privilegios —respondió Seamus, que llegó en ese momento—. Ellos lo han provocado. Las ridículas ideas de mi primo han conseguido que el fuego acabe con todo lo que habíamos conseguido.

—Solo es un campo —señaló Aidan, que se pasó una mano por el pelo—. Los hombres están llenando los canales de agua. No se extenderá.

—Cualquier palabra que sale de tu boca es oro para la familia en Inglaterra, pero aquí no vale nada —le soltó Seamus, cuyas mejillas estaban encendidas—. Si usaras esclavos como todos los demás, esto no habría sucedido.

—No usaré trabajadores forzados cuando hay hombres dispuestos a hacer el trabajo por un salario. ¡No lo haré! —Hablaba como si tuviera algo atascado en la garganta.

Seamus hizo un gesto con una mano en dirección al campo que estaba ardiendo. Los rebuznos de los burros y de las mulas, sumados a los gritos de los hombres, se alzaban en la sofocante oscuridad. El humo, denso y pegajoso, lo cubría todo.

—Mira qué dispuestos están, ¿lo ves?

Jin miró hacia atrás y pasó junto a Viola, haciendo que ella se volviera. Pequeño Billy corría hacia ellos procedente de los cobertizos. El corpulento Matouba corría tras él.

—Los hemos visto, capitán. —Pequeño Billy lo miraba con gran seriedad—. Los hemos visto prender las cañas y huir.

—¿Hacia dónde han ido?

—Hacia el camino —señaló Matouba.

—¿Hacia el norte? ¿Hacia el puerto?

—Sí, capitán.

—¿Qué dicen esos hombres? —Aidan se estaba quitando la chaqueta, con la vista clavada en las llamas que se acercaban a las yucas que separaban los campos del jardín.

Viola tocó el brazo de Matouba.

—¿Por qué iban a huir los trabajadores del señor Castle hacia el puerto? Si ellos han provocado el incendio, ¿por qué no quedarse aquí y fingir que son inocentes?

—Porque no son los trabajadores del señor Castle.

—¿Qué quieres decir con eso? —masculló Seamus.

—Son marineros, señor —respondió Billy—. Hablaban holandés, como los muchachos que estaban cargando el balandro esta tarde en el muelle.

—¡Por el amor de Dios! —Aidan estaba muy blanco—. Palmerston.

Viola meneó la cabeza.

—¿Ese no es tu vecino?

—¡Maldita sea, Aidan! —exclamó Seamus—. ¿Ves lo que te decía? ¡Eh, vosotros dos! —les gritó a un par de hombres que corrían hacia el campo en llamas—. Mojad los arbustos. Esas chispas no deben alcanzar la casa. —Y salió corriendo.

Jin se acercó a la casa.

—¿Y los caballos?

—Están listos, señor —respondió Pequeño Billy—. En el camino.

—¿Adónde vais? —gritó Viola—. ¿Por qué tiene Billy caballos? Si tuviéramos un caballo, podríamos... —Se interrumpió porque el humo le impedía respirar—. ¿Adónde vas?

—A recoger mis efectos personales —le contestó por encima del hombro.

—¡Dios Santo, tenemos que controlar el incendio! —exclamó Aidan con voz temblorosa y añadió, dirigiéndose a Viola—: Violet, te pido el favor de que cuides a la señorita Hat y a sus padres. No están familiarizados con este tipo de situación y no quiero que se dejen llevar por el pánico. Eso me dificultaría las cosas.

—Aidan, ¿por qué crees que tu vecino está implicado?

—Violet...

—Dímelo.

—Los curazoleños de estas islas hablan holandés. Palmerston es el único plantador de la región que usa sus servicios y que comercia a veces con ellos. Si estos hombres afirman que los

154

que han provocado el fuego hablaban holandés, Palmerston podría haberles pagado.

—¿Por qué iba a hacerlo? ¿Tanto te odia?

—Querida, eso no importa ahora. Debo pedirte que acompañes a los Hat al interior y que los tranquilices. Hazlo por mí, por favor.

Viola miró esos ojos verdosos de expresión suplicante y su corazón siguió latiendo al ritmo normal.

—Me voy al puerto. Matouba y Billy creen que esos hombres se dirigen hacia allí. El balandro que hemos visto anclado en el muelle puede ser suyo. Si la *Tormenta de Abril* puede evitar que escapen y te traigo alguna prueba que demuestre la implicación de tu vecino, me lo agradecerás.

—No, Violet. No es asunto tuyo. Deja que lo hagan esos hombres y quédate aquí, ayudándome. La señorita Hat es una criatura frágil, inocente y muy joven. Necesita tu apoyo.

Viola se zafó de sus manos y se obligó a contener los sollozos que pugnaban por brotar de su garganta.

—Lo siento, Aidan. Tendrán que apañárselas sin mí. —Se dio media vuelta y echó a andar hacia la casa.

Al llegar a la veranda, Jin se acercó a ella mientras se aseguraba el cincho donde llevaba la pistola y el machete. La miró de arriba abajo.

—¿No vienes?

El corazón, dolido hasta entonces, se le subió a la garganta.

—Ahora mismo.

—No hay tiempo para que te cambies. —Pasó a su lado en dirección a la avenida de entrada—. ¿Puedes montar a horcajadas con eso?

Viola inspiró hondo, pese al humo.

—Por supuesto. —Y corrió tras él.

Quienes habían provocado el incendio no contaban con que los siguieran. Mientras Viola bajaba del caballo que compartía con Billy con el vestido hecho jirones, ya que ella misma se lo había rasgado para poder montar en condiciones, escuchó unas voces procedentes del otro extremo del muelle. Los hombres se reían, relajados y contentos, como si estuvieran satisfechos con un trabajo bien hecho. Y hablaban holandés. Dio un paso hacia ellos.

Jin la aferró por una muñeca, deteniéndola en la sombra del edificio.

—Pero... —protestó ella.

—Billy —susurró Jin al tiempo que la soltaba—, corre a la taberna. Busca a los hombres y llévalos a la *Tormenta de Abril* deprisa, sin armar jaleo.

—Sí, señor. —El muchacho salió corriendo.

—Menos mal que no estamos atracados en el muelle —dijo Matouba en voz muy baja y ronca—. Pero no corre ni una gota de aire esta noche.

—Cargaremos los cañones —susurró Viola— y los amenazaremos. Si no se rinden, dispararemos aunque tengamos que hacerlo desde el puerto.

—Y acabaremos encerrados en la cárcel por disparar desde la bahía —señaló Matouba con tristeza.

—No sería la primera vez que os veis en esa, muchachos. —Viola se movía gracias a los nervios y a la energía que estos suscitaban. Miró a Jin y sintió un nudo en las entrañas.

Él le respondió con una sonrisa torcida. Su mirada estaba clavada en los marineros de la pequeña embarcación que se disponían a abandonar el puerto en plena noche, cual hatajo de ladrones. O como unos pirómanos a los que no les preocupaba que los descubrieran.

No obstante, los curazoleños realizaron los preparativos para zarpar antes de lo que esperaban. La cubierta del pequeño balandro, iluminada por varios farolillos, era perfectamente visible desde el muelle. Cuando Viola, Matouba y Jin llegaron junto al barco, corriendo entre las sombras y subieron a bordo en silencio, el balandro ya se alejaba.

—No —susurró ella, corriendo hacia la escalera de la cubierta de cañones mientras los jirones del vestido se agitaban en torno a sus piernas—. No escaparán. No lo permitiré.

Becoua corría tras ella.

—Buenas noches, capitana —susurró mientras llegaban más hombres de su tripulación que avanzaban por el muelle y se disponían a cargar los cañones a la luz de la luna.

No obstante, apestaban a ron y avanzaban haciendo eses mientras deslizaban las balas en los cañones y colocaban las mechas. Estaban borrachos. Estaban de permiso, borrachos y, sin embargo, habían acudido a su llamada.

Viola regresó a la cubierta. Bajo ella se escuchó el crujido de una tronera que uno de sus hombres había abierto demasiado rápido. El sonido resonó por todo el puerto.

Los marineros del balandro, situado a unos cincuenta metros, se quedaron paralizados. Al instante, se escuchó una orden en holandés. El movimiento se reanudó, y se escucharon más gritos.

—¿Órdenes, capitana? —le preguntó Jin, que estaba a su lado.

A Viola se le aceleró el pulso. Debía hacerlo. Debía demostrarle a Aidan que era capaz de hacerlo. Tal vez no fuera una dama elegante a la que pudiera besarle la mano, pero tenía sus talentos. No podía fallar.

—¿Hablas holandés?

—Creo que ya es demasiado tarde para eso.

Se escuchó un cañonazo seguido del silbido de una bala y cayó una nube de chispas procedente de una de las vergas del palo mayor.

La *Tormenta de Abril* cobró vida. Jin empezó a dar órdenes a gritos y los hombres corrieron a sus puestos. Los cañonazos llenaron la oscura noche de humo y fuego. Las llamas eran rápidamente sofocadas en ambas embarcaciones. Los marineros maldecían y los cañones de la *Tormenta de Abril* abrían fuego sin parar. Las baterías del balandro respondían una y otra vez.

Sin embargo, al cabo de unos minutos Viola comprendió que era demasiado tarde. El casco del balandro cortaba el agua tan rápido como un delfín y la dejaba atrás como solo podían hacerlo las embarcaciones pequeñas cuando no había viento. Viola puso rumbo a mar abierto. Un cañonazo acertó a una de las velas de la *Tormenta de Abril,* que comenzó a arder y cayó a la cubierta de los cañones envuelta en una cascada de chispas.

Entre los cañonazos, también se escuchaba el repique de las campanas que alertaban de un problema. Los oficiales del puerto estaban despiertos.

Viola reconoció que no había nada que hacer. El balandro se había alejado demasiado, fuera del alcance de sus cañones, incluso los de más largo alcance, y disparó una última andanada de cañonazos, si bien las balas cayeron al agua, entre ambas embarcaciones.

—Los hombres ya están en los remos —le informó Jin con serenidad—. Somos pocos para manejar los remos y los cañones a la vez. De todas formas, ¿quieres perseguirlos?

Viola se aferró a la barandilla y contempló cómo las luces del balandro se alejaban en la oscuridad.

—Malditos sean.

—¿Eso es un sí o un no?

—¡No! —Se volvió hacia él con el corazón acelerado—. Por supuesto que no. Sería imposible alcanzarlos. ¿Me has tomado por una imbécil? —Se dio media vuelta para examinar el estropicio de la cubierta principal, agujereada en ciertos lugares por los cañonazos y quemada en otros—. ¡Maldición!

—Los daños no son graves. Los hombres los repararán en un día.

Viola lo sabía. El balandro no había intentado hacerles daño, solo distraerlos mientras se alejaba. En la bocana del puerto, un destello blanco le indicó que los curazoleños habían izado las velas al encontrar algo de viento. Los culpables de provocar el incendio habían escapado.

Alguien subía por la pasarela. Era un hombre con una capa muy mal puesta, una peluca gris torcida y los zapatos desatados, que llegó a la cubierta acompañado por dos soldados vestidos con uniforme rojo y sendos mosquetes.

—¿Quién es el capitán de esta embarcación? —preguntó el hombre de la peluca con la remilgada oficiosidad de la que solo era capaz un oficial de puerto inglés en dichas circunstancias.

Viola se adelantó con un nudo en el estómago y contestó con voz tranquila:

—Yo soy la capitana. ¿Qué se le ofrece, señor?

—¿Usted? —El hombre reparó en la falda, hecha jirones, y después clavó la vista tras ella—. ¿Es verdad?

—Está hablando con Violet Daly, señor, capitana de la *Tormenta de Abril* de Boston —respondió Jin, enfatizando su acento inglés.

—¿Y la capitana sabe que acaba de ganarse una multa de ciento cincuenta libras por abrir fuego dentro de los límites del puerto?

—No me sorprendería que lo supiera, señor.

—¡Que me aspen! ¿Acaso cree que puede abrir fuego en plena noche sin que nadie se entere? —Hizo un gesto con los brazos, señalando hacia la multitud que se agolpaba en la calle—. ¡Ha despertado a toda la ciudad! A mi mujer le ha dado un susto de muerte.

—La señorita Daly tenía motivos justificados para disparar.

El jefe del puerto la miró por fin.

—Será mejor que dicha razón sea buena, jovencita.

Viola sintió que se le retorcían las tripas. Ningún hombre le hablaba como si fuera una niña, mucho menos después de haber sufrido el segundo revés más importante de su vida. ¡Ningún hombre!

—Un balandro lleno de curazoleños culpables de provocar un incendio acaba de abandonar su puerto. —Le supuso un gran esfuerzo controlar la voz—. No hace ni dos horas que le prendieron fuego a la plantación de Aidan Castle. Los hemos seguido hasta aquí e intentábamos interceptarlos pese a la falta de viento.

El jefe del puerto puso los ojos como platos.

—¿Dice que han provocado un incendio? ¿Y con todos esos cañonazos no ha sido capaz de capturarlos?

Viola torció el gesto.

—No me cabe la menor duda de que si hubiéramos contado

159

con su ayuda en los cañones los habríamos capturado. Siento muchísimo que llegara usted tan tarde.

El jefe del puerto estaba tan indignado que comenzó a balbucear:

—¡Menuda desfachatez, oiga, jovencita...!

Jin se adelantó para interrumpirlo.

—Señor, supongo que estará usted deseando volver a la cama dada la hora. Si le parece bien, podríamos posponer esta conversación hasta mañana por la mañana. Estoy seguro de que la señorita Daly estará encantada de colaborar.

—Seton, no te entrometas.

—Al menos hay una persona sensata en este barco —replicó el jefe del puerto con sequedad. Acto seguido, señaló a Viola con un dedo—. La espero en mi despacho a las nueve, señorita. Y si descubro que se ha escabullido en plena noche, no dudaré en enviar una embarcación para perseguirla, apresarla y cobrar la multa.

Viola se mordió la lengua a fin de no soltarle la réplica que merecía y asintió con la cabeza. Tras observar su atuendo de nuevo sin disimular su asombro y meneando la cabeza, el jefe del puerto se dio media vuelta y abandonó la cubierta seguido por sus soldados.

Viola se volvió hacia Jin.

—¿Qué crees que haces al hablar por mí?

—Ayudarte.

—No necesito tu ayuda.

La luz de la luna se reflejó en esos ojos azules.

—Humildemente creo que te equivocas.

—Tú no sabes lo que es la humildad. Eres un arrogante y un...

—Tal vez también deberías posponer esta conversación hasta mañana.

—¡Maldita sea mi estampa, ciento cincuenta libras!

No tenía ni cincuenta libras en el barco, mucho menos el triple de dicha cantidad. Se encaminó hacia la escalera para refugiarse en su camarote, el único lugar que le pertenecía, donde ningún hombre podía insistir en que lo obedeciera.

La vela que se había caído le bloqueaba el camino.

—¡Quitad esto de en medio! —les gritó a los marineros que estaban más cerca.

Los hombres se dispusieron a obedecerla, si bien lo hicieron despacio, cansados por la batalla o tal vez por el exceso de ron. Viola miró a su alrededor. Todos sus hombres tenían la mirada vidriosa y los hombros encorvados. En el fondo, sabía que se sentían tan decepcionados con la derrota como ella. Sin embargo, era algo más. Los ojos oscuros de Becoua la miraban con expresión tierna, casi...

No podía ser con lástima. No soportaría que la miraran con lástima.

—No. —Agitó una mano por delante de los ojos—. No. ¡Fuera de aquí! Fuera del barco hasta que os diga que volváis. —Le temblaban las manos. Estaba exhausta por la cabalgada, los nervios y las emociones que la habían embargado durante todo el día. Sentía una dolorosa opresión en el pecho y quería estar sola. Debía estar sola—. ¡Todos fuera! —Se volvió hacia Seton—. Menos tú.

No podía echarlo del barco. Todavía le quedaba un día. Tal vez pudiera ganar la apuesta después de todo. No sabía cómo, porque ese hombre era imperturbable. No lo había afectado con sus artimañas seductoras ni lo había frustrado con sus rudos modales. Provocarle alguna emoción era imposible.

En ese momento, la contemplaba con esos ojos azules de mirada impenetrable, sin moverse mientras la tripulación abandonaba el barco, acobardada y en silencio. Pequeño Billy fue el último en acercarse a la pasarela. Viola lo detuvo.

—Billy, ¿por qué llevaste esos caballos a la plantación del señor Castle? ¿Qué hacíais Matouba y tú allí?

Él se encogió de hombros.

—El capitán nos lo ordenó, señora. —Tras contestar, bajó la pasarela.

Viola inspiró el aire nocturno intentando respirar. Las sensaciones que la embargaban eran desconocidas, similares al pánico pero mucho más profundas y frías.

Algo andaba mal. Debería sentir ira, debería sentirse traicionada. Debería estar hirviendo de furia. Sin embargo, lo que sentía era peor. Solo lo había experimentado en una ocasión anterior, meses después de que Fionn la alejara de Inglaterra. El día que por fin descubrió que jamás la llevaría de vuelta a su casa por más que se lo suplicara.

Se encaminó otra vez hacia la escalera. La gavia se había caído y seguía enredada entre las jarcias, porque era demasiado pesada como para que la moviera un solo hombre. De todas formas, intentó apartarla. Comenzó a tirar de ella, tropezándose con las jarcias quemadas y con el bajo de su destrozado vestido.

—Viola, déjala. O deja que llame a algunos de los hombres para que vuelvan y la aparten antes de que te hagas daño. —Seton intentó ganársela con su voz.

Más lástima, y precisamente de quien menos se la esperaba.

El frío que la embargaba aumentó.

—¡Maldita sea, maldita sea! —Agitó un brazo en el aire como si blandiera un sable con el que poder cortar la arruinada vela—. ¡Maldita sea! Dame tu espada —le dijo, extendiendo una mano.

—No necesitas una espada y no tienes por qué maldecir de esa manera.

Ella se volvió parar mirarlo.

—No tienes ni idea de lo que necesito.

—Te equivocas. —Sus ojos le dijeron mucho más.

Los había visto en el jardín. La había visto llorar. La comprendía. Su rostro, iluminado por la luz de la luna, era el vivo retrato de la belleza masculina y de la seguridad más inquebrantable.

El corazón de Viola latía con fuerza, apresado en su pecho. Deseaba librarse del daño que había sufrido. ¡Lo deseaba a él! Deseaba a ese hombre. No a Aidan. Su deseo por Jinan Seton era tan intenso que casi podía saborearlo.

—No sabes nada. No puedes saberlo. —Hasta hacía un instante, ni ella misma era consciente de lo que necesitaba.

Seton seguía mirándola sin flaquear.

—Es una niña —le dijo en voz baja—. ¿Por qué quieres a un hombre que a su vez quiere a una mujer así?

Viola se quedó sin aliento. Se volvió y pisó la vela, que se deslizó, haciendo que ella resbalara y tuviera que aferrarse al pasamanos, tras lo cual saltó a la cubierta inferior para evitar caerse. Él la siguió con agilidad, como si en su día a día fuera habitual tener que sortear las velas que caían sobre las escaleras. Aunque tal vez en algún momento de su vida sí lo hubiera sido. Una vida que conocía por boca de los demás, no porque él se la hubiera contado.

—Viola...

—Solo faltaba que tú me dijeras lo que necesito. Un hombre que finge no estar interesado en besar a una mujer después de haber demostrado claramente que sí lo está.

Los ojos de Seton se ensombrecieron al llegar a la penumbra del pasaje inferior.

—Ahora eres tú la que te comportas como una niña. Castle podría poner una guardería infantil —replicó con la mandíbula tensa.

¿Había conseguido atravesar esa coraza? Seguro que le había herido el orgullo.

—Eres un bastardo arrogante —susurró. Sin embargo, en el silencio del pasaje, la palabra se escuchó claramente.

Vio que la ira relampagueaba en esos ojos azules y sintió un nudo en el estómago. No podía creer que hubiera dicho algo así.

—Jin, por favor, perdóname. —Se llevó el dorso de una temblorosa mano a la boca.

—¿Por qué debo perdonarte? ¿Por comportarte como una niña? —replicó él en voz baja.

Una ira candente la abrasó por fin ese momento.

—¿Como una niña, a eso he quedado reducida? —La sensación de derrota mezclada con el deseo la estaba abrumando. Se cubrió los ojos con la palma de la mano—. Eso no es lo que quería...

—Esto es absurdo. —Jin le cogió la mano, tiró de ella para pegarla contra su pecho y la besó.

No fue un beso tierno, sino que la besó con el mismo ardor

con el que la había besado en su camarote. Fue un beso feroz, ávido y posesivo con el que le exigió que no se resistiera.

Viola no pudo resistirse. Porque era eso lo que deseaba. Sin embargo, en esa ocasión no quería que terminara tan rápido. No quería que terminara jamás. Lo besó con la misma pasión y le permitió que conquistara su boca a placer. Sentía su fuerza y saboreaba su deseo, de modo que se entregó al momento como si fuera una droga, acicateada por la pasión y la urgencia.

Él le puso fin al beso al apartarse. La mano que seguía aferrándole se encontraba entre sus cuerpos y con ella sentía el latido atronador de su corazón, o tal vez fuera el de Seton. Esos ojos azules brillaban como esquirlas de cristal mientras recorrían su rostro, rebosantes de deseo. Sin embargo, también había inseguridad en ellos. Tal vez incluso una duda. Viola sintió que se le aflojaban las piernas. En el silencio de la noche, solo se escuchaban sus aceleradas respiraciones y los crujidos de la madera.

Fue incapaz de soportar la situación. Levantó el brazo libre y le pasó los dedos por el pelo, disfrutando del simple placer de tocarlo. Estuvo a punto de suspirar.

Seton le aferró la mano con más fuerza.

Ella se puso de puntillas y cuando lo instó a inclinarse, la besó de nuevo. Las sensaciones sobrepasaban cualquier cosa que Viola hubiera experimentado con anterioridad. Cualquier incertidumbre que lo hubiera asaltado había desaparecido y solo parecía tener un objetivo: conquistarla. Y se dejó conquistar alegremente, encantada. Sintió que él le colocaba una mano en el mentón y que le presionaba la barbilla con el pulgar, de modo que separó los labios. Al instante, su lengua la invadió y él reclamó el interior de su boca con voracidad y urgencia.

La pegó a su cuerpo y comenzó a acariciarla. Sus manos le exploraron el cuello, los hombros, las curvas de la cintura y después el trasero. Viola gimió, embargada por el deseo, cuando una de sus enormes manos le dio un apretón antes de descender por su muslo. La pasión los abrasaba, se adueñaba de ella, se colaba bajo su piel y teñía sus besos. Él le aferró una pierna y la instó a que la levantara, colocándosela sobre la cadera para poder presionar su dura erección contra ella. El roce le arrancó otro gemido. Levantó las manos y le tomó la cara entre ellas, ansiando que volviera a introducirle la lengua en la boca. ¿Cómo era posible sentirse tan bien y seguir ansiando más?, se preguntó.

Comenzó a removerse, inquieta, ya que necesitaba sentirlo más cerca.

—Me dijiste que no tenías la menor intención de volver a besarme.

—Esto no es un beso. —La pegó a la barandilla de la escalera y se frotó contra ella al tiempo que le acariciaba un pecho.

—¡Dios! —exclamó Viola.

Llevaba semanas deseando que la tocara de esa forma. El roce de su erección y las caricias de esas manos acicateaban su deseo hasta tal punto que le resultaba doloroso. Era demasiado, sus caricias eran demasiado exquisitas, apenas soportaba sentirse apresada por ese cuerpo, era una sensación abrasadora. Le dio un tirón a su chaqueta y él se la quitó. Tenía la camisa húmeda y la tela se pegaba a sus músculos. Viola ansiaba trepar por su cuerpo, pegarse por completo a él. Movió un pie y se le trabó en uno de los jirones del vestido, de forma que perdió el equilibrio. Él la atrapó, tras lo cual la dejó en el suelo, sobre la vela que cubría los últimos peldaños de la escalera.

Volvió a besarla en los labios al tiempo que le acariciaba un muslo con urgencia, levantándole el vestido. Viola entendía tanto las prisas como su intención. Ella también lo deseaba. Arqueó el cuerpo hacia él, jadeó y Seton la pegó a su cuerpo. Le rozó la lengua con la suya antes de introducírsela en la boca, con la mano alrededor de una rodilla.

En ese momento, levantó la cabeza y separó sus labios.

—Viola... —dijo con voz tensa—, no pienso forzarte. Separa las piernas o me voy.

Y, en ese momento, ella reparó en que tenía las rodillas pegadas. ¿Qué estaba haciendo?, se preguntó.

—¿Del barco? —replicó con voz temblorosa.

—Ya te gustaría. —Atrapó de nuevo sus labios.

Ella se dejó llevar, se dejó arrastrar por el miedo y la certeza que la obligaban a mantener las piernas unidas, por la aprensión de saber que todo estaba cambiando en ese instante.

—No me gustaría. —Trató de besarlo con más pasión si cabía, mordisqueándole los labios y succionándoselos. Ansiaba poseerlo. Que la poseyera. La invadía un ansia frenética—. No ahora mismo, me refiero —se apresuró a añadir, aunque pareciera rudo.

Claro que Seton no se quejó. Comenzó a acariciarla entre los muslos, de modo que Viola decidió entregarse, porque era lo que él esperaba y lo que ella deseaba. La unión. Simplemente, no soportaba estar apartada de él.

Separó los muslos, lo acogió entre ellos mientras temblaba de forma incontrolable y lo sintió en la entrada de su cuerpo. La penetró con una fuerte embestida y un gruñido de placer muy masculino. Viola intentó respirar al tiempo que le clavaba los dedos en los hombros. Se sentía incómoda, invadida y dolorida. Pero era un dolor maravilloso. Seton comenzó a moverse, saliendo de su cuerpo y volviendo a entrar.

—¡No! —le dijo, aferrándose a él—. Dios, no. —Le dolía muchísimo. Pero no se trataba de un dolor físico. Porque el placer que la invadía era tal que acallaba cualquier dolor que su cuerpo pudiera sufrir.

Era un dolor anímico, muchísimo peor que el físico.

Seton se quedó quieto, respirando de forma superficial mientras la agarraba por las caderas para mantenerla pegada a él.

—Viola —susurró contra su mejilla—, es demasiado tarde para negarse.

—No. Sí. ¡Sí! —Levantó las caderas hacia él, extasiada por la mezcla de placer y dolor.

Él la besó sin moverse y mantuvo sus cuerpos unidos de esa forma como si fuera capaz de prolongar esa unión mientras ella lo quisiera. Después, dejó de besarla y comenzó a mover las caderas de nuevo.

Viola había pensado que entendía lo que pasaba. Porque ya lo había hecho antes.

Sin embargo, lo que estaba sucediendo era una novedad. Con cada embestida, él le provocaba un ramalazo de placer, y se sentía obligada a devolvérselo. Seton la guiaba con las manos a cada movimiento, penetrándola cada vez más deprisa y más profundamente hasta que ella empezó a gemir. El placer aumentó de una forma abrupta, un placer que solo había experimentado a solas y que jamás había pensado poder sentir con un hombre. El éxtasis fue arrollador. Jadeó en busca de aire y levantó las caderas para recibirlo más adentro, gimiendo sin cesar. Seton la instó a seguir apoyada en los peldaños y colocó las manos a ambos lados de su cuerpo mientras ella se estremecía de placer. Después, colocó una mejilla pegada a la suya y se hundió hasta el fondo en ella. La fuerza de ese cuerpo masculino era tal que Viola parecía no poder saciarse. El placer aumentó de nuevo y volvió a adueñarse de ella, arrancándole un grito mientras se estremecía una y otra vez. Él le aferró una mano, ¡una mano!, y se corrió en su interior.

Sentía cómo su pecho se movía sobre ella, afanándose por recuperar el aliento. Ella también jadeaba, aún asombrada por el hecho de que se hubiera derramado en su interior. Nada la había preparado para algo así, para un hombre como él. La euforia era tan grande que sintió deseos de echarse a reír. Y de cantar. Pero tenía la garganta seca y entre sus muslos descansaba un pirata, de modo que no le pareció muy apropiado. Jamás había imaginado que pudiera ser así. Ni que pudiera ser tan incómodo sentarse en los peldaños de una escalera cubierta por una vela.

Seton se apartó. Ella cerró las piernas y abrió los ojos, embriagándose con su imagen. El sudor le corría por el mentón, y también tenía otro hilillo en una clavícula que siguió descendiendo por su pecho hasta perderse bajo la camisa. La tela se le pegaba a la piel, revelando el contorno de sus músculos a la perfección.

Una vez que se abrochó los pantalones, le tendió la mano. Ella lo miró en silencio.

—Ven. —Flexionó los dedos varias veces para indicarle que

lo siguiera. No de forma insistente, sino a modo de invitación. Sus ojos la miraban con un brillo peculiar.

Viola tenía la boca muy seca, posiblemente por los gemidos y los gritos.

—¿Adónde? ¿Qué es lo que quieres? —le preguntó, con voz aguda.

Él se inclinó, le tomó la cara entre las manos y le pasó la yema del pulgar por el sensible labio inferior. Su aliento le rozó la piel cuando le dijo:

—¿Tú qué crees?

Viola tragó saliva. ¡Por las barbas de Neptuno! Ella también lo quería. Otra vez. De inmediato. Se sentía maravillosamente saciada, pero el deseo la embargaba solo con mirarlo.

Él le aferró una mano y le dio un apretón.

—Vamos. —Se apartó para que se levantara.

Las rodillas de Viola temblaban como el velamen desplegado. Después de todo lo que se había movido debajo de él, en ese momento era incapaz de dar un paso.

—¿Estás bien? —le preguntó Seton con el ceño fruncido.

—Sí. No. Bueno, no sé.

La tensión se apoderó de su mentón y sus apuestos rasgos compusieron una expresión preocupada.

—¿Habías...? —Inspiró hondo—. ¿Lo habías hecho antes? Me refiero a que... ¿Te he hecho...?

—¡No! —Viola sintió que la ardía la cara—. No me has hecho daño. Y sí, ya lo había hecho antes. —Deseó llevar pantalones, pistola y cuchillo. Se sentía expuesta, muy tonta y en total desventaja—. Pero hace ya un tiempo. Y nada parecido a lo de ahora. —En absoluto. ¿Cómo era posible que hubiera hecho el amor varias veces con el hombre al que había pasado años adorando y que su recuerdo hubiera quedado borrado después de haberlo hecho una sola vez en la escalera con el hombre que tenía delante?

Esos labios perfectos y masculinos esbozaron una lenta sonrisa.

—¿Ah, no?

Ella frunció el ceño. El hecho de que él lo hubiera hecho en incontables ocasiones no le sentaba muy bien.

—Te veo un poco inestable, ¿no?

—No te rías de mí, Seton.

—No me estoy riendo.

—Porque como lo hagas, te atravieso con mi...

—Me siento halagado.

—Pues que no se te suba a la cabeza. Antes quería decir que nunca lo había hecho en una escalera. Tengo las piernas entumecidas.

—Por supuesto. —No la había creído. Y con razón—. Pero sigo sintiéndome halagado.

—Tu arrogancia no conoce límites.

Seton sonrió al punto. El gesto la desarmó y, como era de esperar, volvió a ver estrellitas. Era una idiota redomada.

—No puedo evitarlo. Vamos. —La ayudó a levantarse y la aferró por la cintura—. Pienso hacer más méritos para sentirme más halagado antes de que amanezca.

Viola se estremeció entre sus brazos. Era evidente que Seton pretendía hacerlo de nuevo. Se aferró a sus brazos para mantenerse en pie. Sus piernas parecían de gelatina.

—¿Necesitas ayuda para seguir en pie? —murmuró él.

—Pues sí, la verdad.

Su respuesta lo hizo esbozar una sonrisa torcida.

—Pero no querrás que te lleve en brazos, ¿verdad?

—Por supuesto que no. —Antes prefería la muerte—. ¿Podemos quedarnos aquí?

Seton soltó una carcajada. Acto seguido, se colocó sus brazos en torno al cuello, se volvió para darle la espalda y posó las manos tras sus muslos.

—Arriba.

Viola saltó a su espalda, mientras reía a carcajadas y se aferraba con las rodillas a sus costados y con los brazos a sus hombros.

—Te estoy ofreciendo la oportunidad perfecta para que me estrangules, evidentemente —comentó al tiempo que echaba a andar hacia el camarote de Viola.

—Tal vez luego. Ahora mismo necesito tus servicios.

La distancia no era larga, apenas nueve metros. Sin embargo, en el mismo pasillo donde él la había mirado como si quisiera besarla, aunque luego no lo hizo, la paciencia de Viola se esfumó. Le acarició el cuello con la nariz y, después, se estiró un poco para mordisquearle el mentón. El sabor de su piel y la aspereza de su barba le provocaron un ramalazo de placer en las entrañas. Lo instó a volver la cabeza y estuvo a punto de colgarse sobre su hombro en su afán por besarlo en los labios. Esos labios perfectos que ansiaba pegados a los suyos sin demora. Él le dio lo que quería, pero por muy poco tiempo. Casi al instante la dejó en el suelo, delante de la puerta de su camarote.

Viola entró y se sentó para quitarse los zapatos. Mientras se bajaba las medias, alzó la vista. Seton estaba en el vano de la puerta, con la mirada clavada en su escritorio. Sobre él había un objeto: el catalejo que él le había pedido prestado aquel día que parecía tan lejano, y con el que ella le había tomado el pelo diciéndole que lo había robado. Una acusación a la que él respondió que no se llevaba lo que no era suyo por derecho.

A la postre, la miró. La expresión apasionada había desaparecido, y esos cristalinos ojos azules la contemplaban pensativos y serios. Como si la estuvieran evaluando.

Viola sintió un escalofrío en la espalda. A lo largo de la travesía, la había mirado muchas veces de esa forma desde el otro extremo de la cubierta. Desde una gran distancia, porque no se trataba de metros ni de centímetros, sino de una distancia mucho más profunda. Cuando la miraba de esa manera, la soledad que llevaba en su interior resoplaba como una ballena de Maine.

—El encuentro de mañana con el jefe del puerto va a ser incómodo —comentó ella para ponerle fin al silencio y borrar esa distancia de sus ojos—. No tengo ciento cincuenta libras.

Seton entró en el camarote.

—¿Aquí en el barco o te refieres a que no tienes ese dinero?

—Ni aquí ni en ningún sitio.

—Tengo cierto capital en Tobago. Te prestaré esa cantidad.

—¿¡Tienes ciento cincuenta libras!? ¿En Tobago? ¿Para qué?

—Para este tipo de situaciones.

Lo que les recordó abruptamente la situación en la que se encontraban y el hecho de que no deberían estar hablando de libras ni de jefes portuarios, sino de otros asuntos más personales.

Viola intentó hablar, pero tenía un nudo en la garganta. Lo intentó al cabo de un instante y consiguió articular un par de palabras:

—Jin, no puedo aceptar...

Él la instó a ponerse de pie, la abrazó e inclinó la cabeza.

—No es nada.

—Pero son ciento cincuenta...

—No es nada.

Y, en ese momento, sus labios volvieron a encontrarse, pese a la distancia, al dinero y al asombro de Viola. O tal vez precisamente por todo ello. Se besaron como si no lo hubieran hecho antes, y después como si no pudieran parar de hacerlo, acariciándose con las manos y los labios, acicateados por un deseo sublime y violento a la vez. Se quitaron la ropa con rapidez. El vestido, la camisa de Jin, las enaguas. Sin embargo, el corsé demostró ser un desafío. Jin le acarició los pechos, que seguían confinados, y ella gimió al sentir el roce a través de la camisola. De repente, tuvo la impresión de que no podían perder más tiempo desnudándose. Él la arrastró hasta la cama, se colocó encima y la besó con pasión, como si no hubiera quedado satisfecho antes. Sin embargo, Viola era presa de la misma urgencia, de modo que no la asombró.

Le acarició la espalda, recorriendo la piel suave y sudorosa, mientras se pegaba a él por completo para sentirlo con todo el cuerpo. Era obvio que la deseaba. Nunca había imaginado que un hombre podía desear de esa forma tan intensa a una mujer durante una noche.

No obstante, recordó haber llorado delante de él por culpa de Aidan.

Interrumpió el beso y le introdujo los dedos en el pelo para apartarle la cabeza. ¡Por el amor de Dios, era un hombre guapísimo! El deseo brillaba en sus ojos y esa boca tan perfecta era toda suya si así lo deseaba.

—¿Lo estás haciendo por lástima? ¿Porque me viste llorar en la veranda?

Él la silenció con un beso, le separó los labios y la hizo desear con ansia tenerlo dentro de nuevo. Era un hombre apasionado y versado en esas lides, y sus besos sabían a peligro y a entrega por igual. Sus caricias la enfebrecían.

Viola lo apartó de nuevo.

—Contéstame.

—¿Tú qué crees? —Le acarició un pecho con dedos expertos.

Ella aceptó gustosa su roce.

—No sé qué pensar.

—En ese caso, sí. —Jin se inclinó y succionó uno de sus pezones a través de la delgada tela de la camisola.

—¡Ay, Dios! —Viola se estremeció por entero—. ¿Sí, qué?

—Sí. Antes de esta noche no te deseaba así. —Le levantó la camisola hasta la cintura mientras aferraba una de sus piernas para instarla a que le rodeara las caderas con ella y frotó sus cuerpos de la forma más íntima—. Todo esto lo hago por lástima. —Apoyó todo su peso sobre ella al tiempo que le acariciaba un pezón con el pulgar, enloqueciéndola y avivando su deseo—. Me das lástima, Viola Carlyle, y lo único que deseo es consolarte.

Ella se aferró a su cintura y arqueó el cuerpo, enfebrecida al sentir el duro roce de su erección. Lo escuchó emitir un gemido ronco. Ese era el poder que ostentaba sobre él.

—Creo que estás mintiendo —logró replicar, atrapada entre el colchón y su cuerpo. Atrapada en el paraíso.

Jin le cogió una mano.

—Por supuesto que estoy mintiendo —le aseguró mientras introducía esa mano entre sus cuerpos y la instaba a acariciar su miembro.

Era suave y duro, y estaba muy caliente. Jin la animó a mover la mano con los ojos cerrados y los dientes apretados. Verlo así le provocó un estremecimiento. Al cabo de un instante y con evidente renuencia, él le soltó la mano y le enterró los dedos en el pelo.

—¿Viola? —le preguntó con voz ronca.

—¿Qué? —susurró ella, libre para acariciarlo como quisiera, asustada y eufórica por esa posibilidad.

—Tú decides.

Viola exhaló un suspiro.

—Yo...

—Tú decides cómo lo hacemos. Y cuándo. —Jin estaba rígido por la tensión. Su expresión, sus brazos y sus hombros—. Pero te ruego que no tardes mucho en decidirte.

Viola temblaba por la emoción y el placer.

—¿Yo decido? ¿Por completo?

—Sí.

Lo soltó.

—Túmbate de espaldas, marinero.

Jin abrió los ojos, se apartó de ella hasta quedar tumbado de costado en el colchón y esbozó una sonrisa que la dejó sin aliento.

—Sí, mi capitana —replicó al tiempo que se colocaba de espaldas.

Lo tenía todo para ella. Para hacerlo nuevamente y como quisiera.

Y a él parecía gustarle la situación. Claro que en el fondo era su capitana y le debía obediencia. Al igual que había demostrado ser un excelente segundo de a bordo en los asuntos relacionados con la intendencia del barco, también demostró poseer excepcionales cualidades de otra índole en ese instante. En un momento dado, entre las ardientes caricias y los besos, lo que Viola quería se convirtió en lo mismo que quería él. O tal vez ambos estuvieron de acuerdo desde el principio.

Cuando por fin logró recuperarse tras la euforia del placer, se encontró a horcajadas sobre un sinvergüenza, exhausta y satisfecha. Él esbozaba de nuevo una sonrisa y las estrellitas seguían siendo tan brillantes como siempre, aunque tal vez un tanto borrosas.

Se acurrucó junto a él, con una mejilla apoyada sobre su torso. Sus sentidos se embriagaron con el olor del humo de la caña de azúcar, del mar y del hombre, impidiéndole conciliar el sueño. La respiración de Jin era profunda, y su pecho subía y bajaba con tranquilidad. Sin embargo, la mano que había colocado en la base de su espalda, así como el brazo que la rodeaba no estaban relajados.

Aidan nunca la había abrazado. Siempre se marchaba cuando acababan.

—Me estás abrazando. No te vas.

Jin replicó con voz ronca:

—Demasiado cansado para moverme.

Un rato antes, primero en la escalera y luego en la cama, no parecía estar cansado en absoluto. Claro que los hombres eran capaces de levantarse de la tumba si había sexo de por medio, y el deseo que sentían el uno por el otro era extraordinario. Lo que explicaba por qué había dejado de pensar en Aidan desde que conoció a Jin Seton. Pese a las mentiras que se les contaban a las jovencitas, los hombres sabían la verdad: el deseo de fornicar era más poderoso que la razón y que los principios morales. Como ejemplo bastaba el caso de su padre y de su madre.

Viola se dijo todo eso sin esgrimir excusa alguna. Sin embargo, las dudas sobre su capacidad de ver las cosas con claridad se abrieron paso en su interior. Acarició ese abdomen sudoroso y duro con la palma de la mano. Jin pareció contener el aliento antes de soltarlo despacio. Bajo la palma de su mano, sentía el calor de su cuerpo, el latido de la vida y sintió algo extraño en el corazón.

Tragó saliva para librarse del nudo que tenía en la garganta y, controlando la voz, dijo:

—Deberías marcharte.

—Debería. —Una pausa—. ¿Me estás ordenando que salga de este camarote o del barco?

La contraventana crujió bajo el impacto de una cálida ráfaga de aire tropical. Desde los árboles llegaba el canto de las cigarras, que se mezclaba con el chapoteo del agua.

—Voy a ganar —murmuró ella—. Te estás enamorando de mí.

—Ni lo sueñes.

—Pero voy a ganar. Y cuando lo haga, me quedaré con tu nueva embarcación y tendrás que regresar al lugar del que has salido y dejarme tranquila.

Jin se apartó de ella e intercambió sus posiciones tan rápido que solo alcanzó a mirarlo con los ojos como platos, sin posibilidad de disimular su asombro. Él le tomó la cara entre las manos, esas manos fuertes y grandes. Cuando habló, lo hizo sin dejar de mirarla a los ojos.

—Viola Carlyle, a ver si se te mete esto en la cabeza de una vez por todas: no me iré sin ti.

Viola sintió que el corazón se le subía a la garganta.

—Tendrás que hacerlo.

—Te llevaré a casa lo quieras o no.

—Seton, vas a perder. Ya estás perdiendo.

Él la miró un instante más en silencio y después hizo algo inesperado. Se inclinó y la besó. Fue un beso tierno y maravilloso, ideado para complacerla como si la apuesta fuera al contrario y estuviera intentando que se enamorara de él. Y la complació, ciertamente.

Cuando se apartó, la miró de nuevo en silencio, la soltó y se acostó otra vez.

—Duérmete, bruja.

—No me des órdenes.

Lo oyó reír por lo bajo.

En esa ocasión, no la abrazó. Pero tampoco se marchó.

15

—¡Maldita sea!

La navaja cayó a cubierta. Jin apartó la mano del timón del bote y la pasó por el casco, ya que estaba boca arriba. Vio que la sangre brotaba del corte que se había hecho de un lado a otro de la palma.

—¡Maldita sea!

Se lo tenía bien merecido por permitirse una noche sin dormir.

Permitirse...

Pequeño Billy lo miró con curiosidad desde la proa del bote.

—Cuidado, capitán. Está afilada.

Jin se pasó la mano ilesa por la cara y después se la llevó a la nuca mientras observaba cómo la sangre se agolpaba alrededor de la herida, aunque apenas sentía dolor. El sol de media mañana se reflejaba sobre el muelle y el agua lamía los costados del barco que tenían delante. Unas cuantas semanas antes, había mirado la *Tormenta de Abril* tal como hacía en ese momento y había cometido el tremendo error de pensar que sería fácil acorralar a una mujer como Viola Carlyle. No era una mujer que siguiera órdenes sin rechistar. Se había mostrado desafiante incluso mientras hacían el amor.

El bochorno nocturno se había aliviado por el asalto del viento del norte. A lo lejos, se veían crestas blancas coronando las olas, más allá del puerto, y la brisa henchía las velas y agitaba los cabos. Si el viento seguía soplando toda la semana, navegarían a buen ritmo hacia Inglaterra.

Un día más. Creía en la honestidad de Viola, aunque no tenía tan claro que estuviera cuerda. A regañadientes o no, se marcharía cuando él le dijera que debía hacerlo... cuando él le dijera lo que debía decirle para lograr su objetivo de llevar a una dama a casa. Una dama a quien no debía hacerle el amor.

Una cabeza de color naranja apareció a su lado.

—Mejor remendar eso, señor. —El grumete miró las gotas de sangre que manchaban la cubierta.

—Gracias, Gui. Lo haré.

La cara del muchacho no tenía la vitalidad de costumbre. Durante toda la mañana, los marineros habían estado llegando al barco con el rabo entre las piernas. Como perros castigados que le habían fallado a su amo.

Jin sintió la tensión del cuello. Ningún hombre debería acabar reducido a eso. Maldita fuera, estaban de permiso, pero todos y cada uno de ellos se había disculpado con él por dejar que los incendiarios escaparan. El hechizo que ella les había echado era pura brujería. En ese momento, todos se ocupaban de tareas menores como si estuvieran preparando la *Tormenta de Abril* para hacerse a la mar en vez de para echar el ancla al abrigo del puerto. Mientras que él estaba allí parado en cubierta, sangrando.

Se quitó el pañuelo y se lo enrolló en la mano.

—Qué corte más feo —comentó Gui.

—El capitán no suele ser torpe —replicó Billy con su habitual buen humor—. Lo mismo no durmió anoche con tanta emoción y eso. —Esbozó una sonrisa mellada—. Yo no pego ojo después de una batalla.

Jin apretó el pañuelo con el puño. No debería haber sucumbido a ella. No solo era una mujer testaruda, apasionada y decidida. También era una mujer con el corazón herido. Porque se había aprovechado de eso.

No fue su mejor momento.

Ella había creído que le tenía lástima. Se apretó el pañuelo con más fuerza de la cuenta, provocándose dolor, contra el cual apretó los dientes. No se compadecía en absoluto de esa bruja descarada. Lo acicateó la necesidad de borrar el dolor y la confusión de sus enormes ojos violetas. Y la lujuria. A mansalva. Una lujuria que aún no había saciado. Su boca, sus manos, sus piernas fuertes y torneadas... Le bastaba con pensar en ella para excitarse. Y su voz, esos dulces gritos de placer...

Tragó saliva y parpadeó.

—¿Capitán? ¿Está bien?

—Arregla el timón —ordenó.

Ojalá estuviera solo embrujado. Pero lo que sentía era algo más, muchísimo más de lo que quería contemplar... Y se negaba a contemplarlo. Un hombre que lucía las cicatrices que los grilletes habían dejado en sus muñecas no se merecía una dama que por su sangre y su posición pertenecía a los salones de baile londinenses, por más que se hubiera distanciado de ese lugar. Él se encargaría de que recuperase dicha vida, y así saldaría su deuda. Nada se interpondría en su camino, ni la terquedad de ella ni su propio deseo.

Se concentró de nuevo en la tarea, pero la sangre había empapado el pañuelo y la mano se le resbaló una vez más.

—¡Por todos los infiernos!

—No me gusta oírte maldecir —dijo una voz satinada a su espalda.

Viola lucía una vez más su ropa de marinero, el habitual gabán ancho y el sombrero, no el vestido ajado que él le había quitado a toda prisa para tocar su piel. Sin embargo, estaba tan impaciente por entrar en ella que no le había quitado la ropa interior, y en su imaginación se veía como un muchacho inexperto. Sus manos sabían que a sus ojos les gustaría lo que iban a ver.

La vio esbozar una minúscula sonrisa.

—Billy, Gui, podéis iros —dijo él.

Los muchachos obedecieron.

Se envolvió de nuevo la mano con el pañuelo.

—¿Cómo ha ido tu cita?

—Hay mucha sangre. Deberías curarte ese corte.

—¿Qué ha dicho el jefe del puerto?

—Tengo yodo y vendas en mi...

—¡Maldita sea, mujer, contéstame!

—No me des órdenes. Y no te diré nada hasta que me dejes curarte esa herida como es debido. —Miró la navaja—. ¿Te has cortado con ese vejestorio? Podría infectarse en un abrir y cerrar de ojos. Y perderías la mano.

Dicha mano deseaba acariciar la curva de su mejilla tocada por el sol, explorar de nuevo el cuerpo que había sido suyo en la oscuridad.

Regresó al trabajo.

—En ese caso, me pondré un garfio para espantar a las mujeres molestas.

Viola puso los brazos en jarras mientras la brisa le agitaba el pelo alrededor de la cara y de los hombros.

—Estás de muy mal humor. —Soltó una carcajada—. ¿No has dormido?

—Tus ronquidos me despertaron. —Parecía un cascarrabias, pensó.

Aunque no estaba de buen humor, Viola sacaba lo peor de él. Sacaba al loco obsesionado por la lujuria. Esos ojos violetas lo hacían pensar en sábanas revueltas y cuerpos entrelazados; y sus labios... Se le nubló la vista al imaginarse esos labios alrededor de su...

—Yo no ronco.

—Sí que roncas —replicó, exasperado—. ¿Qué pasa? ¿Ningún hombre ha reunido el valor necesario para decirle a Violet *la Vil* que ronca como un estibador borracho? —Soltó el cabo y echó a andar hacia la pasarela.

—Ningún otro hombre ha estado a mi lado mientras dormía.

Eso lo detuvo.

—No te creo.

—Cerdo.

—¿Nunca?

La vio resoplar.

El corazón le dio un vuelco y sintió algo frío y acerado, como el pánico que sintió durante la noche, cuando por un instante creyó haberla desvirgado. Desterró el miedo.

—Por supuesto. —Se obligó a soltar una carcajada desdeñosa—. Eso sería como si un lord permitiera que su ayuda de cámara lo viera dormir, ¿no? No puedes permitir que tus criados te vean en un estado vulnerable. Mejor dicho, tus acólitos. —O un antiguo esclavo cuyo primer amo le dijo que era un animal por la violencia que vio en él... Era imposible luchar contra la naturaleza.

—Eres un patán —masculló ella.

Se alejó de Viola por la pasarela, con la cabeza hecha un lío. Sin embargo, lo embargaba el desquiciado deseo de regresar y contarle la verdad, de decirle que nunca había sentido las caricias de una mujer como las de ella, que jamás le había resultado difícil abandonar la cama de una mujer hasta que llegó a la suya.

Había permitido que la viera dormir.

Cuando se despertó antes del amanecer, observó su pecho subiendo y bajando con tranquilidad, sus labios carnosos y su barbilla respingona, sus hermosas facciones en reposo, suavizadas por el sueño. Pero Viola no le pertenecía para poder abrazarla; y se apartó de su lado sin volver a tomar lo que deseaba de ella.

En ese momento, sus pasos lo siguieron.

—Debes acompañarme al despacho del jefe del puerto. Le aseguré que le entregaría el dinero a tiempo, pero no me ha creído. Solo la mención de tu nombre despertó su interés. Parece que tu reputación te precede. Y parece que no tienes mala fama en los puertos ingleses.

Jin se dio la vuelta para mirarla.

—¿Por qué tengo que recordarte una vez más que tengo patente de corso de la Armada Real?

Viola se acercó a él, casi tanto como aquel primer día cuando estuvo prisionero en su barco, casi tanto como la noche anterior. Lo recorrió con esos ojos oscuros.

—Admito que cuesta creerlo. Me cuesta creer que un hombre como tú acceda tan alegremente a ser atado, me parece improbable. —Un brillo interrogante le iluminaba los ojos, y dejaba entrever más cosas que sus palabras.

A Jin se le desbocó el corazón. Era imposible. No estaba hecho para ella, ni siquiera para satisfacer un deseo de forma temporal. Ella podía aspirar a más.

—No te confundas, Viola —se obligó a decir—. Solo hago aquello que me conviene.

La sonrisa desapareció de sus labios.

—En ese caso, te aconsejo que me acompañes al despacho del jefe del puerto ahora mismo o acabarás en la cárcel con todos nosotros. Y estoy segura de que eso no te convendría en lo más mínimo. —Se alejó por cubierta—. Pero primero te curaré la mano. Y es una orden, segundo.

La vio desaparecer bajo cubierta con un nudo en el pecho. A su alrededor, se había hecho un silencio muy curioso. Los marineros permanecían inmóviles, observándolo.

—¡Esas garfias! —gritó—. Preparados para levar el ancla. —Subió las escaleras que daban al timón, donde Mattie lo recibió con el ceño fruncido y meneando la cabeza.

—¿Qué le has dicho para que se ponga tan tiesa después de lo de anoche y eso?

—Nada de tu incumbencia. Pon rumbo a esos manglares, a unos cincuenta metros del puerto. Echaremos el ancla allí.

—¿Has dicho algo que no le ha gustado? ¿O has hecho algo? Algo que no deberías hacer. ¿Te has metido con ella?

—Eres un imbécil embobado como los demás.

Mattie frunció el ceño.

—No me gusta que traten mal a las damas. —El tono brusco era una advertencia—. Y esta no se lo merece.

Jin miró a su timonel con cara de pocos amigos.

—Decide ahora si quieres ayudarme o ponerme trabas, Matt. Pero a estas alturas, si decides ponerme las cosas difíciles, asegúrate de dormir con el cuchillo bien a la mano.

El gigantón se quedó blanco.

—Nos conocemos desde hace quince años. No serías capaz.

—Ponme a prueba.

Jin bajó a la cubierta principal y después a la escalera de cámara, abrumado por una rabia inusitada. Había amenazado a un

182

hombre a quien conocía desde que era un muchacho. Claro que Mattie sabía mejor que nadie de lo que él era capaz. Lo había visto con sus propios ojos. Eran imágenes que no desaparecían de la mente de un hombre. Jamás. De la misma manera que dichos actos jamás abandonaban el alma de un hombre.

El barco enfiló la bocana del puerto como una tartana, avanzando a regañadientes. Jin atravesó el corto pasillo que llevaba al camarote del capitán. Estaba vacío, y muy ordenado, ya que la cama en la que había saciado su deseo con una mujer de sangre aristocrática estaba pulcramente hecha. El catalejo ya no se hallaba sobre el escritorio y había sido sustituido por un botiquín de madera, cuyos cajones estaban etiquetados, y por trozos de algodón.

Cogió la botella de alcohol yodado y echó una gota en un pico del pañuelo antes de quitarse el improvisado vendaje y mover la mano. La sangre volvió a brotar de la herida. Cerró el puño, y también los ojos, mientras aspiraba su aroma, que lo rodeaba por completo. Olía a rosa y a mujer endemoniada.

—¿Te da miedo que te escueza? —Su risa le llegó desde la puerta como una cascada que cayera sobre las piedras hasta la playa. Tenía el sombrero colgado de un dedo.

Jin apretó el pañuelo impregnado de yodo sobre la herida.

—¿Te da miedo marearte al ver la sangre?

Viola se acercó.

—Llevo trece años siendo mujer, Seton. Estoy casi segura de que he visto más sangre de la que tú verás en la vida.

—Bonita imagen. —Se frotó el pañuelo contra la herida para desinfectarla, sin sentir el escozor—. Creo que te convendría refrenar esa encantadora honestidad cuando estés viviendo de nuevo en casa de tu padre, en Devonshire.

La vio titubear un momento.

—La casa de mi padre me pertenece ahora y se encuentra en Massachusetts.

La sangre seguía brotando con cada pasada del pañuelo.

—Qué incompetente. —Viola cogió el algodón de la mesa y le aferró la mano, poniéndole el algodón sobre el corte y presionando con fuerza—. ¿Llevas años capitaneando tu propio barco y todavía no sabes cómo curar una herida?

Lo sabía. A la perfección, por supuesto. Había curado tantas heridas de sus marineros que había perdido la cuenta. Pero no tenía deseos de cortar la hemorragia todavía. Ese día quería sangrar.

Con el ceño fruncido, Viola cogió la botella e impregnó otro trozo de algodón, que colocó sobre la herida, extendiendo el antiséptico con movimientos diestros y seguros. Mientras tanto, sus delgados dedos lo acariciaban, tal como había hecho cuando lo abrazó a la luz de la luna.

—¿De verdad no te importan nada? ¿No sientes nada por ellos? —Clavó la mirada en su cara mientras ella se afanaba con la tarea que tenía entre manos—. ¿No te conmueve que quienes te llaman hermana e hija sigan esperando que vuelvas? ¿Que te consideren parte de su familia?

La vio abrir un cajón del armarito y sacar un botecito sellado con cera.

—No sabes de lo que hablas.

—Sí que lo sé.

Viola trabajaba con rapidez, tan ducha en esa tarea como lo era a la hora de doblegar a su tripulación a fin de que hicieran su voluntad. Con movimientos suaves, aplicó el linimento por la palma de su mano antes de colocarle un paño sobre la herida y sujetarlo con un vendaje, que procedió a atar para después soltarle la mano. Acto seguido, se limpió las manos y colocó las medicinas en el armarito. Una vez acabó, lo cerró y se guardó la llave en el bolsillo antes de poner los brazos en jarras.

—No aprietes el puño si puedes evitarlo. Y no uses la mano salvo para las tareas más insignificantes. —Parpadeó, como si se le acabara de ocurrir una tarea no tan insignificante—. Siempre que puedas evitarlo —repitió con cierta tirantez.

Guapa, atrevida y tímida, confundida como una virgen, todo en una sola mujer. Por primera vez en el día, Jin se encontró sonriendo, de modo que dijo sin pensar:

—¿Y si no puedo evitarlo?

Ella apartó la vista.

—En ese caso, conozco a un herrero estupendo que podría tenerte listo un garfio en menos de una semana. —Cogió el armarito y lo colocó en el suelo, al pie de su camastro.

Pese al gabán ancho que ocultaba sus curvas, Jin era incapaz de apartar la mirada de ella. Podría pasar una eternidad contemplándola mientras ella se movía, se reía, contoneaba las caderas o permanecía inmóvil en el alcázar con el pelo ondeando al viento.

El calor lo asaltó... pero era un calor desconocido, insistente, que no nacía del deseo. Se le aceleró el corazón, latiendo a un ritmo que solo había experimentado una vez en la vida, doce años atrás. Cuando huyó de sus amos y escapó a través de los campos de cañas de azúcar. El corazón se le aceleró de la misma manera cuando le flaquearon las piernas, exhaustas por el hambre, con los pies descalzos sangrándole por las cañas secas, y sus perseguidores le dieron caza. Cuando por fin lo atraparon, se defendió.

Se obligó a hablar.

—¿Por qué te niegas a volver a casa, Viola? No puedes desear vivir para siempre de esta manera. —No hacía falta que señalara la madera desgastada de las paredes ni el ventanuco de su diminuto camarote, ni los muebles destartalados que mantenía en buen estado sin la ayuda de un criado, solo la de un grumete de siete años—. Podrías tener mucho más. Naciste para tener más.

—¿El señor Castle ha pasado por aquí mientras yo estaba en el despacho del jefe del puerto? —Su precioso rostro permanecía inmóvil.

Y esa era su respuesta. La misma que había sospechado pese a la noche anterior.

—No.

Viola echó a andar hacia la puerta mientras se ponía el sombrero.

—En la ciudad me han llegado noticias del fuego. Al parecer, se extendió hacia un segundo campo, pero nadie sabe si ha alcanzado la casa. Ojalá estén todos bien. —Tras eso, bajó a la cubierta de cañones. Los marineros la saludaron llevándose la mano a la gorra y ella les correspondió con sonrisas, como de costumbre, pero estaba distraída. Tenía la cabeza en otro sitio. Y, al parecer, lo mismo podía decirse de su corazón. Que estaba con Aidan Castle.

—He mandado a Matouba a caballo —le dijo—. Debería de estar a punto de volver con noticias.

Ella lo miró de reojo antes de subir la escalera de camino a la cubierta principal. Los marineros movían el cabestrante, liberando las maromas mientras canturreaban una vieja canción y movían la enorme cadena del ancla, metro a metro. Jin ordenó que bajaran un bote antes de encargarle a Becoua que arriaran las velas y terminaran otras tareas. Se desentendió de la mirada asesina de Mattie y abandonó la *Tormenta de Abril* junto a su capitana en dirección al puerto y, de allí, a la ciudad.

El jefe del puerto rodeó el escritorio con la mano extendida.

—Señor Seton, de haber sabido anoche quién era, lo habría invitado a almorzar hoy. Pero tendré que conformarme con la cena de esta noche. Por supuesto, la señorita Daly también está invitada. Una lástima que no haya visto al capitán Eccles. Acaba de zarpar hacia La Habana. El capitán lamentará no haberlo visto.

—Creo que no lo conozco, señor.

—Por supuesto que lo conoce. —El jefe del puerto acercó una silla y le hizo un gesto a Viola para que se sentase, cosa que ella hizo, pero con mucha indecisión y con los ojos como platos.

El jefe del puerto se volvió a sentar.

—Según Eccles, la última vez que se vieron él aún no era capitán de su propio barco y navegaba bajo el mando del capitán Halloway.

—Ah, el segundo de a bordo de Halloway en la *Command*.

—Aquel desagradable asunto del pirata Redstone y el conde aquel, como se llamara. ¿Poole? —El jefe del puerto le restó importancia y empezó a buscar algo en el cajón de su escritorio—. Pero fue una historia buenísima. A mi esposa y a mí nos hizo muchísima gracia. Eccles me dio esto para usted en el caso de que pasara por el puerto. Es curioso que haya aparecido apenas dos semanas después de que él recalara aquí. —Deslizó el sobre lacrado por el escritorio.

Jin se lo metió en el bolsillo del chaleco.

—Le agradezco la invitación a cenar para esta noche, señor. Pero ¿qué es eso de la multa para la *Tormenta de Abril*? ¿Me dará permiso para ir a Tobago a fin de retirar los fondos del banco de la señorita Daly y regresar con la cantidad estipulada en quince días?

—Por supuesto, por supuesto. No somos salvajes. —El hombre soltó una carcajada y se puso en pie—. Pero no hasta mañana, después de que haya probado la empanada de cerdo y gelatina de mi esposa. Un hombre no ha vivido plenamente hasta no haber probado su empanada de cerdo. —Se dio unas palmaditas en la barriga antes de acompañarlos hasta la puerta—. Por cierto, Seton, tengo que agradecerle que aprehendiera la *Estella* el invierno pasado. Esos piratas cubanos se hicieron por lo menos con dos mercantes cargados que salieron de este puerto y sospecho que también con un tercero desaparecido del que nunca se ha sabido nada más. Unos hombres brutales. Brutales, sí, a juzgar por las historias que contaron los supervivientes. Claro que tampoco hubo tantos. —Meneó la cabeza antes de colocarle una mano en el hombro a Jin—. Me alegra tener un barco como la *Cavalier* por estas aguas. ¿Dónde está esa rápida goleta?

—Actualmente está indispuesta, señor.

—En dique seco, seguro. En fin, pues devuélvala pronto al agua donde podrá ayudar a los hombres de bien. Y no lleguen tarde a la cena o mi señora me regañará. A las siete en punto, ni un minuto más. —Cerró la puerta.

De vuelta en la calle, entre compradores que pasaban junto a carretas llenas de productos habituales en una ciudad portuaria, Viola lo miró.

—Los ingleses son las personas más extravagantes que he conocido en la vida. Y lo saben, ¿verdad?

Bajo el brillante cielo ecuatorial, la sangre de Jin corría despacio por sus venas tras haber desterrado la rabia de momento. Eso era a lo que se había acostumbrado, para lo que se había adiestrado durante una década. Para ese juego en el que fingía que su pasado no existía, un pasado en el que solo fue esclavo, asesino y ladrón.

—Claro que lo saben —respondió.

Viola lo observaba oculta por el ala de su sombrero.

—Supongo que te prefieren como aliado antes que como enemigo.

No vio motivo alguno para replicar.

A la postre, ella volvió a hablar.

—Tengo que ir a una tienda. Mi vestido quedó destrozado después de montar a caballo anoche y... y... —Se calló de golpe—. Tal vez puedas esperarme en el hotel.

—Como desees.

La observó alejarse por la calle porque le pareció imposible no hacerlo, por más que lo quisiera. Un par de mujeres con sombrillas de encaje se apartaron a toda prisa al pasar junto a ella. La miraron, con las cabezas muy juntas, mientras cuchicheaban.

Jin se dirigió al hotel. Se sacó la carta del bolsillo del chaleco cuando entró en la taberna. Se sentó a una mesa en un rincón, con la espalda contra la pared, y abrió la carta con su cuchillo.

No era del Comisionado del Almirantazgo. Ni siquiera del vizconde Colin Gray, su otrora compañero en el Club Falcon. La caligrafía era delicada y pertenecía a otro miembro del cada vez más reducido club; en concreto, a la única mujer agente, una dama con fondos de sobra y muchos contactos en el Almirantazgo, los suficientes como para enviar docenas de cartas por todo el océano Atlántico en su busca. Una dama que no lo habría hecho sin un buen motivo.

Al parecer, Constance Read lo necesitaba.

Londres, 12 de abril de 1818

Querido Jin:

Ojalá que estés bien cuando recibas esta carta. Pero no voy a perder el tiempo con buenos deseos que no te interesan. Iré al grano.

Nuestro amigo Wyn no se encuentra bien. Se niega a admitirlo, pero habla con acertijos más que nunca, se muestra evasivo y no me permite acercarme a él. Pero temo por él. No me cabe la menor duda de que Colin te ha escrito: tiene un proyecto para ti en el este. Te escribo para suplicarte que te lleves a Wyn, que le des un propósito en esta vida y una distracción que lo cure. Jinan, creo que en este momento eres el único entre nuestro reducido grupo de amigos que puede ayudarlo a borrar el pasado y comenzar de cero.

Me despido con la esperanza de que vuelvas pronto a Inglaterra.

Con cariño,
CONSTANCE

Wyn Yale, nacido en los páramos galeses, se sentía más cómodo en Londres, en París o incluso en Calcuta antes que en Gales. Ni siquiera tenía su misma edad pero, según Constance, el galés no encontraba su sitio en ninguna parte.

De entre los cinco miembros del Club Falcon, Wyn era el más indicado para el trabajo de encontrar a personas desaparecidas de renombre y devolverlas a casa. Colin, el vizconde de Gray y secretario del club, era un líder, un hombre destinado a ocupar un puesto de poder, no a escurrirse entre las sombras. Leam Blackwood había entrado a regañadientes, eludiendo así las responsabilidades que lo ahogaban como noble escocés, pero en ese momento había abandonado el trabajo. Pero antes de que Leam dejara el club, había invitado a su joven prima, Constance Read, a unirse. Ella se había sumergido en el trabajo con devoción, yendo de un evento social a otro, encandilando a todos con su ingenio y su belleza al mismo tiempo que obtenía los secretos que se escapaban de las bocas de unos informadores que no sabían lo que revelaban. En cuanto a él, su búsqueda de redención había hecho que el club fuera perfecto. Durante un tiempo.

Sin embargo, Wyn era un espía de los pies a la cabeza. Estaba hecho para algo mejor que el club, lo mismo que Viola Carlyle estaba hecha para algo mejor que un antiguo pirata.

Releyó la carta de Constance. Le había escrito en ese momento porque lo creía la persona más indicada para ayudar a su amigo galés. Porque era el único de ellos que había matado a sangre fría.

Podía ayudar a Wyn y mitigar la preocupación de Constance. Ese mismo día le escribiría una carta al galés, que residía en Londres, y la enviaría antes de partir hacia Inglaterra con Viola. Le ofrecería una tarea que ese jovenzuelo tonto y caballeroso sería incapaz de rechazar. Jin tenía bien calado a su joven compañero. Cuando llegara a Inglaterra con Viola, Wyn los estaría esperando, dispuesto a ayudar.

Se acercó a la chimenea y arrojó la carta de Constance al fuego.

—¿Una carta de amor de una joven a la que no quiere, Seton? —Aidan Castle estaba a su espalda, con una fusta fuertemente apretada entre los dedos—. Tal vez ya tiene más que de sobra ahora mismo. —Parecía justo lo que era, un plantador modesto, un hombre de cierto estatus bien vestido, aunque no a la última moda. Sin embargo, tenía la cara tensa. Él tampoco había dormido.

—Tómese una copa conmigo, Castle. —Señaló una silla—. Le vendrá bien después de la noche que ha pasado.

—Una copa o diez. Sí que me vendría bien.

Una camarera les llevó una botella.

—Quería agradecerle la ayuda que me prestó anoche. —Castle aferró la copa—. Su hombre, Matouba, me lo dijo cuando llegó esta mañana. Me contó lo del balandro. —Echó una mirada por la taberna—. Las noticias vuelan en una isla. Por supuesto, ahora todo el mundo lo sabe.

—¿Qué pasó después de que nos fuéramos?

—El fuego no alcanzó la casa. Pero se llevó por delante el almacén, el establo y dos campos de labor antes de que pudiéramos frenar su avance. —Meneó la cabeza y bebió un buen trago—. Hay rastros del fuego por todas partes. La casa será inhabitable hasta que se haya limpiado de arriba abajo.

Jin le sirvió otra copa. Castle se la bebió apoyado en el respaldo de la silla, tras haber soltado por fin la fusta.

—Seguro que ha sido Palmerston —masculló, con la lengua suelta por la bebida o, tal vez, por la falta de sueño.

Un hombre revelaba muchas cosas en esa situación.

—¿Su vecino?

—Es de la misma opinión que mi primo. Cree que si los plantadores como yo seguimos usando jornaleros, y tenemos éxito, la isla insistirá en abolir la esclavitud. Hace negocios con los curazoleños de vez en cuando. Ningún otro plantador de la región lo hace. La mayoría los considera poco más que mercenarios.

Jin lo sabía muy bien. En otro tiempo, él trabajó para los isleños neerlandeses.

—Podría ser una coincidencia.

Castle negó con la cabeza.

—Palmerston ya me ha amenazado.

—Es normal que un hombre amenace cuando cree que sus intereses peligran.

Los ojos de Castle relampaguearon. En ese momento, con un abrupto cambio de actitud que casi hizo que Jin le tuviera lástima, cogió la botella y se rellenó el vaso.

—¿Cómo está Violet hoy? No quiero ni pensar en cómo la ha afectado todo esto. Se ha visto envuelta en el caos nada más llegar.

Jin lo observó, se percató de la tensión de su mandíbula y de la expresión recelosa de sus ojos, aunque quería aparentar naturalidad.

—Dada la profesión de la señorita Daly —replicó—, creo que está acostumbrada a este tipo de situaciones. —La lástima no desapareció, pero iba a acompañada de otra emoción menos agradable. Pese a su tonteo con la señorita Hat, ese hombre le tenía afecto a Viola—. Le preocupaba su seguridad y la de sus invitados.

—¿Le cuenta esas cosas? ¿Eso quiere decir que usted se ha ganado su confianza?

Jin consideró el motivo por el que ella había navegado durante un mes al sur de esa isla sin que él lo supiera.

—Solo en ciertos temas.

En ese instante, vio la misma suspicacia y los celos que asomaron a los ojos de Castle la noche anterior. De repente, su camino quedó claro. Ese hombre podría ser su aliado... aunque no estuviera al tanto de dicho papel.

Escogió las palabras con sumo cuidado.

—Me dio la impresión de que se disgustó con ella por perseguir a los incendiarios. Dada su larga relación, debía de saber que lo haría.

Castle meneó la cabeza.

—La verdad, Seton, es que no sé qué hacer con ella. Nunca lo he sabido. —Soltó una carcajada, una de esas risotadas fingidas en las conversaciones entre hombres, pero en el fondo de sus ojos Jin atisbó el cuidado con el que también escogía sus palabras—. Como ha trabajado con ella, ya debe de saber a lo que me refiero. Siempre ha sido así, terca, obstinada y sin entender todo lo que ve y lo que oye.

Sí a los dos primeros epítetos. Pero no al último. Viola entendía lo que quería entender.

Pero con ese intento de rebajarla ante él, Castle le proporcionó la oportunidad perfecta.

—A lo mejor es su naturaleza —comentó—. Y tiene que ver con su educación.

—¿Su educación? —Castle lo miró con extrañeza—. Fionn era un hombre testarudo, cierto, pero también racional, y con una mente muy activa. ¿Lo conoció en persona?

—Solo conozco a su padre adoptivo —replicó él a la ligera—, al hombre que la crio como si fuera su propia hija antes de que dejara Inglaterra.

Castle lo miró fijamente.

—¿Padre adoptivo? No lo entiendo. Su madre era inglesa, ya lo sé. Pero después de su muerte, Fionn y su hermana criaron a Violet solos.

Lo asaltó una profunda satisfacción. Castle no tenía la menor idea de la verdadera identidad de Viola. Era imposible que fingiera tan bien su sorpresa.

Pero estaba a punto de enterarse. Lo utilizaría, de la misma manera que llevaba utilizando a sus hombres durante años. Castle estaba cortejando a los Hat por sus contactos y su riqueza. Pero cambiaría de dirección en cuanto supiera a qué familia pertenecía Viola. No dudaría en instarla a volver a su lado.

Y, al empujarla a los brazos de ese hombre, él podría liberarse de la necesidad de tenerla entre los suyos. Obtendría lo que deseaba, saldaría su deuda y ella también obtendría lo que deseaba. El serio y formal Aidan Castle, perteneciente a un estrato social más o menos modesto, había trabajado duro para conseguir fortuna y estatus social. Nunca había matado a un hombre para conseguir sus objetivos, ni robado o mentido. Y le tenía afecto a Viola.

—Hasta que Fionn Daly se la trajo a América en contra de su voluntad cuando tenía diez años —añadió—, vivió en una propiedad en la costa de Devonshire. Su madre, hija de un caballero de familia acaudalada, le fue infiel a su marido. La señorita Daly fue producto de dicha relación ilícita.

Castle no podía estar más sorprendido. Pronunció una sola palabra, una palabra que hizo que a Jin le diera un vuelco en el estómago, por el triunfo y también por algo menos satisfactorio.

—¿Propiedad?

—El marido de su madre era un barón. Un aristócrata. —Hizo una pausa—. El barón Carlyle. La llamó Viola, y aunque siempre estuvo al tanto de su verdadera paternidad, siempre la consideró como a su verdadera hija.

Castle movió los labios, pero al final solo consiguió emitir un silbido ahogado.

—La hija de un aristócrata. Por el amor de Dios, jamás lo habría imaginado.

—¿No?

Castle frunció el ceño.

—¿Cómo iba a pensarlo siquiera? Ha sido una mujer de mar desde que la conozco. —El ceño desapareció—. La más guapa que haya surcado el Atlántico, cierto, pero... ¿una aristócrata? —Meneó la cabeza. Y el brillo celoso reapareció en su mirada—. ¿Cómo se ha enterado de todo esto? ¿Se lo ha contado ella?

—Conocí a su familia antes de partir de Inglaterra. He venido aquí, de hecho, para llevarla de vuelta a casa. Junto a lord Carlyle —añadió.

Aunque no hacía falta. Los ojos de Castle relucían, no tanto por la sorpresa como por el alivio y la emoción. De hecho, lo miraba con menos intensidad, como si por fin lo entendiera.

Cuando en realidad no entendía nada. No entendía en absoluto a lo que él estaba renunciando para que Viola tuviera lo que debía tener.

—¿Interrumpo? —Viola apareció junto a ellos, con un grueso paquete bajo el brazo.

Jin se puso en pie y Castle lo imitó. Viola lo miró con curiosidad antes de desviar la mirada hacia el plantador, momento en que su expresión se suavizó.

—¿Estás bien, Aidan? ¿Y tu primo y los Hat? ¿Cómo os lo estáis apañando hoy? He oído en la tienda que conseguisteis sofocar el fuego antes del amanecer.

Castle lo miró de reojo mientras la cogía de la mano.

—Estamos todos bien. Seamus y yo. Y también los Hat, que se han trasladado al hotel con su hija. Y tú, Vi... —Carraspeó—. Violet, ¿cómo estás?

—Bien. Siento que no pudiéramos atrapar a los incendiarios, Aidan. Tu plantación ha debido de sufrir tremendos daños.

—Hemos perdido una cuarta parte de esta cosecha y ahora mismo la casa es inhabitable. —Soltó una risilla incómoda—. Por supuesto, ya no tengo un techo para ofrecerte mi hospitalidad.

—Eso es una tontería dadas las circunstancias —masculló ella.

Jin se sacó una moneda del bolsillo y la dejó en la mesa.

—Tengo trabajo que hacer. Debo marcharme, Castle. —Recogió el sombrero—. Señorita Daly, le enviaré el bote a buscarla. —Hizo una reverencia.

—Gracias por la invitación, Seton. Y por la conversación.

Jin se marchó. Viola lo observó mientras se alejaba. No quería que se fuera. Pero ese día se había mostrado muy contradictorio, confundiéndola con sus palabras y con sus actos; sin embargo, le bastaba con mirarlo para que se sintiera arder allá donde la había tocado. Un ardor dulce e inquietante que la ponía de muy mal humor.

Se volvió a regañadientes hacia el otro hombre de su vida que la confundía... o tal vez ya no formara parte de dicha vida. Aidan la miraba fijamente.

—¿Por qué me miras así? —le preguntó.

—¿Cómo?

—Como si me vieras por primera vez, cuando en realidad pasamos toda la tarde de ayer juntos. —Antes de que lo viera besar a la señorita Hat.

—No sé a qué te refieres, Violct. Estás diciendo tonterías. —Le dio un toquecito debajo de la barbilla.

Ella apartó la cara y le preguntó:

—¿Qué vas a hacer ahora?

—¿A qué te refieres?

—A la plantación, por supuesto.

Aidan miró a su alrededor antes de reparar en su ropa. Pareció meditar el asunto antes de tomar una decisión en silencio.

—¿Te apetece dar un paseo conmigo? Estoy tan cansado que si me siento, seguro que me quedo dormido. —Se echó a reír.

—No te has quedado dormido mientras estabas sentado con el señor Seton. Parecíais muy absortos en la conversación. —Permitió que la condujera fuera de la taberna, aunque sus dedos apenas si le tocaron el codo—. ¿De qué hablabais?

—De ti, por supuesto.

El corazón le dio un vuelco y frunció el ceño.

—¿Tanto te cuesta creerlo? —preguntó él en voz baja—. Tenemos pocas cosas en común, o más bien una: los dos hemos navegado contigo.

Tenían mucho más en común de lo que Aidan se pensaba. Sintió que le ardían las mejillas y se alegró de que el sombrero ocultara el rubor. Salieron a la calle y Aidan la condujo por un camino que recorría los muelles. Echó un vistazo hacia el mar, pero el puerto era un hervidero de actividad y no vio ni a Jin ni su barco.

—Permítame que lleve el paquete. —Aidan le quitó el paquete que contenía su vestido nuevo y su ropa interior—. ¿Qué has comprado?

—Nada de particular. Aidan, por favor, dime lo que ha pasado con la plantación.

—Hay poco que contar. Pasará bastante tiempo antes de que la casa vuelva a ser habitable. —Enfilaron un camino flanqueado por palmeras y yucas, mientras los insectos zumbaban por el calor. Las gaviotas los sobrevolaban, jugando con la brisa que a ella le agitaba el sombrero, una brisa fresca, como les gustaba a los marineros—. Viniste con la certeza de que te ofrecería hospitalidad, así que te pido que me permitas pagar la habitación del hotel. —Le sonrió.

—Solo esperaba tu compañía, algo de lo que me gustaría disfrutar con o sin la estancia en un hotel. Además, dispongo de mi camarote en el barco.

Aidan la detuvo bajo una palmera.

—Querida, no pretendía insultar tu honor ni exigir cualquier forma de intimidad que no quieras darme. —Su voz sonaba ronca, con un deje íntimo que hizo que Viola sintiera un nudo en el estómago.

—No quería insinuar que lo hayas hecho. Además, ¿desde cuándo te ha preocupado mi honor? ¿Desde cuándo crees que alguna vez lo he tenido?

Aidan esbozó una enorme sonrisa.

—Por favor, quédate en el hotel esta noche, yo corro con los gastos. Por supuesto, estaré en la plantación hasta tarde, supervisando a los trabajadores. Pero me aliviará saber que estás instalada cómodamente aquí. —Le dio un apretón en la mano—. Reconozco el envoltorio. —Señaló el paquete—. Has comprado algo en una modista.

Ella asintió con la cabeza.

—¿Te lo pondrás esta noche para la cena?

—Sí, pero para la cena con el jefe del puerto. Nos ha invitado a cenar al señor Seton y a mí. —Los nervios le atenazaron las entrañas.

—Un gran honor.

—En fin, dice que al menos disfrutaremos de una excelente empanada de cerdo. —Frunció el ceño—. Aidan...

—Pues mañana entonces. ¿Te pondrás tu vestido nuevo para mí mañana? Te llevaré a Chaguanas y te invitaré a almorzar en la mejor casa de té que te puedas imaginar. Mejor que en Boston, y estoy seguro que incluso mejor que en Londres.

—¿Desde cuándo te interesan las casas de té de Londres? Mañana tengo que trabajar, por supuesto. Pero lo más importante es que tú también tendrás muchas cosas que hacer. Y tus invitados...

Aidan le apretó la mano aún más fuerte.

—Nada de eso importa ahora que estás conmigo y podemos empezar a planear nuestro futuro juntos. —Sus ojos verdosos tenían una mirada implorante.

A Viola le dio un vuelco el corazón.

—Aidan, por favor, déjalo ya. —Se zafó de su mano—. Te vi besar a la señorita Hat anoche, en el jardín.

Se quedó blanco.

—¿Nos viste?

—Sí, lo vi. Estaba en el porche.

—No fue nada, Violet.

—Pues a mí me pareció algo.

Aidan frunció el ceño y pareció tensar los hombros.

—En fin, si la besé, fue porque tú me provocaste.

—¿Que yo hice qué? ¡Acababa de recorrer cientos de millas para verte!

—Creía que tenías que entregar un cargamento.

—La *Tormenta de Abril* es una embarcación corsaria, no una mula de carga. Acepté el cargamento para amortizar el viaje. Tengo que pagar a mi tripulación, ¿o se te han olvidado los detalles mundanos de mi vida?

—Tal vez se me hayan olvidado. Pero, Violet, ¿se te han olvidado a ti los míos? Llevo meses viviendo aquí solo. Esperaba que cuando llegases... —Se interrumpió y se pasó una mano por el pelo antes de mirarla a los ojos—. Cuando me despedí anoche de ti, estabas... distante.

Puso los ojos como platos al escucharlo. Sin embargo, se veía de nuevo al pie de la escalera, inmovilizada por la mirada cristalina y apasionada de un hombre en concreto.

—No sabía lo que esperabas de mí anoche —consiguió replicar—. Supuse que dada la presencia de tus invitados, querrías ser discreto. No estamos casados.

Aidan meneó la cabeza.

—Desde luego que no me lo esperaba de ti. Perdóname, he hablado sin pensar. Pero, Violet...

—Deberías haberme contado la verdad de lo que sientes por la señorita Hat. Encontrarme semejante rechazo nada más llegar... En fin, me dolió.

Él volvió a cogerle las manos.

—Violet, por favor. Estoy muy nervioso y me comporto de manera irracional. Aunque sus padres desean el enlace y han venido con la intención de que así sea, no siento nada por ella. Pero vi la situación con Seton y fue como si...

Se soltó una vez más y retrocedió.

—¿Qué situación con Seton?

Aidan titubeó.

—Cuando te dije que tuvieras cuidado con él, lo defendiste.

—Me limité a sugerirte que te reservaras la opinión hasta conocerlo.

—¿Y tú lo conoces? —Esos ojos verdosos se clavaron en ella—. ¿Hasta qué punto, Violet?

Fue incapaz de detener el rubor que se extendió por sus mejillas. No se le daba bien mentir, aunque tampoco sabía si debía hacerlo en ese momento. Aidan no le había sido fiel. La noche anterior creyó que ya no quería casarse con ella. Pero no, su intención no era la de hacer daño al hombre que había amado durante tanto tiempo, al que había sido su amigo antes que su amante. En ese momento, parecía conocer muy pocas verdades acerca de su vida. No le hacía falta conocer esa verdad en concreto.

—Es un buen hombre. —Lo creía, pese a su confusión y al pasado de Jin. Su vida era un fiel reflejo de ese hecho y, además, lo demostraba el comportamiento que había mantenido con su tripulación (jamás cruel, siempre respetuoso y justo). Incluso con ella era honesto, aunque ya estaba al tanto de por qué la había buscado. No le había hecho falsas promesas. Se había limitado a contarle la verdad y a explicarle cuál era su intención—. Confío en él.

—Confianza. —Aidan tenía los labios muy tensos—. Lo miras como si...

—¿Como si qué?

—Cuando lo miras, no te reconozco.

—¿Cómo puedes decir eso? Ahora me conoces muy poco. Unas cuantas cartas y una visita en cuatro años no da pie a mucha intimidad.

En esa ocasión, Aidan le cogió las manos con tanta fuerza que solo podría liberarse forcejeando.

—Puede que tengas razón y ya no nos conozcamos tan bien como antes. Pero deja que recuperemos la intimidad que compartimos en otros momentos. Quédate conmigo durante un tiempo. No te faltará de nada.

—Acabas de decir que tu casa no es habitable.

Él esbozó una sonrisa cálida.

—La arreglaremos juntos, tal como planeamos hace años.

—¿Qué me dices de la señorita Hat y de sus padres?

Aidan inclinó la cabeza.

—Están a punto de marcharse de la isla. Pero aunque no fuera así, daría igual. Querida Violet, te ruego que me perdones esa pequeña indiscreción. Por favor, perdóname. Te prometo que no volverá a suceder.

Para ella no había sido una pequeña indiscreción. En un abrir y cerrar de ojos, ese único beso había partido su mundo en dos. O tal vez solo hubiera agrandado una fisura ya existente. Y Jinan Seton había llenado el vacío. Durante un momento, entre sus brazos, había remitido la soledad que era su constante compañera.

Sin embargo, allí estaba el hombre con quien había soñado compartir su vida, insistiendo en que podría hacer realidad dicho sueño.

Meneó la cabeza.

—No confío en ti.

—¿Pero podrías volver a hacerlo?

—¿Sigues queriendo casarte conmigo, Aidan?

—Por supuesto, querida Violet. Eres lo mejor que me ha pasado en la vida. Siempre lo has sido.

Las mismas palabras que le había dicho antes, en numerosas ocasiones. En ese momento, fue incapaz de mirarlo a la cara, de modo que clavó la mirada en las enormes manos que sujetaban las suyas. Muy familiares pero, a la vez, dicha familiaridad le parecía errónea.

—Por favor, suéltame.

Él obedeció al punto.

—Tengo trabajo que hacer. Tengo que conseguir otro cargamento para pagar el viaje de regreso a casa de la *Tormenta de Abril*. Tal vez nos encontremos un barco enemigo en el camino y nos hagamos con un botín, pero, por supuesto, no puedo darlo por hecho.

—Pero este será tu hogar ahora, Violet.

—Necesito tiempo para pensar. —No había planeado volver a Boston tan pronto. No hasta que las palabras salieron de su boca—. Sé que solo fue un beso. En fin, supongo que solo fue un beso...

—Lo fue.

—Pero para mí ha cambiado mucho la situación. —No era la misma muchacha ingenua de antes. Además, le estaba ocultando toda la verdad—. Tal vez puedas volver mañana, o pasado mañana, y sea capaz de hablar del tema contigo. Pero todavía no.

Aidan asintió con la cabeza. Hizo ademán de cogerle las manos una vez más, pero se lo pensó mejor.

—Pues hasta mañana. —Se inclinó hacia ella y le dio un beso en la mejilla por debajo del ala del sombrero.

Ella no levantó la cabeza, y al cabo de un momento, Aidan se alejó.

16

Mientras el sol se ponía tras el horizonte, en la bocana de la bahía, la esposa del jefe del puerto le envió a Viola una invitación por escrito. Estaba sacando de la caja el vestido nuevo, cuya tela parecía firme y gruesa gracias al planchado, cuando recibió la nota junto con otra. La leyó a la luz de una lámpara con las manos sudorosas. Junto a ellos cenarían otros seis invitados entre los que se incluían dos oficiales navales y sus respectivas esposas.

El otro mensaje era de Aidan. Lo desdobló para leerlo.

Alguien llamó a la puerta del camarote. Al abrir, se sintió como una idiota. ¿Cómo era posible que se le aflojaran las rodillas solo con mirar a Jin Seton?

Llevaba una chaqueta sencilla y elegante, que se amoldaba a sus hombros y a su esbelto torso como si la hubieran confeccionado a medida. La camisa, la corbata y el chaleco eran blancos, y se había afeitado.

Sus ojos azules le echaron un rápido vistazo.

—¿Todavía no te has arreglado para la cena?

—No voy a ir —le soltó al tiempo que unía las manos a la espalda, arrugando las cartas—. Es que...

Él enarcó las cejas.

—Tengo otro compromiso esta noche —siguió—. Con...

Jin levantó una mano para silenciarla. La mano herida que

ella había insistido en curarle solo para poder tocarlo de nuevo. Esa mañana, dolida e indignada después de que él le dejara claras sus intenciones, no se había percatado del motivo de su insistencia. Pero en ese momento lo entendía perfectamente. Y sabía que no podía acompañar a ese hombre a una cena con desconocidos y comportarse como era debido. No recordaba cómo se hacía. De hecho, jamás había aprendido a hacerlo. Sin embargo, solo con mirar el porte seguro y elegante de ese antiguo pirata sabía que él no tendría problemas. Él sí sería capaz de comportarse de igual a igual con el jefe del puerto y sus invitados, aunque no pudiera superarlos en el vestir ni en los modales.

—No es necesario que me lo expliques —le dijo—. Es asunto tuyo. Les trasladaré tus disculpas a los anfitriones.

—Gracias. —Viola se mordió el labio—. Creo.

Lo vio esbozar una sonrisilla y el corazón le dio un vuelco, chocando de algún modo con el estómago, de modo que acabó sintiendo náuseas.

—No sé lo que significa «trasladar tus disculpas» —admitió.

—Me inventaré un cuento creíble para evitar que los anfitriones se ofendan por el anuncio de tu ausencia a última hora. Sospecho que deseas continuar en buenos términos con el jefe del puerto.

—Lo siento. Tenía un compromiso previo para cenar con... con el señor Castle, en el hotel. No he tenido oportunidad de decírtelo antes.

Él asintió con la cabeza.

—En ese caso, que pases una buena noche.

—Ha reservado habitaciones para todos nosotros en el hotel. —Señaló las cartas arrugadas—. Para los Hat y para mí. Y para ti. Dice que espera que aceptes su invitación a ocupar un alojamiento cómodo puesto que no puede ofrecerte la hospitalidad de su casa tal y como esperábamos. Como yo esperaba.

Jin ladeó la cabeza.

—¿Debo entender que si me niego y sigo alojándome en el barco lo considerarás motivo de rebelión sobre la apuesta?

Viola no pudo contener una sonrisa.

—Desde luego.

—En ese caso, puedes estar tranquila porque pasaré la noche en el hotel. —Se volvió para marcharse, pero se detuvo—. Sin embargo, no lo haré en calidad de invitado del señor Castle. Pagaré mi propia habitación.

Viola sintió que se le aceleraba el pulso.

—Además de la arrogancia, sufres de un orgullo desmesurado, ¿no?

Él la miró en silencio.

—El orgullo tiene poco que ver. Buenas noches, Viola.

Siguió durante todo un minuto en el vano de la puerta de su camarote, escuchando los crujidos de su barco y el silencio reinante dada la ausencia de la mayor parte de la tripulación. Después, preparó una pequeña bolsa de viaje. No había planes para cenar con Aidan esa noche. En la nota, se limitaba a suplicarle que aceptara su oferta para descansar cómodamente en el hotel esa noche mientras él intentaba limpiar la casa lo suficiente para su regreso. Sospechaba que los Hat también estarían alojados en el hotel y que posiblemente también cenarían allí. Sin embargo, dudaba de que Aidan los visitara después de las promesas de esa misma tarde. Le había parecido sinceramente arrepentido de su error y dispuesto a comenzar de cero con ella.

Así que se trasladaría al hotel, se daría un baño y se lavaría el pelo con jabón. Después, dormiría entre sábanas limpias en un colchón seco y por la mañana se levantaría descansada. Porque con la mañana llegaría el fin de la apuesta y debía estar preparada para discutir otra vez con Seton cuando le exigiera que regresase a Inglaterra.

En esa ocasión, pensaba ganar.

En la tienda también había comprado una camisola nueva que se ajustaba a la cintura con un cordón y se abrochaba en el pecho mediante unas cintas. Una vez que estuvo en la modesta y limpia habitación del hotel, se bañó y se puso la prenda nueva. A continuación, se peinó, y su pelo insistió en rizarse ya que la humedad de la noche tropical impedía que se secara por completo. Los rizos se le pegaban a la frente y a la nuca.

Se acercó a la ventana y la abrió. La brisa le agitó el pelo y la camisola, que se le pegó al cuerpo. Sintió su roce en los pezones. De repente, recordó las caricias de los labios de Jin y la invadió el deseo, debilitándole las extremidades y provocándole un gran ardor entre los muslos. Aún seguía un poco dolorida, sin bien se sintió palpitar. Un simple recuerdo y su cuerpo estaba ansioso por acogerlo de nuevo.

Era inquietante. Y... maravilloso.

Se aferró al alféizar de la ventana mientras contemplaba las resplandecientes y oscuras aguas de la bahía. Los mástiles de la *Tormenta de Abril* eran los más altos de todos. Ninguna otra embarcación atracada en el puerto le hacía sombra en cuanto al tamaño, aunque algunas eran más nuevas.

Contempló el bergantín de su padre a la luz de la luna y sintió la conocida punzada del dolor por su ausencia que esos momentos era como una sombra en su interior. Debería cambiar de barco, sí, pero carecía de fondos para comprar una nueva embarcación. Sin la *Tormenta de Abril,* se quedaría sin trabajo, a menos que se enrolara en el barco de otro capitán. Una opción que ni siquiera contemplaba, por supuesto. Las mujeres en los barcos solo podían ocupar una posición: la de putas.

Tendría que conseguir cuatro o cinco presas valiosas para empezar siquiera a plantearse la idea de comprar otro barco del mismo tamaño. Sin embargo, las presas escaseaban, ya que las guerras se libraban demasiado al norte. Si seguía en las islas, tal vez apresara a un par de piratas mexicanos o cubanos. No obstante, frente a ese tipo de enemigo corría el riesgo de acabar muerta, o algo peor, sobre todo en aguas que le resultaban desconocidas.

Necesitaba el barco que descansaba en el muelle de Boston. El barco nuevo de Jin Seton. Necesitaba que perdiera la apuesta.

Esa mañana, se había irritado con ella porque la deseaba. Saltaba a la vista y ella no era tan tonta como para pasarlo por alto. Sin embargo, no quería desearla. ¿Tal vez porque el deseo era demasiado intenso? ¿Más del que le gustaría? ¿Hasta el punto de enamorarse de ella y perder la apuesta?

Parecía un tanto descabellado. Tal vez solo estuviera irritado por el cansancio, como ella. O tal vez no. Tal vez aún podía proclamarse ganadora. Tal vez si se entregaba de nuevo a él, Jin Seton acabara enamorándose.

Al menos, podía intentarlo.

Siguió aferrada al alféizar, pero le temblaban los dedos. Sacó el viejo reloj de su padre, sin cadena de oro a esas alturas, ya que la tuvo que vender hacía mucho a fin de adquirir alguna cosa necesaria para el barco que ya ni recordaba. Eran las diez. A esa hora él debía de haber llegado al hotel. Aunque no sabía qué habitación ocupaba.

Se le aceleró el pulso. No podía aparecer en su habitación y seducirlo sin más. ¿O sí?

Sí que podía. Si supiera en qué habitación se alojaba. Pero no podía preguntar en recepción.

Se metió en la cama y se acurrucó, con los nervios a flor de piel y el cuerpo tenso. Ya se le ocurriría algo. Cerró los ojos para pensar, pero acabó recordando su boca, sus manos, su mentón y sus ojos. Después, recordó cómo la había mirado y tocado, como si no pudiera saciarse de ella. Y cómo ella había deseado que no la dejara jamás. Cómo había deseado que el momento no acabara. Nunca.

Despertó sobresaltada al escuchar unas voces en el pasillo. La lámpara de su mesita de noche seguía encendida, pero la vela que descansaba en la repisa de la chimenea estaba consumida. Sacudió la cabeza para espabilarse y aguzó el oído.

Sintió que se le derretían las entrañas. Era él. ¿Con el señor Hat?

Salió de la cama sin hacer ruido y pegó una oreja a la puerta. Estuvo a punto de soltar una risilla, pero logró contenerla. ¡Por Dios! La noche anterior se habían abalanzado el uno sobre el otro encima de una vela caída en una escalera. ¿Qué sentido tenía que anduviera de puntillas a esas alturas?

No obstante, esa noche era diferente. Esa noche, si iba a buscarlo y él la aceptaba, ninguno podría achacarlo a un repentino arrebato de pasión.

No escuchó voces femeninas, solo las de los dos hombres. Pero antes debía asegurarse de quiénes eran los dos caballeros del pasillo, porque parecía que se estaban deseando las buenas noches. Le quitó el pestillo a la puerta y, con dedos temblorosos, giró el pomo para abrir y asomarse al pasillo.

Jin Seton se encontraba a unos tres metros de distancia. Sus ojos se clavaron en ella, tras lo cual volvió a mirar al señor Hat, que en ese momento le decía:

—Buenas noches, Seton. Un placer conocerlo.

—Les deseo un buen viaje a usted y a su familia, señor. —Se volvió y enfiló el pasillo hasta detenerse en la última puerta. Una vez allí, sacó una llave, abrió y entró.

El señor Hat desapareció escaleras arriba. Viola cerró la puerta, volvió a la cama y se sentó en el borde. Le temblaban las manos. Le temblaba todo el cuerpo.

No era en absoluto como la noche anterior. No podía hacerlo.

Pero si lo hacía, ganaría la apuesta.

Le temblaban incluso los labios y tenía la impresión de que los pulmones no le funcionaban a plena capacidad. Colocó los pies en el suelo, empezando por los dedos y acabando por los talones. Se enderezó y caminó hasta la puerta.

A la tenue luz del pasillo, procedente de un candelabro situado en la escalera inferior, su habitación parecía estar a kilómetros de distancia. Sin embargo, ella era Violet *la Vil*. Ella misma se había puesto ese apodo, por supuesto, pero el nombre se había extendido después de conseguir varias presas importantes al año. Y antes de eso, también había ayudado a su padre a capturar varios barcos enemigos. ¡Había hundido la infame *Cavalier*, por el amor de Dios! No tendría problemas para conquistar a su capitán.

Caminó hasta su puerta. El pomo giró bajo su mano. Entró sin llamar.

Lo vio sentado a una pequeña mesa. Sus penetrantes ojos la

miraban fijamente. Tenía un libro en la mano herida y la otra empuñaba un cuchillo escondido en parte en la caña de una de sus botas.

—¡No lo lances! —exclamó—. Aunque supongo que te gustaría hacerlo.

Él acabó de sacar el arma y la dejó sobre la mesa.

—No ahora mismo, aunque sí en otros momentos. —Soltó el libro y se puso en pie.

Se había quitado la chaqueta y el chaleco. Un par de tirantes colgaban de la pretina de sus pantalones. Ya no llevaba corbata y se había desabrochado el cuello de la camisa. La luz dorada de la vela resaltaba su poderoso y varonil cuerpo. Viola descubrió que le costaba trabajo respirar.

—¿Por qué no has echado el pestillo?

—No me he dado cuenta de que había uno.

—¿Ah, no?

—Estoy cansado y distraído, reflexionando sobre los acontecimientos de esta noche. De este día.

A Viola le pareció sincero. Como siempre. Salvo esa mañana, cuando actuó de forma extraña como si estuviera asustado, algo inusual en él.

—¿No ha sido porque esperabas que viniera a verte?

Sus ojos la miraron con cierto recelo.

—¿Qué haces despierta? Tienes toda la pinta de haber estado durmiendo.

—¿Ah, sí?

Él la señaló con una mano.

—El pelo.

Viola se llevó una mano a la cabeza. Tenía todo el pelo rizado y alborotado, ya que se le había secado en parte mientras dormía. ¡Por Dios! No sabía cómo seducir a un hombre en esas circunstancias. No había contado con una madre que la instruyera, con una hermana mayor ni con nadie.

Sin embargo, contaba con su instinto y con la experiencia de los años pasados junto a los marineros. De modo que sabía lo que más les gustaba a los hombres de las mujeres. Se llevó la mano al pecho y se desató la cinta de la camisola, tras lo cual la prenda se separó.

—Pues no lo mires —replicó con voz trémula.

Se bajó la camisola por los hombros y dejó que le cayera por los brazos. Estaba semidesnuda ante él, con el corazón desbocado, pero ya no temblaba. Se había decidido.

Él no se movió. Ni siquiera le miró los pechos. Sin embargo, en esos ojos fríos como el hielo e iluminados por la luz de la vela, reconoció el brillo de la pasión.

—Viola —le dijo en voz baja—, no.

Ella tragó saliva.

—¿No?

—Así no lograrás lo que quieres.

De modo que sabía que aún esperaba ganar la apuesta y por eso la rechazaba. No obstante, el deseo siguió iluminando sus ojos, y la tensión que se evidenciaba en su mentón, en los músculos de su cuello y en los de sus brazos sugería que no era inmune a la tentación.

Viola tomó una bocanada de aire para infundirse valor. Y otra. Después, levantó una mano y deslizó un solitario dedo entre sus pechos. Aidan le había pedido en una ocasión que se tocara para él. En aquel entonces, fue incapaz de hacerlo, ya que estaba demasiado avergonzada por la petición y por su incapacidad para complacerlo con su simple desnudez. En ese momento, sin embargo, y bajo la mirada de Jin, le pareció lo más natural del mundo acariciar la curva de un pecho y pasar los dedos sobre la areola. Debía complacerlo. Quería complacerlo. Le parecía sorprendentemente satisfactorio. Se estaba comportando de forma descarada, pero era honesta.

Él se acercó.

Se detuvo frente a ella, le apartó la mano y con voz ronca le dijo:

—Permíteme.

Y, en ese instante, empezó a temblar otra vez, pero con suavidad, debido a la emoción y al deseo más delirante. Sin apenas tocarla, Jin le sacó un brazo de la camisola y después el otro. El calor de su cuerpo le acariciaba la piel, pero tenía los pezones tan duros como si estuviera helada. Jin siguió con el cordón de la cintura. Con mucho cuidado, le desató el lazo y aflojó la prenda. Acto seguido, inclinó la cabeza y pareció tomar una honda bocanada de aire, ya que su torso subió y bajó muy despacio. Viola entornó los párpados. Ansiaba que la acariciara. Sentía un hormigueo en los pechos, cuyos pezones estaban tan cerca de la pechera de su camisa.

A la postre y con gran delicadeza, le bajó la camisola por las caderas y la prenda cayó al suelo. No llevaba más ropa. Al fin y al cabo, se había preparado para acostarse.

Viola extendió los brazos para sacarle la camisa del pantalón y se la pasó por la cabeza. Verlo desnudo le produjo una repentina embriaguez y le aflojó de nuevo las rodillas. La noche anterior no consiguió ver mucho en la oscuridad. En ese momento la luz dorada que bañaba su piel y que hacía brillar sus anchos hombros le provocó un ramalazo de deseo. Alargó la mano para acariciar el bulto de la parte delantera de sus pantalones. Él se lo impidió.

—No.

—¿Otra vez no?

—Todavía no —especificó él—. Más despacio.

Sin embargo, Viola quería tocarlo. La necesidad de hacerlo era dolorosa.

—¿Ya no soy yo quien decide cómo y cuándo?

—Eso fue anoche. Esta noche has venido a buscarme. Te has puesto en mis manos de forma voluntaria. Esta noche decido yo. —Le pasó el dorso de los dedos por una mejilla y después le acarició el lunar del labio inferior—. ¿Sabes lo hermosa que eres? Con la ropa puesta. —Su voz tenía un deje risueño, pero recobró la seriedad al instante—. No hace falta que te la quites para gustar.

—Los hombres me miran con deseo. —Y creían estar enamorados, porque no sabían distinguir una cosa de la otra. Precisamente a ese hecho se aferraba en el caso de Jin. Ladeó la cabeza para recibir sus caricias y cerró los ojos—. Pero los hombres son criaturas lujuriosas en general.

—Desde luego que lo somos. —Esos dedos descendieron por su cuello, provocándole una miríada de escalofríos.

Viola susurró:

—Pero tú me miras de otra forma.

—¿Ah, sí? —Le acarició la curva de un pecho con los nudillos.

—Sí —contestó, alargando la palabra con un gemido.

Jin inclinó la cabeza mientras seguía acariciándole el pecho con las yemas de los dedos, rodeándole la areola hasta cubrirla con la palma de la mano. Sin embargo, no llegó a acariciar el endurecido pezón.

—¿Y cómo te miro?

—No lo sé. —Viola respiraba con dificultad—. No... —Arqueó el torso para recibir sus caricias—. Oh, Jin... —En ese momento él le pasó la yema del pulgar sobre el pezón, una única vez—. ¡Oooooh! —Viola sintió que su cuerpo se estremecía por entero. Se aferró a sus brazos para mantenerse erguida y le suplicó—: Otra vez.

—Si lo hago —replicó él con sorna—, ¿serás capaz de seguir de pie?

—Si lo haces —contestó ella—, lo intentaré.

Y lo hizo una vez y otra más. El roce de ese dedo calloso sobre el delicado pezón era sublime, un acto tan simple pero tan placentero. No necesitó más para derretirla. Para que el deseo la invadiera por completo.

—No sé si podré seguir de pie mucho más —confesó, hablando con rapidez.

Jin la levantó en brazos como si fuera una niña y la llevó a la cama. No hubo bromas, ni risas, ni se burló de ella por no poder caminar el escaso metro y medio que la separaba de la cama. No había nada que demostrar. Jin se quitó las botas, devorándola con la mirada mientras lo hacía. A él también le costaba trabajo respirar. Viola lo abrazó cuando se acostó, y él la rodeó con sus brazos mientras la besaba.

Fue como la vez anterior. La misma unión, la misma plenitud, como su primer beso. Jin le colocó las manos a ambos lados de la cabeza y ella le aferró los hombros mientras separaba los labios para permitirle la entrada. No la torturó; se entregó al beso, la acarició con la lengua y le mordisqueó los labios. Entre tanto, sus dedos le acariciaban el mentón, exploraban su cara como si de esa forma pudiera aumentar las sensaciones. El calor de esa mano descendió hasta su cuello y de allí hasta un hombro. Su boca no tardó en trazar el mismo recorrido. Viola se aferraba a sus brazos, temblando con cada caricia y anhelando el momento de que se colocara sobre ella y la penetrara. Separó las rodillas con la esperanza de evitar confesarle que no podía esperar más, de evitar suplicarle. En ese momento sintió la húmeda caricia de su lengua en un pezón y las súplicas le parecieron una opción la mar de razonable.

Gimió bajo el asalto de esa lengua y olvidó todas las dudas, todas las preocupaciones sobre lo que debía hacer o no. Le enterró los dedos en el pelo, concentrándose en el momento, que era lo más importante. A partir de ese instante, nada existía salvo esa exquisita boca con sus seductoras caricias, salvo su enfebrecido cuerpo y salvo el deseo. Un deseo de hacer el amor que superaba con creces cualquier otra emoción que jamás hubiera experimentado.

Deslizó los dedos sobre el bulto de la parte delantera de sus pantalones. Él le agarró la mano y se la llevó a los labios. La mirada de esos ojos azules la abrasó.

—No —susurró contra su mano.

—¿No? Pero...

Capturó sus labios con un beso y ella se dio un festín, disfrutando de su sabor, de su calor y de la dureza de su cuerpo. Jin la aferró por los hombros y la instó a incorporarse sobre las rodillas para seguir besándola una y otra vez. Deslizó las manos por sus brazos y las trasladó a su cintura, dejando un rastro ardiente a su paso. Y, después, la tocó entre los muslos. La tocó y el mundo llegó a su fin y comenzó de nuevo.

Porque la noche anterior no la había tocado en ese lugar. Las dos ocasiones habían sido tan rápidas como una tormenta de verano y no había habido tiempo para nada más. En ese momento, la tocaba de forma tan íntima que se sentía cambiada.

Viola nunca le había dado demasiada importancia a las partes más femeninas de su anatomía. Simplemente servían para lo que servían, como todo lo demás, y también servían para obtener placer con un hombre, claro estaba. Pero jamás había imaginado que podían ser adoradas de esa forma.

Las caricias de Jin fueron delicadas al principio. Ella se estremeció y los besos cesaron, si bien siguieron con los labios unidos. Él también respiraba de forma superficial, como ella. En un momento dado, Viola arqueó el cuerpo, cerró los ojos y las caricias adquirieron otro cariz. El placer le arrancó un gemido, y cada magistral roce de sus dedos avivó el deseo. Con cada caricia, Jin le decía que la controlaba de esa manera, que la dominaba y que sabía que en ese instante haría cualquier cosa que él le pidiera. Viola se dejó llevar, arrastrada por la pasión y sin importarle la derrota.

—Viola, abre los ojos —le dijo él, susurrando contra su frente—. Mírame.

Ella lo obedeció despacio, ya que le pesaban los párpados por el insoportable anhelo.

—Sí —claudicó con un suspiro, alzando las caderas hacia la mano que la acariciaba. Jadeó porque cada roce de sus dedos avivaba el deseo de tenerlo dentro—. ¿Por qué? —En ese instante la penetró con los dedos—. ¡Oh, Dios!

Mientras movía los dedos y la poseía de una forma sublime, Jin le contestó:

—Quiero que veas que soy yo quien te está dando placer.

Viola gimió y empezó a mover las caderas, instándolo a penetrarla aún más, ansiando sentirlo bien dentro. Le enterró las manos en el pelo y replicó:

—Ya sé que eres tú. —Lo besó, pero el deseo era demasiado intenso, casi doloroso. Levantó las caderas, frenética a causa de la agonía—. Jin, ahora, por favor. No puedo soportarlo más.

—Sí que puedes.

—¡No!

—No solo vas a soportarlo —insistió él con voz ronca mientras volvía a dejarla tendida sobre el colchón—. Vas a pedirme más. —Aumentó la cadencia de sus dedos, le separó las rodillas y se inclinó para acariciarla con la boca.

Viola no le pidió más.

Se lo suplicó.

Se lo rogó.

Entre gemidos desesperados. Porque jamás había experimentado nada semejante. Jamás había imaginado que un hombre pudiera complacerla de una forma tan exquisita. Sin embargo, cada vez que llegaba al borde del éxtasis, cada vez que estaba a punto de conseguir lo que más ansiaba, él se lo negaba. Las caricias ardientes y delicadas de su lengua la enloquecieron mientras la penetraba con los dedos hasta que el placer se convirtió en una tortura tan insoportable que sus labios solo fueron capaces de expresar un deseo:

—Por favor —suplicó, aferrada a las sábanas—. Déjame complacerte también.

Eso pareció decidirlo.

Viola extendió los brazos para recibirlo y él la penetró al instante, rodeándola con su cuerpo y hundiéndose hasta el fondo en ella. El placer fue tan intenso que tuvo que contener un grito de alegría mientras lo abrazaba. Por fin estaban unidos por completo. Sus cuerpos estaban inmóviles, salvo por sus respiraciones, que hacían que sus torsos se rozaran.

Jin le pasó los dedos por el pelo, le besó la frente, una mejilla y el cuello. Entretanto, la otra mano le acariciaba la cintura y ascendió hasta un pecho para rodear un endurecido pezón. El roce hizo que ella murmurara su nombre y se moviera para sentirlo más adentro, para deleitarse con su presencia.

Hasta que comenzó a moverse muy despacio, aceptando el placer que ella le entregaba. Que era inconmensurable, según parecía. Porque, aunque deberían haberlo previsto (si alguno de los dos hubiera podido pararse a reflexionar al respecto), les fue imposible continuar con esa languidez. Ella lo instó a ir más rápido y él se dejó llevar, y entre ambos demostraron que no hacía falta que se incendiara una plantación de caña de azúcar, ni una cabalgada frenética, ni un enfrentamiento a cañonazos, ni una escalera para instarlos a copular con una urgencia animal y experimentar un éxtasis divino. La cama crujía como si fuera a romperse y de la garganta de Viola escapaban sonidos que nunca antes había emitido. En comparación, las dos veces anteriores parecían controladas; y cuando todo acabó, se sentía maravillosamente saciada y como si le hubieran dado una paliza. Jin, además, tenía cuatro profundos arañazos en cada hombro.

—Te he hecho daño —exclamó ella mientras intentaba recuperar el aliento.

—Pues sí. Bruja. —Jin no parecía satisfecho con los besos que habían compartido, de modo que se inclinó para besarla de nuevo en los labios.

Sin embargo, la caricia de esa boca tan perfecta fue demasiado, ya que los rescoldos del éxtasis la habían dejado en exceso sensible. Tal vez él la hubiera sobreestimulado con esos preliminares tan sensuales. En ese momento, volvió a estremecerse, muy consciente del cuerpo que tenía sobre ella. Estaba un tanto asustada.

—Te sangra la mano de nuevo —señaló al tiempo que le acariciaba un musculoso brazo—. Al final, tendrás que ponerte un garfio.

—Habrá merecido la pena. —Jin se apartó de ella y se acostó de espaldas, cogiéndole una mano. De repente, se quedó inmóvil. Le soltó la mano, se incorporó y la cubrió con una sábana. Sin mediar palabra, volvió a tumbarse de espaldas.

Ella se colocó de costado para mirarlo, doblando las piernas y los brazos.

—No tengo frío.

—Estás tiritando.

—Estoy agotada.

—Pues duérmete.

A la tenue luz de la lámpara, estaba guapísimo. El pelo le caía sobre la frente y tenía los párpados entornados. Sus oscuras pestañas contrastaban con el azul gélido de sus ojos, que también podía ser abrasador.

Viola se percató de que tenía una mancha roja en el único trozo de tela que llevaba encima.

—Antes me gustaría limpiarte las heridas.

—Ya lo harás después —replicó con voz serena y ronca, como si estuviera a punto de dormirse.

—¿No quieres que me vaya?

Él no la miró ni abrió los ojos para contestar:

—No.

Viola se incorporó y la sábana quedó arrugada en su regazo.

—Tengo que vendarte de nuevo la herida de la mano.

Con un movimiento lánguido muy poco característico de él, colocó el brazo a su lado, con la palma de la mano hacia arriba.

—Como desees, bruja.

Verlo así le provocó un cálido hormigueo en las entrañas. Jin parecía... feliz. Simplemente feliz.

Ese era el efecto que provocaban los placeres carnales en los hombres. Lo sabía como lo sabría cualquier mujer que hubiera vivido entre hombres toda su vida de adulta. Los hombres eran criaturas simples, o al menos la mayoría de ellos, y cuando estaban físicamente satisfechos (ya fuera por una buena comida o por un buen revolcón), eran felices. Sin embargo y aunque conocía muy poco a Jin Seton, sabía que no era un hombre simple. Y si no estaba equivocada, la felicidad no era algo típico en él.

Viola salió de la cama y se acercó hacia el equipaje de Jin, donde encontró lo que buscaba: vendas limpias y ungüento. Aunque antes se había ofrecido a curarle la herida como excusa para tocarlo, sabía que un capitán de barco no era negligente con esas cosas. Mucho menos ese hombre. Volvió a la cama y le quitó la venda manchada.

Él siguió haciéndose el dormido mientras ella lo atendía, si bien la herida debía de dolerle. Era un corte profundo, aunque limpio. Sanaría bien. Lo vendó de nuevo y le dejó la mano sobre el cobertor. Acto seguido, cogió un poco de ungüento con las yemas de los dedos, se inclinó y lo extendió sobre los arañazos. Su piel era firme y tersa, al igual que sus músculos. Ansió demorarse todo lo posible para disfrutar de su olor, para poder acariciarlo. Sin embargo, repitió el proceso en el otro hombro y se alejó.

La caricia de las vendas y de su mano caliente en la espalda desnuda la desarmó.

Tragó para librarse del nudo que sentía en la garganta.

—No debes usar esa mano.

—Bésame.

—No me des órden...

—Le suplico que me bese, señorita Carlyle.

Viola cedió e hizo lo que le pedía mientras él la acariciaba entre los muslos brevemente antes de deslizar la mano por su muslo. Cuando ella se apartó, vio que tenía los ojos cerrados y que sus labios esbozaban una sonrisilla.

—Gracias —lo oyó murmurar.

—¿Por haberte curado o por el beso?

La sonrisa se ensanchó.

Viola tiró del cobertor para arroparse y cerró los ojos para dormirse, arrullada por las estrellitas.

17

Viola sonrió, se desperezó y dio un respingo por el delicioso dolor que sentía, tras lo cual, abrió los ojos. La luz del sol se filtraba por las cortinas, derramando su brillo por el dormitorio.

Se sentó de golpe.

Salvo por su camisola, que estaba en el respaldo de una silla, y por ella misma, en la habitación solo había muebles. No había rastro del hombre con quien había hecho el amor de forma apasionada apenas unas horas antes, el que había pagado esa habitación.

Viola se quedó inmóvil un momento mientras pensaba que de todas las tonterías que había cometido a lo largo de su vida, haber perpetrado esa falta de previsión era tal vez la peor de todas. Como tonta que era, no había previsto que en cuanto terminase la apuesta, él se alejaría de su lado, con independencia de las circunstancias.

En ese instante, el dolor no le pareció tan delicioso. De hecho, se sentía bastante mal, con el estómago revuelto y las piernas sin fuerzas.

Se bajó de la cama y cogió la camisola. Se le trabó al pasársela por la cabeza, ya que el pelo se le enredó con las cintas. Dio un tirón para ponérsela y se la abrochó sobre el pecho. Como buena marinera que era, estaba acostumbrada a levantarse con el sol y su cuerpo le indicó que todavía era temprano, así que tal vez no se cruzaría con nadie en el pasillo. Sin embargo, ese mismo instinto también le había dicho que Jinan Seton estaría allí cuando se despertara. Tal parecía que su instinto no era tan fiable como siempre había creído.

Al colocar la mano en el pomo de la puerta, se detuvo.

La apuesta había llegado a su fin. Se había marchado. Pero eso no quería decir que ella hubiera perdido. De hecho, podía significar que había ganado. Si se había enamorado de ella, tenía que admitirlo antes de cederle las escrituras de propiedad de su nuevo barco y dejarla tranquila para siempre. Incluso en ese momento podía estar de camino a Tobago para recoger sus pertenencias, lo que le permitiría comprar la elegante goleta en Boston. Tal vez se había marchado para cumplir con las condiciones de la apuesta.

O tal vez no.

A su revuelto estómago le gustaba más la primera opción.

Fue a su habitación, se puso unos pantalones, una camisa y un chaleco, se colgó el gabán de un hombro y cogió su bolsa. Tras dejar la llave de la habitación en recepción, le puso una moneda a la doncella en la palma de la mano y salió a la soleada mañana.

Apenas la separaban unos cincuenta metros del muelle. Sam estaba sentado junto a un bote que se balanceaba sobre las aguas, con una brizna de paja entre los dientes. Se puso en pie de un salto y se llevó la mano a la gorra.

—Buenos días, capitana. ¿Qué tal el hotel? Nunca he pisado uno.

—Buenos días, Sam. El hotel estaba bien, gracias.

Subió al bote y Sam remó para llevarlos al barco. En ese momento, los nervios y la incertidumbre le provocaron una especie de hormigueo en el estómago. Jin debía de estar a bordo, porque de lo contrario Sam no la habría estado esperando en el muelle.

Subió la escala y plantó los pies en la sólida cubierta de su barco. Su hogar.

—Ahora puedes hacer lo que quieras —le gritó a Sam, que seguía en el agua—. Coge el bote, pero vuelve a mediodía para llevarme a tierra. —Para negociar un cargamento que llevar de vuelta a Boston, tal como le había dicho a Aidan que haría ese día.

Echó a andar por la cubierta vacía. Solo el viejo French estaba de guardia, en el alcázar, además de los dos marineros que patrullaban por cubierta. Salvo por esos tres hombres, el barco estaba desierto.

Y salvo por Jin Seton.

El corazón se le subió a la garganta nada más verlo ascender las escaleras. Estaba como siempre, vestido con sencillez, sobrio y apuesto. Perfecto.

La vio y se detuvo al llegar al último escalón. Se miraron el uno al otro, separados por una cubierta matizada por las sombras que la luz matutina arrancaba a los mástiles y las sogas. Con el corazón desbocado, Viola echó a andar, y él hizo lo mismo, hasta que quedaron separados por muy poca distancia. A Viola le dio un vuelco el corazón. ¿Con qué palabras iba a comenzar ese día?

Sin embargo, fue él quien habló.

—¿Cuándo podrás marcharte?

Se quedó sin respiración al escucharlo. Su mirada era muy seria. Se le formó un nudo en la garganta.

—Supongo que esta es tu manera de decirme que has ganado la apuesta.

La mirada de Jin permaneció fija en ella.

Le había hecho el amor y ella le había proporcionado algo de placer, pero cuando hicieron la apuesta él prometió contarle la verdad. Así que esa era la verdad: no había conseguido que se enamorase de ella. Y Viola, a pesar de que sus entrañas protestaban como un huracán, debía atenerse a las condiciones pactadas.

—Puedo estar lista en quince días. Menos no, desde luego —se escuchó decir sin saber de dónde procedían las palabras—. Necesito concluir las negociaciones del cargamento que mi barco llevará a Boston. Y hacer los arreglos pertinentes con mis hombres, por supuesto. Becoua capitaneará la *Tormenta de Abril* de vuelta a Boston y la dejará en manos de Loco.

—Lamento que tengas que volver a casa en contra de tu voluntad —se disculpó él a la postre—. Ojalá no fuera así. —Habló con una sinceridad innegable que a ella se le clavó en el vientre como un arpón—. Viola, yo... —Hizo una pausa—. Lo siento.

Lo sentía por ella. Sentía que hubiera perdido la apuesta. Sentía que no hubiera conseguido hacer que se enamorase de ella.

Sin embargo, en ese sentido ella era la ganadora. Porque lo sentía muchísimo más que él. Pero muchísimo más. Porque en ese momento la verdad la golpeó como un foque suelto en una tormenta. Habían pasado muchos días desde que deseó ganar por el motivo que adujo al principio, su negativa a volver a Inglaterra. A esas alturas quería ganar porque eso significaría que él la amaba, y deseaba que eso pasara. Lo deseaba a él. Jin le provocaba un anhelo inexplicable, haciendo que la soledad que la embargaba cuando contemplaba el crepúsculo la consumiera, y solo él podía calmarla. Estaba enamorada de él. En ese instante, supo que se había entregado a él la noche del incendio no porque necesitara consuelo, sino porque estaba enamorada. Se había enamorado de él mucho antes de que atracaran en Puerto España.

Se había embarcado en un juego muy tonto y había perdido.

—No voy a echarme atrás, si es lo que te preocupa.

—Sé que no lo harás —repuso él.

Tal vez fuera lástima lo que Jin sentía, pero el distanciamiento de esos ojos cristalinos se le antojó mucho mayor en ese momento.

Y en un abrir y cerrar de ojos, la ira se apoderó de ella. Tal vez lo hiciera tan rápido porque había anticipado ese final. En el fondo, incluso la noche anterior, cuando fue a su habitación decidida a seducirlo, supo que perdería. Pero fue a su encuentro de todas formas.

—He alquilado un balandro —continuó él—. Hoy viajaré a Tobago para sacar el dinero de mi banco y pagar la multa de la *Tormenta de Abril* y después compraré un barco para poner rumbo al este. Me han dicho que hay un navío adecuado atracado en Scarborough.

—¿Y por qué no pasamos por Boston para usar tu goleta? —Le daba igual si cruzaban el Atlántico en una canoa o en una fragata de cien cañones. Le daba todo igual, en ese momento solo quería darse de cabezazos contra la pared por lo tonta que era.

Estaba cansada de enamorarse de hombres que no le correspondían. Aidan nunca la había querido. Pronunciaba las palabras y hacía lo correcto. Pero no la trataba con amor. En ese momento, lo veía con más claridad que nunca. Tal vez porque el hombre que tenía delante nunca había pronunciado las palabras ni había hecho lo correcto, pero lo deseaba más de lo que jamás había deseado a Aidan.

Esa debilidad... la enfurecía. Esa terquedad suya. Esa ridícula ceguera. A partir de ese momento, jamás volvería a enamorarse de un hombre hasta que él se hubiera enamorado de ella. Jamás. No ser correspondida dolía demasiado. Le dolía como si le hubieran arrancado las entrañas con un arpón.

—Deberíamos partir antes de que comience la época de las tormentas —replicó él—. Es mejor no retrasar la marcha. La goleta de Boston puede esperar.

—Entiendo. —Le enviaría una carta a la señora Digby, a sus arrendatarios y a Loco para hacerles saber que estaría fuera bastante tiempo. Negociaría un cargamento para que su tripulación lo llevara en el viaje de vuelta y así ganaran algo de dinero. Tenía muchas cosas que hacer y ningún motivo para quedarse allí plantada, llorando la pérdida de una devoción no correspondida, salvo que su cuerpo quería permanecer junto al suyo, como si él fuera el polo y ella la patética aguja de una brújula. Se secó las palmas húmedas en los pantalones—. Debería ponerme manos a la obra si quiero que todo esté listo para cuando vuelvas de Tobago —dijo con brusquedad—. Estarás ausente unas dos semanas, ¿no?

—Sí. —Sus ojos eran muy gélidos en ese momento.

—De acuerdo. —Asintió con la cabeza—. Ya nos veremos, Seton.

Pasó junto a él y se dirigió hacia su camarote, donde él le había hecho el amor. Sabía que la estaba observando y esperaba que lo abrumara la culpa por obligarla a hacer lo que no quería. Sin embargo, él no era tonto y los dos sabían la verdad. Jin siempre había sabido que ese sería el resultado. Tal como le dijo en su momento, la apuesta había sido muy infantil.

Y ella había perdido.

Lo había perdido a él incluso antes de tenerlo. Ni toda la rabia del mundo podría mitigar el dolor que eso le provocaba.

—¿El señor Julius Smythe?

Jin levantó la vista del vaso de ron que aferraba en una mano.

—El mismo —respondió con voz monótona.

Todo era monótono en esa especie de licorería tropical, perdida en una de las calles menos transitadas de Tobago. La taberna estaba tan cerca del acantilado, contra el que rompían las olas a unos pocos metros por debajo, que apenas se escuchaba otra cosa. De vez en cuando, el graznido de las gaviotas. Aunque eran más habituales las protestas de su conciencia.

Observó al hombre como si fuera la primera vez que lo veía. De baja estatura y complexión delgada, con el pelo castaño y rizado, la piel de ébano y ojos penetrantes (inglés, africano, español y de las Indias Orientales), parecía un espécimen humano de poca importancia. Un mestizo. No un hombre distinguido. Nadie de renombre. Algo que hacía que fuera muy bueno en su trabajo. Y especialmente útil para Jin desde que se conocieron hacía ya varios años.

Joshua Bose le tendió la mano, una farsa que llevaban a cabo cada vez que se encontraban, por si alguna parte interesada los veía.

—Soy Gisel Gupta —dijo Joshua, al parecer, en esa ocasión era de las Indias Orientales—. Es un placer conocerlo, señor.

Jin señaló la silla que tenía enfrente.

—¿Le apetece tomar una copa conmigo, Gupta?

—Gracias, señor. —Joshua se sentó casi con elegancia, sin

222

apoyar la espalda en el respaldo. Dejó una bolsita de cuero en la mesa, sujeta por ambas manos—. Espero que el trayecto hasta Tobago haya sido placentero.

—Ha estado bien. —Había sido breve, ya que el balandro que había alquilado en Puerto España era una embarcación bastante decente.

—Señor Smythe, la última vez que nos encontramos me encontraba mal informado acerca de la ubicación del objeto que busca.

Jin no mostró su sorpresa, ni su decepción. Esperaba que en esa ocasión Joshua le llevara el cofre. De hecho, había rezado porque así fuera. Sin embargo, las plegarias de los hombres como él caían en saco roto para Dios, ya que para Él solo contaban las buenas obras. De un tiempo a esa parte, los actos de Jin no habían tenido nada de bueno. Claro que tal vez Dios no existiera. Eso explicaría muchas cosas.

—Vaya —se limitó a decir.

—Verá, la información que recibí de mi contacto en Río no me satisfizo. Me indicó que el objeto cambió de manos en Caracas, en 1812, cuando, de hecho y según el itinerario que le proporcioné en agosto, parecía imposible que su correo pudiera estar en semejante zona por esas fechas. De hecho, se encontraba en Bombay.

—Así que en Bombay... —Jin asintió con la cabeza, pensativo. Le daba igual toda esa información. Pero Joshua insistiría en contárselo todo, porque le encantaban los pormenores de su trabajo y no podía decírselo a nadie más.

Jin solo quería el contenido de ese cofre, si acaso su contenido permanecía en el interior después de dieciséis años. Estaba casi seguro de que ya no estaba allí. Sin embargo, se embarcó en el juego. Se había convertido en un maestro en ese tipo de juegos. Como el que había jugado con Viola Carlyle tres días atrás, en la cubierta de la *Tormenta de Abril*, antes de abandonar Trinidad.

El tabernero dejó un vaso sucio en la mesa y miró con el ceño fruncido el vaso lleno de Jin. A continuación, torció el gesto

223

y soltó la botella sobre la mesa con un golpe seco antes de alejarse.

Joshua se metió la mano en el bolsillo de su chaleco y sacó un pañuelo. Con mucho cuidado, limpió el vaso, dobló el pañuelo y lo devolvió al bolsillo, y después le acercó el vaso a Jin para que se lo llenara. Tras esto, dio un sorbo y dejó el vaso en la mesa.

—Como he dicho, esta información no me satisfizo. De modo que fui a Río para averiguar la verdad en persona. —Estuvo a punto de esbozar una sonrisa—. Me alegro de poder decir que en Río descubrí lo que sabíamos desde el principio.

A Jin le dio un vuelco el corazón. Aflojó un poco la presión que ejercía sobre el vaso.

—¿En serio?

Joshua resopló y, en esa ocasión, esbozó una sonrisa.

—Pues sí. Si me permite, señor, ¿puedo decirle lo feliz que me siento al ofrecerle la información por la que me contrató hace tres años?

—Se lo permito.

Una gaviota se lanzó en picado hacia la orilla, como si fuera una estela en el cielo azul. El viento azotaba las hojas de palmera que cubrían el tejado de la taberna y el sol abrasaba todo lo que no protegía el local. Debido a ese momento, fuera cual fuese el resultado de su búsqueda, siempre recordaría ese lugar. Su maldición consistía en recordar lo que era mejor olvidar, como la mujer a quien había llamado madre y lo último que ella le había dicho antes de permitirle a su marido que se lo llevara para venderlo en el mercado de esclavos.

—¿Dónde está, Gupta?

—En posesión de Su Ilustrísima el obispo Frederick Baldwin, ministro de la Iglesia anglicana. —Se removía en la silla, a todas luces orgulloso—. En su residencia de Londres, señor. Lleva allí varios años, como parte de una colección de objetos orientales.

Londres. No en una tierra lejana. No perdido para siempre, destruido como debieron destruir el resto de pertenencias de su madre cuando murió cinco años después de que se deshicieran de su hijo bastardo.

En Londres. Donde también estaría él a finales de verano, después de que llevara a Viola junto a su familia, en Devonshire.

—Se lo agradezco, Gupta. —Se puso en pie—. ¿Adónde quiere que le envíe sus honorarios?

Joshua parpadeó y puso los ojos como platos. Jin supuso que debería recompensarle con algo más, con alguna demostración de satisfacción o de emoción. Pero en ese momento no tenía ánimos para ello.

Tras menear la cabeza una vez, Joshua se puso en pie y se colocó la bolsita debajo del brazo.

—Al lugar de costumbre, señor Smythe.

Jin le tendió la mano.

—Ha sido un placer hacer negocios con usted, señor Gupta.

—Lo mismo digo, señor. Espero que no se olvide de Gisel Gupta la próxima vez que necesite algo.

—Me pondré en contacto con usted.

Joshua se alejó de la mesa.

—Gupta, un momento. Sí que necesito algo de usted. En Boston.

—Por supuesto, señor. Boston es una bonita ciudad.

—Necesito que busque a un marinero y hable con él en mi nombre. Se llama Loco.

Dos minutos después, Joshua se abría paso entre las mesas y las sillas para salir al patio empedrado, donde le esperaba su caballo, y se alejó.

Jin miró el vaso de ron que no había tocado. Bien podría darse el gusto de celebrarlo. Llevaba tres años pagándole a Joshua Bose para que encontrara el cofre. Durante veinte había pensado en él, imaginándose que contenía su salvación, la clave para descubrir su verdadera identidad. En ese momento, por fin sabía que estaba al alcance de su mano. Sin embargo, no le apetecía beber ron, ni ningún otro licor que le habían puesto por delante en los últimos tres días.

Tres días, y el dulce y apasionado sabor de Viola aún perduraba en su lengua. Tres días, y todavía no había conseguido eliminarla de sus sentidos. Tres días, y ya tenía la sensación de que habían pasado mil años.

Aún la deseaba. Deseaba que lo tocase, con las manos y con esos dulces labios; y deseaba ver esos ojos nublados por la pasión y el deseo mientras la hacía suya. La deseaba de nuevo. Maldito fuera, la deseaba todos los días, durante un mes. Durante un año. Se ordenó dejar de pensar en ella. No lo había conseguido.

Castle la seguiría a su casa, estaba seguro. Se había cruzado con el plantador, cuando este se dirigía hacia la *Tormenta de Abril* y él dejaba Puerto España.

Lo había orquestado así, pero no le gustaba. Tal vez Castle fuera un tipo irreprochable, pero no le gustaba ese malnacido oportunista.

No, no. Eso era injusto. Castle no era un malnacido. Jin había pasado la noche con el jefe del puerto y varios oficiales de la Armada, además de con sus esposas, averiguando cosas acerca de Aidan Castle, y no se llevó una sorpresa. Castle era el hijo de una familia acomodada, aunque no rica, de Dorset; un miembro respetable de la clase media inglesa, un hombre que incluso podría intentar emparentarse con una familia aristocrática a través de una hija ilegítima.

Él era el malnacido. El bastardo. El hombre sin familia ni hogar. El mercenario. El ladrón. El asesino que nunca podría redimir todos los malos actos que había cometido. No podría porque seguía haciendo cosas que iban en contra de su conciencia.

Viola no quería regresar a Inglaterra, no quería abandonar su vida en el mar, y, sin embargo, él la obligaba a hacerlo. Tal vez su culpa se veía mitigada por lo que le estaba dando a cambio. Se merecía a alguien mejor que Aidan Castle, pero ella lo quería. Tal vez esa buena obra lo consolara si su propio deseo no lo distrajera.

El viaje duraría entre un mes y seis semanas, siempre y cuando los vientos les fueran favorables. El bergantín de treinta cañones que compró el día anterior les aseguraría un viaje cómodo.

Aunque sería un mes infernal, y larguísimo, porque tendría que parecer indiferente ante ella. Si volvía a tocarla, estaría creando falsas expectativas para ambos. Él no era el hombre indicado para la señorita Viola Carlyle.

Cuando ella apareció en su habitación del hotel para seducirlo, se dijo que ninguno de los dos sufriría por disfrutar de otra noche juntos. Sin embargo, cuando Viola le preguntó si quería que se fuera, sintió el alocado impulso de cogerle la mano una vez más e insistir para que nunca se marchara. El pánico que lo asaltó en aquel momento aún lo acompañaba.

—¿Capitán Seton?

Se volvió mientras pasaba la mano por el puño de la camisa, donde descansaba el ligero peso de su daga, lista para ser utilizada en cualquier momento.

—¡Ajá! ¡No sabía que tendría suerte tan pronto! En el muelle me dijeron que había tomado esta dirección hacía menos de dos horas. —El oficial naval se acercó a la taberna a lomos de un bonito tordo. Llevaba el uniforme azul y blanco con los galones dorados de su rango y las condecoraciones en hombros y pecho. A su espalda, dos oficiales detuvieron sus monturas a cierta distancia, mientras la brisa agitaba las plumas de sus sombreros.

Jin soltó la empuñadura de la daga y se encaminó al borde del cobertizo, a pleno sol.

—¿En qué puedo ayudarlo?

El oficial se quitó el sombrero y lo saludó desde el caballo.

—Capitán Daniel Eccles, a su servicio, señor.

Eccles, el lugarteniente de Halloway cuando la Armada Real por fin capturó al pirata Redstone.

—Lo mismo digo, capitán. —Le hizo una reverencia.

Eccles esbozó una sonrisa de oreja a oreja.

—¿Le apetece tomarse una copa conmigo?

—Por supuesto.

Eccles les hizo un gesto a sus oficiales para que desmontaran y procedió a realizar las presentaciones. Los dos eran hombres de aspecto serio, muy pulcros con sus uniformes bien planchados, nada que ver con los marineros de la *Tormenta de Abril*. Sin embargo, los hombres de mar eran iguales en el fondo. Con unas pocas palabras, demostraron ser hombres muy agradables y muy inteligentes. Además, ambos eran caballeros, como Eccles.

—La embarcación que hay fondeada en Scarborough debe de ser la suya —dijo Jin, mientras los veía beber—. Es impresionante.

—Soy afortunado de tenerla. Pero no he visto a la *Cavalier* en puerto. ¿Dónde está fondeada, en Crown Point?

—La han hundido.

Eccles puso los ojos como platos. Sus oficiales se miraron entre sí.

—¿Hundida? ¿La *Cavalier*? —Frunció el ceño—. No lo creía posible, no con usted al mando.

—Admito que fue algo inesperado. —Al igual que el nudo que sentía en el pecho y que no se deshacía—. ¿Hacia dónde van? —preguntó—. Según me contó el jefe del puerto de Puerto España, lleva surcando unos cuantos meses estas aguas.

—Ah, ya tengo respuesta a mi siguiente pregunta. Espero que le entregara la carta que dejé para usted.

—Lo hizo. Gracias.

Eccles sonrió.

—Cuando mi inmediato superior me encarga una misión, la obedezco, por supuesto. Tiene amigos muy influyentes en Whitehall, Seton. Creo que estoy un poco celoso.

—Un hombre con semejante barco no tiene que estar celoso de nadie, Eccles.

El oficial soltó una carcajada.

—Tiene razón. El asunto es que regresaremos a Inglaterra dentro de poco. Nuestro despliegue está a punto de llegar a su fin, solo tenemos que reaprovisionarnos y poner rumbo a casa.

Jin se inclinó hacia delante lentamente, cogiendo por fin el vaso de ron. Allí estaba su solución.

—Capitán Eccles, a mí también me han encomendado una misión espinosa para la cual necesito ayuda. Me pregunto si usted podría ayudarme.

—Si está en mi mano, delo por hecho. Cualquier cosa por el

hombre que logró que la *Cavalier* dejara de dedicarse al robo para hacer el bien. Redstone no lo habría hecho, por más que lo acosáramos. —Miró a Jin con seriedad.

Eccles conocía la verdadera identidad de Redstone, como los pocos que estuvieron presentes aquel día, frente a las costas de Devonshire. No habían olvidado al pirata Redstone, que había atacado los barcos de los ricos aristócratas, ni tampoco lo habían perdonado del todo. Era irónico, dado que fue Jin quien capitaneó la *Cavalier* durante la mayor parte del tiempo que Alex Savege fue su dueño. Sin embargo, él se había convertido en un héroe mientras que Alex era el malhechor de quien todos desconfiaban, pese a su noble linaje.

No, no era irónico. Era una burla a la decencia.

—Gracias —contestó—. Tengo el honor de conducir a una dama desde Trinidad a Devonshire. Es la hija de lord Carlyle. No me cabe la menor duda de que se sentirá mucho más cómoda a bordo de un barco lleno de oficiales que con marineros comunes.

Eccles asintió con la cabeza.

—El barco está preparado para llevar a damas a bordo. Son alojamientos modestos, pero adecuados. Mi esposa nos acompaña y estará encantada de tener compañía femenina. ¿Usted también nos acompañará?

—Los seguiré en mi embarcación.

Eccles volvió a asentir con la cabeza.

—Cuanta más artillería, mejor, por si tenemos algún encontronazo.

Jin apuró el ron y sintió que el licor le quemaba la garganta hasta llegar a su estómago.

—Eccles, ¿tendría espacio a bordo para otro pasajero? Un conocido, que también se encuentra en Trinidad, puede que esté interesado en adquirir pasaje para Inglaterra en breve.

—Podemos hacerle hueco si lo desea. —Eccles levantó el vaso—. Cualquier amigo suyo es bien recibido en mi barco. ¿De quién se trata?

—De un plantador. Inglés de nacimiento, pero muy americano en la actualidad. Y es amigo de la dama. Se llama Castle.

—El hombre que pasaría el mes con ella en su lugar, tal como habría hecho si él no la hubiera encontrado para cambiarle la vida.

Miró el vaso medio vacío que Joshua había dejado en la mesa. Después de tres años, la búsqueda de su padre estaba a punto de terminar. Y después de dos años, Viola Carlyle ya no le daría sentido a su vida. Su búsqueda terminaría y su deuda quedaría saldada.

Eccles levantó su vaso otra vez.

—Por Inglaterra —brindó.

Jin desvió la mirada hacia el mar revuelto.

—Por Inglaterra.

18

Queridos compatriotas ingleses:

La arrogancia de la aristocracia no deja de sorprenderme. Quiero que meditéis acerca de la nota que recibí ayer, procedente del Jefe Aviar:

Milady:

Tengo el enorme placer de comunicarle que el Águila Pescadora ha regresado a Inglaterra y que está a su entera disposición para que lo persiga. Temo que en cuanto lo conozca, ya no querrá saber nada más del resto de miembros de nuestro insignificante club. Como suele suceder con los hombres de mar, acostumbra a volver locas a las mujeres. Si esto llega a pasar, mi corazón llorará la pérdida de su atención. Pero no lamento que por fin pueda averiguar la identidad de uno de los nuestros. Por lo tanto, si de verdad averigua su verdadero nombre, le ruego que me conceda el honor de avisarme de la hora y del lugar del encuentro a fin de esconderme entre los arbustos y suspirar por lo que voy a perder. Sin embargo, hay que concederles a las damas lo que desean, y si está en mi mano la posibilidad de hacer realidad sus deseos, lo haré encantado, por más que vaya en contra de mis propios deseos.

A sus pies y tal,

PEREGRINO,
Secretario del Club Falcón

Coquetea conmigo como si yo fuera una cortesana a la que adular con tonterías. Cree que las mujeres carecemos de capacidad para el raciocinio y que nuestra cabeza está hueca.

Pues entérese bien, Peregrino, no me afecta su coqueteo. Descubriré la verdadera identidad del Águila Pescadora y lo sacaré a la luz, a él y a todos los demás, para que los pobres ciudadanos británicos, cuya riqueza despilfarran como niños jugando a las cartas, sepan quiénes son.

LADY JUSTICE

19

—Es... más grande de lo que recordaba. —Viola contemplaba la casa que se alzaba frente a ella a través de la ventanilla del carruaje.

No era una casa. Era una montaña.

Savege Park era un laberinto de piedra, mortero, parapetos, cientos de chimeneas, docenas de ventanas orientadas al oeste en las que se reflejaba el océano y otras tantas orientadas hacia el este, en las que se reflejaban las verdes colinas salpicadas de ovejas y de los últimos cultivos del verano.

La casa solariega de la condesa de Savege.

A unos ocho kilómetros de distancia y cerca de un alto acantilado, se encontraba Glenhaven Hall, la casa solariega del barón de Carlyle, el hogar donde ella había pasado sus primeros diez años de vida. Sin embargo, Jin le había dado a elegir cuando desembarcaron en Exmouth y ella había decidido ir primero a Savege Park, encontrarse con Serena antes de ver de nuevo al hombre que no era su padre.

Posiblemente hubiera elegido mal.

—Creo que solo la he visto en una ocasión —musitó. Estaba cansada por el rápido viaje, le dolían los huesos y todos los músculos por el constante vaivén del carruaje, pero tenía los nervios de punta, cual grumete durante su primera tormenta.

—Es una pena que su amigo, el señor Castle, no esté para

disfrutar de las vistas —comenzó con voz agradable el caballero que se sentaba junto a ella.

El señor Yale siempre era agradable, aunque un tanto sarcástico, y siempre estaba ebrio. Sin embargo, eso no parecía afectar a sus exquisitos modales ni al brillo perspicaz de sus ojos grises. Había demostrado ser una compañía agradable durante el largo trayecto en carruaje. Una compañía amena.

Jane, la doncella alta, delgada y de piel tostada que Jin la había obligado a contratar en Trinidad, apenas había abierto la boca.

Jin había viajado a caballo.

A pesar de haberle asegurado un mes y medio antes que no la perdería de vista hasta dejarla en casa de su hermana, apenas si lo había visto de un tiempo a esa parte. En Trinidad, mantuvieron una única conversación antes de partir, durante la cual le presentó a Jane y le informó de que viajaría a Inglaterra en un barco de la Armada. Al parecer, tenía amistades influyentes. Algunas en el Almirantazgo.

Durante la travesía, solo lo había visto de lejos, en su barco. En total, eran tres las embarcaciones que viajaban juntas, y no se tropezaron con ninguna nave enemiga. La fragata del capitán Eccles contaba con ciento veinte cañones y el barco que Jin había comprado en Tobago era bastante competente. No tan bonito como la *Cavalier,* pero bastante mejor que la *Tormenta de Abril.* En ningún momento se había sentido preocupada, pero sí muy malhumorada.

La compañía de Aidan durante la travesía no había mejorado en absoluto su humor. La sorprendió al anunciarle en Puerto España que debía volver a Inglaterra para visitar a su familia. Según él, podía dejar las reparaciones de la plantación en manos de su administrador. No obstante, sus constantes y solícitas atenciones una vez que estuvieron a bordo comenzaron a exasperarla, y Seamus demostró ser una espantosa compañía. Los oficiales de la Armada, al igual que la esposa del capitán Eccles, le reportaron cierto alivio. Sin embargo, pasó casi todo el tiempo leyendo en su camarote. No le gustaba ser una pasajera en el barco de otro capitán. Se preguntó cómo lo había soportado Jin.

En ese momento, acababa de cumplir su promesa de llevarla a casa. Durante ese último mes, había sido solo una sombra. Dentro de poco desaparecería por completo.

Sería lo mejor. Porque jamás podría olvidarlo si se convertía en una constante en su vida.

—Sí, supongo que al señor Castle le gustaría —replicó, desviando la mirada de la inmensa mansión al señor Yale.

Cuando desembarcaron en Exmouth, y Aidan vio al atractivo caballero galés que iba a acompañarlos a Jin y a ella hasta Savege Park, se quedó muy serio. Sin embargo, Viola no entendía el motivo de sus celos. El elegante londinense era muy apuesto. Su pelo moreno y su ropa negra, chaqueta, chaleco y pantalones, le conferían un aire decididamente misterioso. Sin embargo, no podía compararse con el antiguo pirata. Aidan se había mostrado muy nervioso por la idea de abandonarla mientras visitaba a sus padres, y durante los últimos días de la travesía no había dejado de repetir lo mucho que sentía no poder estar presente cuando ella se reuniera con su familia.

—Supongo que estará acostumbrado a este tipo de cosas —murmuró Viola—. Puesto que es inglés, me refiero.

—Al igual que usted. —El señor Yale la miró de reojo.

El caballero se apeó del carruaje de un salto y le ofreció la mano. Ella logró bajar los peldaños sin pisarse las faldas. Pese a la afable reprimenda de la señora Eccles, había hecho la travesía vestida con sus pantalones y su chaleco. No obstante, cuando el capitán le informó esa mañana de que iban a atracar, se cambió y se puso el vestido. Detestaba haberlo hecho. Se detestaba por demostrar semejante debilidad.

El culpable de su debilidad desmontó, dejó su caballo al cuidado de un criado (¡Dios Santo, un criado vestido con librea negra y dorada!) y se acercó a ellos. El atuendo de caballero le sentaba muy bien. Su ropa era simple, pero parecía de mejor calidad que la del señor Yale.

Sin embargo, eso no le importaba. Al igual que había sucedido esa misma mañana durante el gris amanecer en el puerto de Exmouth, solo tuvo que enfrentar esa mirada desapasionada para que se le formara un nudo en las entrañas.

La puerta de la mansión se abrió en ese momento y apareció una mujer en los escalones. Llevaba un precioso vestido, iba peinada con un elegante recogido y, pese a los quince años transcurridos, le resultó dolorosamente familiar. Eran los mismos ojos risueños y pensativos, pero cuajados de lágrimas. Los mismos dedos elegantes y largos en su mejilla. La misma boca de labios gruesos, abierta por la sorpresa.

—¿Vi-Viola? —logró balbucear—. ¿Viola? —susurró.

Ella asintió unas cuantas veces, si bien apenas logró mover la cabeza.

Serena bajó volando los escalones con las faldas agitándose a cada paso y le dio un fuerte abrazo. Le sacaba casi una cabeza. Olía a canela. Viola enterró la nariz en su hombro, la abrazó por la cintura y cerró los ojos con fuerza. No se había imaginado ese recibimiento. En realidad, no sabía cómo la iban a recibir, pero no se le había pasado por la cabeza que pudiera ser así. Que la acogiera con tanta emoción. Con tanto amor. Pensó que tal vez fuera una pésima profeta de su propia vida.

Serena aflojó el abrazo lo suficiente como para apartarse un poco y le colocó una mano en una mejilla.

—No sé por dónde empezar. —Sus ojos, esos preciosos ojos de distinto color, uno azul y otro violeta, brillaban a causa de las lágrimas mientras la examinaban con avidez—. Podría gritar de alegría al ver la belleza en la que te has convertido, pero siempre has sido preciosa. Podría acribillarte a preguntas, pero debes de estar cansada del largo viaje. —La abrazó de nuevo—. Así que prefiero contemplarte con total asombro. No me puedo creer que seas tú.

—Lo soy —dijo con un hilo de voz. En ese momento, bajo el amor de la mirada de su hermana, se le contrajeron las entrañas y solo se le ocurrieron dos palabras—: Lo siento.

Serena enarcó las cejas.

—¿Qué es lo que sientes?

—No haber vuelto antes a casa.

La sonrisa desapareció de los labios de su hermana, pero su mirada siguió siendo cariñosa.

—Ay, Vi, tú y yo tenemos muchas cosas de las que hablar. —Soltó una carcajada mitad alegre y mitad triste, y volvió a abrazarla—. Tenemos quince años de los que hablar —añadió en un susurro. Le aferró una mano con fuerza—. Pero antes, debo dar las gracias. —Se volvió hacia los hombres que se habían mantenido apartados—. Señor Yale, es un placer verlo. Espero que su visita sea prolongada —dijo con la elegancia de una reina mientras realizaba una elegante genuflexión. Su elegante vestido y su pelo rubio brillaban a la luz de la lámpara que sostenía un criado a fin de aliviar la creciente oscuridad del crepúsculo—. Gracias por colaborar en el regreso de mi hermana.

El señor Yale le hizo una reverencia.

—Ha sido un gran placer, lady Savege.

Los dedos de Serena la soltaron para acercarse a Jin con las manos extendidas. Una vez que estuvo frente a él, le cogió las manos y le dijo en voz baja y con cierta dificultad:

—No sé ni cómo agradecértelo.

Los ojos de Jin brillaban como Viola jamás los había visto brillar. Con una luz muy poderosa, como si estuviera en paz.

—No hace falta.

—En realidad, es imposible. No hay nada que pueda decir o hacer que se equipare a lo que has hecho.

Jin esbozó el asomo de una sonrisa.

—Me siento recompensado. —Su mirada se clavó en Viola.

Y ella fue incapaz de respirar. Sus palabras y su mirada siempre tenían el mismo efecto en su rebelde cuerpo: la dejaban totalmente paralizada. Sin embargo, en esa ocasión fue peor. Porque dentro de poco, cuando el conde le pagara, él se marcharía.

—Señorita Carlyle, ¿me permite acompañarla al interior? —le preguntó el señor Yale, ofreciéndole el brazo.

Serena se volvió de repente.

—¡Ah, no, señor! No pienso permitir que pase ni un minuto en compañía de otra persona hasta que la tenga por lo menos quince días para mí sola. —Rodeó la cintura de Viola con un brazo y la guio hacia la escalera, inclinando la cabeza para decirle—: Mi marido estará ausente unos días, pero espero que vuelva esta misma semana. Cuando me llegó la carta de Jinan esta mañana por mensajero urgente, le envié una nota a Alex urgiéndolo a adelantar su regreso. Le alegrará mucho conocerte. Pero, por favor, te suplico que no te dejes influir por lo que el señor Seton te haya contado sobre él. Debes formarte tu propia opinión.

—El señor Seton no me ha contado nada sobre lord Savege, la verdad.

Serena rio entre dientes.

—Típico de Jinan, por supuesto. —Miró hacia atrás—. Caballeros, pasen y dejen que el señor Button les sirva algo de beber en el salón mientras los criados se encargan de todo.

Y, ciertamente, los criados se encargaron de todo. Un ejército de criados vestidos de negro y dorado trasladó el equipaje, al mismo tiempo que otros se mantenían en sus puestos, aguardando cualquier orden mientras Serena la acompañaba por el vestíbulo de dos plantas en dirección a la escalinata. El suelo era de mármol blanco y gris. Los escalones estaban cubiertos por una alfombra oriental y la madera del pasamanos relucía a la luz de las numerosas velas. En la pared del descansillo superior, había un retrato de Serena. Con un bebé.

Viola lo miró fijamente. En el retrato, Serena llevaba un fastuoso vestido dorado, así como diamantes en el cuello, en las orejas y en el pelo. El bebé que sostenía iba vestido de blanco. La mirada de la madre contemplaba a la criatura con ternura.

—¡No mires esa ridiculez! Alex insistió. Es un padre orgulloso. Pero aborrecí cada minuto que estuve posando, como también lo aborreció Maria. No paró de llorar.

—Tienes una hija —susurró Viola.

Serena le dio un apretón en la cintura.

—Tu sobrina.

—Y la has llamado Maria.

—Como mamá. —Cogió a Viola de la mano—. Vamos, sube. La señora Tubbs te ha preparado la mejor habitación, y te esperan el té y un baño bien caliente. Una vez que estés vestida, podrás cenar, si te encuentras en condiciones de hacerlo. No es que me queje, pero no entiendo por qué Jinan ha insistido en que hicierais el viaje en un solo día. Son más de noventa kilómetros desde Exmouth y por un camino montañoso. Debes de estar agotada.

—No mucho —logró decir con los ojos como platos, como si fuera una niña.

El pasillo parecía no tener fin, doblaron varias esquinas y subieron y bajaron varias escaleras hasta que Serena se detuvo delante de una preciosa puerta de roble.

La habitación no era tan grande como el alcázar de la *Tormenta de Abril*, pero lo sería si se incluía el vestidor adyacente. Las paredes estaban adornadas con paneles de madera en color claro y pintadas con un delicado tono rosa. Las tapicerías eran doradas y de color marfil. Contaba con una cama con dosel y suntuosas cortinas, un tocador con detalles dorados y un espejo. La estancia parecía salida de los cuentos de hadas con los que soñaba de pequeña.

—¿Es tu dormitorio? —le preguntó a su hermana.

—No, tonta. Es el tuyo. Ahí tienes el baño. Dentro de un momento, subirá una doncella para ayudarte, aunque me gustaría quedarme contigo mientras te instalas, si no te importa.

Viola se volvió en dirección al pasillo.

—Creo que Jane está...

Serena la cogió del brazo y la obligó a entrar en el dormitorio, tras lo cual cerró la puerta.

—La señora Tubbs, que es mi ama de llaves y una gran persona, se encargará de que tu doncella cene y descanse en condiciones antes de retomar sus ocupaciones mañana. Esta noche, te atenderá mi doncella. —Frunció el ceño—. ¿Te parece bien? Lo siento mucho. Debería haberte preguntado primero, pero supuse que después de un viaje tan largo... —Se mordió el labio inferior, un gesto tan familiar para Viola que podría pensar que

239

pertenecía a un sueño, aunque, en realidad, procedía de sus recuerdos—. ¿Viola?

—¿Mmmm?

—No estás bien, claro. —A su hermana le temblaba la voz—. Sin duda estás exhausta. —Se acercó al tocador donde descansaba una bandeja con una delicada tetera de porcelana, varias tazas y un plato de galletas bañadas con azúcar—. Debes tomarte un poco de té. Estoy segura de que te reconfortará. ¡Ay, por Dios! —exclamó al tiempo que la porcelana tintineaba entre sus manos—. Tengo los nervios destrozados. Cualquiera diría que es la primera vez que me reencuentro con mi hermana a la que todo el mundo salvo yo dio por muerta hace quince años. —Volvió la cara con la taza y el platillo en las manos. Le temblaban los hombros.

—¡Ay, Ser! —exclamó Viola con los ojos llenos de lágrimas.

Serena la miró y vio que estaba llorando. En cuanto soltó la taza y el platillo, se acercó a ella y se abrazaron con fuerza. Siguieron abrazadas en silencio durante un buen rato.

Serena se excusó con los caballeros y ordenó que llevaran una cena ligera al dormitorio de Viola, quien después de bañarse se puso su camisa y sus calzones habituales. Al mirar a su hermana y ver su expresión, supo lo que opinaba al respecto de su atuendo. El hecho de haber sido capaz de leer los pensamientos de Serena desde que eran niñas no evitó el nudo que sentía en el estómago.

—No te gusta lo que me pongo para dormir.

—¡Ah! ¿Es para dormir? ¡Menudo alivio! —Su hermana esbozó una sonrisa—. Pensé que quizá pretendías ir por la casa de esa guisa. Los criados se escandalizarían, por si no lo sabes. —Soltó una risilla.

Viola rio a carcajadas. Después recordó el escaso atuendo que llevaba la noche que Jin fue a su camarote en busca del sextante, y la risa murió en su garganta.

—Perdóname, hermana. —Serena se acercó a ella y le acarició una mejilla, un gesto de intimidad femenino típico de su madre y que Viola no había olvidado—. No tengo la menor idea de la vida que has llevado. Me temo que lo ignoro todo. —Sus ojos recorrieron la cara de Viola mientras fruncía el ceño—. Jinan dice que has estado en la mar durante un tiempo.

Viola se llevó la mano a la cara.

—Ya sé que estoy muy morena.

—No. Quiero decir que no estás morena. Siempre tenías la piel así de bonita cuando éramos pequeñas.

—Tú también.

—Pero no como la tuya. Siempre estabas radiante de vitalidad. ¿Sigues estándolo después de tantos años?

Viola parpadeó.

—Yo... eso espero.

Serena la tomó de las manos, pero Viola no puedo seguir mordiéndose la lengua más tiempo.

—Ser, ¿por qué no contestaste mis cartas?

Su hermana abrió los ojos de par en par.

—¿Qué cartas?

—Las cartas que te escribí durante los primeros años.

Serena negó con su rubia cabeza.

—No me llegó carta alguna. Nada.

A Viola le dio un vuelco el corazón.

—¿Ninguna carta?

Serena le apretó las manos con más fuerza.

—¿Me escribiste? —susurró.

A esas alturas, Viola tenía un nudo en la garganta.

—Seguro que no las envió.

—¿Quién?

—Mi tía. Yo vivía con ella y con sus hijos. Los cuidaba. —Se esforzó por seguir respirando mientras Serena le tomaba la cara entre las manos.

—Vi —susurró—, cuéntamelo todo. Desde el principio.

Empezó hablándole de Fionn, comparando su historia con la de Serena. Su padre había descubierto la verdad. Todo el mundo la dio por muerta menos Serena, la muchacha que se pasaba el día inventándose cuentos de hadas y de príncipes azules, a quien nadie quiso escuchar. Sin embargo, su madre se pasó toda esa noche esperándola junto al acantilado, bajo la lluvia. Murió quince días después, sin mencionar a Fionn, debido a la fiebre que contrajo después de aquella noche.

Serena le habló de la segunda esposa del barón, ya fallecida a esas alturas, y de las hijas que había dejado (Diantha, que tenía dieciséis años, y la pequeña Faith) y que seguían viviendo en Glenhaven Hall. Charity, la mayor de las hermanastras de Serena, se había casado. Y su hermanastro, sir Tracy Lucas, se encontraba en su propiedad de Essex. Era evidente que Serena adoraba a sus tres hermanastros y a su hermana pequeña, Faith. Sin embargo, mientras le relataba su historia aumentó la presión con la que se aferraba a las manos de Viola.

A su vez, ella le narró su historia, incluyendo la parte de Aidan. Sintiéndose protegida por el cariño que le demostraba su hermana, revivió el cariño y también la protección que le ofreció Aidan en los peores momentos de la enfermedad y la muerte de Fionn.

—Quieres mucho al señor Castle, ¿verdad? —le preguntó Serena en voz baja.

—Sí. —Lo quería. Sería absurdo tirar por la borda el pasado que compartían movida por la culpa o por la desilusión, sobre todo porque ella jamás lo había presionado para que se casaran. En cambio, se había concentrado con todas sus fuerzas en su vida en alta mar.

—¿Dónde está?

—¿No te lo ha dicho el señor Seton?

—Apenas he tenido tiempo para hablar con él.

—El señor Castle nos ha acompañado desde las Indias Occidentales a Exmouth. Ha partido a Dorset para reunirse con su familia después de muchos años. Me dijo que le gustaría visitarme, si a ti no te importaba.

Serena soltó la taza de té y aferró una de las manos de Viola.

—Por supuesto que no me importa —le dio un apretón en los dedos—. Vi, ¿qué te parece si demoramos el encuentro con nuestro padre y nuestros hermanastros durante unos días para poder disfrutar de unas vacaciones aquí? Antes de que Alex regrese. Solo nosotras dos.

—¿Y qué pasa con el señor Yale y el señor Seton?

—El señor Yale estará contentísimo de entretenerse solo y Jinan pensaba marcharse mañana de todas formas. Nunca se queda mucho tiempo con nosotros, ni en ningún otro sitio, supongo. —Esbozó una sonrisa de complicidad—. Tendremos la casa prácticamente para nosotras.

Viola sintió un vacío en el estómago. Sin embargo, el cariño que vio en los ojos de su hermana lo alivió en parte.

—Me parece maravilloso.

Esa noche durmió en el diván. No le quedó otra alternativa. La cama era demasiado grande, demasiado blanda y demasiado firme como para sentirse cómoda en ella. A fin de no herir los sentimientos de su hermana, arrugó las sábanas por la mañana y mientras su doncella la peinaba, se sentó en el almohadón adornado con encaje para que pareciera que lo había usado.

—Me duele... el trasero —murmuró a modo de excusa con su doncella.

—Por supuesto, señorita —replicó Jane mientras le retorcía un par de mechones de pelo antes de colocárselos en su sitio.

—¡Ay!

—Seguro que la condesa no se queja ni se mueve mientras su doncella la peina, ¿no cree?

Viola la miró a través del espejo, echando chispas por los ojos.

—¿No se supone que eres una criada? ¿Mi criada? ¿Le hablaste así al señor Seton cuando te contrató? ¿Te pidió referencias?

—No y sí, señorita. —La doncella apretó los labios.

Una vez que Jane acabó de peinarla, Viola se echó un vistazo y estuvo a punto de reír. O de llorar.

Hizo un mohín y se quitó todas las horquillas que le sujetaban el tirante recogido. Una vez que se soltó el pelo, se lo cepilló. Cuando lo tuvo desenredado, se hizo una trenza, levantó la barbilla con orgullo y así pasó frente a Jane mientras salía del dormitorio para bajar al comedor matinal.

Se perdió. Antes de llegar, tres criados distintos le indicaron el camino. Cuando por fin encontró el comedor, estaba un poco mareada y no supo muy bien cómo había llegado. La estancia era muy bonita. La puerta estaba flanqueada por dos criados y los rayos del sol entraban por las altas ventanas.

—Buenos días, señorita Carlyle —la saludó el señor Yale, que soltó el periódico y se levantó para hacer una reverencia.

Jin, que estaba al lado de una ventana, se volvió y le hizo un gesto con la cabeza a modo de saludo.

Un nubarrón invadió la mente de Viola. ¿A pesar de estar en la casa de un conde de repente decidía no hacerle una reverencia, y sí se la había hecho cuando estaban a bordo de un barco? Era un hombre insoportable, y encontrarse en su presencia después de tantas semanas sin verlo era como beber agua fresca después de haber estado en una isla desierta.

Se percató de que observaba su camisa, su chaleco y sus calzas con el asomo de una sonrisa en los labios. Y la invadió una repentina debilidad. Por fuera aún parecía una mujer de mar, salvo por la ausencia del tahalí donde llevaba las armas, que estaba guardado. Sin embargo, por dentro se sentía como uno de los profiteroles de crema franceses que Serena la había obligado a comer la noche anterior después de la cena. ¡Era maravilloso sentirse como un profiterol de crema! A lo largo de los años, se había obligado a endurecerse, pero en el fondo jamás le había gustado. Porque ella no era así por naturaleza.

Por desgracia, su naturaleza la instaba a enamorarse de hombres que no la correspondían. Jin debía marcharse. Debía hacerlo. Y después disfrutaría por fin de esa temporada de descanso entre los ricos y los poderosos.

—Pensaba que ya se habría marchado —comentó, tratándolo con formalidad.

Él enarcó una ceja.

—Tengo pensado hacerlo en breve. Pero me apetecía desayunar antes.

Viola se sintió fatal. «Tonta, tonta, tonta», se dijo.

—¿Adónde va?

El señor Yale rio por lo bajo.

—Eso es como preguntarle a un tiburón lo que planea cenar. El señor Seton siempre va donde le place, señorita Carlyle, y nunca se lo comunica a los demás. ¿No es así, amigo mío?

Jin se acercó al aparador y cogió una taza.

—¿Esperas seguir mis movimientos, Yale? —preguntó mientras se servía café—. Pensaba que ya no hacías ese tipo de cosas.

—Es una antigua costumbre —adujo el señor Yale para restarle importancia al tiempo que retiraba la silla de Viola—. Señorita Carlyle, ¿quiere que le pida a uno de estos eficientes caballeros que le prepare un plato con una selección de delicias para desayunar? —sugirió, señalando hacia los criados.

Viola tenía el estómago un poco revuelto por culpa de los profiteroles de crema de la noche anterior. Esas delicias rellenas no podían ser buenas para un estómago acostumbrado a los bizcochos duros y a las galletas infestadas de gorgojos.

—Té —dijo mientras se sentaba, consciente de que las miradas de los hombres estaban clavadas en ella. Carraspeó—. ¿Cómo es que se conocen?

—Nos presentó un viejo amigo.

—¿Quién? —preguntó ella, que se puso de pie para aceptar la taza y el platillo que le llevaba el criado. Sus manos chocaron, el té se derramó y tanto el puño de su camisa como el guante del criado acabaron manchados—. ¡Ay, lo siento! —se disculpó mientras cogía una servilleta para limpiarle el guante.

—No es nada, señorita —le aseguró el criado, colorado como un tomate.

—Oh, no debería... Lo siento mucho.

245

El criado le hizo una reverencia y se marchó de la estancia. El señor Yale se acercó al aparador y le sirvió otra taza de té.

—Nos presentó el vizconde Gray. Un hombre serio y responsable; un gran tipo, de hecho. Y además de presentarme a nuestro lobo de mar, aquí presente, indirectamente también ha sido el artífice de que la conozca a usted, por lo que le estoy agradecido. —Dejó una humeante taza de té frente a ella y esbozó una sonrisa afable.

—No creo que sus halagos sean sinceros, señor Yale —murmuró ella.

—Lo son, señorita Carlyle —le aseguró el caballero—. No todos los días se tiene la fortuna de conocer a una joven que ha hecho algo útil con su vida. La interesantísima conversación que mantuvimos ayer sobre su barco contribuyó a que el viaje me pareciera muy corto.

—Gracias. —Miró a Jin de reojo. Él parecía estar analizando su taza de café—. Debo admitir que no recuerdo muy bien de qué estuvimos hablando, aunque me gustó la historia que nos contó sobre la hermana de lord Savege y cómo conoció a su marido mientras estaban atrapados en una posada por culpa de una ventisca. Supongo que estaba cansada. —O más bien distraída, pensando en el hombre que cabalgaba tras el carruaje y en la forma de arrancárselo del corazón.

—Ah, sí. Hicimos el trayecto a una velocidad inusual. Aquí nuestro amigo es un tipo dictatorial, que no tiene en cuenta los deseos de los demás, ni siquiera los de una dama —comentó el señor Yale con su característica socarronería—. Podría decirse que es un poco brutal.

Viola lo miró y se percató de que había algo más en su mirada además de la sorna. El hombre desvió la vista hacia el otro extremo de la estancia y la clavó en Jin.

—¡Aquí estáis! —Serena entró en el comedor matinal con una enorme sonrisa. Llevaba un vestido de muselina azul ribeteado con encaje. Al coger la mano de Viola, se percató de que tenía el puño de la camisa mojado—. Señor Yale, ¿qué ha hecho? ¿Tirarle el té encima a mi hermana? Qué truhán...

—Me parece un término muy medieval —replicó él, entre-cerrando sus ojos grises—. Señorita Carlyle, si adopto el papel de truhán, ¿consideraría la idea de ser la damisela en apuros? Así podría reformarme y su hermana me miraría con mejores ojos.

Viola deseó poder sonreír, pero fue incapaz de hacerlo.

—Ser, el señor Yale no ha derramado el té. He sido yo.

—Da igual quién lo haya hecho, pero no puedes seguir con esa camisa manchada. Ven, querida. —La instó a levantarse de la silla—. Te cambiarás de ropa y desayunaremos en la terraza. Tie-ne vistas al mar y la brisa es maravillosa esta mañana, así que no pasaremos calor. —Se pegó al costado el brazo mojado de Vio-la—. Jinan, el señor Button me ha dicho que has ordenado que ensillen tu caballo. ¿Debes irte tan pronto? Al menos, quédate hasta que Alex vuelva de Londres.

Jin le hizo una reverencia.

—Milady, lo siento mucho, pero tengo asuntos que resolver en la ciudad.

Viola sintió una extraña opresión en el corazón. Jin hablaba con un acento muy inglés... y extrañamente formal.

—Negocios —musitó el señor Yale—, siempre negocios pese a los votos y las declaraciones.

—Yale, me vas a perdonar, pero no recuerdo haber hecho de-claración alguna.

—Veo que no incluyes los «votos».

—Pues no. Aunque estoy seguro de que esta conversación aburre a las damas. Lady Savege, si es tan amable, dígale a su ma-rido que volveré en cuanto pueda. Lo haré encantado.

—Excelente —replicó Serena, dándole un apretón en la mano a Viola—. ¿Nos vamos, pues?

Ella asintió en silencio. Jin la estaba mirando. Que dijera que pensaba volver significaba bien poco. Podría estar lejos quince días o un año.

Esa era la despedida.

Se obligó a hablar.

—Que tenga un buen viaje —consiguió decir.

Jin sí le hizo una reverencia en esa ocasión, pero se mantuvo en silencio y distante. Viola sintió el escozor de las lágrimas en la garganta. Apartó la mirada de él y siguió a Serena.

—Ser —dijo mientras subían la escalera—, me gustaría comprarme un vestido nuevo. Tal vez unos cuantos. ¿Hay algún establecimiento cerca donde pueda hacerlo?

—Por supuesto. Lo que tú quieras. Pero ni hablar de que vayas a una tienda. Haremos venir a la modista de Avesbury. Confecciona los vestidos más bonitos de todo Devonshire. Será muy divertido vestirte, tanto como cuando lo hacía de pequeña. Nunca te importó la ropa que llevaras, siempre y cuando te diera libertad para correr con comodidad.

Viola respiró hondo.

—Me gustaría que me enseñaras a ser una dama.

Serena frunció el ceño.

—Vi, ya eres una...

—No, salta a la vista que no lo soy. Si alguna vez aprendí todo lo que una dama tiene que saber, he debido de olvidarlo. —Enderezó los hombros—. Pero me gustaría aprender a ser una e intentarlo antes de decidir si me conviene o no.

—¿Si te conviene? —le preguntó su hermana, con voz estridente—. ¿Estás planeando volver a América? ¿Tan pronto?

Viola le cogió las manos.

—No. No. No lo sé con seguridad. De verdad. Me encantaría quedarme aquí contigo, pero es que he dejado toda mi vida atrás. Mi barco, mi tripulación y... en fin, no importa. Ser, debes enseñarme a ser una dama. Te prometo que seré una alumna aplicada.

De la misma forma que había aprendido a izar una vela y a aparejar un barco, aprendería a ser una dama. Quince años antes el hecho de aprender el oficio de un marinero había sido el único modo de soportar la pérdida de su familia, de su vida en Glenhaven Hall y la muerte de su madre.

En ese momento, se lanzaría de lleno al proyecto de convertirse en una dama de la que su hermana se enorgulleciera. Ya no dormiría en el diván, ni se vestiría como un hombre, ni les echaría encima el té a los sirvientes. Y si se mantenía ocupada con esa monumental tarea, tal vez olvidara unos cristalinos ojos azules y los devastadores abrazos del hombre brutal a quien le había entregado tontamente el corazón.

—Es una mujer despampanante —susurró Yale, con la vista clavada en el vano de la puerta por la que habían desaparecido lady Savege y Viola—. Preciosa.

Jin miró al criado y le ordenó sin palabras que se marchara. El galés soltó un suspiro afectado.

—Ah, por lo que se ve, no estamos de humor para hablar de mujeres guapas, sino de negocios. Una lástima. —Se acomodó en la silla, mostrando la imagen indolente de un aristócrata moreno y elegante.

Jin no se dejó engañar por esa falsa apariencia.

—Tendrás muchas oportunidades para coquetear con la señorita Carlyle cuando me vaya.

—Pero sería mucho más divertido coquetear con ella mientras tú estás aquí. Me gusta ver sufrir a los hombres ricos.

Jin no se molestó en corregirlo. Como siempre, Yale era muy perspicaz con las personas. Era una de las razones por las que confiaba en él y también una de las dos razones por las que había decidido abandonar Savege Park tan pronto. La otra era mucho más incómoda y tenía mucho que ver con la imposibilidad de estar en la misma habitación que ella sin desear tocarla. Sin embargo, no podía volver a tocarla, y tampoco quería que sus pensamientos se vieran sometidos al escrutinio de Yale.

Tenía otro sitio al que ir. El otro objetivo que debía lograr puesto que ese ya estaba zanjado.

—¿Sigues a dos velas, Wyn?

—¿Por qué si no crees que me he mostrado tan presto para acatar tus órdenes desde el otro lado del océano? Lo hago por la esperanza de que aflojes un poco de pasta, ¿sabes?

—Yo no sé nada. Jamás me has pedido una sola libra. —Se

apoyó en el aparador—. Constance me ha escrito. Está preocupada por ti.

—Por supuesto que lo está. Constance siempre debe preocuparse por alguien y ya no tiene a Leam. Colin, el lord Comandante y Jefe Supremo, no le da motivo de preocupación a una mujer temerosa como ella y, en todo caso, está tan ocupado burlándose de lady Justice que siempre está alegre. Y tú, por supuesto, llevas tanto tiempo ausente que ni siquiera recordábamos tu cara. Así que supongo que solo puede preocuparse por mí.

—Un buen discurso. —Jin se llevó la taza de café a los labios. Ya estaba frío, pero el día prometía ser caluroso, así que disfrutaría del calor una vez que se pusiera en camino. Un camino que lo alejaría de Viola Carlyle de una vez por todas, y para siempre—. Constance no es una mujer temerosa ni mucho menos. ¿Tiene motivos para estar preocupada?

Yale se volvió hacia él con los ojos entrecerrados y su característica sonrisa torcida.

—¿No puedes averiguarlo por ti mismo, amigo mío?

—No he ordenado que te sigan, si te refieres a eso.

—Ah —exclamó Yale al tiempo que asentía con la cabeza—, una novedad.

—Por supuesto, solo ordené que te siguieran en aquella ocasión.

—Y supongo que ahora dirás que era Leam quien más te preocupaba en aquel entonces.

—Pues sí. Es cierto.

Yale lo miró con expresión pensativa.

—Nunca mientes, ¿verdad, Jinan?

—¿Puedo ayudarte en algo, Wyn? ¿Necesitas dinero?

El galés tamborileó con los dedos sobre la resplandeciente mesa.

—Más bien necesito una copa.

—De ahí la carta de Constance.

Yale lo miró echando chispas por los ojos.

—¿Sabes? Se me acaba de ocurrir una idea maravillosa, Jinan. Constance necesita un hombre del que preocuparse y tú llevas una vida muy peligrosa. ¿Por qué no te casas con ella y me la quitas de encima?

Jin enarcó una ceja.

—No. Escúchame —insistió Yale con un brillo malicioso en sus ojos plateados—. Una heredera casada con un rey Midas aventurero. La pareja perfecta. Así podrá preocuparse de ti durante los restos y no de mí. ¿Por qué no?

—Sí, claro, ¿por qué no?

—¿Cómo dices? ¿No te basta con una belleza extraordinaria y una enorme dote como alicientes? —Se cruzó de brazos y adoptó una pose reflexiva—. Supongo que una dama también debe saber gobernar un barco para hacerse con la atención del Águila Pescadora.

Jin se apartó del aparador y caminó hasta la puerta.

Yale rio por lo bajo y añadió, con más seriedad:

—Colin os quiere a tu barco y a ti en el Mediterráneo. En Malta, al parecer.

Eso lo detuvo en el vano de la puerta.

—¿En Malta?

—Eso creo, sí. Algo sobre un complot para derrocar a nuestro rey y no sé qué heredera que se ha fugado y cuyos padres la han desheredado, pero que debe ser rescatada antes de que resulte herida por culpa del fuego cruzado. Me ha pedido que vaya y que seas tú el capitán.

—Me pondré en contacto contigo. —Se dirigió al vestíbulo de entrada y salió en busca de su caballo, que lo aguardaba ensillado y con su bolsa de viaje asegurada.

Montó sin mirar atrás, sin mirar hacia la casa o hacia la terraza donde en esos momentos ella estaría desayunando, y se puso en marcha.

No había mentido. En Londres, lo esperaba un obispo y un cofrecillo de madera que debía comprar. Se alojaría en los aposentos que tenía en Piccadilly, visitaría a Colin Gray y a un par de almirantes, y se concentraría en su empeño de recuperar el cofre de su madre.

Sin embargo, la opresión que sentía en el pecho le decía otra cosa bien distinta. Le decía que no tenía propósito alguno, que cabalgaba sin objetivo. A medida que aumentaba la distancia entre él y la mujer de la que debía separarse, se sintió a la deriva por primera vez en veinte años.

20

Al principio, convertirse en una dama le resultó bastante entretenido. Llegó la modista, empezó a sacar bocetos de moda, telas y encajes, y se asombró de la delicada figura de Viola al mismo tiempo que se reía del bronceado tan poco atractivo de su piel. A continuación, la envolvieron con diáfanas sedas, recios tafetanes y ligeras muselinas; la midieron, la ensartaron con alfileres y la trataron como a un maniquí. Aparecieron enaguas y camisolas, todas ligerísimas, en ingentes cantidades. Abrigos ridículos llamados pellizas, corsés que eran una absoluta tortura, chales con flecos, guantes de todos los colores y un sinfín de bonetes.

Viola se preocupó de buscar papel y lápiz a fin de apuntar los nombres de todas las prendas para poder recordarlos después. Sin embargo, al redactar la lista, se acordó de los primeros meses a bordo de un barco, cuando hizo lo mismo, anotando los nombres de los palos, las sogas, las velas y el armamento hasta que recordó cómo se llamaba hasta el último trozo de madera, de acero, de cuerda y de tela que había en el barco. Además, escribir hizo que echara de menos el cuaderno de bitácora, en el que anotaba todos los sucesos, por aburridos que fueran, antes de acostarse. Con la cabeza llena de recuerdos, fue incapaz de disfrutar plenamente de la modista. No obstante, el placer que obtenía Serena con esa actividad era evidente, y no podía aguárselo.

Cuando el señor Yale asomó la cabeza por la puerta para preguntar por sus progresos, la modista lo echó. Al parecer, el dormitorio de una mujer no era lugar para un hombre. Viola se preguntó qué pensarían la señora Hamper y Serena si les contara que ella había compartido su «dormitorio» con un hombre, y con sumo gusto.

Viola volvió a dormir en el sofá, jurándose que a la noche siguiente intentaría hacerlo en la cama. El sonido de las olas al romper contra la playa la reconfortaba.

Un segundo día de pruebas y medidas siguió al primero. La señora Hamper modificó uno de los vestidos de muselina de Serena, y Jane colocó el corsé alrededor de las costillas de Viola con evidente entusiasmo antes de proceder a aprisionarla con las prendas. Viola dejó que volvieran a tirarle del pelo, algo que su doncella realizaba con evidente gusto. A la mañana del tercer día, ya pudo bajar al comedor matinal con un aspecto bastante parecido al de una dama que pertenecía a un hogar como Savege Park, si bien ella no lo sentía así.

La ropa, sin embargo, no convertía a nadie en una dama.

—¿Cuál uso para los huevos? —le preguntó en un susurro al hombre que tenía al lado.

El señor Yale se inclinó hacia ella para responderle en el mismo tono:

—La cucharilla de los huevos.

En la estancia, además de ellos dos, solo estaban Serena, enfrente de ella, y un criado a cada lado de la mesa. Viola miró de reojo a los criados. Los dos tenían cara de estar haciéndose los tontos.

—¿Cuál es la cucharilla de los huevos? —preguntó.

—La diminuta —contestó el señor Yale.

—Parecéis tontos —dijo Serena—. A saber lo que pensarán George y Albert de vosotros.

El señor Yale señaló con el índice la cuchara más pequeña antes de enderezarse en su asiento.

—¿Por qué no se lo preguntamos? George, Albert, ¿creéis que la señorita Carlyle y yo somos unos tontos? Y decid la verdad. Pero tened presente que ofenderéis a vuestra señora si lo negáis.

George, que llevaba una peluca blanca, frunció el ceño.

—En fin, la verdad es que no lo sé, señor.

—No te comprometes. Muy listo. ¿Y tú, Albert?

—Wyn, tienes que dejar de interrogar a los criados.

—¿Albert? —insistió el señor Yale.

—La verdad es que parece raro, señor —respondió el criado más joven con evidente sinceridad—, que haya una cucharilla solo para los huevos pasados por agua. O eso me ha parecido siempre.

—Ah, ¿lo ve, milady? Albert nos da la razón a su hermana y a mí. Los aristócratas usamos demasiadas cucharillas en el desayuno.

—Me gustaría saber qué cubierto usar con cada cosa —declaró Viola con firmeza—. Anoche durante la cena no sabía qué hacer. Creo que utilicé la cuchara para la sopa con la gelatina, o tal vez fue al revés. —Levantó la vista al mismo tiempo que Serena bajaba el periódico.

—Nos da igual qué cuchara uses, Vi. ¿Verdad, señor Yale?

—Totalmente cierto.

—Pues a mí no me da igual. Y cuando lord Savege vuelva, seguro que a él tampoco. ¿No podría ser la primera lección?

Su hermana esbozó una sonrisa amable.

—Viola...

—Dijiste que me enseñarías a ser una dama, Ser. Pienso obligarte a que cumplas tu palabra.

—Muy bien. Si es lo que deseas.

—Es lo que deseo.

—¿Puedo sumarme al proyecto? —El señor Yale pinchó un trozo de beicon con el tenedor y lo miró con curiosidad—. Necesito con desesperación un cursillo intensivo en el noble arte de la comida.

—Señor Yale, lo digo en serio. —Viola se volvió hacia él—. No quiero avergonzar a mi hermana ni a lord Savege cuando tengamos compañía.

El aludido la miró con sinceridad.

—Y yo, señorita Carlyle, digo muy en serio que quiero ayudarla. Si desea aparecer ante la sociedad como una dama, haremos de usted una dama.

—Gracias —dijo por enésima vez en cuatro días.

Les había dado las gracias a todos. Salvo a Jinan Seton. El hombre que insistió en que su familia la quería y que la obligó a regresar a Inglaterra para reunirse con ella. El hombre que había soportado su ridícula apuesta y le había hecho el amor como nunca imaginó que pudiera hacerse. El hombre que, por ser como era, le demostró que cometería un enorme error si se casaba con Aidan.

El hombre que la había dejado sin despedirse siquiera.

No se merecía que le diera las gracias. Era un sinvergüenza de tomo y lomo. Había dicho que no se quedaría con nada que no fuera suyo, pero le había robado el corazón. Como un pirata. No le debía nada. Ni siquiera un recuerdo amable.

En cuanto Viola tuvo la ropa adecuada (e incomodísima), Serena y el señor Yale comenzaron a enseñarle todo lo que una joven debía saber: pintura, dibujo, canto, piano y soltura con el francés y el italiano. Pronto quedó patente que antes debía aprender cosas mucho más fundamentales.

—Sé cómo andar. Se pone un pie delante del otro.

—Cierto, cierto —replicó el señor Yale, mientras la llevaba desde una silla emplazada delante de la mesita auxiliar hasta el centro de la terraza—. Pero cuando se es una dama, hay que poner un pie delante del otro con menos fuerza de que la se ejerce a bordo de un barco. Siempre y cuando se quiera cruzar una estancia con la apariencia de un ángel, claro está.

—¡Ja! —Viola se echó a reír—. ¿Un ángel?

—Pues sí. Lo que todos pensarán de usted hasta que la vean pisarse el bajo del vestido y la escuchen soltar semejante risotada.

—No ha sido una risotada. ¿Es que las damas no se ríen?

—Claro que sí —contestó Serena—. Pero se supone que no deben hacerlo con evidente gusto. Una norma absurda a mi parecer.

—Lo es, pero no la inventé yo —replicó el señor Yale—. Solo actúo de intermediario de esta estupidez que es la alta sociedad inglesa. —Cogió la mano de Viola con esos dedos fuertes y se alejó un poco—. Ahora, señorita Carlyle, si consigue dar cuatro pasos con apenas cinco centímetros de separación entre el talón del pie adelantado y la puntera del pie retrasado, será maravilloso.

—¿Cinco centímetros?

—Para empezar. —Sus ojos plateados relucían.

—¿Tengo que aprender a caminar sin separar los pies como si estuviera en un harén oriental?

Serena soltó una carcajada tan fuerte como la de Viola.

—Claro que no —le aseguró el señor Yale—. Empezaremos exagerando un poco, y cuando domine la técnica, podremos adaptarnos a lo más apropiado.

—Entiendo. —Dio un paso.

Él meneó la cabeza.

—Han sido al menos treinta centímetros. Y las damas no hablan de harenes orientales.

—De ningún harén, en realidad. —Serena clavó la aguja en el bastidor.

—Cinco es ridículo. —Viola dio otro paso.

—Eso han sido quince.

—Cambiar los pañales de Maria es mucho más divertido que esto.

—Otra vez quince.

—Pues a ver así. —Se levantó la ingente cantidad de faldas y dio el pasito más corto imaginable.

—Ah. Mucho mejor. Aunque una dama nunca debe levantarse las faldas por encima de la espinilla.

—¿Es cierto, Ser?

—Me temo que sí.

Viola apretó los dientes y dio otro paso.

—Aprende deprisa —murmuró el señor Yale.

—Siempre ha sido así —replicó Serena.

—Es impresionante.

—Mucho.

Viola silbó.

—Que sigo aquí.

—Y las damas nunca deben inmiscuirse en una conversación a la que no han sido invitadas. Ni silbar.

—Las damas parecen ser un aburrimiento.

—La mayoría lo es.

Viola regresó junto a la silla con pasitos minúsculos. Con un enorme suspiro, se dejó caer en el asiento, cogió una galletita de la bandeja del té, se la metió en la boca y la masticó con evidente placer. Al menos la recompensa por su duro trabajo era deliciosa.

Al cabo de un momento, se percató de un pesado silencio en el gabinete. Levantó la vista y vio que el señor Yale y Serena miraban el reguero de azúcar que tenía sobre el regazo de su bonito vestido verde.

—¡Diantres!

La siguiente clase estaba relacionada con los cubiertos, la siguiente con el arte de aceptar el brazo de un hombre y la siguiente con su pronunciación.

—Sé que tengo acento americano. Un poco. Pero no veo qué tiene eso de malo —dijo Viola al tiempo que se sujetaba el bonete con las manos para evitar que la brisa marina lo arrastrara por el camino.

Ver los cuartos traseros de los caballos tan de cerca seguía inquietándola, pero el señor Yale manejaba las riendas con soltura y Serena parecía tranquila. Los dos dijeron que tenía que acostumbrarse a viajar en esos vehículos.

—Su acento es encantador, señorita Carlyle.

—¿Y qué tiene de malo mi forma de hablar?

—Debe ser menos colorida.

El señor Yale siempre daba esos consejos con una elegancia muy viril, ya estuviera sobrio o borracho. Ese día aún no había probado una gota de alcohol, pero seguramente lo hiciera en cuanto regresaran de su paseo. Sin embargo, dicha costumbre no parecía alterar su forma de comportarse con ella, siempre de forma abiertamente embelesada y totalmente inofensiva. No te-

nía muy claro por qué había imaginado que se sentiría amenaza-
da por él, salvo por el hecho de que era un caballero de verdad y
que llevaba sin ver a uno desde niña. Además, era muy guapo.

—¿Qué pasa con mi lenguaje?

—Nada —se aprestó él a responder—. Si desea parecer muy
a la moda y un poco ligera, puede seguir hablando así.

—¿Ligera?

El señor Yale enarcó una ceja.

—Ah. Supongo que no quiero. Porque no quiero, ¿verdad?

—Desde luego que no quieres —sentenció Serena.

Viola intercaló las clases de buenos modales con las visitas
a la habitación infantil para hacerle cosquillas a su sobrina y
jugar con sus deditos, así como con periodos de tortura en los
que la visitaban Jane y la altanera doncella de su hermana, que
Serena aseguraba que era muy agradable en cuanto se la conocía. Sin embargo, Viola no la tenía en demasiada estima desde el
día que le depiló las cejas hasta provocarle un dolor de cabeza,
desde que le ordenó a las criadas que le frotaran los pies, los
codos y las manos con piedra pómez hasta dejarle la piel en car-
ne viva, y desde que la sometió al soberano aburrimiento de que
le cortaran, limpiaran y limaran las uñas como si ella no fuera
capaz de asearse sola. Cuando la doncella le sugirió a su señora
que deberían cortarle el pelo para ir a la moda, Viola puso pies
en pared.

—Mi pelo se queda como está. Cuando sopla el viento, tiene
que ser lo bastante largo para poder recogérmelo en una coleta.

Serena acarició los rizos de Viola con los dedos.

—Es perfecto tal como está.

Cuando Viola dominó el uso de los tenedores, las cucharas y
los cuchillos, así como la tarea de servir el té, se sintió preparada
para afrontar otros retos. Su optimismo demostró ser demasiado ambicioso.

—No tengo las manos listas para esto. —Los dedos, enrojecidos por las friegas, se resbalaban por el pincel. Una mancha
de color aguamarina decoraba el papel que estaba en el caballete.

—No están hechas —la corrigió el señor Yale—. Sus manos

no están hechas para esto. Pero, en todo caso, una dama nunca debe hablar de sus manos.

—¿Por qué no?

—Porque los caballeros pensarían en cosas en las que no deberían pensar cuando están acompañados.

Serena puso los ojos como platos. Viola sonrió.

El señor Yale las miró a una y a otra, con las cejas enarcadas y una expresión inocente.

—Tenía entendido que estábamos siendo sinceros para ayudar en la educación de la señorita Carlyle.

—Y así es. Pero, Wyn...

—Milady, teniendo en cuenta que su marido fue en otro tiempo el libertino más famoso que pisó los salones de Londres, me pregunto de dónde sale su gazmoñería.

—Se ha reformado. Por supuesto. —Había un brillo risueño en sus ojos de diferente color.

Viola extendió más pintura en el papel y ladeó la cabeza. Su barco parecía un armadillo. Suspiró.

—En eso tiene razón, Ser. Porque, vamos, ni que...

—Porque como si no... —la corrigió Serena.

—Porque como si no supiera lo que los hombres piensan la mayor parte del tiempo. He convivido con cincuenta y cuatro hombres a bordo...

—Yo ni siquiera conozco de vista a cincuenta y cuatro... ¡Por el amor de Dios! ¿Cincuenta y cuatro?

—Yo he conocido muy bien a cincuenta y cuatro hombres durante diez años. A los hombres les interesa una cosa por encima de todas las demás. —Al igual que el imbécil del que había cometido la tontería de enamorarse solo quería una cosa de ella... aparte de llevarla a casa.

—No a todos los hombres. —Serena limpió su lienzo con un trapo y se mordió el labio—. El señor Yale lleva dos semanas ayudándonos a educarte sin haber pensado siquiera en eso, ¿no es verdad, Wyn?

Viola y ella lo miraron en busca de confirmación.

—Así es —contestó él sin inflexión alguna.

—¿Lo ves? —Serena se concentró de nuevo en su cuadro.

El caballero esbozó una sonrisa torcida y le guiñó un ojo a Viola.

Esta se echó a reír.

—No se preocupe, señor Yale, sé que no le intereso de esa manera.

Él puso los ojos como platos.

—Un momento, soy tan susceptible a una cara y un cuerpo bonitos como cualquier hombre.

—No tiene que... Quiero decir que no hace falta que finja indignación conmigo, señor. —Comenzó a dar pinceladas.

—Me esforzaré para no considerarlo un insulto.

—No debería. En absoluto... Pero yo... El asunto es que sigo sin saber por qué permanece aquí, ayudándome, cuando no le intereso de esa manera.

Serena soltó una risilla.

—Sigues siendo tan sincera y teniendo tanta confianza en tus encantos como de costumbre, Vi. Te adoro por eso —confesó su hermana.

—¿Tenía mucha confianza de pequeña?

—Muchísima. Incluso cuando aquellos marineros subieron por el acantilado y echaron a andar hacia nosotras. Comenzaste a pestañear y los miraste con una sonrisa descarada mientras les exigías con voz dulce que se presentaran y explicaran qué hacían en la propiedad de tu padre. Se quedaron tan estupefactos que si se nos hubiera ocurrido salir corriendo, creo que les habríamos sacado ventaja de sobra.

—Pero no se nos ocurrió salir corriendo. Y ahora estoy aquí, aprendiendo a pintar con acuarelas, algo que debería dominar desde hace diez años.

—Nunca lo habría dominado. —El señor Yale miró por encima de su hombro—. No tiene un ápice de talento. ¿Alguien quiere tocar el piano?

Serena soltó el pincel.

—Menudo alivio. No me gusta pintar en absoluto.

—¿Y por qué diantres...?

—Dijiste que querías aprender todo lo que debía saber una dama. —Serena echó a andar hacia la puerta—. El piano está en el salón, al igual que el arpa, por supuesto, y dentro de quince minutos también estará el té.

Con el mango del pincel entre los dientes, Viola vio cómo su hermana desaparecía. Miró de nuevo su desastre de pintura y dejó caer los hombros. Apenas habían transcurrido siete días y ya estaba harta. Lo dominaría, pero ojalá pintar, comer y andar fueran cosas tan sencillas como echar el ancla o izar las velas.

El señor Yale se puso en pie y le ofreció el brazo.

Viola soltó un suspiro frustrado.

—No tengo que cogerme de su brazo para ir hasta el salón, que está dos puertas más allá, ¿verdad?

—Hay que practicar y practicar.

Lo miró.

—No está tan desinteresado como dice, ¿verdad, señor Yale?

—No es desinterés, señorita Carlyle —respondió él con bastante seriedad—. Solo soy leal a un hombre que me ha salvado la vida en más de una ocasión.

Lo miró boquiabierta.

—Las damas no miran boquiabiertas a nadie.

Viola cerró la boca y se puso en pie. A continuación, miró los pies de ambos, los relucientes zapatos del señor Yale y sus delicados escarpines que asomaban por el bajo del vestido, aunque no parecían ni sus pies si su bajo.

—Repítame cómo se conocieron.

—No estoy en disposición de contar eso. —El señor Yale la tomó de la mano y, acto seguido, procedió a colocársela en el brazo—. Pero tal vez si se lo pregunta a él, esté dispuesto a contárselo. Sospecho que lo estaría.

—Creo que ha malinterpretado la situación.

—Estoy seguro de que no lo he hecho.

El estómago le dio un vuelco.

—¿Qué le ha contado?

El señor Yale la miró en silencio un buen rato antes de contestar:

—No me contó nada. No hacía falta.

—En fin, pues se equivoca. De todas maneras, no creo que vuelva a verlo, así que no podré preguntarle nada.

—Insisto, aunque parezca muy maleducado, en que es usted quien se equivoca y acabará dándome la razón.

—Señor Yale, confieso que el mayor desafío de convertirme en una dama es aceptar que los caballeros creen saber mucho más que yo. De hecho, tengo la impresión de que nunca conseguiré aceptarlo. Así que tal vez nunca me convierta en una dama. —Le regaló una sonrisa—. Ah, menudo alivio. Empezaba a preocuparme.

Se marchó y abandonó la estancia sin ninguna ayuda.

—Su Ilustrísima se niega a vender. —El vizconde Gray estaba sentado al otro lado de la tosca mesa de madera, enfrente de Jin, mientras el sol de finales de verano se colaba en la tenebrosa taberna.

El establecimiento, situado en una zona tranquila de Londres, estaba vacío salvo por ellos dos. Al igual que Jin, el vizconde se había vestido con sencillez para la cita, pero su porte y su mirada directa dejaban claro que era un aristócrata.

—El secretario del obispo me ha asegurado que no se desprenderá ni de un solo objeto de su colección de arte oriental ni por todo el oro del mundo. En especial, de ese objeto en concreto. —Gray levantó el pichel de cerveza y lo miró por encima del borde—. ¿Qué hay en el cofrecillo, Jin?

—Nada de valor. —Solo su verdadera identidad.

—¿Y por qué me has pedido ayuda? No creo que lo hayas hecho antes, bajo ninguna circunstancia. —Aunque mantuvo la voz serena y una postura relajada, Colin Gray no era tonto. El Almirantazgo y el rey confiaban en el jefe de su club secreto por un buen motivo.

—Me pareció la forma más rápida de adquirirlo.

Gray asintió con la cabeza.

—Por supuesto.

Ninguno de los dos necesitó decir lo evidente: Jin tenía el respeto de varios de los comisionados que componían el Consejo del Almirantazgo. Pero Gray tenía contactos sociales, de modo que su petición de comprar una pieza antigua de una colección privada pasaría desapercibida.

—Sin embargo, teniendo en cuenta que te he ayudado sin hacer preguntas —añadió el vizconde—, me gustaría una explicación.

—Tu ayuda no me ha reportado nada. Y si no querías prestármela, nadie te obligaba.

Jin hizo ademán de levantarse.

La mano del vizconde le sujetó la muñeca, como un grillete.

—Me lo pediste porque deseas mantener el anonimato. —Un deje acerado asomó a la voz de Gray—. Espero saber por qué.

—Colin, si no me quitas la mano de encima, te la corto.

Esos ojos azul oscuro se clavaron en los suyos.

—Estás desarmado.

—¿Seguro?

Gray lo soltó, pero siguió mirándolo sin ceder un ápice.

—Hace siete años, cuando empezamos, no entendí por qué Blackwood confiaba en ti ciegamente.

—¿No? ¿Y a qué has estado jugando todo este tiempo al incluirme en tu club, Colin? ¿A mantener a tus amigos cerca y a tus enemigos más cerca aún?

—Al principio, tal vez. Aportabas mucho con tus contactos en los puertos y en todos los estratos de Londres, al parecer. Y con tu barco.

Jin se apoyó en el respaldo de la silla y cruzó los brazos por delante del pecho.

—¿Eso quiere decir que tengo cierta utilidad?

—Pero pronto me di cuenta de lo que Leam sabía desde hacía mucho tiempo —continuó Gray como si no lo hubiera interrumpido—. Tú y yo nunca nos hemos llevado bien. Eres impredecible y no pareces hacer aquello que vaya en contra de tus intereses. Pero las apariencias engañan. Aparte de Leam, eres el único hombre a quien le confiaría mi vida, Jinan. —Lo miró a los ojos—. Cuéntamelo. A lo mejor puedo ayudarte.

Jin observó al aristócrata. Gray estaba inmerso en esa misión no porque estuviera obligado a hacerlo, ya que su riqueza y su título estaban asegurados. Servía a su rey y a su país porque el honor y el deber eran más importantes para él que su propia vida. Gray consideraba a todos sus compañeros del club (Leam, Wyn, Constance e incluso él mismo) parte de dicho deber. Sí, el deber era lo primero.

—No es por mí únicamente, ¿verdad, Colin?

—Blackwood. Y Yale. Sé mejor que nadie lo que has hecho por ellos. Sé que protegiste a Leam de mí cuando quiso abandonar el club. Te llevaste tu barco al mar del Norte para perseguir a esos rebeldes escoceses cuando, en realidad, deseabas partir hacia el oeste. Lo hiciste con la esperanza de que así no involucrara a Leam.

Jin no lo negó. Gray era muy listo para alguien que tenía pocos años más que él.

—Y aunque Yale nunca me ha dicho nada, sé que estuviste allí la noche en que disparó a aquella muchacha. Sé que Constance te ha pedido que lo ayudes, y sospecho que acabas de verlo no porque él fuera a verte tras tu regreso, sino todo lo contrario.

—¿Sabes todo eso? Me pregunto qué has sacado en claro de esta información.

Gray se pasó una mano por la nuca.

—Por el amor de Dios, es como hablar con Sócrates. Aunque es mejor que hablar con el aire, después de mandarte cartas durante año y medio sin obtener respuesta alguna. —Se puso en pie—. Jin, si llegas a necesitar mi ayuda, te la prestaré. Hasta ese momento, el director tiene que saber si puede contar contigo para ese asunto en Malta. Supongo que Yale te habrá hablado del tema.

—Me lo mencionó.

—¿Sigues con nosotros o has seguido el mismo camino que Blackwood después de todo? Constance insiste en que sigues formando parte del club, pero exijo saberlo de tus propios labios.

¿Por qué no? Bien podía surcar el Mediterráneo en otro encargo del rey y del director secreto del Club Falcon. Por primera vez en dos años, no tenía otra cosa mejor que hacer, y distanciarse de Inglaterra le iría bien. El cofre que quería estaba fuera de su alcance, lo mismo que la mujer. Los dos formaban parte de una sociedad que, al igual que el hombre que tenía delante, toleraba su presencia por sus habilidades, aunque siempre desconfiaría de él por el mismo motivo. Había forjado su reputación a base de violencia y, pese a todo, no era uno de ellos.

—Ya me pondré en contacto contigo.

Gray asintió con la cabeza.

—Espero noticias tuyas pronto. —Le tendió la mano y Jin la aceptó.

—Colin —dijo con un deje titubeante. Las palabras salieron de su boca sin pensar, de una parte de su ser que no quería reconocer—, gracias.

Los ojos del vizconde relucieron.

—De nada.

Jin se quedó sentado a solas en la taberna unos minutos, antes de que llegaran Mattie y Billy.

—Matouba dice que ya ha venido por aquí antes y que no les caía muy bien a los parroquianos. Se ha quedado en el barco. —Billy sonrió al tiempo que se sentaba.

Mattie gruñó al tabernero y se sentó.

—Hemos visto salir a Su Ilustrísima. Parecía tan negro como Matouba. Lo has cabreado, ¿verdad?

Jin lo miró con expresión seria.

—¿Te has enterado de algo interesante?

—Un criado de menor rango. No hay muchos en la casa. El obispo tiene muchas cositas que no quiere que toquen los criados. —Mattie frunció el ceño—. No sé si será fácil de birlar.

—¿Cuándo nos ha detenido eso? —Billy enseñó los dientes.

Mattie se encogió de hombros y cogió su pichel.

—¿Cómo se llama el criado? —preguntó Jin.

—Hole Pecker...

Jin enarcó una ceja al escucharlo.

La sonrisa de Billy se ensanchó todavía más.

—Así le puso su madre.

—¿Tiene un horario regular?

—Sale de la casa a las diez en punto, cuando entra el obispo. —Mattie apuró la cerveza y dejó las manos en la mesa—. La cosa es que Billy, Matouba y yo queremos hacer esto en tu lugar.

—No tengo intención de hacer nada ahora mismo. Me he limitado a expresar un inocente interés por el personal del obispo.

Billy puso los ojos como platos. Y Mattie los entrecerró. Pero Jin fue muy claro con el deje que imprimió a su voz.

—Un momento. —Mattie apretó los puños—. No puedes seguir haciendo estos trapicheos.

—Tiene razón, capitán —convino Billy, con la sonrisa un tanto apagada—. Ya no está bien que lo haga.

—No estoy haciendo nada, como acabo de decir. Ya no nos dedicamos a eso, caballeros. Al menos, no mientras trabajéis para m...

—Ahora va a decirnos que nos metamos en nuestros asuntos, Bill —lo interrumpió Mattie—. Creo que la señorita Carlyle no se equivocó al decirnos que teníamos al asno más terco y arrogante del mundo por capitán.

—Sí que lo dijo. —Billy asintió con la cabeza, pensativo.

Jin sonrió.

—Echo de menos a la señorita. —Las escuálidas mejillas de Billy se sonrojaron—. ¿Cómo le va en la mansión, capitán?

—Bien, al menos la última vez que la vi.

—¿Estaba bien? —Mattie lo miró con expresión penetrante y el ceño fruncido.

Billy sonrió de nuevo.

—Seguro que lady Redstone le ha puesto vestidos, cintas y todas esas cosas que se ponen las damas.

Como debería ser. Sin embargo, todavía le sorprendía que después de todas esas semanas solo le apeteciera estar junto a ella. En cualquier sitio, con la ropa que ella quisiera ponerse. O sin ropa.

—Caballeros, ¿el barco está preparado?

—Listo para zarpar. ¿Vamos a alguna parte?

—Tal vez.

Mattie frunció sus carnosos labios.

—No me dirás que vas a untar al criado este para que robe el cofre y te lo entregue o para que deje la puerta trasera abierta y robarlo tú, ¿verdad? Pues me parece que es lo que planeas.

—No estoy planeando nada, Matt. —Se puso en pie—. Solo es curiosidad.

Se marchó, internándose en las bulliciosas calles, llenas de carruajes, transeúntes, vendedores ambulantes, floristas callejeras y demás bullicio de Londres, el mismo que había conocido por primera vez años atrás, cuando llegó a Inglaterra en busca de redención en la tierra de parte de sus antepasados. La parte desconocida.

Gray tenía razón. Conocía todos los estratos sociales de Londres, desde los aristócratas que se sentaban en el Parlamento hasta los niños que les robaban las carteras a dichos aristócratas para alimentar a sus familias hambrientas. Los conocía a todos, y la vida que llevaba lo había satisfecho en parte.

Pero ya no. La inquietud lo abrumaba en ese momento, incapaz de encontrar la paz. Claro que ya no tenía un objetivo y la puerta a la esperanza que retuvo después de dejar a Viola en Devonshire se le había cerrado. Tal vez su padre había sido un caballero de buena familia y riqueza. Tal vez. Pero sin el cofre nunca lo sabría.

Se detuvo para dejar una guinea en el bolsillo de una mendiga ciega. Rápida como el rayo, la mujer le cogió los dedos.

—Que Dios te bendiga, hijo —musitó ella, con los ojos velados y una cara avejentada por los días de un trabajo sin esperanza en su esquina.

—Nunca he sido un hijo, abuela —replicó en voz baja—. Pero acepto tu bendición de todas formas.

Le devolvió el apretón a sus huesudos dedos, le soltó la mano y prosiguió su camino a través del bullicio que ya no le producía la misma fascinación que de costumbre. No deseaba meditar sobre el cambio ni por qué se había producido. No deseaba recorrer ese camino. Sabía que no debía plantearselo siquiera.

Malta cada vez se le antojaba más atractiva.

21

—Lady Savege —dijo la esposa del vicario con tristeza—, me temo que su hermana jamás logrará tocar con destreza.

—¿Ah, no, señora Appleby? —replicó Serena, imitando el tono de voz de la mujer.

—Aunque posee la dureza necesaria en los dedos para tocar el instrumento...

Viola, que se encontraba tras la jamba de la puerta en el pasillo, no alcanzaba a ver la sombra de la mujer, pero sabía que debía de estar retorciendo las manos. Un gesto que no había parado de hacer durante las lecciones de arpa. Aunque era una virtuosa del instrumento, también era una mala persona. Estaba muy agradecida de no haber tenido que vérselas con mujeres en su barco. Habría acabado enloqueciendo.

Aunque, claro, Jin pensaba que ya estaba loca.

—... carece de la delicadeza para ello.

—¿La delicadeza?

—Del grado de elegancia que un arpista debe alcanzar.

—No tengo delicadeza ni elegancia —le susurró Viola al hombre que estaba inclinado sobre su hombro.

—Yo no diría tanto —replicó él, también en voz baja.

—Pero sí lo cree.

—Antes que admitirlo prefiero que me fustiguen.

—Señor Yale, es usted muy peculiar.

—Es la primera vez que una dama me dice eso. Me han tildado de brillante. De guapo. De alegre. De peculiar, nunca.

—Bueno, según la señora Appleby no soy una dama, así que puede estar tranquilo.

Serena y la esposa del vicario se volvieron hacia la puerta. El señor Yale aferró a Viola del brazo y entró con ella de la forma más decorosa.

—Vaya, señora Appleby, nos apena muchísimo no contar más con su presencia, pero parece que la señorita Carlyle se ha hecho daño en el meñique con un... con un... —Le dio un apretón en la mano a Viola.

—¡Ladrillo! Digo... con una polea.

—Ah, sí, con una polea —afirmó él al tiempo que la miraba de forma elocuente—. Y por eso no puede continuar con sus lecciones de arpa. —Soltó a Viola y tomó a la señora Appleby del brazo—. Permítame acompañarla hasta el carruaje de lord Savege. Albert la llevará a casa. —Se alejó con ella—. ¿Albert? Ah, es un tipo excelente. Sin embargo, no entiende para qué necesitamos las cucharas de los huevos y no lo culpo, la verdad...

—No para de decir tonterías. —Serena tomó a su hermana del brazo—. Y creo que te admira mucho. De no ser por ti, hace mucho que estaría en Londres.

—Es muy amable. No recuerdo que los caballeros fueran tan... tan...

—¿Jóvenes y guapos?

—Iba a decir tontos, pero después he recordado que el barón solía entretenernos con aquellos ridículos juegos, ¿verdad?

La expresión de Serena se tornó seria.

—Sí. Lo recuerdo muy bien.

En ese momento, apareció un criado por la puerta que las saludó con una reverencia.

—Milady, un caballero la espera en el salón azul. Ha pedido que no lo anuncie y desea que lo reciba usted sola si no le importa.

—Qué raro. —Intercambió una mirada con el criado. Sus ojos se abrieron por la sorpresa—. Vi, me encargaré de este asunto y volveré dentro de un momento. El jardinero ha cortado montones de flores y creo que podremos hacer unos cuantos ramos.

—Siempre que no tengamos que coser o tocar algún instrumento musical, perfecto —replicó ella, que se acercó a la ventana para contemplar el océano que se extendía hasta el horizonte.

Era un día ventoso, lo que indicaba que se acercaba una tormenta de verano. Si estuviera a bordo de su barco, les ordenaría a sus hombres que aseguraran las escotillas y arriaran las velas, dejando solo unas cuantas que los guiaran cuando arreciara el viento. Enviaría a un tercio de la tripulación abajo y organizaría un turno de guardias en el caso de que la tempestad se alargara. Después, abriría un barril de ron de Madeira, Becoua tocaría una canción en su mandolina mientras Sam y Frenchie cantaban y celebrarían el hecho de haber sobrevivido a otro de los peligros del mar.

Suspiró y su aliento se condensó en el cristal, si bien se evaporó al instante. Dos meses habían pasado desde que dejó atrás su barco y su tripulación y... no los echaba de menos.

¡No los echaba de menos!

Añoraba a Loco, eso sí, porque era su viejo amigo. Añoraba la sensatez de Becoua, el buen humor de Sam y de Frenchie, y al pequeño Gui, que había llorado muchísimo el día que se marchó de Puerto España. Añoraba su acogedor y destartalado camarote, y se preguntaba cómo estarían sus hombres en Boston. Pero no añoraba la vida en el mar, y eso hacía que se sintiera mal.

Porque debería añorarla. Le había encantado capitanear su propio barco, rastrear la costa de Massachusetts en busca de rufianes y mantenerse alejada de Aidan porque era incapaz de abandonar esa vida. Por fin lo había hecho y no la echaba de menos.

Añoraba a Jin. Muchísimo.

El proyecto de convertirse en una dama no bastaba para arrancárselo del pensamiento. Ni de las entrañas. Sentía un dolor constante en el corazón y en el abdomen que le recordaba todos los días que él había puesto su vida patas arriba, pero que todavía no sabía si era para bien o para mal.

Jugueteó con las cintas que colgaban por debajo de sus pechos e intentó respirar hondo pese al corsé. Le dolían los pies por culpa de los estrechos y ridículos escarpines, y estaba cansada de pasar una hora todas las mañanas delante del espejo mientras Jane la peinaba.

—A partir de mañana —musitó, sin apartarse de la ventana y empañando de nuevo el cristal— me peinaré con una trenza, Serena se reirá, Jane me mirará enfadada y yo estaré mucho más... —Tocó la parte empañada del cristal con un dedo—. Más... —Repitió el gesto—. Más cómoda.

—¿Vi? —Serena la llamó desde el vano de la puerta.

—¿Qué? —dijo ella, volviéndose—. ¿Quién ha venido?

—Me temo que vas a enfadarte conmigo. —Su hermana había unido las manos por delante de la cintura—. Se enteró por la servidumbre de que estabas aquí y me escribió, pero le dije que no debía venir hasta que tú estuvieras preparada. Sin embargo, tú no lo has mencionado siquiera y yo no quería presionarte...

—Es el barón, ¿verdad? Ha venido.

Serena asintió con la cabeza.

—Tiene muchas ganas de verte.

Viola atravesó la estancia, respirando todo lo hondo que le permitía el dichoso corsé para tomar la mano que le ofrecía su hermana.

—En ese caso, no debemos hacerlo esperar.

Caminó por el pasillo que llevaba hasta el salón azul con la serenidad que le habían enseñado su hermana y el señor Yale, pero tenía los puños apretados sobre las faldas por la tensión. Serena le hizo un gesto a un criado para que abriera la puerta.

El caballero que aguardaba de pie en el centro de la estancia no podía ser más opuesto a la opulencia que lo rodeaba. Entre los ricos tonos dorados y azules del salón, parecía un espantapájaros, medio calvo y muy delgado, y ataviado con una ropa poco elegante. Sin embargo, sus ojos tenían la misma expresión cariñosa de antaño y estaban llenos de lágrimas.

Viola sintió un nudo en la garganta.

—¿Viola? —dijo él.

Consiguió hacer una genuflexión.

—Buenos días, señor.

Él frunció el ceño.

—¿Te vas mostrar ceremoniosa conmigo? ¿Acaso mi niñita se ha convertido en una dama de mundo tan importante que ni siquiera va a acercarse para darme la mano?

Viola se adelantó y él extendió ambas manos. Ella se las tomó. Una solitaria lágrima se deslizó por la arrugada mejilla del barón y cayó sobre sus dedos.

—Tus manos son las mismas —musitó ella. Cálidas, grandes y seguras como siempre lo habían sido.

Tal como las había recordado todas las noches en el barco durante aquel primer mes y durante muchas noches después, cuando soñaba con su casa y se preguntaba si su padre iría a buscarla. Después, cuando Fionn le dijo que todos la creían muerta, dejó de soñar. Los sueños eran cosa de Serena, no de una niña aventurera como ella. No de la niña aventurera que su padre creía que era. Su padre querría que fuera valiente.

Y lo fue. Pero en ese momento temblaba como si volviera a ser una niña de diez años.

—Eres una belleza, como tu madre. —Su cara, marchita y arrugada como ella jamás habría imaginado, se iluminó al esbozar una sonrisa—. Mi niñita. Mi Viola. ¡Cómo he llorado tu pérdida!

Tal vez Viola viera en sus ojos la magnitud de su pesar. O tal vez lo sintiera en su corazón. Sin embargo, no podía soportar su afecto por si volvía a perderlo, por si volvía a perder a Serena, por si volvía a perder el afecto de todos aquellos que tanto se había esforzado por olvidar.

—Yo también te he echado de menos —dijo a través del nudo que sentía en la garganta—, papá.

Él le dio un apretón en las manos y Serena contuvo un sollozo de alegría.

Después, hubo mucho de lo que hablar y muchas, muchas muestras de consuelo.

—¡Vi, ya están aquí! —Serena estaba de puntillas en la puerta de la cocina.

—¿Están, en plural? —le preguntó Viola al tiempo que soltaba un ramillete de romero y se quitaba el delantal.

—Alex. Y unos amigos. Vienen cuatro carruajes por la avenida de entrada.

A Viola se le aceleró el corazón. ¡Cuatro carruajes! Con cuatro carruajes, incluso con uno, tal vez...

No debería estar tan ansiosa. Echó un rápido vistazo a las hierbas aromáticas colgadas para que se secaran. Era la tarea más sencilla que había realizado como parte de sus enseñanzas para convertirse en una dama, y se había convertido en su favorita. Aunque podía esperar.

Se detestaba a sí misma por albergar esperanzas. No obstante, podía seguir detestándose mientras caminaba tras su hermana hacia la parte delantera de la mansión, donde la servidumbre ya estaba trasladando baúles y bolsas del viaje. Llegaron al vestíbulo, donde se alineaban las doncellas y los criados, justo cuando entraba un caballero por la puerta. Alto, corpulento y muy atractivo, con el pelo castaño, porte elegante y la sonrisa de un hombre seguro de sí mismo. Nada más entrar, preguntó con descaro:

—¿Dónde está mi señora esposa?

—Aquí estoy, milord.

Viola jamás había escuchado a su hermana hablar con esa voz ronca y dulce. La mirada de lord Savege se posó en ella y su expresión se relajó al esbozar una sonrisa picarona.

—Ahí está, sí, señor. —Se acercó a ella, le cogió una mano y le dio un beso bastante largo en el dorso. Después, le dio otro en la palma.

Viola se emocionó al presenciar la escena. Desvió la mirada hacia la puerta.

—Milady, ¿cómo está usted? —le preguntó el conde con un deje bromista—. ¿Cómo está nuestra hija?

—Las dos estamos muy bien. Ahora mismo está durmiendo una siesta. —Serena tomó a su marido del brazo—. Alex, permíteme presentarte a mi hermana, Viola.

—Señorita Carlyle —la saludó su cuñado con una reverencia—, bienvenida a casa.

En ese momento, entraron tres damas y un caballero, todos desconocidos para Viola. Un criado cerró la puerta tras ellos, haciendo que a Viola se le cayera el alma a los pies. Se recriminó en silencio.

Al cabo de unos minutos, entendió perfectamente por qué su hermana se había enamorado del conde de Savege. No era como ella imaginaba que debía de ser un conde, estirado y correcto. Era un hombre campechano y muy simpático.

—Mi hermana Kitty, lady Blackwood, quiere conocerte —le dijo a Viola—, pero se ha quedado en la ciudad con su bebé y espera que nos reunamos pronto con ella. De todas formas, me ha enviado a sus amigas del alma como reemplazo.

Una de las damas, una joven esbelta de rizos castaños y ojos oscuros, la saludó con una reverencia.

—Soy Fiona Blackwood —se presentó. Hablaba con ligero acento escocés—. La hermana de lord Savege, Kitty, está casada con mi hermano y es mi mejor amiga. Y usted es guapísima.

—Pero lo importante es que tenga dos dedos de frente —replicó la otra muchacha, de pelo rubio y corto, y ojos verdes. Llevaba anteojos de montura dorada y parecía observarla al detalle—. ¿Cómo está, señorita Carlyle? Soy Emily Vale, pero prefiero que me llamen Lisístrata.

—¿Otra vez se ha cambiado el nombre, milady? —le preguntó el señor Yale, que acababa de aparecer en el vestíbulo—. Debe de haberse cansado de Boadicea.

—Boadicea era el nombre elegido por Emily antes de decidirse por Lisístrata —le dijo al oído lady Fiona a Viola.

—No me he cansado de él —le aseguró la joven al señor Yale—. Pero ya estoy cansada de usted, y eso que acabamos de encontrarnos. —Hizo una pausa—. Cuanto más tiempo pasa, más me canso de verlo.

El señor Yale rio entre dientes.

—No le haga caso a *ma petite Emilie, chère mademoiselle* —dijo una dama muy elegante vestida de negro, blanco y rojo mientras saludaba a Viola besándola en las mejillas, un gesto que la envolvió en una nube de perfume parisino—. No le gustan los trayectos largos en carruaje.

—Le presento a madame Roche, señorita Carlyle —las presentó lady Fiona, que al sonreír reveló un par de hoyuelos en sus mejillas de alabastro—. Es la dama de compañía de lady Emily, una mujer muy graciosa. —Sus ojos se clavaron en el señor Yale—. Pero veo que disfruta de un acompañante del mismo talante.

Serena se acercó con un caballero delgado y de pelo rubio, con brillantes ojos azules.

—Viola, te presento a nuestro hermanastro, sir Tracy Lucas.

—Espero que solo me llames Tracy —señaló él al tiempo que la saludaba con una reverencia y una atractiva sonrisa—. Será un honor llamarte hermana.

—Un grupo maravilloso, ¿verdad, señorita Carlyle? —Lady Fiona esbozó una sonrisa radiante. Era más alta que Serena, la personificación de la belleza juvenil vestida de muselina blanca—. Será espléndido conocerla mejor y sé que lady Emily, o mejor dicho, Lisístrata, también será de la misma opinión cuando se haya recuperado de la fatiga del viaje. —Le echó otra mirada al señor Yale, en esa ocasión de soslayo y en absoluto inocente—. ¿Cree que podremos bailar?

Viola enarcó las cejas.

—En realidad, no sé bailar.

La expresión de la joven se iluminó.

—¡Eso es maravilloso! Le daremos unas lecciones.

La alegría inundó la casa. Acostumbrada a vivir con muchas personas compartiendo un espacio reducido, a Viola no le importó tanta actividad. Sin embargo, los londinenses no eran como su hermana y el barón, más bien se parecían al señor Yale: de ingenio rápido, al último grito de la moda y muy atentos con ella. No obstante, Viola buscó en más de una ocasión refugio en el sendero del acantilado, a cuyos pies rompían las olas sobre la arena de la estrecha playa, el lugar donde mejor podía escuchar los agudos graznidos de las gaviotas. Allí podía inspirar el aire procedente del mar, disfrutar del calor del sol en las mejillas y sentirse casi feliz. Salvo por ese vacío de su interior que se negaba a abandonarla.

El señor Yale se mostró siempre muy atento. Pero daba la sensación de que el placer que había obtenido con su visita a Savege Park parecía estar menguando.

—Lady Fiona lo admira —le dijo Viola mientras miraba de reojo a la joven, que estaba tocando una alegre tonada en el piano. Tenía una voz muy dulce, parecida al canto de los pájaros que se escuchaban en los jardines de Serena, situados a sotavento.

—Sí, en fin... —replicó él antes de beber un trago de oporto—. Si quisiera alentar dicha admiración, su hermano me ahorcaría.

—Creía que lord Blackwood y usted eran buenos amigos.

—Precisamente.

Viola miró esos ojos plateados, que no parecían afectados por el vino a pesar de haberlo visto tomarse tres copas durante la cena.

—No tiene el menor interés en ella, ¿verdad?

—Es una preciosidad. —Volvió a beber.

—Pero...

—Señorita Carlyle, siento mucho no poder continuar con esta conversación en concreto. Por favor, discúlpeme.

—Señor Yale, después de estas tres semanas en mi compañía, ¿todavía no me conoce?

Lo vio esbozar una sonrisa.

—¡Vaya, veo que me he confundido! —La miró fijamente—. Lo diré de otro modo. No tengo el menor interés en las jovencitas recién salidas del aula.

—Sin embargo, bromea con lady Emily cada vez que se le presenta la ocasión. No creo que tenga más de veinte años.

Esos ojos plateados resplandecieron de repente.

—Ella es muy distinta.

—Lo cree un petimetre indolente. ¿Lleva razón?

—Como es natural, debe usted sacar sus propias conclusiones.

—Carezco de la experiencia necesaria para compararlo con otros caballeros. Solo conozco a lord Savege y a lord Carlyle, de modo que...

—Acaba de omitir a nuestro mutuo amigo de su lista. ¿No lo cree un caballero, señorita Carlyle?

Viola sintió que le ardían las mejillas.

—No sé qué quiere decir.

Lo vio esbozar una sonrisa.

—¡Vaya, lo ha conseguido! Se ha convertido verdaderamente en la dama que quería ser hace un mes.

Viola no supo si reír o llorar. ¿Acaso el mundo en el que había vivido durante quince años había desaparecido en cuestión de semanas? Si volviera a ponerse calzas y fuera armada, ¿recuperaría los callos de las manos con rapidez o lentamente, como cuando tuvo que acostumbrarse al trabajo manual?

Con el rabillo del ojo, vio que las faldas de un vestido blanco se acercaban a ella, como si fueran las alas de una gaviota sobre la gavia.

—Señor Yale —dijo lady Fiona al tiempo que entornaba los párpados. Tenía unos preciosos ojos castaños—, si toco mañana, ¿enseñará a la señorita Carlyle a bailar? Lady Savege dice que celebraremos una fiesta el próximo fin de semana a la que asistirán los vecinos de los alrededores. La señorita Carlyle afirma que no sabe bailar, y no pienso permitir que se pase toda la noche sentada mientras los demás nos divertimos. Es demasiado guapa para eso. —Agarró una de las manos de Viola y le dio un apretón amistoso—. Nuestro anfitrión también es un bailarín excepcional. Con su ayuda, señor Yale, estoy segura de que la señorita Carlyle estará más que preparada para bailar durante la fiesta. ¿Lo hará, señor?

—Será un honor. ¿Señorita Carlyle?

—Bueno, ¿por qué no? —Era imposible que se le diera peor el baile que la pintura o que tocar el arpa.

Pero se equivocó. Era muchísimo peor.

—¡Ay, lo siento!

—No hace falta que te disculpes, querida. La culpa es mía —replicó lord Savege con una sonrisa titubeante.

Viola entrecerró los ojos con escepticismo y volvió a tropezarse con los pies de su cuñado.

—Esto es imposible.

—Las damas no rezongan en la pista de baile —le recordó el señor Yale mientras tomaba su mano y la alejaba del conde.

—Sospecho que las damas tampoco desean tener su machete a mano para cortarle quince centímetros al bajo de su vestido o para rajar el corsé y así poder respirar.

—Oo, la! —exclamó madame Roche entre carcajadas—. Señorita Carlyle, es usted très amusante, ¿a que sí?

—Supongo —replicó el señor Yale con ecuanimidad.

Serena rio por lo bajo. Lady Fiona, que estaba tocando el piano, ejecutó una alegre combinación de notas. Incluso lady Emily, que estaba sentada leyendo un libro, ajena a la clase de baile, sonrió. La cálida brisa entraba a través de los ventanales abiertos para recibir el fresco de la tarde estival, meciendo las cortinas y las faldas de Viola. No podía estar triste. Sus nuevas amistades suponían una gran alegría, debía superar el reto de dominar las nuevas habilidades y también estaba el consuelo de poder disfrutar del precioso hogar de su hermana. Sentir ese insistente vacío interno, pese a todo, parecía ridículo. A esas alturas, ya debería haberse acostumbrado.

Lady Fiona volvió a colocar las manos sobre las teclas y Viola siguió bailando con renovado empeño. En uno de los giros, quedó frente a la puerta del salón y allí estaba. Jin. Sin previo aviso. Tan guapo como siempre y observándola.

De repente, supo que jamás se acostumbraría a ese vacío interior, ni aunque intentara distraerse surcando los siete mares en un barco que hiciera aguas. No había nada sobre la faz de la tierra que pudiera distraerla lo suficiente. Porque no había aventura más peligrosa que amar a Jin Seton y que él no correspondiera sus sentimientos.

22

Jin era incapaz de apartar la mirada de ella. Sabía que debía hacerlo. Pero mientras la veía tropezar en mitad de la pista, enredándose con el bajo del vestido y con los pies de su pareja, destrozando el baile en definitiva, el nudo que llevaba viviendo en su pecho todo ese mes desapareció. Estaba preciosa, tan guapa con su disfraz de dama como lo había estado ataviada de marinero. Se movía por la pista de baile sonriendo y riéndose, mostrando su placer y su ocasional titubeo sin reservas y sin teatralidad. Como capitana, había embrujado a sus hombres; y en ese momento, bailaba con todas sus ganas, si bien no con demasiado sentido del ritmo.

Cuando por fin su mirada se posó en él, puso los ojos como platos, y Jin se quedó sin aliento. La vio tropezar una vez más.

—¡Jinan, has vuelto! —Lady Savege dio una palmada y su marido se volvió con una sonrisa en los labios.

Se acercó a él con largas zancadas y la mano extendida para estrechársela.

—No te abrazaré en presencia de toda esta gente —dijo el conde con voz baja y sentida, apretándole con fuerza la mano—. No me cabe la menor duda de que me apuñalarías por el bochorno. Pero quiero que sepas que lo haría si pudiera.

Jin se permitió esbozar una sonrisa tensa, aunque la enorme losa que le había pesado en el corazón por fin había desaparecido. La deuda que lo había vinculado a ese hombre, a su amigo, durante veinte años por fin estaba saldada.

Alex meneó la cabeza y se echó a reír.

—Así que ahí es donde has estado metido todos estos meses en los que no sabíamos nada de ti, ¿no? Buscando a una mujer a la que todos creían muerta.

—Me pareció una ocupación tan válida como cualquier otra. —Soltó la mano de su amigo.

—¿Y cómo está mi barco? Bueno, el tuyo.

—En el fondo del mar, Alex.

—¿Cómo dices? ¿Qué ha pasado? ¿Quién ha sido?

—Una dama. —Desvió la mirada más allá de Alex, hacia Viola. Su amigo imitó el gesto antes de mirarlo una vez más con los ojos como platos—. Sí. —Sonrió—. Es... extraordinaria.

Los demás esperaban una señal de su anfitrión, muertos de curiosidad. Sin embargo, la dama cuyos ojos veía todas las noches en sueños había apartado la cara.

Serena se acercó a ellos.

—Bienvenido, Jinan. Permíteme presentarte a los demás. Lady Emily...

—Ya nos conocimos durante un breve encuentro en casa de mis padres, hace casi dos años —dijo lady Emily desde su asiento y lo saludó con un gesto de la cabeza—. ¿Cómo está, señor Seton? Supongo que no querrá llevarse al señor Yale cuando se marche de nuevo, ¿verdad?

—La dama rezuma encanto, como siempre —replicó el galés—. ¿Qué tal por la ciudad, Seton?

—Bien, gracias. —Sin la presencia de la única persona a quien deseaba ver, que seguía sin mirarlo—. Lady Emily, es un placer volver a verla. Sin embargo, me temo que no tengo planes de marcharme en breve.

En ese instante, Viola lo miró de reojo, apenas una miradita en su dirección, con los labios entreabiertos.

Jin no sabía lo que iba a decir hasta que pronunció esas palabras, algo que hizo con el único propósito de atraer su mirada.

El pánico volvió a asaltarlo. No debería haber ido. Pero

había sido incapaz de resistirse y ya era demasiado tarde. Se obligó a permanecer en calma y se dirigió a la acompañante de lady Emily, a quien le hizo una reverencia.

—Madame Roche, *j'espère que vous allez bien.*

—*Je vais très bien, monsieur. Merci.* —La dama lo saludó con una reverencia antes de señalar a la jovencita que había junto al piano—. Creo que ya conoce a mademoiselle Fiona, la hermana de lord Blackwood, un buen amigo suyo.

Le hizo una reverencia y la jovencita correspondió con una genuflexión, ocultando sus ojos castaños con las pestañas.

—Por supuesto, no tengo que presentarte a mi hermana. —Serena era todo sonrisas cuando cogió a Viola del brazo—. En fin, ¿tomamos el té? Tanto bailar me ha dado una sed tremenda.

—Querida, si no te importa —dijo Alex—, me llevaré a los caballeros en busca de un refrigerio más fuerte. Seton, Yale, ¿os parece?

—Una sugerencia magnífica —murmuró Yale, que le lanzó a Jin una mirada risueña antes de echar a andar hacia la puerta.

Jin se despidió de las damas con una reverencia y los siguió de buena gana. Una cosa era soñar con los ojos, los labios y las caricias de una mujer que se encontraba a miles de kilómetros y lamentar la distancia que los separaba. Y otra muy distinta estar en la misma estancia que ella, con el deseo corriéndole por las venas, y conservar la cordura más que ella.

Había vuelto. Así sin más. Viola no recibió advertencia alguna, ningún criado anunció su nombre, si bien dichos criados se pasaban el día anunciando las entradas de unos y otros.

No fue así en esa ocasión. Jin había aparecido en mitad de un minué y se había quedado en el vano de la puerta del salón como si llevara siglos observando al grupo bailar con brío y estuviera encantado de quedarse allí otro tanto. Y en ese momento, mientras los invitados se reunían en el salón antes de la cena, había disfrutado una vez más de una posición cómoda, en esa ocasión junto al piano. Lady Fiona lo miró pestañeando al tiempo que le enseñaba su partitura. Madame Roche estaba cerca, pero la francesa, ataviada con un vestido de organdí negro, cuya edad se desconocía y que había enviudado en tres ocasiones, no la preocupaba, pese a sus ojos penetrantes y a su elegante porte. Solo la encantadora y virginal Fiona importaba, una muchacha a la que le había tomado afecto y a quien, muy a su pesar, envidiaba en esos momentos. Lady Fiona se había hecho con la atención de Jin, y eso le revolvía el estómago.

Esa noche llevaba una chaqueta oscura, pantalones de ante y camisa blanca, como si no acabara de llegar esa misma tarde. Claro que a bordo de su barco demostraba la misma actitud, siempre controlado y al mando de todos aquellos con los que se cruzaba. Incluida su tontísima capitana.

A Viola le costaba respirar con normalidad y se sentía como una idiota. Pero Violet *la Vil* no era una idiota.

Superaría eso. En esa ocasión no permitiría que la alterase. En ese momento, contaba con su familia, con el afecto de su hermana y del barón, y con nuevos amigos, por más exaltados que parecieran. Más aún, tenía la fuerza necesaria para resistirse a él. En Trinidad, sus sentimientos la habían cegado. Pero por fin sabía a qué peligros se enfrentaba. Lucharía aun sin su pistola y sin su puñal. Y si eso no funcionaba, no dudaría en sacar las armas de sus baúles y amenazarlo para que se marchara a punta de cuchillo.

A su lado, Serena y el señor Yale hablaban sobre plantas, de un juego de cartas o de algo igual de misterioso, no tenía la menor idea. Sin embargo, la hijastra del barón, Diantha Lucas, al parecer sí.

—Lord Abernathy y lord Drake se jugaron unas orquídeas, pero acabaron empatados. —Sus rizos castaños se agitaron, ocultando unos ojos azules enmarcados por espesas pestañas—. Lo leí en la columna de cotilleos de *The Times*.

—Qué excéntricos. —Serena soltó una risilla.

El señor Yale esbozó una sonrisa que Viola había aprendido a reconocer. Una sonrisa que decía: «Esta tarde me he bebido una botella entera de brandi y nada me afecta, ni siquiera unos aristócratas ridículos que se juegan cientos de libras a las cartas por unas plantas exóticas.» Sin embargo, el caballero se limitó a decir:

—Es admirable que lea el periódico, señorita Lucas.

Bajo una buena cantidad de pecas de la que ninguna dama querría alardear, las mejillas y la barbilla de Diantha se aferraban a la redondez infantil, aunque esa no era la única reminiscencia pueril de su persona. Sin embargo, sus ojos no perdieron el brillo.

—A papá no le gusta el periódico, pero yo aprendí a disfrutar de él en la Academia Bailey, por supuesto.

—Por supuesto. —Los ojos plateados del señor Yale relampaguearon.

—Señor Yale, debería beber menos y leer más el periódico.

—¡Diantha!

—Serena, solo digo que los caballeros jóvenes y apuestos no deberían arruinar sus vidas de esta manera. Hay muchas alternativas a la depravación, por si no lo sabe.

—Para una dama de... —El señor Yale se interrumpió y frunció el ceño—. ¿Qué edad tiene, señorita Lucas? Si no le molesta que le pregunte, claro.

—Dieciséis años y casi nueve meses.

—Para una dama de dieciséis años y casi nueve meses, señorita Lucas, tiene mucho que decir.

El rostro de la muchacha evidenció una inocente sorpresa.

—¿Por qué no iba a tenerlo?

El señor Yale enarcó las cejas.

—Ciertamente, ¿por qué no? Es admirable.

—Acaba de decir que es impertinente.

—Jamás. Y si lo hice, debió de ser por un lapsus. Le ruego que me perdone.

La muchacha frunció los labios con gesto escéptico.

—No es sincero.

—Casi nunca. Pero me resulta admirable una mente bien informada, señorita Lucas, aunque vaya acompañada de la impertinencia. —Con una sonrisa torcida, se puso en pie, les hizo una reverencia a las tres y se alejó.

Serena le dio unas palmaditas en el brazo a su hermanastra.

—No le hagas caso, Diantha.

—La señorita Yarley de la Academia Bailey dice que los caballeros siempre beben más de la cuenta. Le aseguré que papá no lo hace, pero que mi verdadero padre sí lo hacía, así que tal vez la señorita Yarley sí está en lo cierto en el caso de algunos caballeros. —Clavó la mirada en el señor Yale con curiosidad y algo más.

Lady Fiona tocó unas cuantas notas y Viola desvió la vista hacia el piano una vez más.

Jin la estaba mirando.

Apartó la mirada al punto, y el vacío de su interior jamás le pareció más inmenso. Más allá de las puertas de la terraza, las nubes de tormenta se agolpaban sobre el océano, doradas en la parte inferior por el roce de los rayos del sol poniente. Se puso en pie y atravesó las puertas que daban a la terraza. A su alrededor todo tenía un tinte rosado, y se obligó a apreciar la belleza tal cual hacía cuando estaba al timón.

—¿Echas de menos tu alcázar? —Su voz ronca le llegó por encima del hombro.

Se quedó sin aliento, pero se volvió hacia él.

—Por tu culpa.

Jin le hizo una reverencia.

—Yo también me alegro de verte, Viola.

—Supongo que esperas que te haga una genuflexión.

—Creo que esa es la costumbre. —Sus ojos relucían.

A Viola se le encogió el estómago.

—He aprendido a hacerlo, que lo sepas. Además de otros muchos logros propios de una dama.

—No me cabe la menor duda.

—¿Para qué me has seguido? ¿Para molestarme?

—Solo quería saludarte. Pero me alegraré si consigo algo más con tan poco esfuerzo.

—Mira, me muero de la risa. ¿Lo ves?

—Lo veo. —A juzgar por el brillo que apareció en sus ojos mientras examinaba su peinado y sus ojos, sus palabras tenían un significado más profundo.

No podía soportarlo, no cuando lo deseaba tantísimo.

—No me mires así.

—¿Cómo? ¿Como a una mujer guapa que está delante de mí y...? —Se detuvo—. Creo recordar que ya tuvimos una conversación parecida.

En el hotel, cuando llegaron a Puerto España, antes de que todo su mundo cambiara.

—Me miras así porque me han estirado el pelo y empolvado y ahora ya ni me reconoces.

—Al contrario, eres muy reconocible e irracional.

—*Je vous en prie.* —Hizo una genuflexión, abrió el abanico y se golpeó la nariz. Que procedió a frotarse con una mano.

Esa boca perfecta esbozó una minúscula sonrisa.

—¿Has aprendido francés en un mes?

—*Où est-ce qu'on peut danser?*

La sonrisa se ensanchó.

—¿Sabes lo que quiere decir eso?

—Sí, pero las únicas frases, además de estas dos, que he memorizado son «Las gambas están deliciosas» y «¿Habrá juegos de cartas esta noche?». Por cierto, si bailamos, seguro que te piso, algo que me daría mucho placer. ¿Por qué me has llamado irracional? Esta vez.

—Sabes que te consideraba guapa antes de esta noche. Te lo dije.

Y allí estaba ella, en la terraza de la mansión de un conde, acalorada en lugares donde ninguna dama debería sentirse acalorada dadas las circunstancias, y deseando arrojarse a sus brazos con desesperación.

Debería decir algo para espantar la desesperación que la embargaba, para espantarlo a él antes de que mandara a hacer gárgaras a la alta sociedad y también a su orgullo al pegarse a él como un molusco a una roca.

—El señor Yale es mucho más sutil que tú cuando coquetea.

—No estoy coqueteando contigo, Viola.

«¡Ay, Dios mío!» ¿Por qué había vuelto? Le dolía, y no sabía qué hacer para que dejara de dolerle.

—Él me llama señorita Carlyle.

En ese momento, algo relampagueó en sus ojos. Algo no del todo seguro.

—¿Quieres que vuelva a llamarte señorita Carlyle?

—No —contestó demasiado deprisa.

—Viola...

Algo en su voz, un deje inseguro tal vez, hizo que su corazón diera un vuelco, de modo que replicó de mala manera:

—¿Qué? —Porque el tumulto de emociones no era bien recibido.

Jin enarcó las cejas y emitió un sonido, como si fuera a replicar. Pero se contuvo y apretó los labios, que quedaron convertidos en una fina línea.

—No.

No deseaba saber lo que él quería decir con ese «No», ni por qué no había respondido. No podía ser nada bueno, y hasta la sangre que corría por sus venas temblaba.

—No... ¿qué?

—No, no voy a igualar tu idiotez con una idiotez de mi cosecha. He salido para saludarte y para decirte que te he echado de menos.

El corazón se le subió a la garganta.

—¿En... en serio?

—Sí.

El horizonte se tragó el sol y el color rosado abandonó el cielo, derramando un tono perlado sobre la suave pendiente del jardín de Savege Park y los muros de la casa. Sin embargo, ya estuvieran a la luz rosada o a cualquier otra, sus ojos seguían siendo preciosos y su mandíbula, firme; y a Viola no le gustaba la sensación de estar a punto de caer rendida a sus pies como gelatina derretida sobre la terraza.

Intentó esbozar una sonrisa desdeñosa.

—Tuviste tu oportunidad, Seton.

Él enarcó una ceja.

—Esto no lo he echado de menos.

—Vaya. —Viola se esforzó por mantener una fachada desinteresada—. Estoy segura de que dentro puedes encontrar una compañía más agradable.

—No me cabe la menor duda. —Su boca volvió a esbozar esa sonrisilla minúscula, y las estrellitas reaparecieron.

—Mi hermana, por ejemplo —dijo, para ocultar su malestar—. Parece que le caes muy bien, aunque solo Dios sabe por qué. Y, por supuesto, también está lady Fiona.

—Parece que me estás despachando como si aún fuera tu segundo de a bordo.

—Te estoy despachando como a un hombre con quien una dama no desea hablar.

—Mmmm. —A la postre, él sonrió.

Y esa sonrisa se le clavó en las entrañas como un puñal.

—¿Por qué sonríes?

—Aquel día, cuando me dijiste en el barco que solo eras una mujer, dijiste la verdad. Una... —Hizo una pausa—. Una mujer. —Se volvió y echó a andar hacia las puertas de la terraza.

La asaltó el deseo de agarrarlo del brazo para detenerlo, para que permaneciera a su lado bajo la penumbra del crepúsculo. Para, sencillamente, tocarlo. Deseaba tocarlo más de lo que había deseado otra cosa durante semanas. O tal vez durante toda su vida.

—¿Qué has hecho en Londres? —preguntó de repente.

Él la miró por encima del hombro.

—Nada de importancia.

—Creía que tenías asuntos que tratar allí. ¿Por qué has vuelto?

Su mirada se tornó seria una vez más.

—Para saldar una deuda.

—Con lord Savege, relacionada conmigo, por supuesto. Pero él ha estado en Londres. ¿No lo viste allí?

—No.

Jin regresó junto a ella hasta que se quedó muy cerca. Tanto que tuvo que echar la cabeza hacia atrás para mirarlo. La brisa del crepúsculo hizo que un mechón de pelo ocultara sus ojos. Lo vio inspirar hondo, aunque ella apenas podía respirar.

—¿Eres feliz aquí, Viola?

—Menuda sorpresa. No me imaginaba que te importase.

—Me importa.

—Si fuera así, no me habrías obligado a volver.

—La apuesta —replicó él, en voz muy baja— fue idea tuya, por supuesto.

Le ardían las mejillas. De hecho, le ardía todo el cuerpo. Él estaba muy cerca, demasiado, pero era incapaz de apartarse. Quería estar más cerca todavía. Ese cuerpo masculino irradiaba una tensión expectante mientras le recorría la cara con los ojos, y era como si la estuviera tocando con los dedos, como si le estuviera acariciando las mejillas, las cejas y los labios. Era incapaz de apartar los ojos de esa boca perfecta. Quería que la besara con todas sus fuerzas. Quería volver a hacer el amor con él. Jamás había deseado hacerle el amor con tanta desesperación. Y quería que la abrazara, que no la soltara jamás.

—¿Eres feliz? —repitió él en voz baja.

El momento era tan íntimo que sintió un nudo insoportable en el estómago. Retrocedió un paso y cruzó los brazos por delante del pecho.

—Claro, como si en el fondo te interesara saberlo.

En el mentón de Jin apareció un tic nervioso y su mirada se endureció.

—Si no me interesara, no te lo preguntaría. Pero al parecer la niña malcriada ha vuelto y me voy a quedar sin respuesta. —Se apartó de ella.

Viola quería gritarle que no era una niña, sino una mujer, y dicha mujer estaba sufriendo. Pero se limitó a tragar saliva para aliviar el nudo de su garganta mientras se preguntaba si las verdaderas damas permitían que los caballeros las hicieran sentirse al borde de la muerte. Si estuviera en su barco...

Si estuviera en su barco, no permitiría que le echara un sermón antes de alejarse.

Lo siguió. Tal vez él sabía que iba a hacerlo. La estaba esperando en el umbral de las puertas de cristal, unas puertas que ni siquiera imaginaba que podían existir hasta que llegó a esa casa donde muchas otras cosas le resultaban desconocidas, salvo él.

—Estoy... —Buscó las palabras adecuadas—. Me siento... demasiado sedentaria. —Al fin y al cabo, era cierto. Y no podía contarle lo que albergaba en su corazón. Era mejor que pensara que lo odiaba por haber cambiado su vida. Cualquier cosa que no le hiciera pensar que él había ganado—. No estoy acostumbrada a estar tanto tiempo en un sitio.

—Era de esperar.

—¿No vas a decirme que me acostumbraré enseguida? ¿Que me olvidaré de mi vida anterior?

—¿Por qué iba a decirlo? Nunca deseé que fueras infeliz, Viola, solo que te reunieras con tu familia. Si deseas retomar tu vida en América, no te lo impediré, y sospecho que ni lady Savege ni ninguna otra persona lo hará. Te quieren y solo desean tu felicidad.

No se lo dijo mirándola a los ojos, sino con la vista clavada en sus mejillas, en su frente y en su boca. Sobre todo en la boca, ya que sus ojos volaban una y otra vez al lunar del labio inferior. Recordaba su lengua en ese punto. Y el recuerdo le aflojó las rodillas. Y también la instó a entornar los párpados.

—Jin, siento ser tan respondona —se apresuró a decir.

—Viola, no me he expresado bien. —Su voz parecía más ronca—. No puedo quedarme mucho tiempo. Mi barco... Verás...

Viola tenía los nervios de punta.

—¿Está anclado en Londres?

—Sí. —Inspiró hondo, haciendo que su pecho se hinchara.

Viola se agarró al pomo de la puerta que tenía detrás con manos temblorosas.

—¿Matthew, Billy y Matouba también están allí?

—Sí. Tengo que estar en Malta en breve.

—¿Malta? —No. ¡No! ¿Cómo podía mirarla de esa manera y decirle al mismo tiempo que se iba a marchar tan lejos? ¡Y sin ella! Meneó la cabeza.

—Viola, yo...

—Espero no interrumpir.

Jin se volvió hacia el barón, pero ella era incapaz de apartar la vista. Esos ojos azules tenían una mirada extraña y a ella no le latía el corazón con normalidad. Se moría por saber lo que había estado a punto de decir. En su barco, no habría semejantes interrupciones. Pero no podía lanzarle una sonrisa deslumbrante al barón y ordenarle que abandonara el puente.

—Milord. —Jin hizo una reverencia.

—Me alegro de tener la oportunidad de hablar con usted en privado, señor Seton. —Los ojos castaños del barón ya no lucían su habitual expresión afable. Cogió la mano de Viola y se la colocó bajo el brazo—. Ha traído a mi hija de vuelta a casa. Se lo agradezco de todo corazón.

—Ha sido un honor para mí, señor.

—Tengo entendido que es usted marinero. —Pronunció esa palabra como si fuera basura.

—Sí, señor.

—Y que conoce a mi yerno desde hace años, desde que ambos eran muy jóvenes.

—Así es.

La mirada de Viola voló a la cara de Jin, pero él estaba concentrado en el barón. Eso no se lo había contado.

—Ahora que ha devuelto a mi hija al seno de su familia, el Almirantazgo seguro que tiene otra misión para usted. —Un brillo receloso asomó a los ojos del barón.

—Pronto pondré rumbo al Mediterráneo oriental. Su hija fue muy amable con mi tripulación en el trayecto hasta Inglaterra —comentó Jin con tanta serenidad que ella estuvo a punto de creérselo—. Solo quería transmitirle los buenos deseos de mis hombres.

—En ese caso, supongo que se marchará pronto de Savege Park, antes de que llegue el invierno y la navegación sea peligrosa. Supongo que la suya es una visita muy breve. —El barón asintió con la cabeza, satisfecho—. Pero me alegro de haber tenido la oportunidad de agradecérselo en persona.

Jin hizo otra reverencia.

—Ahí está el mayordomo —dijo el barón con voz más distendida—. La cena está servida y, gracias a usted, señor Seton, tengo el placer de llevar a mi hija del brazo. —La miró con una cálida sonrisa y la alejó de él.

Viola miró a Jin por encima del hombro, pero él tenía la vista clavada en la terraza.

No, no en la terraza. La tenía clavada más allá, en el mar.

23

A la atención de lady Justice
Brittle & Sons, editores
Londres

Queridísima señora:
Envuelto en este modesto paquete no encontrará una delicia comestible, ni otro retrato de su persona (con cola). Comprendo que esos presentes, muestras del afecto que le profeso, no hayan sido de su agrado. Le envío lo único que un caballero que admira a una dama debe enviarle: poesía. La de Samuel Taylor Coleridge, más concretamente. Se la envío porque después de haber recibido devueltos todos los regalos que le he hecho llegar, necesito ayuda para saber qué debo enviarle a fin de que lo acepte. Una cita de la *Canción del viejo marinero*.

> *Si quiere saber adónde ir,*
> *ella lo guía con delicadeza o crueldad.*
> *¡Mira, hermano, mira!*
> *Con qué elegancia lo guía.*

Milady, le ruego que me guíe con clemente elegancia y que no devuelva este humilde presente.

Atentamente,

Peregrino
Secretario del Club Falcon

Peregrino:
Por más que acicale sus plumas y por más que se pavonee, acabará desplumado. Y solo tendré que decirle: «¡El juego se ha terminado! ¡He ganado, he ganado!»

Lady Justice

24

El señor Yale se fue al día siguiente. Viola lo acompañó al vestíbulo, donde él le cogió la mano y se la llevó a los labios, pero no se la besó.

—Ha sido todo un placer, señorita Carlyle. Espero verla por la ciudad.

—Gracias. Ha sido usted muy amable.

—La amabilidad no ha tenido nada que ver.

—No creo que sepa lo que ha tenido o ha dejado de tener que ver. —Torció el gesto—. No me he expresado bien. O puede que no sea gramaticalmente correcto, al menos. Después de todos sus esfuerzos.

—Es usted encantadora, señorita Carlyle.

—Aún no he aprendido qué copa va con qué bebida o cómo atarme las ligas.

—Y, tal parece, que tampoco ha aprendido qué temas no debe discutir con un caballero. —Sus ojos grises relucían—. Pero no se preocupe, un criado siempre se ocupará de lo primero y no me cabe la menor duda de que otro hombre estará encantado de lo segundo.

Se puso colorada.

Él sonrió.

—¿Sabe? Creo que le voy a besar la mano después de todo. A lo mejor no me lo permiten en el futuro.

Viola apartó la mano a toda prisa. El señor Yale rio entre dientes, se puso el sombrero y se marchó.

Lady Emily, que se encontraba en el vano de la puerta del vestíbulo, salió en ese momento. Llevaba unos anteojos del color de su melena rubio platino y un libro en las manos.

—¿Se ha ido de verdad? —Su voz sonaba más aguda que de costumbre.

—Sí. Le gusta meterse con usted. ¿Por qué?

—Porque tiene la cabeza hueca. Prefiero al señor Seton. Él no abruma a una mujer con tonterías mientras intenta hacerle creer que es una conversación.

Desde el frustrante encuentro en la terraza, el señor Seton no la había abrumado con conversación alguna. No lo había visto para que la abrumara ni para abrumarlo ella.

—El señor Seton es taciturno —murmuró.

—No. Es un pensador, señorita Carlyle. No se debe tachar a hombres como él de taciturnos sin más.

—¿Un pensador?

—El señor Seton lee. —Abrió el libro que llevaba como si buscara algo—. «El que no tiene temor a los hechos, tampoco tiene temor a las palabras.» Es una cita de Sófocles. Me lo encontré en la biblioteca esta mañana, muy bien acompañado por Herodoto. Un compañero inestimable.

¿Herodoto? Podía ser una coincidencia. Pero ¿por qué le latía el corazón como aquella noche delante de la puerta de su camarote, cuando lo tocó por primera vez?

—¿Herodoto? —preguntó con su voz más inocente—. ¿Acaso ha llegado otro caballero a Savege Park a quien debo conocer?

—Herodoto murió hace unos dos mil años en Grecia. Espero que no se nos aparezca. —Tenía una expresión tan sincera que Viola se echó a reír.

Lady Emily entrecerró sus ojos esmeraldas.

—Interroga usted casi tan bien como el señor Yale, señorita Carlyle. —Pero sonrió.

—No lo odia, ¿verdad?

—Por desgracia, no puedo. Me ayudó en una difícil situación con mis padres, algo que no puedo olvidar, por más que me gustaría hacerlo. Es como un irritante hermano mayor.

—Me alegro. Me cae bien. Ha sido muy bueno conmigo.

Lady Emily volvió a inclinar la cabeza, con su elegante peinado, sobre el libro.

—Yo que usted, señorita Carlyle, no le atribuiría ese hecho al señor Yale. —Pasó otra página—. Es muy fácil cogerle cariño. Si todas las damas fueran como usted, no me importaría tanto ser presentada en sociedad. —Tras decir eso, echó a andar hacia la puerta opuesta, inmersa en su libro.

Después del almuerzo, en el que no estuvieron presentes los caballeros, Viola fue a la biblioteca en busca de lectura. Más de una vez.

Era la tonta más grande del mundo. Jin no estaba allí, por supuesto. De vuelta en el salón, lady Fiona le comunicó que los caballeros habían salido a montar. Viola pensó en ir al establo y ensillar un caballo, pero no sabía cómo hacerlo.

Los caballeros volvieron justo antes de la cena. En el salón, su hermanastro le regaló muchos halagos, pero a ella le dio igual su tonteo. Al menos, le hablaba.

Durante la cena y el té que la siguió, la conversación fue bastante animada y general, y Jin no se acercó a ella. Viola había aprendido lo suficiente acerca de los buenos modales como para saber que no podía levantarse de su asiento para ocupar uno más cerca de él. Pero lo haría si Jin demostraba, aunque fuera un poquito, que le gustaría que lo hiciera, algo que no sucedió. Parecía distraído, con la atención dividida entre el grupo donde se encontraba y la puerta de la terraza.

Esa noche durmió mal, atenta a los ronquidos de madame Roche a través de la pared, ya que sus dormitorios estaban pegados, y mientras se preguntaba dónde estaría el dormitorio de Jin. La idea de que pudiera estar en una de las estancias más accesibles en ese momento, tal vez bebiendo en el salón o jugando al billar con Alex y Tracy, casi la animó a vestirse para ir en su busca. Sin embargo, su orgullo herido no se lo permitía. Él no la deseaba, así que no lo perseguiría.

Al día siguiente, Serena se reunió con las damas para tomar el té en un establecimiento de Avesbury, un local muy coqueto junto a la tienda de la modista. Después del refrigerio, Serena llevó a Viola, a solas, a la tienda adyacente.

—¿Qué hacemos aquí, Ser? —Echó un vistazo por el diminuto local, lleno de cintas, encajes y metros de tela—. Estoy segura de que la señora Hamper entregó todos mis... —Se llevó una mano a la boca—. ¡Madre del amor hermoso! ¿Es para mí?

La sonrisa de Serena era tan radiante que no le cupo duda de que el reluciente vestido que llevaba la modista en las manos era para ella.

—¿Te gusta?

Viola extendió una mano para tocar la suave seda del color del atardecer, con diminutas perlas y lentejuelas en el corpiño que caían por la diáfana falda como gotas de lluvia bañadas por el sol.

—¿Cómo no me va a gustar? Pero...

—Es para el baile de mañana por la noche. Los vestidos que tienes son preciosos, pero ninguno es adecuado para una celebración de este calibre.

Viola puso los ojos como platos.

—Dime que el baile no es por mí.

—Claro que es por ti. Todos los vecinos de varios kilómetros a la redonda se han enterado que estás aquí. Se mueren por verte de nuevo después de tantos años. —Serena torció el gesto—. Pero... ¿no quieres celebrarlo?

—Claro que sí. —En absoluto. La mera de idea de convertirse en el centro de atención le provocaba sudores fríos. Estaba segura de que iba a hacer algo muy malo y que acabaría avergonzando a Serena, a Alex y al barón—. Gracias, Ser. Eres muy generosa y estaré encantada de ver a todas esas personas. Me pregunto si me acordaré de ellas. —No le importaba. Solo deseaba la compañía de un hombre de la que pronto se vería privada para siempre.

Malta. ¡Malta! Al otro lado del mundo... ¿No?

Cuando volvieron a casa, fue directa a la biblioteca. Él no estaba allí, pero sí vio un atlas con tapas doradas. Abrió el enorme tomo, encontró Inglaterra y trazó una línea hasta la bota que era Italia. Soltó un enorme suspiro. Por el amor de Dios, se estaba comportando como una niña, tal como él le había recriminado. Sin embargo, la lágrima que resbaló por su mejilla contenía la pena de una mujer.

Se la enjugó, cerró el libro con fuerza y lo devolvió a su estante.

Le importaba un comino lo que hiciera y adónde se fuera. Estaría muy bien sin él. Y tal vez, cuando el proyecto de convertirse en una dama desbordara su paciencia, regresaría a Boston, donde estaba su lugar. Si Alex le prestaba el dinero, podría comprarse otro barco y, con mejor equipo, embarcarse en nuevos proyectos. El viaje a Puerto España con el cargamento habría sido lucrativo si lo hubiera hecho con la idea de ganar dinero. Le alquilaría el barco a uno de esos ricachones mercaderes como el señor Hat, de modo que podría devolverle el dinero a su cuñado en un año. Con suerte. Con un barco en condiciones, también podría viajar a menudo a Inglaterra para ver a su familia. Eso sería maravilloso. La actividad le sentaba mucho mejor que la pasividad de ser una dama, a la espera de que sucedieran las cosas o a la espera de que otra persona tomara las decisiones en su nombre, como que se celebrara una fiesta a la que asistirían familias de varios kilómetros a la redonda. O a la espera de que un hombre volviera a mirarla como si la deseara y quisiera decirle algo importante.

¡Ay, por Dios!

Se llevó las manos a los ojos e inspiró hondo de forma entrecortada. No deseaba regresar a Boston ni al mar. Solo deseaba a Jin. Pero no iba a tenerlo. Tenía que controlarse. Enderezó los hombros, se dirigió a la puerta, la abrió y se dio de bruces con un cuerpo duro.

Jin la cogió de los hombros. Y eso bastó para que ella se perdiera, ahogada por el placer de tocarlo de nuevo mientras su cuerpo ardía por completo. Consiguió abrir los ojos, aunque los párpados le pesaban muchísimo, y vio su hermosa boca a escasos centímetros de la suya, así como el tic nervioso de su mentón.

«Bésame. Bésame», suplicó en silencio.

Jin la apartó, se volvió y desapareció por el pasillo.

Temblorosa, confundida y furiosa porque, por primera vez en la vida, no podía decirle a un hombre lo que pensaba en realidad, Viola fue en busca de Serena para ayudarla a preparar el baile del día siguiente, ese gran evento que la presentaría a la sociedad, cuando en realidad ella solo quería volver al bauprés de su viejo barco, para contemplar el atardecer con un pirata egipcio.

Su hermana estaba tumbada en el diván de su vestidor, ataviada con una bata azul, mientras acunaba a su hija en los brazos.

—Estás muy tranquila para ser una mujer a punto de celebrar un baile —comentó Viola.

—Estoy saboreando este momento de paz. He pasado todo el día recibiendo a los invitados que pasarán la noche aquí y asegurándome de que todo se hacía como era debido. Ahora mi marido se está encargando del resto. Se le da muy bien organizar fiestas. —Esbozó una sonrisa muy dulce, con un cariz íntimo.

A Viola le dio un vuelco el corazón.

—¿Papá llegó a odiar a mamá cuando murió o solo odiaba a Fionn?

Serena puso los ojos como platos.

—No creo que odiara a ninguno de los dos.

—No. Estoy segura de que odiaba a mi padre. —Viola jugó con el cordoncillo del delicado abanico blanco y dorado, decorado con pájaros exóticos. Serena acababa de regalárselo, después de que Jane la embutiera en su bonito vestido y le arreglara el pelo—. Fue muy desagradable con el señor Seton cuando hablaron la otra noche. Sobre todo al pronunciar la palabra «marinero». Casi se le atragantó.

—¿De verdad? —Serena se mordió el labio inferior—. No parece propio de papá. Pero supongo que tampoco es de sorprender, teniendo en cuenta la relación entre mamá y Fionn.

—Supongo que semejante devoción, que duró años a pesar de que no se vieron, es impresionante.

Ese día tampoco había visto a Jin, pero tenía los nervios a flor de piel de solo pensar que iba a pasar la noche con él. Que iba a pasarla con unas setenta personas que le importaban muy poco.

—Nunca debieron conocerse, mucho menos hablar. —Serena suspiró—. Pero lo hicieron. Y él fue incapaz de renunciar a ella, y ella tampoco pudo hacerlo por entero.

—Con razón a papá no le gustan los marineros.

—Tú eres un marinero y te quiere mucho.

—¿Puedo pasar? —Vestido con ropa de gala, el conde de Savege irradiaba un aura elegante y viril que no pasaría desapercibida para ninguna mujer.

Viola había oído lo suficiente de boca de madame Roche para saber que en el pasado muchas mujeres habían reparado en Alex Savege. De hecho, no terminaba de entender cómo su dulce y soñadora hermana había aceptado el cortejo de semejante hombre. Sin embargo, no le cabía la menor duda de que le era fiel a Serena; su devoción era evidente.

—Pasa. —Serena acarició la coronilla de Maria con un dedo—. Tu hija acaba de quedarse dormida, así que no hagas ruido. —Lo recorrió con la mirada—. Estás increíble esta noche.

—Me he visto obligado a hacer el vano intento de estar a la altura de tu esplendor. —Le hizo una reverencia—. No quiero avergonzarte.

—Pero puede que yo lo haga —dijo Viola, frunciendo la nariz.

—Claro que no lo harás —le aseguró Serena—. Estás preciosa y casi has dominado todas las clases que el señor Yale te ha dado. —Tenía un brillo risueño en los ojos.

—«Casi», eso es lo más importante. No he dejado de pisar a Alex mientras bailábamos... Y no lo niegues.

—Si no quieres bailar esta noche, no tienes por qué hacerlo —le dijo él.

—Supongo que no pasará nada si bailo solo con mi padre y contigo. Pero preferiría no tener que pisarle los pies a un desconocido.

—Jinan no es un desconocido —comentó Serena—. Puedes pisarle los pies que seguro que no le importa. A Tracy tampoco.

El conde apoyó uno de sus anchos hombros en el marco de la puerta.

—El hecho de que Jin asista a una fiesta así es un milagro. Cuando Yale anunció el otro día que se iba, casi esperaba que Jin también lo hiciera. Que se haya quedado más de un día me sorprende.

—Han pasado casi dos años desde la última vez que os visteis.

—Eso le daría igual. Su lealtad y su afecto no funcionan así. Pero nunca lo he visto tan inquieto. No está bien.

—Tal vez necesite una actividad adecuada a su naturaleza. Debe de echar de menos su barco. —Serena la miró de repente—. Y tal vez tú también lo hagas, ¿verdad, Vi?

A Viola se le secó la boca.

—Un poquito.

—Serena, no te sorprenda si se va tan de repente como llegó —advirtió Alex—. Lo mismo puede ser mañana o la semana que viene.

—No me sorprendería en absoluto. No soy una completa ignorante acerca de las costumbres de los marineros. —Los ojos de su hermana relampaguearon. Alex sonrió.

Y Viola sintió el corazón a punto de estallar. Tanto que se puso en pie.

—Iré a terminar de arreglarme. —Echó casi a correr hacia la puerta.

—Pero ya estás...

Huyó de la estancia. No soportaba la idea de que se fuera. Otra vez no. No tan pronto. Porque sería una despedida definitiva. Se marcharía y ella no volvería a verlo en la vida, y sería lo mejor.

Maldito fuera. Maldito fuera por regresar y alterarla tanto. ¿Alterarla? No estaba alterada como una tontuela inocente. Estaba confundida, segura de que en cualquier momento, cuando él decidiera marcharse tan de repente como había vaticinado Alex, su corazón terminaría de romperse.

Los invitados habían estado llegando a lo largo de todo el día. Cuando el sol se puso, sumergiéndose en el océano envuelto en pinceladas grises y rosadas, la casa estaba a rebosar. No era un grupo demasiado numeroso, le aseguró madame Roche.

—*Rien qu'une petite fête*. Solo unas ochenta personas.

Unas ochenta personas, que a Viola se le antojaban muchas más. Todas elegantemente ataviadas, charlando de la capital y de cuándo volverían para la temporada social. Le parecían muy sofisticadas. Los criados se movían entre la maraña de gente con bandejas llenas de copas de champán mientras las damas se congregaban en grupitos y los caballeros daban buena cuenta del vino y de otras bebidas más fuertes. En el salón, lady Fiona tocaba el piano a la perfección, tras lo cual ocupó su lugar otra joven que también cantó. Hubo mucha conversación animada, más música a cargo del cuarteto contratado, una cena bufet y, por fin, el baile. La luz de las velas arrancaba destellos a todas las superficies. Las risas salieron hasta la terraza, iluminada con farolillos chinos, mientras los bailarines disfrutaban de la cálida noche. Todos parecían encantados con los entretenimientos, regalando sonrisas y felicidad a diestro y siniestro.

Viola, en cambio, intentaba esconderse.

Al principio, había disfrutado un poco. Pero recordaba a muy pocas personas. Las damas de mayor edad se volcaron con ella, insistiendo en que había sido una niña muy guapa.

—Y tan... briosa —proclamó una dama con una sonrisa de oreja a oreja—. Vaya, Amelia, ¿recuerdas aquel domingo en la iglesia cuando bañó a su gatito en la pila bautismal?

—Dijo que el agua bendita curaría su patita herida. —La dama en cuestión meneó la cabeza—. Hester, que no se te olvide la empanada de sapo que llevó una tarde a casa de la señora Creadle. Siempre le dije a la querida Maria que su Viola era una salvaje. Una salvaje... —Pronunció esa última frase como si Viola no estuviera sentada a su lado.

—Sin embargo, ha llevado una vida muy tranquila con su tía en Boston, aunque ninguno de nosotros sabía que estaba allí. Y qué jovencita más recatada nos ha resultado, ¿verdad, Amelia?

—Encantadora, Hester. Tengo que alabar a su tía americana.

Tenían que estar mintiendo como bellacas. O ser unas ignorantes. O unas tontas de remate. Desconocía de dónde habían partido esos rumores, pero dudaba de que Serena y Alex los hubieran esparcido.

Pronto se cansó de fingir que no había pasado quince años de su vida en el mar. La única persona en ese salón que conocía toda la verdad acerca de su vida era un antiguo pirata, pero él tampoco se parecía en nada a lo que había sido. Esa noche, llevaba una chaqueta y unos pantalones oscuros, con un alfiler rematado por una piedra preciosa roja en la corbata. Era perfecto, pero no se acercó ni a diez metros de ella.

Para evitarse la desdicha más absoluta, Viola fingió que no estaba presente. Se quedó en el otro extremo del salón, no miró hacia él y, en resumidas cuentas, intentó no pensar siquiera en él.

Era evidente que lady Fiona se había decantado por la táctica opuesta. Con la marcha del señor Yale, toda su atención se concentraba en Jin. Con sonrisas tímidas, consiguió entablar conversación con él sin que Jin pareciera molesto. De hecho, mientras hablaba con ella no puso los ojos en blanco ni frunció el ceño una sola vez.

—No es la adecuada para él, *ma chère.*—Madame Roche agitó un dedo, con la uña pintada en rojo, delante de su cara.

Viola parpadeó.

—¿Cómo dice? Ah, perdón. *Pardonnez-moi?*

Sus labios carmesí esbozaron una sonrisa encantadora, que resaltó en su cara empolvada y blanquísima.

—Mademoiselle Fiona no es la adecuada para él. *Non.* —Agitó un pañuelo de encaje negro, impregnado de perfume—. Es *très jolie.* Pero él no está interesado.

—¿Cómo lo sabe?

—Porque lleva toda la noche mirándola a usted. —La dama se retiró, envuelta en su encaje.

El corazón le latía desenfrenado. Levantó la vista. Efectivamente, él la estaba mirando.

En ese caso, ¿por qué no la había besado en la biblioteca? ¿Por qué se había marchado? No, ¿por qué había huido? ¿Y por qué no se acercaba a hablar con ella en ese momento?

Se volvió, pasó a otra estancia y se encontró a tres caballeros, a quien distrajo contándoles anécdotas escandalosas. Se las inventó en su mayoría. Si estaban casados con las damas que se habían inventado las historias sobre ella, ya estarían acostumbrados.

Bailó un poco. La primera pieza con el barón, después con Tracy y por último con uno de los tres ancianos. Casi no pisó a ninguno de ellos. Varios caballeros más jóvenes la invitaron a bailar, pero ella rehusó con una sonrisa.

—Sus zapatos relucen demasiado. No me gustaría deslustrarlos con las suelas de mis escarpines.

De hecho, sonrió sin parar, se rio abiertamente de las frases más ingeniosas, se inventó una anécdota tras otra, a cada cual más inverosímil, e intentó demostrarse a sí misma, y a Jin, que no le importaba en lo más mínimo. Como tampoco le importaban las jovencitas con quienes parecía disfrutar esa noche.

En un momento dado, bien entrada la madrugada, o tal vez debería decir casi entrada la mañana, y cuando creyó que se le caerían los pies si no conseguía librarse de los apretados escarpines, los invitados comenzaron a marcharse. Los que vivían cerca se subieron a sus carruajes, y los que habían acudido desde puntos más alejados se retiraron dando tumbos por los laberínticos pasillos en dirección a sus habitaciones.

—Todos se han enamorado de ti. —Serena le pasó un brazo por la cintura y la besó en la mejilla—. Y parecía que te estabas divirtiendo. Me alegro mucho.

—Gracias por esta estupenda fiesta, Ser. Ha sido maravillosa.

Y por fin se había terminado, de modo que podía marcharse a su dormitorio y pasar el resto de la noche llorando por el hombre del que había cometido la estupidez de enamorarse. La última vez que lo vio, lady Fiona estaba cogida de su brazo mientras dos jovencitas la miraban con envidia. Al menos, no era la única que sentía celos, aunque le revolvieran el estómago.

—Vamos, te acompaño —dijo Serena.

—No, no. Seguro que quieres ver a Maria antes de acostarte, y tienes que estar agotada.

—Pues subiremos juntas. Y aquí ha venido mi marido para acompañarnos. ¿Subes con nosotras?

El conde se acercó a ellas y cogió la mano de Serena para besársela.

—Estoy encargado de los juegos de cartas. ¡Cartas! Como si mi adorable esposa no me estuviera esperando. Algunos hombres jamás aprenderán.

—Pero tienes que comportarte como un buen anfitrión —replicó dicha adorable esposa mientras arrastraba a Viola hacia la escalera.

En el descansillo de la tercera planta, Viola se soltó.

—Gracias. Anda, ve con Maria.

Serena, pese al cansancio, esbozó una sonrisa antes de marcharse.

Arrastrando los pies, Viola echó a andar por el pasillo a oscuras, deseando haber llevado consigo una palmatoria o una lamparita, aunque después se alegró de no haberlo hecho. Se sentía tan cansada y tan derrotada que seguro que parecía haber pasado por una tempestad. Y el hecho de sentirse tan mal después de que su hermana tirara la casa por la ventana con una fabulosa fiesta en su honor hizo que se sintiera todavía peor. A medio pasillo, se encontró con un par de damas, muy pegadas la una a la otra, cotilleando sin cesar. Les deseó buenas noches y ellas respondieron con sendos gestos de la mano, sin dejar de cuchichear. Viola continuó andando, pese a los pies doloridos y llenos de ampollas.

Tras cinco minutos andando, se dio cuenta de que se había vuelto a perder. En esa ocasión, literalmente. El pasillo estaba ahora iluminado por los haces ambarinos de las lámparas de pared, dispuestas a intervalos regulares. No reconoció nada, ni la mesita auxiliar ni el cuadro de la pared. Nunca había estado en ese pasillo. Escuchó voces a lo lejos. Tal parecía que los omnipresentes criados habían perdido el poder de la omnipresencia.

Se detuvo y se dio media vuelta. Jin caminaba hacia ella.

El corazón comenzó a latirle con fuerza en el pecho.

—¿Qué probabilidad hay de que me pierda y tú aparezcas de la nada para llevarme de vuelta al lugar que me pertenece? —preguntó con voz temblorosa.

—Ninguna. —Se detuvo justo delante de ella, tan cerca como la noche de la terraza, cuando habló con ella por última vez, y como en la puerta de la biblioteca, cuando no lo hizo—. Te estaba buscando.

—¿A mí? —Fue incapaz de morderse la lengua. Al parecer, estaba conectada con su corazón—. ¿Seguro que no buscabas a lady Fiona?

—Segurísimo.

Esos ojos azules la recorrieron por completo, empezando por el pelo, siguiendo por los hombros y deteniéndose en el punto donde su respiración agitada hacía que su pecho temblara bajo el corpiño. Quería que la mirase así, cierto, pero ya la había mirado así antes y la había rechazado después.

—Te desea —masculló en un intento por ahuyentarlo con esas palabras.

—Yo no la deseo a ella. —Jin la cogió de los brazos, y con muy poca caballerosidad, se inclinó hacia ella—. Te deseo a ti.

Y, por fin, volvió a besarla.

25

Después de lo que le había parecido una vida entera sin él, Jin la estaba besando. No con delicadeza ni con indecisión, sino con la plena seguridad de que ella le devolvería el beso. Y lo hizo. Aceptó gustosa las caricias de su lengua y disfrutó del momento como un náufrago que se estuviera ahogando y necesitara aire para sobrevivir, pero sin poder evitar que el agua le llenara los pulmones. Porque seguro que eso iba a matarla. No obstante, lo besó porque no podía negarse. Jin le había colocado una mano en la nuca y la mantenía pegada a él como aquella primera vez. La pasión no tardó en adueñarse de ellos. Con una rapidez abrumadora. Y en absoluto silenciosa. Le mordisqueó los labios y ella jadeó, y lo acarició con la lengua. Él gimió y se apartó.

—Te deseo, Viola —repitió contra sus labios.

Ella intentó luchar contra las emociones.

—Pues yo a ti no.

Jin tiró del escote de su vestido y le bajó el corpiño, las copas del corsé y la camisola, dejando sus pechos descubiertos.

—Tendrás que demostrármelo de una forma más convincente.

Viola miró hacia abajo. Tenía los pezones endurecidos. Volvió a mirarlo a los ojos, contrariada por la traición de su cuerpo.

—Eso es solo lujuria.

Sus ojos azules parecieron derretirse por la pasión.

—¿Necesitas más?

¿Más? ¡Lo quería todo de él! Todo lo que él no quería darle. Mattie le había dicho que no era un hombre constante. Su comportamiento con ella lo demostraba y las palabras de Alex, cuando anunció que pronto se marcharía, la habían asustado de un modo irracional.

—Eres un imbécil arrogante —le soltó para salvaguardar su orgullo y quizá para convencer a su corazón. Sin embargo, sus palabras no surtieron efecto en él, ni tampoco en su corazón. La mirada rebosante de deseo de esos ojos azules siguió tal cual y la dolorosa punzada que sentía en el pecho no encontró alivio—. ¿Por qué no has hablado conmigo? ¿Por qué no me besaste ayer en la biblioteca?

—Estaba intentando ser fuerte. —Le enterró las manos en el pelo mientras la observaba con una expresión tan abrasadora que la sangre de Viola se convirtió en lava.

—¿Y ahora?

—Ahora me veré obligado a soportar cómo Viola Carlyle capitanea toda una casa llena de gente como capitaneaba un barco lleno de marineros: conquistándolos a todos. —Tenía la voz muy ronca—. Al cuerno con ser fuerte.

Viola le rodeó el cuello con los brazos y le permitió que la besara, que le acariciara los pechos, animándolo con quedos gemidos que era incapaz de contener. No debería estar haciendo eso. En su barco era una mujer de mar, libre para hacer lo que quisiera. Sin embargo, Fiona Blackwood jamás permitiría que un hombre le acariciara los pechos en el pasillo a oscuras de la mansión de un conde. Una dama de verdad jamás lo permitiría.

Pero ella no era una dama de verdad. Ambos lo sabían.

Jin le lamió el labio inferior al tiempo que se lo acariciaba con la yema de un pulgar, provocándole una punzada de deseo, que se transformó en un dolor palpitante. Ella lo abrazó con más fuerza y se pegó por completo a él. Jin la besó con más pasión, acariciándole el trasero y frotándola contra su miembro erecto. Era maravilloso. Demasiado maravilloso. Y desesperante. Porque solo la quería para eso. Aunque tal vez fuera mejor que nada, y era cierto que la deseaba. Con la misma urgencia que la deseaba aquella primera vez a bordo de su barco. Era como estar en el paraíso. O al menos, de camino al paraíso, sin importar que las puertas estuvieran cerradas a cal y canto.

—Ven a mi dormitorio —susurró Jin contra su boca, como si no quisiera separarse de ella ni siquiera para hablar.

—No me des órd...

—Órdenes, ya lo sé. —La besó una y otra vez, una lluvia de besos que pese a su brevedad la instó a abrazarlo con más fuerza si cabía—. Pues al tuyo, entonces.

Viola se pegó a él, ansiosa por sentirlo más cerca de lo que la ropa les permitía.

—Está pegado al de madame Roche. No puedo...

Jin la cogió de una mano y tiró de ella para que siguiera caminando por el pasillo. Abrió la primera puerta que encontraron.

—¿El armario de la ropa blanca? —Sin embargo, se las habían apañado a la perfección en una escalera. A la perfección.

Viola estuvo a punto de soltar una risilla, pero él la metió en el armario, cerró la puerta y cubrió su boca de nuevo. En cuanto sintió que él le enterraba las manos en el pelo, comenzó a devolverle los enfebrecidos besos. Besos feroces y ávidos que avivaron el deseo que la consumía. Jin la instó a que se diera media vuelta para apoyarla contra la puerta y así poder pegarse a ella.

—Te veo un poco dominante. —Ella estaba sin aliento.

—Pues sí. Si quieres, puedes hacer lo mismo conmigo. —Sus besos en el cuello eran el delirio. Las manos con las que se subía las faldas hasta las caderas, seguras y firmes.

Viola tironeó de los botones de su camisa hasta acariciar su piel cálida y suave.

—¿Alguna parte en concreto que quieras que domine?

—Lo que a ti te apetezca. —La besó en la garganta y dejó un reguero de besos ardientes hasta llegar a su boca, que esbozaba una sonrisa—. Pero no dejes de tocarme. —Le aferró el trasero con las manos y la pegó a él—. ¡Dios, es maravilloso tenerte así! Llevo semanas deseando tocarte de nuevo.

Viola sospechaba que debería replicarle algo, burlarse de él o soltar una risilla. Sin embargo, solo atinó a seguir acariciándolo tal como él deseaba y a apartarle la camisa para poder disfrutar de esa piel ardiente y de sus increíbles músculos. Le permitió que la acariciara como quisiera, dejando que su boca y sus manos la exploraran de forma íntima hasta enloquecerla. Cuando ya no pudo soportar más las caricias, separó los muslos y le permitió que la poseyera. Le permitió... ¡Adoraba sentirlo dentro! Adoraba la sensación de acogerlo en su interior, la enloquecía. Con las faldas en las caderas y el cuerpo enfebrecido, comenzó a moverse al compás de sus embestidas hasta que se quedó sin aliento y ni siquiera pudo gritar de placer.

—Viola —susurró él. Su cuerpo la aplastaba contra la puerta, en la que había apoyado una mano, mientras la poseía—. Viola...

La nota ronca de su voz, la urgencia y la desesperación le llegaron a lo más hondo. Porque había algo distinto. Viola lo sentía en las entrañas, en la sangre, en el alma. Vibró por todo su cuerpo mientras alcanzaba el orgasmo entre gemidos y aferrada a él. Jin la siguió, y volvió a hacerla suya.

Sus frenéticos movimientos se aminoraron hasta transformarse en quietud. Por un instante, permanecieron tal como estaban, frente contra frente y jadeantes. Después, con cuidado y con sus fuertes manos, él la dejó en el suelo. Viola le quitó los brazos del cuello y se alisó las arrugadas faldas del vestido, tras lo cual intentó arreglarse el pelo. Él se abrochó los pantalones. Sin mediar palabra, Jin volvió a abrazarla.

Viola no se lo esperaba.

Enterró la cara en su hombro y aspiró su aroma de forma entrecortada.

—Quédate conmigo esta noche —susurró, temerosa del momento que estaba a punto de suceder, cuando él la soltara y ella se viera obligada a retomar la distancia que los separaba—. Quédate conmigo.

Jin la soltó.

—Viola...

—Esta noche, la fiesta no... Aunque me las he apañado, no me ha resultado fácil. Creo que eres el único que puede entenderme —se apresuró a explicar—. Solo esta noche. Para consolarme. No tienes por qué hacerme el amor otra vez. —Estaba suplicando y, la verdad fuera dicha, mintiendo. Porque lo necesitaba para mucho más que el simple consuelo. Lo necesitaba para siempre—. Quiero sentir tus brazos a mi alrededor.

Jin la miró en silencio un buen rato. Sus ojos resplandecían como el cristal y volvían a ser distantes. Esa expresión la dejó al borde de la muerte.

—Si vuelvo a abrazarte esta noche —replicó a la postre—, no podría evitar hacerte el amor otra vez.

Ella parpadeó para contener el escozor de las lágrimas e intentó refrenar la esperanza.

—¿Y si no hacemos ruido?

—Creo que es un imposible para ti. Bajo cualquier circunstancia.

Viola sintió un nudo en la garganta.

—Imbécil.

—Bruja. ¿Dónde está tu dormitorio?

—No estoy segura. En realidad, me había perdido.

Jin la tomó de la mano y entrelazó los dedos con los suyos.

—Al parecer, para eso he venido. —Abrió una rendija—. Despejado. —La instó a salir al oscuro pasillo y le soltó la mano.

Viola comenzó a andar, aturdida y emocionada. Quería que le hiciera otra vez el amor, sí, pero lo que más ansiaba era que volviera a darle la mano. Alargó un brazo hasta encontrársela y se la aferró. Esos dedos fuertes se cerraron alrededor de los suyos, acelerándole el pulso.

Sin embargo, apenas tuvo tiempo de disfrutar de esa enorme fuente de placer, porque él retiró la mano. Al cabo de un instante, Viola escuchó las voces. ¡Por Dios, qué buen oído el suyo! Con razón había tenido tanto éxito como criminal.

Por el pasillo apareció un caballero, seguido de otro.

—Aquí está —dijo Tracy—. Seton, nuestro anfitrión me envía para localizarte a fin de igualar el número de jugadores en la mesa. —Miró a Viola con una sonrisa cansada—. Buenas noches, Viola. ¿Cómo estás? —Miró a su amigo y su sonrisa se ensanchó—. Espero que estés celoso, Hopkins. No todos los días se hereda una hermanastra tan guapa como la mía. Aunque supongo que en mi caso es algo repetitivo. Me sucede cada diez años o así.

Todos se rieron.

Jin se limitó a sonreír.

Viola deseó enviarlos al fondo del océano, un pensamiento muy poco fraternal por su parte, sí, pero sabía muy bien cómo iba a acabar la escena.

—¿Qué dices, Seton? ¿Te apetece perder unas cuantas guineas por una buena causa? —preguntó el señor Hopkins, que se dio unas palmaditas elocuentes en el bolsillo del chaleco, un gesto que lo hizo escorarse cual goleta a todo trapo.

Tracy se inclinó hacia delante como si fuera a hacer una confidencia y dijo en voz baja:

—Le ha echado el ojo al tiro de Michael, que saldrá a subasta la semana próxima. Pero todavía no puede permitírselo. Le he dicho que será fácil desplumarte a las cartas, Seton. Quiero esos caballos para mí, ¿entiendes? —Le guiñó un ojo—. Échale una mano a un viejo amigo, ¿quieres?

—¡Qué sabandija! —exclamó el señor Hopkins.

—La señorita Carlyle no encontraba su dormitorio —repuso Jin.

Viola era consciente de que no necesitaba ni mirarlo para derretirse a sus pies.

—Permitidme acompañarla e inmediatamente estoy con vosotros.

—En realidad —replicó Viola mirándolo de reojo y con el alma en los pies—, esa es la puerta de mi dormitorio —concluyó, señalándola con el dedo. Era inevitable—. Gracias, señor Seton. —Todo había acabado. Ya no la abrazaría ni podrían hacer el amor. Jin no volvería. Ya había conseguido lo que quería.

Él le hizo una reverencia.

—Buenas noches, señorita Carlyle.

Viola se despidió de su hermanastro y del amigo de este con

un gesto de la cabeza y entró en su dormitorio. Una vez que cerró la puerta, pegó la frente a la madera e intentó respirar. Le costaba trabajo por el corsé, seguro. O no. Se metió en la cama y clavó la mirada en el dosel, parpadeando al compás de los ronquidos de madame Roche, que dormía en la habitación contigua.

Era mejor así. Jin siempre lograba que hiciera los sonidos más inapropiados y escandalosos cuando hacían el amor. En ese dormitorio carecerían de intimidad.

Siguió tumbada, mirando el dosel un rato, y luego empezó a moverse hacia delante y hacia atrás. La cama golpeó la pared. Los ronquidos de madame Roche cesaron y reinó el silencio. De repente, se escuchó un ronquido enorme que atravesó la pared y la dama recuperó su cadencia habitual.

Viola suspiró y cerró los ojos. Aunque Jin acudiera esa noche, no podrían hacer el amor. La cama no lo permitía. Pero no iría. Debía contentarse con los rescoldos del escarceo amoroso que habían compartido en el armario de la ropa blanca.

Abrió los ojos y los clavó en la alfombra de la chimenea. Unos días antes, se había sentado muy cómodamente en ella mientras quitaba pelos de gato de su chal después de una visita al establo, donde había una nueva camada de gatitos. Suponía que las damas que habían cotilleado tanto habían acertado en algo: siempre le habían gustado los gatitos de los establos. Siempre le habían gustado los establos, porque estaban llenos de aventuras y desorden. La *Tormenta de Abril* le recordaba un poco a un establo. Un establo flotante. Tal vez por eso aún no la había desechado.

Bajó de la cama, llevándose el cobertor consigo. Algún criado había encendido el fuego y la alfombra estaba calentita y mullida. Se arrodilló, se tumbó de costado y se arropó con el cobertor. Mientras se dejaba arrastrar por el sueño, se permitió imaginar que un apuesto pirata le hacía el amor durante toda la noche.

Viola dormía como un marinero, en cualquier sitio y a pierna suelta. Sin embargo, parecía toda una dama con las manos bajo una mejilla y el brillo de las piedras preciosas de los pasadores en el pelo. Todavía llevaba el resplandeciente vestido que se amoldaba a sus curvas y con el que había conseguido llamar la atención de todos los invitados masculinos de la fiesta, ya tuvieran ochenta años u ocho. En ese momento, la tela se tensaba en torno a sus pechos, y por el escote asomaban sus rosadas areolas.

A Jin se le secó la boca, si bien ya la había visto desnuda y había disfrutado de su cuerpo, y sabía que ese delicioso atisbo no debería afectarlo tanto. No obstante, aunque se pasara todo el día intentando convencerse de que Viola era una más de entre muchas mujeres, nunca lo lograría.

Se agachó y le tocó la mejilla. La respiración de Viola cambió y pestañeó varias veces. Deslizó los dedos por los oscuros rizos que le cubrían la frente, maravillado por la perfección de su textura.

Ella abrió los ojos.

—Has vuelto.

—Pero no me has esperado mucho. Creo que me decepciona esta falta de entusiasmo. —Sonrió mientras le acariciaba la elegante curva del cuello.

Viola parpadeó, aún adormilada.

—¿Que no te he esperado mucho? Sí que estoy entusiasmada. —Contuvo un bostezo—. ¿Cuánto has tardado?

—Ni media hora.

—Ha sido una partida rápida.

—Me he dejado ganar.

—El señor Hopkins podrá comprar su tiro de caballos.

—Me importa un bledo. Viola, te dejaré para que sigas durmiendo.

Ella le aferró una muñeca.

—¡No! —Se incorporó y el pelo le cayó desordenado sobre los hombros y sobre un pecho—. No te vayas.

«Jamás», pensó. Ojalá...

—No me iré.

La vio humedecerse el labio inferior con la punta de la lengua antes de hacer lo mismo con el superior. Fue incapaz de apartar la vista. Mantener las distancias con ella había sido el reto más difícil de su vida. No necesitaba la desaprobación de Carlyle para recordar que no era un pretendiente adecuado. Lo supo nada más conocerla. Pero ella lo deseaba y no podía negarle lo poco que era capaz de darle. Al menos por esa noche.

—¿Has venido para hacer el amor otra vez?

—Pues sí. —Le acarició de nuevo la mejilla con la yema de los dedos. Jamás se cansaría de sentir el roce sedoso de su piel. A continuación, deslizó los dedos por su cuello, en dirección al canalillo.

Viola cerró los ojos e inspiró, lo que hizo que sus pechos se elevaran.

—Pero antes —dijo sin abrir los ojos— debo beber algo. Vino.

Jin sonrió.

—¿Debes?

—Tengo la boca pastosa. No quiero que me beses hasta habérmela enjuagado.

Él soltó una carcajada y ella abrió los ojos de golpe.

—¿Qué pasa? —le preguntó.

Jin meneó la cabeza. Aunque afirmaba ser una mujer segura de sí misma, en el fondo ignoraba donde residía su verdadero encanto. Esa inocencia la hacía todavía más bella.

—Viola, eso no me importa.

Ella hizo un mohín.

—Pues a mí sí. En la mesita de noche hay cordial.

Jin se puso en pie para ir en busca del licor. Cuando volvió, Viola estaba de pie mirando hacia la chimenea. El pelo le caía como una cascada oscura por la espalda, y las arrugas del vestido no impedían que se amoldara a la curva de su trasero. Su perfil era delicado. La imagen hizo que estuviera a punto de dejar caer la copa al suelo. Viola era lo más hermoso que había visto en la vida y a esas alturas todavía era incapaz de creer en su buena suerte.

Ella lo miró por encima del hombro. La luz del fuego se reflejaba en sus ojos, todavía adormilados. Aceptó la copa y bebió un sorbo, tras lo cual mantuvo el licor un tiempo en la boca antes de tragárselo. El delicado movimiento de su garganta al tragar fue como una droga para él. La vio soltar la copa.

El momento se había alargado demasiado. Tanto que el corazón le latía desbocado. Le colocó las manos en los hombros y la atrajo hacia él. Una vez que tuvo su espalda pegada al torso, inclinó la cabeza para aspirar su olor. No llevaba perfume. Olía a ella: a la dulce, testaruda y embriagadora Viola.

—Dime dónde quieres que te toque. —Le apartó el pelo de la cara con suavidad y la besó en la nuca. Una nuca perfecta y femenina. Era perfecta y femenina en su conjunto, pero empezaría por ahí.

Escuchó que se le aceleraba la respiración. Una leve caricia y era capaz de afectarla de esa forma. Casi podía fingir que estaba hecha para sus manos. Unas manos que habían hecho sufrir a muchos hombres de forma brutal.

—¿Qué quieres decir con eso de que dónde quiero que me toques? —susurró ella.

La besó en el hombro, una curva de lo más femenina.

—Una dama merece que la toquen donde desea —murmuró contra su piel con la vista clavada en sus pezones, apenas ocultos bajo el borde de la tela del corpiño. Ansiaba lamérselos. Necesitaba saborearla por entero—. Solo donde lo desee.

—¿De mi cuerpo?

Él sonrió.

—De tu cuerpo.

—No te rías de mí.

—¿Dónde, Viola?

—En todos sitios —susurró.

Jin se arrodilló.

—Apóyate en mis hombros.

—¿Qué vas a hacer? —Sin embargo, lo obedeció.

Él le levantó un pie del suelo y le quitó un zapato. Después hizo lo mismo con el otro.

—¡Ay, sí! —exclamó ella—. Odio esos escarpines. ¡Los odio!

—Los quemaremos en cuanto acabemos. —Fue subiendo la mano por una pantorrilla y siguió hacia la cara interna del muslo.

Viola se dejó hacer.

—No quiero que acabemos. —Se llevó una mano a la boca—. Quiero decir... ¡Oh!

Jin solo pretendía quitarle las ligas. Sin embargo, el simple hecho de tocarla lo enloquecía de deseo y hacía que su cuerpo decidiera por sí mismo, aunque no se arrepentía. Viola era la personificación de la belleza y ya estaba húmeda. Empezó a mover las caderas para frotarse contra sus dedos.

—Ahí —la oyó susurrar. Había cerrado los ojos y echado la cabeza hacia atrás—. Quiero que me toques ahí.

La acarició con delicadeza y después con menos delicadeza a medida que sus jadeos aumentaban y que separaba las rodillas. Al instante, comenzó a frotarse contra su mano, suplicándole con el cuerpo y gimiendo. Todo sucedió en un abrir y cerrar de ojos. El éxtasis transformó la expresión de su cara y a él le provocó una dolorosísima erección. Viola gimió y siguió frotándose contra él con los labios separados.

Al final, se dejó caer contra él.

—Yo... yo... —farfulló mientras intentaba recuperar el aliento y le echaba los brazos al cuello—. No quiero volver a hacerlo de pie y vestidos.

—La verdad es que solo trataba de desnudarte.

—Pues no has hecho un gran trabajo que digamos. —Le brillaban los ojos. Comenzó a desabrocharle el chaleco—. Las damas y los caballeros llevan demasiada ropa. —Le bajó la prenda por los hombros.

—Tal vez sea para disuadirlos de practicar esta actividad en concreto —repuso él, que se quitó el chaleco al tiempo que ella le sacaba la camisa de los pantalones para pasársela por la cabeza.

Viola le colocó las manos en el pecho y clavó la vista en ellas. En él.

Jamás había estado tan preparado para poseer a una mujer, ni siquiera con ella en las ocasiones previas.

—Oh, Jin —musitó—. Si todos los caballeros fueran como tú, las damas necesitarían un sinfín de prendas de ropa más para disuadirlas de desnudarse en plena calle todos los días.

Eso le arrancó una carcajada, aunque fue un sonido un tanto ahogado.

—Gracias, supongo.

—De supongo nada, es un cumplido en toda regla —susurró ella mientras exploraba su torso con las yemas de los dedos, avivando el deseo de que esas manos lo tocaran por todos lados.

Sin embargo, notó algo diferente en sus caricias.

Le aferró una muñeca y le volvió la mano para observar su palma a la luz del fuego.

—Tu piel...

Ella tomó su mano y se la llevó al pecho para que se lo cubriera mientras exhalaba un suspiro.

—Me la han lijado para quitarme los callos. —Se llevó la mano a la espalda—. Las damas no tienen callos. Pero da igual, porque con callos o sin ellos, no soy capaz de quitarme sola este dichoso vestido. Y ahora mismo detesto ser una dama. Jin, desnúdame. Por favor, desnúdame.

—Te veo muy educada en tus exigencias. —Deslizó las manos hasta su espalda y comenzó a desabrocharle los diminutos ganchos.

—Pues sí. No me ha gustado en absoluto que los invitados que han asistido a la fiesta jamás digan «gracias» o «por favor». ¿Acaso no saben que se cogen más moscas con miel que con...? ¡Oh! —Apoyó la espalda en sus manos—. Gracias. Eres mucho más rápido con el corsé que Jane.

—Tengo buenas razones para serlo. —La besó en el cuello al tiempo que la despojaba de la seda, del encaje y de la resplandeciente tela hasta que solo quedó una fina camisola, que ella se quitó y arrojó al suelo.

—Gracias a Dios. Ya no necesito más tus servicios... en ese ámbito.

Un sonrojo virginal cubrió las mejillas de la hermosa mujer que tenía a horcajadas sobre el regazo, desnuda salvo por las medias y las ligas. Mientras la contemplaba, Jin llegó a la conclusión de que tal vez estuviera temblando. Por primera vez en su vida, si no le fallaba la memoria. Temblando.

—¿Viola? —susurró, si bien apenas se escuchó por encima de los atronadores latidos de su corazón.

—¿Qué? —murmuró ella mientras le pasaba un dedo por la cintura, aunque se detuvo en la braqueta de los pantalones—. ¿Qué?

—Estaré a tu servicio, me pidas lo que me pidas.

Ella parpadeó varias veces con rapidez y tragó saliva. Después, cerró los ojos y lo acarició lentamente.

Ponerse al servicio de Viola fue lo más natural del mundo.

Viola trazó el contorno de sus pectorales y de los músculos de sus brazos en primer lugar. Dicha exploración le resultó muy satisfactoria, si bien despertó el deseo de morderlo. Y de lamerlo. De modo que lo hizo, con suavidad. Como vio que lo complacía, disfrutó en gran medida del momento mientras lo obligaba a echarse hacia atrás hasta que lo tuvo apoyado sobre los codos. De esa forma la tarea de acariciarlo era más sencilla. Jin estaba hecho a la imagen de un dios. Como la estatuilla de su faraón, pero mucho más grande, claro. Y más caliente. Acariciarlo de esa forma, saborearlo a placer, también la excitó a ella.

—Viola —lo oyó decir con voz tensa.

Ella levantó la cabeza nada más escucharlo. Jin tenía la vista clavada en el techo y respiraba con dificultad.

—¿Pasa algo malo? —Le colocó las manos en el torso y fue ascendiendo por su cuerpo para besarlo en el mentón. El roce áspero de la barba le resultó maravilloso.

—Al contrario. —Sus ojos eran como dos zafiros líquidos. Azules como el mar—. Aunque corra el riesgo de parecer impaciente, estoy...

—¿Impaciente?

—Ansioso por consumar el momento.

—Eso es lo mismo.

—No del todo. —Le colocó una mano en la nuca y tiró de ella para besarla, tras lo cual murmuró contra sus labios—: ¿Te importaría no discutir en este preciso instante? —La soltó para quitarse los pantalones.

Viola se estremeció por entero.

—Por supuesto —contestó, apresurándose a mirarlo de nuevo a los ojos. Al hacerlo, vio que tenía una expresión burlona—. Quería decir que por supuesto que discutiré si deseo hacerlo o si hay un motivo de peso para...

Jin la instó a sentarse en su regazo y, de repente, no encontró motivo alguno para discutir con él.

Hicieron el amor. Sin discusiones. Él no se burló de ella, ni la torturó, como era su costumbre. Sin embargo, sí se puso a su servicio, si bien ni siquiera necesitó pedirle nada.

Tal vez fue esa entrega por su parte lo que alteró el deseo que sentían el uno por el otro. O tal vez fue el asombro que Viola sentía en lo más hondo al contemplar la belleza y la seriedad de esos ojos azules mientras la acariciaba. Porque al cabo de unos minutos no hubo risas, ni réplicas ingeniosas, ni exigencias, ni educadas muestras de gratitud. Solo se escuchaban suaves gemidos de placer por ambas partes, un placer entregado y compartido en la misma medida, y los atronadores latidos de sus corazones al llegar al borde del abismo más sublime.

Viola se lanzó a dicho abismo de buena gana. O más bien se había lanzado hacía ya varios meses, comprendió en ese momento, y jamás podría salir de él por más que lo intentara. Jin la abrazó con fuerza, rodeándola con los brazos y con la cara enterrada en un hombro. Estaba tenso, al borde del éxtasis al que quería llevarla. Viola le acarició la espalda.

—¿Jin?

Él la miró a los ojos y la intensidad de esa mirada la dejó sin aliento. También había distanciamiento y dolor.

Eso la alarmó.

—¿Jin?

Él se la quitó del regazo, la dejó sobre la mullida alfombra y volvió a penetrarla. Al entrar en ella, gimió, tras lo cual salió de nuevo de su cuerpo para embestir una vez más.

—¡Oh! —exclamó Viola. Era maravilloso. Mucho más que maravilloso.

Se aferró a sus hombros y se acopló al ritmo de sus caderas. La cadencia y la fuerza de sus envites aumentaron, hasta que acabó aferrándose al borde de la alfombra, con el cuerpo arqueado para recibirlo, para instarlo a ir más rápido, presa de un deseo frenético. Apenas podía respirar mientras su cuerpo lo acogía, abrumado por el placer. ¡Por un delicioso placer! Hasta que lo abrazó por la cintura y lo obligó a hundirse hasta el fondo en ella. Una y otra vez.

El éxtasis fue arrollador, mucho más satisfactorio y brutal que en otras ocasiones.

—¡Ooooh! —gimió ella.

—¡Dios, Viola! —Jin se estremeció con los músculos duros por la tensión.

Viola tomó una honda bocanada de aire y lo abrazó por los hombros, invitándolo a tumbarse sobre ella.

Sin embargo, no tardó en apartarse.

—Te estoy aplastando —adujo. Sus músculos se habían relajado, pero su voz parecía tensa.

—No me importa. —«En absoluto», añadió Viola para sus adentros.

—Da igual. —Se alejó de ella y se quedó sentado sobre los talones. Su mirada, sin embargo, no la abandonó. Sin dejar de mirarla a los ojos, dijo en voz baja—: Señorita Carlyle, es usted una preciosidad.

Pese al cansancio y a la completa satisfacción que sentía, Viola logró esbozar una pícara sonrisa.

—Caballero, a estas alturas conozco muy bien los huecos halagos de los hombres. Solo lo dice con la esperanza de llevarme a la cama.

Jin esbozó el asomo de una sonrisa y la alzó en brazos.

—Más vale tarde que nunca —replicó.

La dejó sobre las mantas y Viola se acurrucó bajo ellas. Su piel sudorosa acusaba el frío nocturno, ya que el fuego se estaba apagando. Jin diría algo razonable o tal vez algo desquiciante, y se marcharía. Y ella se pasaría los siguientes cuarenta años de su vida intentando recomponer su destrozado corazón.

Sin embargo, no se marchó. Se acostó a su lado, tal como había hecho en el hotel, y cerró los ojos. Pareció la cosa más natural del mundo. Sin embargo, el mundo de Viola quedó patas arriba.

Con los nervios a flor de piel, siguió despierta, observándolo durante mucho rato. Su apuesto rostro no se relajó durante el sueño, más bien adoptó un rictus severo a la mortecina luz de las brasas. Poco a poco, Viola descubrió lo que no había visto antes: un hombre cansado y preocupado, como si durante el sueño no pudiera ocultar lo que jamás revelaría despierto.

Verlo así la conmovió. Quiso saber qué lo preocupaba. Ansió acariciar esa preciosa boca para aliviar la tensión de su mandíbula. Ansió abrazarlo y decirle que no tenía por qué enfrentar a solas sus preocupaciones.

Claro que a él no le gustaría en absoluto que lo hiciera. Era un hombre que no necesitaba a nadie. Viola empezaba a asimilarlo, y eso la apenaba más de lo que habría imaginado.

No obstante, se inclinó hacia él, cediendo al deseo de acariciarle una mejilla.

—¿Siempre te cuesta trabajo dormirte? —le preguntó él con voz ronca.

Viola se apartó con un respingo.

—Creía que estabas dormido.

—Como deberías estarlo tú.

El corazón comenzó a latirle tan rápido como cuando se lo encontró en el pasillo, pero con un anhelo mucho más poderoso.

—Tengo miedo de dormirme y de no encontrarte cuando me despierte —confesó con un hilo de voz.

Jin abrió los ojos, y la ternura que vio en ellos no solo la dejó sin aliento, sino que le robó el alma. Llegó a la conclusión de que también era el dueño de esta, no solo de su corazón.

Lo vio colocarse de costado para acariciarle una mejilla mientras le pasaba el pulgar por los labios.

—No me iré.

—Es lo que siempre haces. —No le importó revelar sus cartas de esa forma. Lo amaba demasiado.

—Viola, si tú no quieres, no me iré.

Ansiaba preguntarle si se refería a esa noche o a esa semana. No obstante, el valor que había demostrado durante el secuestro, las tempestades, el sufrimiento y la soledad, la abandonó. Se sentía incapaz de enfrentar su respuesta porque ignoraba cuál era. Esa noche quería, durante un precioso instante, estar solo con él e imaginarse que sería para siempre.

Se inclinó hacia él y lo besó en los labios. Jin la aferró por la nuca para besarla con dulzura y delicadeza, de modo que imaginó que sentía algo por ella. Claro que también poseía un corazón negro capaz de engañarla y hacer que se ilusionara de esa manera. Si fuera una mujer debilucha, podría acabar destrozada cuando la abandonara. Por suerte, estaba hecha de una pasta más dura.

Se apartó de él, se arropó hasta la barbilla con el corazón y los pies doloridos, y por fin se durmió.

26

La despertó antes del amanecer con una lluvia de besos. Empezó por la boca y continuó por las mejillas y el cuello, excitándola poco a poco; aunque eso cambió cuando su mano se posó sobre un pecho. Con las puntas de los dedos, le acarició el pezón antes de proceder a hacerlo con la lengua. Ella gimió para hacerle saber que le gustaba, lo abrazó por la cintura y aún con los ojos cerrados, lo acogió en su cuerpo.

Esa ocasión fue diferente. Conocían sus cuerpos, se habían familiarizado con su piel y con su calor, de modo que se movieron lentamente, deleitándose con su unión. No había urgencia ni prisas, solo la perfección de saberse un solo ser.

Al principio.

Al cabo de un rato, los invadió el mismo frenesí que experimentaron en el armario de la ropa blanca. Sin embargo, disfrutaron del momento, con mucho entusiasmo, pese a lo temprano que era y a que seguían adormilados.

—Yo... —Jin suspiró contra su pelo—. No era mi intención que pasara esto.

—¿De verdad? —Pasó las manos por sus anchos hombros y por la espalda, deseando que nunca abandonara ese lugar entre sus piernas, y con la sensación de que en lo tocante al recato, era un fracaso absoluto—. La cama no ha estado golpeando la pared como me temía. ¿Te has dado cuenta?

—No. —Su voz sonaba muy ronca—. Solo podía verte a ti.

Le dio un vuelco el corazón, algo ridículo, porque era evidente que solo podía verla a ella. ¿Qué hombre no haría lo mismo dadas las circunstancias?

Vio que un mechón de pelo oscuro caía sobre esos ojos azules mientras que sus labios esbozaban una sonrisa torcida.

—Solo quería besarte.

—Admítelo. —La bravuconada tal vez la salvaría—. No tienes control sobre tus actos en lo que se refiere a mí. —Sin embargo, al mirar sus ojos risueños, dudó de la efectividad. Ya nada podía salvarla.

—Tengo poco control —convino él—. Aunque lo suficiente para marcharme antes de que aparezcan los criados. —Se apartó de ella, se puso los pantalones y, tras recoger la camisa, regresó a la cama para sentarse a su lado—. ¿Estás satisfecha?

Viola puso los ojos como platos al escucharlo.

En los labios de Jin se adivinaba una sonrisa traviesa.

—Satisfecha de que no te haya dejado sola esta noche.

No, pensó ella.

—Sí —dijo en cambio—. Gracias.

Si se atreviera, extendería el brazo, lo pegaría a ella y lo abrazaría para que no se marchara, de modo que la criada encargada de la chimenea los viera juntos, y Serena y Alex le exigieran que se casara con ella. Eso era lo que hacían los caballeros cuando comprometían a una dama. Eran las reglas.

Sin embargo, Viola se había comprometido hacía mucho tiempo sin su participación, y además Jin sabía que ella no era una dama. No tenía que respetar todas las reglas, solo las que más le convenían.

Se puso la camisa y se inclinó hacia ella.

—No, señorita Carlyle. —Le besó una comisura de los labios con dulzura antes de hacer lo mismo con el otro lado—. Gracias a ti.

Ella lo agarró por una muñeca. De forma impulsiva. Ridícula. Imprudente. Era incapaz de cambiar su forma de ser, por más que lo intentara.

—Como me digas que te vas de Savege Park esta mañana, Jin Seton, me levanto de la cama, cojo la pistola que guardo en la cómoda y te atravieso el corazón de un tiro.

Creyó ver muchas cosas pasando por esos ojos azules, muchas emociones. Sorpresa. Satisfacción. Esperanza. Aceptación incluso. Pero nada de eso podía compararse con lo que había en esas profundidades azules: precaución y, una vez más, recelo.

Le soltó la mano con el corazón destrozado en la garganta. Jin miró el punto donde su mano descansaba sobre la colcha, junto a la suya, sin tocarse.

—Te dije que no me iría —le aseguró él.

—Cierto. —Intentó controlar el temblor de su voz—. Y la valía de un marinero se mide por su palabra, ¿verdad?

Él se puso en pie y echó a andar hacia la puerta, donde se detuvo.

—Y por sus actos.

—¿Como el hecho de devolver a una hija pródiga a su familia?

Cuando la miró, Jin tenía una expresión seria. Y se marchó sin contestar.

Viola se puso su mejor vestido mañanero, silbó mientras Jane le arreglaba el pelo y fue incapaz de tomar un solo bocado del desayuno que le llevaron a la tardía hora de las diez de la mañana. No tenía la menor idea de si Jin seguía en Savege Park; de hecho, dudaba de la posibilidad, pero la esperanza era enorme.

Cuando por fin apareció en la planta baja, pese a las ampollas de los pies, descubrió que el vestíbulo era un hervidero de actividad. Invitados con muy mala cara y ojos enrojecidos atravesaban el vestíbulo en dirección a sus carruajes, que los esperaban en el exterior. Los criados salían cargados con bolsas y baúles. Sin embargo, tres caballeros y dos damas entraron por la puerta.

Viola se detuvo en la escalera con el vello de punta y observó cómo los caballeros se quitaban los sombreros. Sintió un nudo en el estómago. Y el miedo le provocó un escalofrío. La tensión era tal que no se veía capaz de bajar otro peldaño.

Como si se viera atraído por su inmovilidad en medio de tanto bullicio, Aidan miró hacia la escalera, hacia ella. En su cara apareció una sonrisa de oreja a oreja mientras echaba a andar hacia el pie de la escalera, donde ella se reunió con él.

—Hola, Aidan.

—Violet. Vaya por Dios... —Meneó la cabeza—. Me he repetido muchas veces que no lo haría, pero acabo de hacerlo. Señorita Carlyle, ¿qué tal está?

—Violet está bien. Es como me has llamado todo este tiempo.

—Pero ahora eres una dama de alcurnia. —La recorrió con la mirada—. No debería ser tan atrevido.

Ella frunció el ceño al escucharlo.

—Menuda ridiculez. Pero... —Miró a los demás. Seamus le hizo una reverencia burlona. Los otros, un hombre ya entrado en años, una dama y una muchacha muy joven, miraban a su alrededor con los ojos como platos—. Aidan, ¿qué haces aquí?

—Lo invitamos nosotros, por supuesto. —Serena bajó la escalera y se colocó a su lado—. ¿Señor Castle? Y esta debe de ser su familia. —Los apartó del bullicio de criados e invitados—. Señores Carlyle, es un placer conocerlos.

—Lady Savege, el placer es nuestro, desde luego. —Su madre hablaba con voz dulce y agradable.

Aidan había heredado sus labios carnosos, y también sus ojos. La complexión y la nariz eran de su padre, sin lugar a dudas.

El señor Castle hizo una reverencia.

—Milady, es un gran honor ser huéspedes en su casa. Nuestro hijo nos ha contado muchas cosas acerca de su amistad con la señorita Carlyle y con su padre a lo largo de los años. Nos complace tener la oportunidad de conocerla por fin. Señorita Carlyle. —Saludó a Viola con un gesto de la cabeza—. ¿Qué tal está?

—Le presento a mi hermana, Caitria. —Aidan instó a adelantarse a la jovencita, que hizo una tímida genuflexión—. Y a mi primo, Seamus.

—Como pueden ver, estamos sumidos en el caos. —Serena abarcó la estancia con un gesto de la mano—. ¿Les apetece pasar al salón a tomar un refrigerio mientras mi ama de llaves prepara sus habitaciones? —Los instó a acompañarla—. Caitria, qué nombre más bonito. La hermana de mi marido también se llama Katherine, aunque todos la llamamos Kitty.

Aidan y Seamus se quedaron rezagados.

—Bonita casa te has buscado, Vi. —El irlandés le guiñó el ojo a una criada que pasaba a toda prisa.

—La casa no es mía. Es del conde y de mi hermana. Yo estoy de visita.

—¿Cómo va tu visita? —En ese momento, Aidan la cogió de la mano—. ¿Estás disfrutando de tu reunión familiar? No recibí cartas tuyas, aunque esperaba alguna. Cuando me llegó la invitación de lady Savege, admito que me aferré a la oportunidad de venir. Ojalá lo hubiera hecho antes. —En sus ojos verdosos vio una mezcla de esperanza y reproche.

—Podrías haberme escrito tú. —Se zafó de su mano y reprimió el impulso de mirar a su alrededor.

—Quería hacerlo, pero no sabía si te gustaría.

—¿Por qué no me iba a gustar? Llevamos años carteándonos. Eres mi amigo más antiguo. —Pero ya no era su amante, y ya no poseía su corazón. Nunca lo había hecho. No como Jin. No de forma tan completa e irremediable.

Él volvió a cogerle la mano.

—Has cambiado mucho, Violet. Viola. —Soltó una risilla incómoda—. Estás tan cambiada que ya no sé cómo llamarte. Temía que pasara esto si me mantenía alejado aunque fueran unas pocas semanas, como ha sucedido. Pareces una dama.

—Puede que lo parezca, pero por dentro soy la misma.

—No. —Aidan meneó la cabeza y frunció el ceño—. Soy tu amigo más antiguo, sí, y por eso sé que hay algo distinto en ti.

Viola volvió a soltarse.

—Tonterías. Será mejor que vayamos al salón para tomar el

té. Me gusta la idea de conocer por fin a Caitria y a tus padres. Tengo la sensación de que ya los conozco.

—Y ellos están ansiosos por conocerte. Admito que el retraso en venir se ha debido a que mi madre había planeado una cena y que no pudimos partir hasta después. De lo contrario, habría llegado hace dos semanas por lo menos. —Sonrió y se volvió hacia su primo—. ¿Seamus?

—Me voy a los establos, primo. Hay tanto ajetreo que será mejor que me asegure de que los caballos están bien atendidos.

Dicho lo cual, enarcó una ceja y se marchó por la puerta. Se cruzó con una criada cuando atravesaba el vestíbulo y su mano desapareció de la vista. La criada jadeó, agachó la cabeza y apretó el paso.

Viola frunció el ceño.

—¿Por qué ha venido?

—Volvemos a las Indias. Zarparemos de Bristol el lunes próximo, en cuanto nos marchemos de aquí.

—¿Tan pronto?

—Cuando llegue a Trinidad, habrán pasado casi cuatro meses desde que me marché. Tiempo de sobra para que la casa ya esté reparada, para que se hayan terminado los edificios adyacentes y para la cosecha. Debo volver antes de que mi administrador y su mujer se acostumbren demasiado a la cama del dormitorio principal. —Sonrió.

Viola fue incapaz de mirarlo a los ojos. En cambio, permitió que le colocara la mano en el brazo para guiarla hasta su familia.

Jin detuvo el caballo al llegar al borde del barranco. Las bridas estaban húmedas por el sudor del cuello del animal, cuya respiración era visible por la brisa marina. Sin embargo, solo uno de los dos estaba satisfecho tras la dura cabalgada.

Las olas rompían en la playa que había abajo, una mezcla de gris y blanco. El calor hacía que la brisa del mar resultara más pesada. Además, las nubes de tormenta se arremolinaban en el cielo, haciendo que los rayos del sol titubearan. Titubear... justo lo que le pasaba a él. Se sentía indeciso y fuera de control. Viola había puesto patas arriba su mundo y no sabía si le gustaba... si le gustaba esa necesidad desesperada de estar con ella, ese vínculo que resultaba casi violento por su fuerza. Semejante vínculo no acabaría en nada. No podía, tal como pasó con otro vínculo que experimentó hacía mucho tiempo.

Su madre lo había mantenido pegado a ella, no le había permitido salir de los aposentos de sus criados personales por miedo a que lo descubriesen. Pero sabía que le pertenecía y que lo quería. Había sido muy reservado desde pequeño, y nunca compartió su secreto con los demás, ya que la furia de su marido era conocida por todos. Incluso tan joven sabía qué podía pasar si se descubría la verdad.

Después se descubrió, o tal vez uno de los criados, que había visto demasiado y deseaba ganarse el favor de su señor, lo contó. Y en un abrir y cerrar de ojos, su madre se desprendió de él. Su amor demostró ser muy débil. En sus brillantes ojos, vio un dolor y una pena que no creyó. Arrancado del mundo que siempre había conocido, sujeto por grilletes y tras recibir una paliza por su osadía, Jin estuvo dispuesto a creer que ella no sufrió al verlo marchar.

A partir de ese momento, ventiló su rabia contra el mundo siempre que se le presentó la ocasión. Una rabia nacida del pánico de creer que no habría nada más para él por más que luchara. Que no había bondad y paz para almas como la suya.

En ese momento, el pánico lo abrumaba de nuevo. Viola había errado en sus deseos. Era una mujer terca, cabezota y apasionada, que con cada palabra y con cada caricia le ofrecía algo que ni se imaginaba. Algo en lo que no podía confiar. Ni aceptar. Por el bien de ella. Se merecía algo mejor. Algo muchísimo mejor que él. Y podía tenerlo. Debía tenerlo.

Sin embargo, la verdad que lo atormentaba era que, sencillamente, tenía miedo. Conocía todos los caminos que llevaban al infierno desde ese mundo. Y también los de vuelta. Había sembrado dichos caminos con sus actos y se había convertido en su dueño. Pero no conocía ese camino que relucía delante de él, ese otro reino que atisbaba a lo lejos. Esa perfección. Y eso lo asustaba.

Hacía tantos años que no sentía miedo que se le había olvidado que existía.

A ciegas, recorrió a lomos del caballo el borde del acantilado, mientras el cielo gris presagiaba la tormenta que se desataría más adelante, cuando el calor aumentara a medida que avanzaba el día, como el calor que había encontrado en ella. Quería su lengua afilada, sus tontas discusiones, su arrojada rebeldía y su locura. Había pasado años buscando el perdón de Dios con la creencia de que ese era su único deseo: la redención. Sin embargo, en ese momento solo la quería a ella, y eso lo aterraba.

Claro que cabalgar hasta que su caballo cayera rendido no era la solución. Acarició el cuello del animal y se dirigió hacia la casa. Los edificios que componían Savege Park se adivinaban entre los árboles y los setos que los protegían de la costa. El establo era una edificación enorme con cuadras, picaderos y cocheras. Jin entró por la parte posterior, lo más alejado posible de los invitados que se marchaban, desmontó y se quitó el sombrero y los guantes.

No había ni un solo mozo a la vista. Desensilló él solo al caballo y le quitó las bridas. El bocado tintineó al salir del hocico del animal. Y en ese instante, lo oyó.

Tuvo un mal presentimiento.

Un sonido amortiguado. No el ruido que harían los cascos de un caballo sobre la paja o el gemido de un animal.

Gritos acallados. El grito de una mujer bajo una mano fuerte. En una cuadra, no muy lejos de donde él se encontraba. La séptima... no, la octava cuadra en esa hilera.

Dejó las bridas en un gancho de la puerta y echó a correr. Los caballos volvieron la cabeza. Al llegar a la séptima puerta, se llevó la mano al chaleco, pero encontró el bolsillo vacío. Había salido desarmado. Claro que los puños nunca le habían fallado. Abrió la puerta de la octava cuadra.

Los faldones de la camisa blanca del hombre estaban manchados de sangre, al igual que la cara interna de los muslos de la muchacha. Una mano grande impedía que la muchacha gritara, si bien estaba llorando, y la mantenía inmovilizada sobre la paja mientras que con la mano libre se abrochaba la bragueta.

—Cierra la boca o mañana haré lo mismo. —La apartó de él—. Y si empiezas a chillar como un cerdo, le diré a tu señor que me lo suplicaste.

—Su señor no te creería. Es un hombre justo.

Seamus Castle se volvió.

Jin entró en la cuadra.

—Pero yo no —añadió, mirando a la muchacha—. Busca a la señora Tubbs y dile lo que ha pasado.

La muchacha no se movió, así que Jin le tendió la mano.

—No pasará nada. Vamos. —Con un sollozo, la muchacha aferró su mano y dejó que la ayudara a ponerse en pie—. Ve en busca de la señora Tubss. Corre. Dile que yo te mando.

La muchacha salió corriendo.

—Qué conmovedor, Seton. —Seamus lo miró con expresión burlona—. Sabía que te gustaban los esclavos, pero no te tenía por enfermera de las criadas.

El puño de Jin impactó contra la mandíbula del irlandés con tanta fuerza que el crujido resonó por todo el establo. Seamus cayó a la paja, y se llevó las manos a la cara mientras maldecía. Cuando Jin se acercó a él, puso los ojos como platos y retrocedió como un cangrejo, con la sangre (la suya en esa ocasión) manchándole la barbilla y la camisa. Sin embargo, consiguió esbozar una sonrisa desdeñosa.

—¿Qué te pasa, Seton? ¿No tienes bastante con meterte entre las piernas de Violet? ¿También quieres a la criadita para ti? ¿Es eso?

Sintió el amargor de la bilis en la garganta al escucharlo y apretó los puños.

El irlandés soltó una carcajada e hizo ademán de ponerse en pie. De modo que Jin le asestó otro puñetazo.

Y procedió a darle una paliza.

27

Jin caminaba nervioso por el despacho de Alex, pero el taconeo de sus botas no le impedía recordar los crujidos de los huesos de Seamus Castle al fracturarse. Era incapaz de quedarse quieto. Se había lavado la cara y las manos para librarse de la sangre del irlandés, y se había cambiado de ropa, pero no le había servido de mucho. La bestia que llevaba dentro ya podría ir tocada con una corona y con una capa de armiño que seguiría siendo una bestia.

Alex entró y cerró la puerta tras él. Estaba muy serio.

—Vivirá. Por los pelos.

Jin volvió la cara hacia la ventana tras la cual se extendía el mar, aunque apenas se distinguía por la lluvia.

Alex atravesó la estancia.

—El médico casi ha acabado. Le ha suturado las heridas y le ha enmendado las fracturas que buenamente ha podido...

—No quiero escucharlo.

Tras él se oyó el tintineo del cristal.

—Te dije que te tomaras un brandi.

—Vete al cuerno y llévate el brandi. ¿Cómo está la muchacha?

—Asustada. El médico dice que se curará. La señora Tubbs y Serena la están cuidando. —Alex se acercó a él y le colocó el vaso en las manos—. Bébetelo. Después, te serviré otro y te lo beberás también. Te beberás la botella entera.

—Alex, no me trates como si fuera un niño, o acabarás siendo el tercer paciente del doctor.

—Me gustaría que lo intentaras. —El conde se apoyó en su escritorio, un mueble enorme de caoba con la parte superior de mármol, adecuado para un aristócrata, de la misma manera que lo era esa mansión.

Jin, en cambio, no era adecuado.

Soltó el vaso.

—He estado a punto de matarlo. Podría haberlo matado.

—El hecho de que pudieras hacerlo y no lo hayas hecho es muy significativo. —Alex cruzó los brazos por delante del pecho, relajado—. Sé por qué lo hiciste.

—No lo sabes.

—Sospecho que soy la única persona que puede saberlo. Por si no lo recuerdas, conocí a Frakes.

Jin apretó los dientes.

—No sabes ni la mitad.

—Sé lo que les hizo a aquellas muchachas mientras estaban encadenadas a bordo —dijo Alex, aludiendo al horrible recuerdo con ligereza—. Tú me lo contaste. Yo solo tenía doce años y jamás había escuchado nada semejante. Pero tú lo habías presenciado con nueve años y, encadenado como estabas, poco pudiste hacer para evitarlo. Entiendo perfectamente lo que debió de suponer para ti.

—Lo más importante, por cierto, es lo que todo aquello supuso para él.

—¿Te refieres a Frakes? —Alex lo miró directamente a los ojos—. ¿Cuándo?

—Cuatro años después.

Se produjo un largo silencio.

—Fuiste tras él, ¿verdad?

Alex lo conocía. Quizá no tan bien como Mattie, pero lo suficiente.

—Fui tras él. Lo encontré.

—Lo mataste a sangre fría.

—¿A Frakes? No. —La lluvia repiqueteaba contra los cristales—. Lo castré. —Clavó la mirada más allá de la lluvia—. Me resultó apropiado.

—¡Por el amor de Dios, Jin! —exclamó Alex—. Solo eras un crío de trece años.

—Un crío de trece años muy fuerte y listo. Y también era el animal que Frakes me dijo que era. Solo me limité a demostrárselo.

—Eras joven y estabas enfadado. No podrías haber entendido lo que estabas haciendo.

—Le habría hecho lo mismo hoy a Seamus Castle si hubiera llevado un cuchillo encima.

—No lo habrías hecho.

—¡Maldita sea mi estampa! —Se tapó los ojos con una mano y respiró hondo, luchando contra las náuseas provocadas por la ira y la desesperación—. Sí lo habría hecho. —No pensaba engañarse a sí mismo. Nunca lo había hecho, por muchos mares que hubiera surcado ni por todos los esclavos que hubiera liberado. Ni por la perfección de la mujer con la que decidiera olvidarlo todo. Apartó la mano—. Ese es el hombre que soy.

—Jin, eres un buen hombre.

—Y tú, amigo mío, vives en un mundo de fantasía. —Se acercó a la ventana—. ¿Castle va a presentar cargos?

—Lo dudo. Su tío y su primo están furiosos, y avergonzados. Y con razón. Puesto que Carlyle es el magistrado...

—¿No lo eres tú?

—No. Pero Carlyle está dispuesto a aceptar tu palabra y la de la muchacha por encima de la de Castle. Así que no hay de qué preocuparse.

—Yo no estaría tan seguro.

—Pues deberías estarlo. Carlyle es un hombre razonable.

—No puedo quedarme aquí. —Pronunció esas palabras para convencerse de ellas, aunque no deseaba irse. Lo único que deseaba era librarse del miedo que lo atenazaba—. No debería quedarme y tengo asuntos pendientes en otro lado.

—¿En Londres?

—En otro sitio. —Caminó hacia la puerta.

—La verdad, me ha sorprendido que te hayas quedado tanto tiempo con nosotros. No recuerdo que lo hayas hecho nunca.

Jin se detuvo con la mano en el pomo de la puerta y enfrentó la mirada de su amigo.

—Alex, estoy enamorado de Viola.

El conde se sentó en el escritorio, despacio.

—Ah. Eso lo explica todo. —Frunció el ceño—. Carlyle se muestra muy protector con ella, sí. ¿Le has dado motivos para...?

—No.

Alex asintió con la cabeza.

—De acuerdo. Es asunto tuyo. Pero no sé qué vas a conseguir yéndote ahora.

Alguien llamó con urgencia a la puerta antes de abrirla. Jin se apartó justo cuando Viola entraba en tromba.

—¿Dónde...? —Se detuvo al verlo—. Aquí estás —siguió y miró a su cuñado—. Hola, Alex. Serena te está buscando.

El conde se apartó del escritorio y se acercó a ellos.

—En ese caso, será mejor no hacerla esperar. Jin, despídete de mi mujer antes de irte. Tu marcha la entristecerá.

La puerta se cerró con un chasquido metálico.

—¿Te vas? —Viola se había quedado muy blanca—. ¿Te vas a Avesbury para comprarte un chaleco que no esté manchado de sangre? ¿O te vas... te vas?

—Ya es hora de marcharme, Viola.

Esos ojos oscuros lo miraron con expresión alterada.

—Dejando a un lado lo que me dijiste hace unas horas, que no te irías si yo no deseaba que lo hicieras, dime que eres capaz de darle una paliza de muerte a un hombre y ensillar tu caballo para marcharte el mismo día. No puedes hablar en serio.

—Ha violado a una criada.

—¡Ya lo sé! Acabo de escuchar la historia de labios de Jane, a quien se lo ha contado la tercera camarera, a quien se lo contó la fregona que lo sabía porque se lo dijo la cocinera, a quien se lo había dicho la señora Tubbs, que se enteró por la pobre criada en persona. ¿Y sabes por qué ha tenido que pasar la información por tanta gente hasta llegar a mí? Porque todo el mundo en esta casa, salvo tú, cree que soy virgen, porque eso es lo que son las damas solteras en esta sociedad. —La histeria pareció abandonarla de repente y encorvó los hombros—. Lo siento. Estoy enfadada. Todo el mundo lo está. Aidan, sus padres y Serena, por supuesto, porque los ha invitado creyendo que yo...

—Tienes derecho a estar enfadada. Hace muchos años que conoces a Seamus.

La vio fruncir el ceño.

—Cuando Aidan no estaba, Seamus solía arrinconarme en cualquier sitio para manosearme los pechos... sin invitación. Alguien debería llevárselo al establo y darle algo más que una simple paliza. Por lo que le hizo a esa muchacha deberían castr...

—¡No, Viola!

—¿No, qué? —le preguntó, acercándose a él—. Siento mucho que fueras tú quien los sorprendiera. Lo siento por ti. Pero Seamus Castle es un mal hombre. Nunca se lo he dicho a Aidan porque me daba la impresión de que estaban muy unidos. Pero esa familia haría bien en dejarlo a su suerte. O mejor sería que lo enrolaran en la Armada donde aprendería lo que es la crueldad.

—¿Qué sabrás tú de crueldad?

Ella parpadeó.

—¿Cómo?

—No sabes nada. Nada —dijo en voz muy baja, alentado por el fuego que le quemaba las entrañas—. Y es mejor que nunca lo sepas. No sabes nada porque nunca has tenido que mancharte las manos mientras Fionn y su tripulación se aseguraban de que siempre estuvieras a salvo.

—¿Cómo dices? —Parpadeó varias veces—. ¿De qué estás hablando? No tienes ni idea de lo que han hecho mi padre o mi tripulación.

—He pasado un mes en alta mar con hombres que te conocían desde hacía años. ¿Crees que no he descubierto unas cuantas cosas sobre Violet Daly y su padre?

Esos ojos violetas lo miraron de arriba abajo. Tenía las mejillas encendidas.

—¿De qué estás hablando?

—¿Sabes que Fionn quería que volvieras a Inglaterra? Hizo todo lo que pudo para protegerte de la dura realidad de su vida y para devolverte a la vida de la que te arrancó. Para devolverte al lugar donde pertenecías. Pero tú, arrogante y testaruda como eres, no le hiciste ni caso. Cada vez que te ofrecía la oportunidad, tú la rechazabas.

—No tienes ni idea de lo que estás hablando. ¿Quién te ha contado todas esas mentiras?

—No son mentiras. Es la verdad y me la han contado hombres que fueron leales a su capitán hasta el momento de su muerte. Solo quería lo mejor para ti. Todos lo querían.

—Como te atrevas a soltarme ahora que he capturado tan pocas presas durante estos años porque mi tripulación me estaba engañando, te juro que voy a por el cuchillo del marisco si no encuentro mi puñal antes y te lo clavo donde más te duela.

—Tu padre obligó a Castle a prometerle que se casaría contigo y te traería de vuelta a Inglaterra cuando él muriera. Creía que cuando pisaras suelo inglés de nuevo, querrías regresar con tu familia.

Viola estaba boquiabierta.

—Mentira. Eso es ridículo.

—Tengo en mi poder una carta de tu antiguo segundo de a bordo. Tu padre le encargó que le contara a Aidan la verdad sobre tu familia después de que os casarais, para que él te instara a regresar. ¿Loco acostumbra a mentir, Viola?

—¿Una carta? ¿Por qué narices tienes una carta de Loco? ¿Es que me has estado espiando?

—Es uno de mis múltiples talentos —adujo él, aunque Viola no reparó en sus palabras.

—Loco debió de malinterpretar las cosas. A mi padre le gustaba inventarse historias. Era un marinero. —Sin embargo, Viola parecía estar luchando consigo misma para no creer lo que le había dicho.

La expresión de esos ojos violetas le decía que estaba rememorando todas las ocasiones en las que Fionn la había alentado a volver a Inglaterra, y su afán por oponerse. Eso bastaba para

Jin. Sin embargo, distanciarse de ella era más doloroso de lo que había imaginado. Aunque no podía tenerla, tampoco quería arrojarla a los brazos de Aidan Castle.

—¿Sabías si Aidan planeaba regresar a Inglaterra?

Viola frunció el ceño.

—Pensaba que seguiría unos cuantos años más en las Indias. Me sorprendió que decidiera viajar tan pronto después del incendio.

—Tanto como le sorprendió a él, sospecho.

—¿Qué quieres decir? —le preguntó con los ojos entrecerrados—. ¿Te comentó algo? Aquel día después del incendio, cuando os vi hablando en el hotel, estabais muy raros. Te dijo algo, ¿verdad? Y me lo ocultó.

Jin podría contarle la verdad, pero en ese caso sería incapaz de alejarse de ella y eso que ya le resultaba difícil. Así que buscó con mucho tiento las palabras que sellarían su destino.

—Viola, te he mentido desde el día que nos conocimos. Sin embargo, sigues confiando en mí.

—No lo entiendo. Tú no me has mentido —replicó, con el corazón en la garganta y temblando.

Jin se limitó a mirarla con esa mirada distante y fría. Sin mediar palabra, caminó hasta la puerta y se marchó.

Viola se quedó paralizada por el asombro en un primer momento.

Después, salió de la estancia a la carrera y le preguntó a un criado:

—¿Hacia dónde se ha marchado el señor Seton?

El hombre señaló con un dedo.

Lo alcanzó cuando bajaba la escalera por la que se accedía a la avenida de entrada, vacía en ese momento de carruajes. A lo lejos, las suaves colinas verdes estaban salpicadas de árboles y ovejas. Viola lo siguió deprisa, evitando los charcos.

—No creas que puedes hacer un comentario tan misterioso y marcharte sin más.

Jin se detuvo.

—Mi comentario no ha sido misterioso. Pero por si sirve de

algo repetirlo: te he mentido. En varias ocasiones. ¿Te parece fácil de entender ahora?

Viola se aferró las manos para evitar aferrárselas a él. La lluvia caía sobre ellos.

—Así sí. Es fácil de entender. —Decidió desterrar la incertidumbre—. Pero no creo que eso importe mucho.

—No crees —repitió él, que se pasó una mano por la cara y soltó un hondo suspiro—. Viola, vuelve a la casa, el lugar al que perteneces.

Viola tiritaba por el frío de la lluvia que le empapaba los brazos y por la certeza de que esa discusión no estaba relacionada con Aidan ni con su tripulación ni con su barco. Era sobre ese hombre, la vida que había llevado y la que deseaba llevar. Una vida muy distinta de la que ella había conocido y que la asustaba un poco. Pero él no la asustaba. Porque ya formaba parte de ella.

—Es por Seamus, ¿verdad? Si lo hubiera pillado yo, Jin, también le habría dado una paliza de muerte. De haber tenido la fuerza suficiente para hacerlo, claro.

Jin se acercó tanto a ella con una sola zancada que vio cómo se deslizaban las gotas de agua por su mentón y por sus labios, lo que atrajo su ávida mirada.

—Viola, ¿por qué me desafiaste con la apuesta en el barco? Después de quince años en alta mar, ¿sigues sin entender a los hombres como yo? ¿De verdad no nos entiendes?

Ella sintió una opresión en el corazón. No había otros como él. Era único.

—Te desafié porque... porque quería volver a casa. —Le tembló la voz—. ¿Eso es lo que querías escuchar? Añoraba mi vida de una forma insoportable, pese a todos los años transcurridos y por más que intentara fingir que no lo hacía. Anhelaba recuperarla. —Con la misma intensidad que lo deseaba a él. En aquel entonces, creyó que no podría perder.

Pero había perdido y en ese momento volvía a hacerlo. La expresión distante de esos ojos azules se lo dejaba bien claro. Como también se lo dejaba lo que le había hecho poco antes a

Seamus. Esa vida lo estaba matando. Si Jin quería, podía ser un caballero. Tanto por su educación como por sus modales. Pero él descartaría esa opción. Y también la rechazaría a ella si decidiera abandonar su vida en Inglaterra y volver al mar.

Viola se apartó de él.

—¿Por qué volviste a Savege Park si sabías que te irías de nuevo? Y no me digas que lo hiciste para saldar la deuda que tenías con Alex, porque podrías haberlo visto en Londres.

—Viola, volví porque no podía mantenerme lejos de ti. Ahora mismo, aunque deseo irme de este sitio y tengo asuntos pendientes en otro lugar, me resisto a hacerlo por ti. Solo por ti. —Lo dijo de una forma en absoluto romántica, más bien furiosa. La misma furia que parecía brillar en sus cristalinos ojos.

De todas maneras, a Viola se le aflojaron las rodillas.

—En este momento en concreto, no pareces querer estar donde yo esté —consiguió replicar.

Jin se acercó, la aferró por los hombros e inclinó la cabeza para decirle:

—En una ocasión, pensé que estabas loca. Estaba seguro de ello. Pero ahora sé que el loco soy yo. —Su voz era ronca y su aliento le acarició la frente—. Tú solo eres una ingenua testaruda.

—No sé por qué piensas eso, cuando sé muchas más cosas del mundo que cualquiera de las damas que he conocido en Inglaterra.

—No entiendes por qué no soy el hombre adecuado para ti. Por eso me pareces una ingenua. Y una mujer imposible.

La deseaba, pero no quería desearla. Estaba claro. El pánico la abrumó y su asalto le resultó más frío que la lluvia. Ese era el final de verdad.

—Entonces, ¿te vas? ¿En este momento? ¿Ahora mismo?

Él la soltó y asintió en silencio.

«¡No, por Dios, no!», exclamó para sus adentros.

—¿Te vas a Londres? ¿Allí es donde está tu barco?

—Sí.

—¿En Londres? ¿Durante todo este tiempo? Debe de estar

347

costándote una fortuna tener el barco atracado en el puerto. ¿Cómo narices puedes permitirte...?

—Viola —la interrumpió él, que apartó la vista al parecer con impaciencia.

—¿Adónde irás? —Había perdido. Había perdido de nuevo. Pero en esa ocasión la pérdida le provocaba el dolor más grande que había experimentado en la vida, mucho peor que el que sintió durante los primeros meses en América, mucho peor que el dolor de la soledad—. ¿A Boston para recoger tu nueva embarcación? O a Malta, supongo.

—Al este.

—Cuando concluyas tus negocios, podrás regresar —dijo sin pensar, parecía que la desesperación le había robado el control de la lengua—. O podrías retrasar un poco tu viaje. —Estaba abriéndole el corazón para que él se lo destrozara de nuevo. Pero le daba igual. ¡No podía dejarlo marchar!—. Serena y Alex han hablado de abrir la propiedad al público, aunque por lo que he oído todo parece una broma, pero...

—Viola, ya vale.

Ella apretó los labios. Jin la contemplaba con expresión distante, como aquel día en el barco cuando la guiaba la esperanza, cuando fue tan ingenua de creer que ese hombre podía amarla.

—Dilo sin más —replicó controlando la voz, si bien le supuso un gran esfuerzo—. Hazlo. Tienes la misma expresión que aquel día en el barco, cuando ganaste la apuesta. —Necesitaba oírle decir que no la quería. Porque, pese a todo, sabía que no le mentiría en eso.

—Mis sentimientos no han cambiado desde entonces. —Y tal como sucedió aquel día, pareció tener dificultades para confesárselo. Al menos, sentía lástima por ella.

Viola se echó a temblar, abrumada por la angustia.

—Bueno, tus sentimientos son legítimos, supongo, sean los que sean. —Enderezó los hombros, pero el vestido le resultó demasiado tirante y se le clavaron las ballenas del corsé. De repente, se sintió atrapada y al borde de las lágrimas, aunque llorar delante de él sería lo peor que podría pasarle—. Bueno, Seton, pues adiós. Espero que tengas una bonita vida. —Extendió la mano para darle un apretón, pero él no hizo ademán de aceptarla.

—Aidan Castle no te merece.

Viola tragó saliva para intentar deshacer el gigantesco nudo que tenía en la garganta.

—Por sorprendente que te parezca, don Arrogante, me importa muy poco tu opinión sobre el tema. —El dolor era abrumador. Se dio media vuelta, parpadeando para contener las lágrimas—. *Bon voy...*

Jin le aferró una muñeca, tiró de ella para detenerla y se llevó sus dedos a los labios.

—Algún día conocerás a un hombre que te merezca de verdad, Viola Carlyle —le dijo en voz baja—. No te conformes con menos. —La besó en los nudillos y, después, en la frente.

Viola inhaló su olor, absorbiendo su cercanía y todo lo que adoraba de él. Cuando la soltó, Jin se dio media vuelta y se alejó hacia el establo.

Ella entró en la casa, se encerró en su dormitorio y dio rienda suelta a las lágrimas, tantas que bien podrían llenar el océano Atlántico.

28

Con la omnipresente ayuda de Jane, Viola consiguió que sus ojos hinchados y su cara pálida estuvieran lo bastante presentables para reunirse con su hermana y con los demás a la mañana siguiente.

—¿Ha mejorado su migraña, señorita Carlyle? —preguntó Caitria, interesada—. Lady Fiona y lady Savege estaban muy preocupadas por usted. Mi madre y yo también. Y mi hermano, por supuesto.

Viola miró a Aidan, que se encontraba en el otro extremo del comedor. Parecía cansado, pero esbozó una sonrisa titubeante. Más tarde, fue a buscarla a la biblioteca.

—Supongo que un día lluvioso es ideal para disfrutar de un buen libro con una taza de té —le dijo mientras se acercaba a ella.

Viola cerró el libro, del que no había leído una sola palabra en la hora que llevaba allí, y lo observó mientras se sentaba a su lado. Era un hombre agradable, decente, y por fin comprendía por qué creyó amarlo durante todos esos años. Había necesitado un amigo y no sabía lo que era el verdadero amor.

—¿Qué lees? —Le quitó el libro de las manos y lo abrió por la primera página—. ¿Virgilio? ¿No está en latín?

—¿En serio? —Bajó los pies al suelo, sobre los que había estado sentada, y se alisó las faldas. Estaban arrugadas, pero le daba igual.

Aidan soltó el libro y la cogió de la mano.

—Viola, es un momento espantoso para todos, sobre todo por lo que ha hecho Seamus y por cómo está pagando por ello. Le he pedido perdón a lady Savege por haber traído a mi primo a su casa, y ella me lo ha concedido, pero...

—¿Pero?

Le daba igual lo que quisiera decirle. De hecho, deseaba que la dejara tranquila con su soledad. En algún lugar de la casa, lady Fiona y madame Roche estaban enseñándole a Caitria a hacer trenzas al estilo francés. Lady Emily estaría sentada cerca, con un libro, haciendo comentarios ingeniosos. Su hermana estaría en la habitación infantil con el bebé. Pero ella solo quería estar a solas para lamerse la herida de la que nunca se recuperaría.

Aidan le apretó los dedos.

—Viola, Seamus no regresará a las Indias conmigo. De todas formas, tengo que embarcar en la nave que sale de Bristol dentro de seis días. Quiero que me acompañes. Como mi esposa.

—¿Ahora me pides que me case contigo? Me refiero a que por fin me pides que me case contigo.

—Sé que ha sido una larga espera para ambos. Pero siempre he sabido que serías mi esposa, Viola. Siempre.

Apartó la mano.

—Aidan, ¿por qué dejaste Trinidad hace dos meses y medio? Supongo que te costó mucho dejar en manos de otro hombre el trabajo de rehabilitación de la casa y la construcción de un nuevo edificio. La verdad es que me sorprende que decidieras visitar a tu familia tan de repente.

Aidan entrecerró los ojos y la miró con ternura.

—Seguro que sabes que vine porque no deseaba estar lejos de ti.

—Después de tantos años estando separados, ¿de repente ya no lo soportabas? —Frunció el ceño—. ¿Te prestó mi padre el dinero para la plantación con la condición de que te casaras conmigo y me trajeras de vuelta a Inglaterra para vivir aquí?

La cara de Aidan era un poema.

Viola se puso en pie con los pies destrozados, al igual que el corazón, sin saber si podía confiar en que algún hombre le dijera la verdad. Todos la utilizaban para sus propósitos. Su padre la había utilizado para recuperar a su amante. El barón intentaba utilizarla para revivir el recuerdo de la misma mujer. Y Jin la había usado para ganar dinero, y para obtener placer. El hecho de que ella lo deseara no lo exoneraba. Solo la convertía en una tonta desdichada.

—Aquel día en el hotel de Puerto España, antes de que te disculparas por haber besado a la señorita Hat y me asegurases que me querías, Jin te contó la verdad sobre mi familia. Sobre mi familia al completo. ¿Verdad?

Aidan se puso en pie.

—Violet, te he querido desde que eras una niña, y sí, le prometí a Fionn que te traería a vivir a Inglaterra, pero en aquel entonces no tenía ni idea de lo de tu familia y aun así me habría casado contigo. ¿Qué más da? —Gesticuló con impaciencia—. Cásate conmigo y olvidemos el pasado para construir un futuro juntos.

Viola tenía un nudo en la garganta, pero los ojos secos.

—No, Aidan, no quiero casarme contigo. Siento desilusionarte, pero ya no soy la misma niña que te seguía por cubierta hace diez años. He cambiado.

—Entiendo —dijo él a la postre, con el ceño fruncido—. Veo que he perdido mi oportunidad. He movido ficha demasiado tarde.

No hacía falta que ella respondiera.

—Si quieres librarte de mí —continuó Aidan con sequedad, tenso—, puedo ponerme en camino esta tarde. Mis padres y Caitria deben quedarse aquí hasta que Seamus pueda viajar. Pero yo me marcharé si así lo deseas.

—No hace falta. —De hecho, le daba igual dónde estuviera.

Aidan asintió con la cabeza y salió de la biblioteca.

Sin embargo, la tensión y la sequedad de Aidan persistieron, y eso no le gustó. Al cabo de dos días, recibió con alivio la sugerencia de Serena de trasladarse a la ciudad.

—¿No echarás de menos a papá?

—Un poco. Pero, Ser, es... un poco pegajoso.

—¿Pegajoso? ¿Es otro de tus simpáticos americanismos?

—Es posible, pero voy mejorando muchísimo con la pronunciación. Parezco una auténtica inglesa. —Intentó sonreír, pero la astuta mirada de Serena la observaba con demasiada concentración. Se volvió—. ¿Cuándo nos vamos?

—El martes. No me cabe la menor duda de que Fiona, Emily y madame Roche también están ansiosas por regresar a la capital. Tracy nos acompañará. Lo convertiremos en una fiesta.

—Suena maravilloso.

Observó la marcha de Aidan, que partió solo. Al final, se había marchado sin rechistar y había aceptado su rechazo con resignación. Pese a los huesos rotos y a las heridas abiertas, Seamus se negó a quedarse atrás después de la marcha de su primo, de modo que la familia Castle se fue al completo.

Al día siguiente, cinco carruajes cargados con criados, caballeros, damas y Viola pusieron rumbo a Londres. Había visto muy poco de la campiña en su apresurado viaje desde Exmouth a Savege Park. En ese momento, dividieron el trayecto en varias etapas cortas, deteniéndose en preciosas posadas a lo largo del camino para cenar con tranquilidad todas las noches, como si fueran unas vacaciones. Pasado el primer día, Viola consiguió viajar siempre en el carruaje de lady Emily, ya que no se despegaba de su libro y no entablaba conversación, de modo que el viaje se le hizo soportable.

Londres se parecía tanto a Boston como Savege Park se había parecido a la plantación de Aidan. Era una vasta extensión, con calles interminables llenas de personas y todos los sonidos imaginables, desde los resoplidos de los caballos, pasando por el traqueteo de los carruajes hasta los gritos de los vendedores callejeros. Con una atmósfera cargada por el carbón, la ciudad vibraba por el movimiento y la vida. Clavó la mirada más allá de la ventanilla y se quitó el chal y los guantes, ya que tenía las manos sudorosas.

—El aire en la ciudad es muy insalubre a estas alturas de otoño, señorita Carlyle —comentó lady Emily, que por fin cerró el libro, con los ojos chispeantes—. Pero hay muchos lugares en los que una dama puede disfrutar de los mejores placeres de la vida.

—Lady Fiona me ha hablado de la tienda de helados Gunter's —replicó sin prestar demasiada atención.

A lo lejos, hacia la derecha, se atisbaban los inconfundibles mástiles de los barcos tras el tejado de un edificio. La inundó el alivio. Londres no era del todo diferente.

—Me refiero a los museos, a las exhibiciones científicas y a las conferencias, por supuesto.

—¿Estamos cerca del río? Veo barcos.

—A varias manzanas al norte. ¿Le gusta navegar, señorita Carlyle?

—Un poco.

La casa de Alex y Serena, enorme y muy elegante, se encontraba en una esquina de la plaza y parecía una mansión. Tenía dos salitas, un salón recibidor, un salón, un comedor, un amplísimo vestíbulo, un modesto salón de baile en la parte posterior, un jardín y un sinfín de habitaciones en las plantas superiores. Serena la había amueblado pensando en la comodidad, pero también con una belleza muy sencilla. Viola supuso que debía acostumbrarse a ese esplendor. A pesar de que pertenecía a la aristocracia y ostentaba un título nobiliario, Serena seguía siendo Serena, y Alex era tan amable y tan atento como siempre. Además, la pequeña Maria los había acompañado. Se dijo que era más afortunada que cualquier persona a quien hubiera conocido.

No obstante, sin la continua presencia de las amistades y sin un acantilado con vistas al mar donde refugiarse, pronto se sintió intranquila. Demasiado sedentaria. Cuando Tracy las visitó para invitarla a dar un paseo por el parque en su nuevo tílburi, aceptó encantada. Cuando lady Emily la invitó una tarde a la conferencia que daría una famosa ensayista, aceptó con menos entusiasmo, pero disfrutó de la salida mucho más. La famosa ensayista utilizó una serie de palabras malsonantes que tanto Serena como el señor Yale habían insistido en que ella no utilizara, y el tema de la charla era que las mujeres deberían poder realizar cualquier profesión, como los hombres. Muchas damas salieron de la sala de conferencias con muy mala cara, mientras cuchicheaban escondidas tras sus abanicos, pero Viola se sintió revitalizada.

Sin embargo, no tardó en volver a deprimirse. En contra de su buen juicio, aceptó una invitación de lady Fiona y madame Roche para una velada jugando a las cartas.

—Ah, *ma chère mademoiselle,* juega hoy mucho peor de lo que jugó en el campo, en casa de su hermana. —Se lo dijo en un susurro muy francés.

—De hecho, estoy jugando fatal —replicó Viola con un resoplido.

—¿Qué tal le va con los alfileres que le sostienen el dobladillo? —preguntó lady Fiona con expresión esperanzada.

—Se me clavan en los tobillos. Pero es lo mínimo que me merezco por pisarme el bajo al descender del carruaje.

—¡Qué desgarrador! —Madame Roche soltó un par de ases.

—¿Desgarrador? —Viola empezó a sentir el escozor de las lágrimas en los ojos.

—Sí, ya sabe, por los arañazos en la ropa o en la piel, señorita Carlyle. —Lady Emily miró sus cartas con el ceño fruncido—. El acento de Clarice es encantador, pero a veces no se expresa bien. —Miró a Viola con atención.

De hecho, mucho se temía que sus amigas y su hermana conocían muy bien lo desgarrada que se sentía. Estaban tan pendientes de ella que la ponían de los nervios. Era imposible disfrutar de las maravillosas vistas de Londres con semejante estado de irritación; además, Viola detestaba sentirse así. Necesitaba algo de actividad para espantar su mal humor.

Con eso en mente, tras llevar cuatro días residiendo en Londres, acompañó a Serena y a Alex a una cena, tras la cual se celebraría un baile. Y bailó. Les pisó los pies a distintos caballeros. Ninguno se burló de ella ni se echó a reír, aunque quizá lo más desolador fue que, cuando terminó la música, ningún caballero perfecto apareció por el pasillo, la estrechó entre sus brazos y le hizo el amor.

Jin se había ido. Mientras que ella vivía como una dama, cuando en realidad no lo era, cuando no tenía el menor vínculo con lo que había vivido durante tantos años. Y eso era el desastre en el que había convertido su vida.

A la tarde siguiente, al otro lado de las ventanas del salón, se admiraba un maravilloso paisaje teñido de gris y dorado, en el que las terrazas parecían bronce bruñido contra las columnas de humo gris. Sin embargo, ella no podía disfrutar de dicho paisaje. Estaba sentada en un sillón, con el bastidor en el regazo y un libro sobre la mesita auxiliar que tenía al lado, pero era incapaz de apartar la mirada del cristal mientras deseaba con todas sus fuerzas regresar al alcázar de la *Tormenta de Abril.* Porque allí podría rebelarse contra la soledad que seguía atormentándola aún, a pesar de estar en Londres, rodeada por las personas a quien quería. Por todas menos una.

Cuando Serena le tocó el hombro, dio un respingo, tirando el bastidor al suelo.

—Lo siento. —Su hermana se sentó en el diván emplazado frente a ella. Era una imagen preciosa, verla así sentada con un vestido de seda aguamarina con perlas bordadas.

—¿Vas a salir esta noche?

—Sí. Ya te hablé de la velada musical durante el desayuno. He venido para decirte que el carruaje estará listo enseguida, pero veo que no estás arreglada. —Ladeó la cabeza.

—Lo siento, Ser. Me parece que esta tarde no estoy de humor para nada.

Su hermana le tocó el dorso de la mano.

—Vi, ¿te encuentras mal? Me refiero a si eres infeliz.

Él también le había preguntado eso, le había dicho que era incapaz de mantenerse apartado de ella y después se había ido.

—Me alegro mucho de estar contigo, Ser. Y con Alex y con Maria. Y mañana conoceré a Kitty y a lord Blackwood. Después de todo lo que me habéis contado de la hermana de Alex, estoy impaciente por conocerla.

Serena le apretó la mano.

—Pero ¿eres feliz?

La pregunta le provocó un nudo en la garganta.

—Él me trajo aquí —susurró, dejando que las palabras por fin brotaran de sus labios— y tú me has convertido en una dama, pero nunca seré una. No, de verdad, por mucho que me esfuerce. Por fuera, puede que me frote la cara con zumo de limón y que toque el arpa (aunque lo haga fatal), pero por dentro sigo maldiciendo como un marinero. —Clavó la mirada en el atardecer, que teñía el cielo de tonos rosas y grises, una vez desaparecido el dorado—. Pero no puedo regresar a mi antigua vida. Ser, ¿dónde está mi sitio ahora?

—¿No quieres esto, Vi?

—Sí, lo quiero. —Agachó la cabeza y se llevó las manos a los ojos—. Pero lo quiero más a él.

—¿Te refieres al señor Castle? —Serena parecía escéptica.

—Me refiero al señor Seton.

Tras un breve silencio su hermana dijo:

—Ay, Vi.

—Lo sé —gimió antes de ponerse en pie de un salto y acercarse a la ventana, lo más cerca del crepúsculo que podía—. Lo sé, de verdad que sí. Creo que lo supe nada más verlo. —Se aferró a la cortina de brocado y apoyó la frente en la tela—. Sin embargo, para él solo he sido una presa de la que obtener un botín. —Y placer transitorio. Al menos le había dado eso. Tal vez incluso le había proporcionado cierto entretenimiento. Le gustaba hacerlo sonreír, le gustaba ver estrellitas. Pero jamás volvería a disfrutar de esa alegría.

—¿Un botín?

Viola se sentó en el alféizar acolchado.

—El botín que Alex le pagó por encontrarme y traerme de vuelta a casa.

Serena se acercó a ella.

—Alex no le ha pagado un solo chelín, Vi.

—Claro que sí.

—No, no lo hizo. Además, aunque Alex se hubiera ofrecido

a pagarle, Jinan no lo habría aceptado. Por Dios, si es más rico que Creso. Creo que más rico incluso que mi marido, después de todas las noches que Alex pasó en las mesas de juego. ¿No lo sabías?

Viola tragó saliva para deshacer el nudo que tenía en la garganta.

—No —consiguió decir con un hilillo de voz—. No lo sabía. —Meneó la cabeza—. Pero ¿por qué pasó tantos meses buscándome y se tomó tantas molestias para convencerme de que volviera si no lo hizo por el dinero de Alex?

Serena se sentó a su lado.

—Yo diría que era al revés. Jinan creía que estaba en deuda con Alex.

—¿Que él estaba en deuda?

—No tendría que ser yo quien te contara esto, pero creo que debes saberlo. De niño, Jinan fue esclavo durante dos años. Alex, que no era mucho mayor que él en aquella época, consiguió liberarlo.

Viola respiraba con dificultad.

—Pero eso pasó hace veinte años.

—Veo que lo sabías.

—Pero no sabía que Alex estuvo involucrado.

—Jinan te buscó por mí, porque creía que era la única forma en la que podía pagarle a mi marido. Por supuesto, Alex jamás esperó ningún pago ni lo pidió. Jin no tenía que hacer nada.

Viola se puso en pie y cruzó la estancia, muy alterada de repente.

—Y todo este tiempo he creído... —No podía pensar—. Nunca...

Su regreso a Inglaterra había sido más importante para él de lo que suponía. Había entendido el amor que su amigo sentía por su mujer y, de alguna manera, también el vínculo entre Serena y ella cuando eran niñas. Era un hombre que estaba tan solo como se podía estar, tanto por la tragedia de su vida como por decisión propia, pero había decidido saldar su deuda de aquella manera. Porque Alex le había dado lo más importante para él.

Sentía un dolor muy profundo, por el niño que fue y por el hombre en el que se había convertido. Y lo quería con desesperación.

—Viola, ¿vas a vestirte para salir? —La voz de Serena sonaba rara.

Se volvió hacia su hermana y se tragó la desdicha.

—Ser, de verdad que no tengo ganas de...

—Por favor, vístete. Me gustaría hacerle una visita a Kitty antes de la fiesta de esta noche. No tienes que arreglarte para la velada. Te dejaremos en casa después de visitar a lady Blackwood.

—Muy bien. —Echó a andar hacia la puerta, con la cabeza gacha y sin importarle en lo más mínimo adónde iba.

Jane la enfundó en un vestido adecuado para realizar visitas mientras rezongaba que Viola debería dormir con rodajas de pepino en los ojos para mitigar la hinchazón. Viola se desentendió de ella y se reunió con su hermana y con su cuñado en el vestíbulo. Serena y el conde entablaron una conversación banal mientras recorrían en carruaje las dos manzanas que los separaban de casa de lord y lady Blackwood, que aunque era más modesta que su mansión, seguía siendo bastante grande.

La dama que los recibió era tan elegante como su entorno, alta y delgada, con pelo oscuro y ojos grises muy parecidos a los de su hermano, y ataviada con un exquisito vestido azul. Se acercó a Viola, le cogió ambas manos y la besó en las dos mejillas.

—Me moría por conocerte. —Tenía la voz más hermosa que Viola había escuchado en la vida, y sus risueños ojos echaban por tierra el aura de superioridad—. Y no sabes cuánto me alegro de que ahora seamos familia.

—Gracias, milady.

—No, no, soy Kitty. Y yo pienso llamarte Viola, la hermana perdida que nunca tuve. —Le lanzó una sonrisa traviesa a Serena y le guiñó un ojo—. La otra hermana perdida. —Miró a su hermano—. Leam no está en casa. Ha salido. Está tratando de encontrar a Wyn, que está desaparecido y, por cierto, a quien has hechizado, Viola. Hasta tal punto que jura que jamás volverá a mirar a una dama a menos que tenga un conocimiento intrínseco del mar y que no desee pintar acuarelas.

Viola deseó ser capaz de sonreír. Consiguió esbozar una sonrisa temblorosa.

—Espero que esté bien.

—Se deja ver muy poco últimamente, así que no lo sabemos, y eso nos preocupa. —Kitty le soltó las manos—. Pero al menos, antes de desaparecer esta vez, nos habló del tiempo que ha estado en Savege Park y nos habló de ti. Por supuesto, fue mucho más comunicativo que Jinan, que seguro que tenía muchas más cosas que contar pero que se mostró, como era de esperar, mucho más parco en palabras. —Torció el gesto—. Uno nunca sabe lo que Jin piensa o hace, ¿verdad, Alex?

El conde se apoyó en la repisa de la chimenea con los brazos cruzados.

—Muy pocas veces. —Miró a Viola.

Tuvo la extrañísima sensación de que todos esperaban que ella hablase a continuación. De modo que se armó de valor para evitar que le temblara la voz al hacerlo.

—Supongo que estaba muy ocupado preparándose para zarpar. Tal vez ahora que está en pleno océano, tenga más tiempo para escri... escribir cartas —titubeó—. Yo siempre llevaba un cuaderno de bitácora, por supuesto. Y, a veces, escribía cartas. —Esa última frase fue apenas un susurro. Le costaba hablar de él. El hecho de que, al parecer, su familia y amigos lo conocieran tan bien y lo apreciaran tanto fue un descubrimiento muy doloroso.

Se hizo el silencio. Miró a su alrededor y se percató de que Kitty miraba a Alex con el ceño fruncido. El conde asintió con la cabeza.

—Viola —dijo Kitty—, Jinan no está en mitad del océano. Al menos, todavía no. Está aquí, en Londres.

—¿Aquí? —Miró a Kitty antes de desviar la vista a Alex—. ¿En Londres?

—Sí.

—Me dijo que iba a zarpar, que pondría rumbo a Malta para... —Se le quebró la voz—. Me mintió.

—No del todo. Puede que entre en sus planes, llegado el momento.

—¿Y hasta entonces? —Pero la verdad poco importaba. Jin había abandonado Devonshire sabiendo, casi con toda seguridad, lo que ella sentía—. ¿Qué está haciendo en Londres?

—Está buscando a su familia, Vi —dijo Serena en voz baja.

A Viola le dio un vuelco el corazón.

—¿Qué familia? Me dijo que su madre murió hace mucho tiempo.

Serena meneó la cabeza y se encogió de hombros. Viola tampoco encontró respuesta en los rostros de Alex y de Kitty.

—Supongo que me alivia saber que no soy la única persona con la que comparte tan poco de sí mismo —masculló, arrancándole una sonrisa a Alex y una mirada dulce a Serena.

Kitty, en cambio, siguió muy seria.

—Viola, sé que es difícil comprenderlo, pero Jinan es un buen hombre. Está haciendo lo que cree que es lo correcto. Si le tienes afecto, como creo que es el caso, debes confiar en él.

Una hora más tarde, mientras se paseaba de un lado para otro en su dormitorio, las palabras de Kitty seguían resonando en su cabeza. Tal vez él creía estar haciendo lo que le parecía correcto, pero ¿tenía que hacerlo solo? Tal vez no la quisiera ni la necesitara. Pero ella lo quería y deseaba ayudarlo. Ansiaba ayudarlo, tal como él la había ayudado a ella.

Y lo haría.

Serena y Alex no sabían dónde se encontraba, como tampoco lo sabían Kitty y lord Blackwood. Al parecer, Jin vivía como una sombra en Londres. Sin embargo, Viola conocía los muelles mucho mejor que su aristocrática familia. Si su barco seguía amarrado en el puerto, lo encontraría. Por supuesto, no podía ir vestida como Viola Carlyle.

Se dirigió al armario, rebuscó en el fondo y encontró sus

pantalones, una camisa y un chaleco. El desafío de escapar de la casa y de llegar a los muelles sin la que descubrieran los solícitos criados de su hermana no era fácil. Se estaba poniendo el zapato izquierdo al tiempo que se metía los faldones de la camisa por los pantalones y sacando la cabeza por la ventana para estudiar la enredadera que cubría esa pared de la casa cuando Jane entró en el dormitorio.

La doncella jadeó.

Viola dejó caer el zapato.

Jane entrecerró los ojos y retrocedió hacia la puerta.

—Ni se te ocurra.

Jane apretó los labios.

—¿Adónde cree que va?

—A los muelles.

—No conseguirá salir.

—Claro que sí. —Echó a andar hacia ella, cojeando con un zapato de menos—. Y tú me vas a ayudar.

—Ah, no, no lo haré.

—Ya lo creo que lo harás, porque si no, le diré a lady Savege que le robaste una corbata al señor Yale y que la escondes entre tu ropa interior.

Jane se llevó las manos a la boca.

—No se atrevería —chilló.

—Claro que sí. —Ladeó la cabeza—. Bueno, ¿qué prefieres? ¿Ayudarme o no volver a encontrar un puesto de trabajo entre la alta sociedad?

Jane la fulminó con la mirada. Pero la ayudó.

Viola pensó que comenzaba a pillarle el tranquillo a eso de ser una dama.

Primero encontró a Matouba. Fue bastante fácil. El lacayo al que Jane había sobornado con favores íntimos (seguramente escogido para tal fin porque con su pelo negro y sus ojos oscuros se parecía a cierto galés) le buscó un carruaje de alquiler a Viola. Una vez que consiguió salir por la puerta trasera mientras dicho criado y Jane distraían a los demás criados, fue un trayecto muy corto hasta los muelles.

Se caló bien el sombrero y entró en la primera taberna que encontró, y allí estaba Matouba. Su piel oscura resaltaba contra el cuero del chaleco y la madera de la mesa, pero se puso en pie enseguida y sus blanquísimos ojos se clavaron en ella al punto. La suerte irlandesa de su padre la acompañaba. O tal vez fuera su padre quien guiaba sus actos. Fionn había sido lo bastante taimado como para tener éxito en su plan. Después de todo, le había robado una niña a un barón. Recuperar la familia de un hombre debía de ser pan comido.

Se abrió paso entre la multitud.

—Me alegro de verte. ¿Dónde están Mattie y Billy? Y lo más importante, ¿dónde está él?

Matouba se comportó, ya que se llevó una mano al ala del sombrero para saludarla antes de cogerla del brazo y arrastrarla a la calle sin mediar palabra. Viola se zafó de su mano. La luz que iluminaba la puerta de la taberna se reflejaba en los adoquines, y las carcajadas y las voces procedentes de los locales se escuchaban por todas partes. Era el distrito de los marineros y ella se encontraba en su salsa. Sin embargo, era evidente que a Matouba no le hacía gracia su presencia. Sus ojos no dejaban de mirar a su alrededor, y estaba muy cerca de ella, protegiéndola con su cuerpo en mitad de la calle a oscuras.

—¿Dónde está, Matouba?

—En fin, señorita, supongo que no puedo decírselo.

—¿Por qué? ¿Porque no tengo que saberlo?

—Porque él no lo sabe —contestó una voz a su espalda.

Se volvió y vio a Mattie. Billy estaba pegado a su codo, mirándola con una sonrisa de oreja a oreja.

—Me alegro de verla, capitana, señora.

—Gracias, Billy. —Miró al enorme timonel—. ¿Sabes dónde está?

Mattie negó con la cabeza.

—No lo sabemos, capitana. —Billy meneó la cabeza—. Nunca nos lo dice.

—¿Y cómo os ponéis en contacto con él? —Los miró a los tres—. Os dice cuándo y dónde, ¿no? —Puso los brazos en jarras—. Y luego dice que yo soy imposible.

—Sin ánimo de ofender, señorita, pero no sabemos dónde está esta noche. —Cuando sonrió, fue evidente que a Mattie le faltaban varios dientes—. Hemos estado pensándolo entre nosotros. La cosa es que nos vendría bien un marinero que sepa hablar como una dama para este trabajo.

Los vasos y los picheles tintineaban en el interior de la taberna, un violinista comenzó a tocar, pasó un carromato cerca levantando una nube de polvo que olía a pescado y sudor, y el marinero más hosco y malhumorado que Viola había conocido en la vida le guiñó un ojo.

Se le desbocó el corazón. Extendió el brazo con la palma hacia abajo.

—Me apunto.

Una delgaducha mano llena de pecas apareció sobre la suya.

—Yo también, capitana.

Unos dedos muy oscuros cubrieron los de Billy.

—Y yo, señorita.

La mano de Mattie fue la última, enorme, curtida y tan reconfortante como un jamón entero el domingo de Pascua.

—Pues en marcha.

29

Sentado en un sillón de su residencia londinense y sumido en la oscuridad de la noche, Jin miraba fijamente el techo con el corazón desbocado. Aunque el deseo lo embargaba, no había acompañante femenina alguna esperándolo en el dormitorio. No cuando Viola Carlyle se encontraba a trescientos kilómetros de distancia. Jamás volvería a estar con una mujer, fuera cual fuese la distancia que lo separase de Viola. Su vida célibe había dado comienzo.

Pero no duraría mucho. Porque ella le había robado el corazón y pese a todo lo que él había hecho, a pesar de haberse condenado a sus ojos, sabía que no podía vivir sin su corazón. No podía vivir sin ella. De modo que lo mismo daba que se arrojara al peligro. La situación en Malta era complicada, y le parecía un lugar para morir tan bueno como cualquier otro. Tal vez allí encontrara por fin la muerte y así se librara de la tortura de no tener a Viola, y de saber que otro hombre la tendría.

Se merecía mucho más que Aidan Castle. Se lo merecía todo.

Pero su opinión no serviría de mucho. Viola se quedaría con el hombre que quisiera, ya fuera Castle o cualquier otro afortunado que lograra ganársela. Y él seguiría solo, tal como lo había estado a lo largo de los últimos veinte años, tal como debía estar. Solo... o muerto.

Pero todo era mentira. Una maldita mentira. Pero no le estaba mintiendo a Viola en esa ocasión. Se mentía a sí mismo.

Había regresado a Londres y seguía en la ciudad, demorando su partida al este para llevar a cabo la misión del Club porque quería el dichoso cofrecillo. Había hecho dos intentos más para comprarlo, de forma anónima a través de su apoderado y después a través del apoderado de Blackwood. El obispo se mantenía inflexible, y a esas alturas comenzaba a sospechar del interés que había despertado la antigüedad en otros. No la vendería. Se había cerrado en banda.

Sin embargo, él debía conseguirlo. No podía pensar en otra cosa, salvo en Viola. Jamás sería un buen hombre. Su pasado lo perseguiría siempre. Pero que lo colgaran si permitía que ella se marchara sin saber que era un hombre con un apellido real. Al menos, se debía eso a sí mismo. Y a ella.

Con la mirada perdida en la oscuridad, esperó a que el sereno diera la hora. Los ruidos de la noche se colaban a través de la ventana abierta. Siguió esperando. Nadie le había ordenado que llevara a cabo esa vigilancia nocturna. Tampoco tenía un propósito concreto. No pensaba robarle el cofre al obispo ni quería que alguien saliera herido para hacerse con él de alguna otra forma. Esa faceta de su vida había acabado. Se había decidido tras ver la cara ensangrentada de Seamus Castle y escuchar la exaltada defensa que Viola había hecho del castigo que él le infligió. No quería que volviera a defenderlo porque, al hacerlo, ella misma se mancillaba. Para llegar a merecerla, si acaso se le presentaba esa oportunidad, debía limpiar su alma.

A la postre, se levantó del sillón y se vistió con ropa adecuada para el trabajo que pensaba hacer. Todavía no había hablado con el lacayo del obispo. No obstante, lo había vigilado todas las noches durante quince días. Faltaba una hora para que el hombre saliera de la residencia del obispo. Tal como acostumbraba a hacer, se dirigiría a su taberna favorita, donde se bebería dos vasos de ginebra antes de pasar quince minutos en la habitación trasera con la puta pelirroja. Después, se iría a casa. Si la pelirroja no trabajaba, se iría con la rubia, antes que con la morena. Algunos hombres carecían de gusto, suponía él.

Caminó hasta la casa del obispo. No estaba lejos de sus aposentos de Piccadilly, y el trajín de la actividad nocturna de Londres lo ayudaba a mantenerse alerta, si bien su mente divagaba con pensamientos sobre cierta capitana de ojos violetas.

Nada más llegar, percibió el cambio. En algunas ventanas de la casa, que a esa hora solían estar a oscuras, se veía luz. Concretamente, en una ventana del piso inferior, en la que se veía una rendija de luz dorada a través de las cortinas corridas. Una luz que parpadeó antes de apagarse.

Alguien recorría la casa lámpara en mano. Pero no era Pecker. Desde su escondite, agazapado entre los setos situados al otro lado de la calle, Jin vio al hombre enfilar el estrecho callejón trasero que separaba la casa del obispo de la contigua. El lacayo silbaba alegremente y caminaba arrojando un objeto al aire que recogía antes de que cayera al suelo. Cuando la luz de la luna se reflejó en dicho objeto, Jin se quedó petrificado.

Una moneda de oro. ¿Sería ese el pago por haber dejado entrar en la casa a algún extraño?

La ira hizo acto de presencia. Esa mañana, habían tratado de convencerlo de que les permitiera colarse en la casa para robar el cofre. Matouba se había mostrado firme, aunque no había hablado mucho, y Billy lo había hecho con entusiasmo. Sin embargo, Mattie se había limitado a mirarlo por encima de su narizota y a decirle:

—Ya va siendo hora de hacerlo.

Al parecer, habían allanado la casa del obispo a pesar de habérselo prohibido. No obstante, eran marineros, acostumbrados a robar en alta mar, en la cubierta de un barco, no a moverse de forma furtiva por el salón de un caballero. Acabarían atrapándolos por su culpa y no podía permitirlo.

Tal parecía que su cita con la muerte tendría lugar antes de lo previsto.

Cruzó la calle con sigilo y enfiló el callejón. La puerta del obispo estaba abierta. Se internó con cautela en el estrecho pasillo del sótano y subió hasta la planta baja. No vio criado alguno.

Le resultó raro. Sin embargo, era tarde y el obispo, que era un hombre mayor, solía acostarse pronto. En el extremo del pasillo por el que se accedía al salón recibidor, había dos puertas más. Seguramente una sería la del salón y la otra, la del comedor. La casa del obispo Baldwin estaba atestada de objetos: figurillas, brújulas, libros, joyas expuestas en pedestales, instrumentos musicales y cientos de cachivaches más, aunque era un lugar modesto como correspondía a un clérigo jubilado.

Vio una luz parpadeante en la rendija inferior de una puerta. Al instante, escuchó una serie de ruidos que se sucedieron con rapidez: un mueble se arrastró por el suelo, un objeto de cristal se rompió, alguien soltó un improperio en voz baja y después se produjo un golpe.

No le quedó otro remedio: abrió la puerta. Pese a la oscuridad, vio una lámpara hecha añicos en el suelo justo en el borde de la alfombra. Sobre ella se encontraba una figura con un cofrecillo en las manos.

La emoción que lo embargó fue tan fuerte como el impacto de un vendaval. Recordó al instante el cofrecillo, adornado con un mosaico de piezas de oro y esmalte, como si lo hubiera visto el día anterior sobre el tocador de su madre, cuyos aposentos siempre estaban llenos de sedas y cojines. Además, reconocería a Viola Carlyle aunque la oscuridad fuera total, sin importar la ropa que llevara puesta. La reconocería aunque estuviera ciego, sordo y desprovisto del resto de los sentidos. Así sería hasta el día que muriera.

Ella lo miró y al instante clavó la vista en el techo. En la planta alta se escucharon pasos.

—¡Maldita sea! —murmuró ella con esa voz tan aterciopelada que a Jin le llegaba al alma.

Abrió la puerta y la invitó a salir con un gesto de la mano. Sin embargo, no había escapatoria posible. En el descansillo de la escalera, había al menos tres hombres. Claro que debían intentarlo y para ello tenía que obligarse a pensar con claridad. Sin embargo, tenía la mente abotargada porque el objeto de sus deseos caminaba hacia él en ese momento.

Viola apenas si lo miró antes de correr hacia el pasillo. Él la siguió. Billy apareció por una puerta y lo saludó llevándose una mano a la gorra, tras lo cual corrió hacia la puerta trasera, donde Matouba los esperaba, flanqueado por dos hombres de uniforme.

Los habían atrapado. Aunque él se aseguraría de que Viola se librara de las consecuencias. Extendió un brazo y la aferró por un hombro.

Billy se detuvo en seco en el extremo del pasillo mientras Jin tiraba de ella y la pegaba a su torso.

—No hables a menos que yo te lo diga —le susurró rápidamente al oído mientras la embargaban el alivio y la euforia al sentir de nuevo sus manos.

A continuación, la soltó y se produjo un gran alboroto. Un buen número de hombres aparecieron en el pasillo por ambos extremos, armados con lámparas, velas y uno de ellos con un atizador. Vestían librea o uniforme. Un anciano de nariz aguileña con un gorro de dormir torcido y pelo canoso se adelantó.

—¡Ajá! Me imaginaba que habría juego sucio. —Le colocó la vela a Viola cerca de la cara y la cera derretida le manchó el gabán—. ¡Te he tendido una trampa! Dejé que ese tonto de Pecker se quedara con tu dinero, ladronzuelo. ¡Ajá, te atrapé! —Le entregó la vela a un criado y agarró el cofrecillo—. Ahora no tendrás mi cofre, sino que te has ganado diez años en Newgate.

Viola se mantuvo en sus trece.

—¡Deje que me lo lleve, viejo cruel! Le pagaré por él.

Todos jadearon, salvo Billy, que estaba inmovilizado por dos criados, y el hombre que se mantenía en silencio junto a Viola.

La cara del obispo adoptó una expresión sorprendida y a la luz de la vela sus arrugas parecieron los surcos de un arado.

—¡Es una muchacha!

—¡No soy una muchacha! Es un tipo egoísta y avaro. ¿Por qué no quiere vender el cofre?

—Porque fui yo quien lo descubrió y no acostumbro a vender mis tesoros, jovencita. —Entrecerró los ojos—. Sospecho que crees que no voy a entregarte a las autoridades por el hecho de ser una mujer. Pues te equivocas. El Señor perdona a los bribones arrepentidos, pero la ley debe aplicarse antes para dar ejemplo. —Le arrebató el cofre de las manos y Viola sintió que se le caía el alma a los pies—. Oficiales, mañana la visitaré en su celda de Newgate para escuchar sus disculpas. Llévensela. A ella y a sus cómplices en el intento de robo. —Miró de pasada a Jin—. Me vuelvo a la cama. Con mi cofre.

—Ilustrísima, ella no tiene la culpa.

Viola dio un respingo. Jin había hablado con una voz que no era la suya. Sí, el timbre era tan grave como siempre, pero tenía un acento raro, parecido al de Billy o al del lacayo que Jane había sobornado.

—¿Ah, no, joven? ¿Entonces quién la tiene? ¿Tú?

—Bueno, verá, la causante de todo esto es mi hermana, ilustrísima. —Empezó a moverse como si estuviera nervioso, cambiando el peso del cuerpo de un pie a otro.

Viola jadeó. ¿Su hermana? ¿A qué estaba jugando?

—¿Esta es su hermana?

—No, señor. —Jin la miró de reojo con una expresión que Viola habría jurado que era tímida. Pero eso era imposible—. Mi hermana es la doncella de la dama aquí presente.

—¿Esta es una dama? —El obispo cogió una vela y la acercó de nuevo a la cara de Viola.

—Sí, señor. Es la hermana de un aristócrata, como usted, ilustrísima.

—Pues no me lo parece. Cierto que no parece una buscona, pero tiene pinta de pilluela de la calle.

Jin asintió con la cabeza.

—No es la típica dama, eso seguro, ilustrísima. Pero solo tiene que mirarle las manos.

El obispo frunció el ceño.

—Señorita, enséñeme las manos.

Viola lo obedeció.

El obispo se inclinó hacia el criado que tenía al lado.

—Clement, ¿te parece que son las manos de una dama?

—Sí, ilustrísima. Creo que lo son.

El obispo torció el gesto y miró a Jin con los ojos entrecerrados.

—¿Y qué hace en mi casa, robándome el cofre?

—En fin, señor. Es que yo quiero ese cofre. Y mi hermana, bueno, es un poco lianta. La dama aquí presente... —titubeó, como si estuviera avergonzado.

Era una actuación sorprendente que Viola habría contemplado boquiabierta de no ser porque el corazón se le podría haber salido por la boca.

—Esta dama aquí presente es una aventurera, ilustrísima. Así que cuando mi hermana la desafió a robar el cofre, pensó que sería una travesura muy divertida.

—¿Y la has acompañado para robarlo?

—No podía dejar que lo hiciera sola, señor. Es una dama y eso...

Viola estuvo a punto de caerse redonda al suelo. ¡Jin se había ruborizado! Jamás lo habría creído posible. Ser testigo de lo buen actor que era le revolvió el estómago.

El obispo asintió con la cabeza.

—En ese caso, será usted quien vaya directo a Newgate esta noche, joven. No por participar en un robo, sino por no ser lo bastante hombre como para enderezar a su hermana y enseñarle a distinguir entre el bien y el mal. Eva es el sexo débil y propensa al mal. Adán debe doblegar su naturaleza salvaje y demostrarle con sus fuertes manos tanto su superioridad moral como su compasión.

Clérigo o no, Viola no estaba contenta con la reprimenda.

—Pero él no...

—Silencio, señorita. Dígame el nombre de su hermano.

—Es el conde de Savege, ilustrísima —dijo Jin.

—¿Savege, ha dicho? Menudo libertino. —Frunció el ceño—. Esta misma noche estará de vuelta en su residencia. Un hombre debe controlar mejor aquello que le pertenece. —Apretó el cofre contra el pecho.

—Pero...

—Silencio, señorita, o la enviaré a Newgate junto con estos ladrones. Oficiales, los veré mañana en la cárcel. Clement, lleva a la hermana de lord Savege al salón y ordena que preparen mi carruaje. —Se abrió camino entre la multitud.

Dos pares de manos aferraron a Jin por los brazos.

—¡Esperen! —exclamó Viola—. No...

—Muchacha —dijo Jin con su propia voz—, como no subas esas escaleras detrás del obispo y vuelvas a casa ahora mismo, no volveré a dirigirte la palabra en la vida.

Viola sintió una opresión en el pecho.

—¿Eso significa que pensabas dirigírmela antes de ocurrir todo esto?

—Vete —masculló él.

Los soldados se lo llevaron. También se llevaron a Billy y a Matouba. Ignoraba dónde se había metido Mattie. Pero los sacaría a todos de la cárcel. Alex se encargaría de que así fuera. Se volvió para no ver cómo se lo llevaban con los grilletes en las muñecas y corrió escaleras arriba.

Mattie llegó poco antes del amanecer a la prisión de Newgate, un amasijo de piedras y mortero. El edificio parecía grandioso por fuera, pero su interior era apestoso y sucio. Mattie sobornó al sargento que vigilaba la entrada empleando el contenido de un saquito que abultaba lo mismo que su puño. Después, hizo lo propio con el vigilante del ala correspondiente y también con el soldado apostado en la puerta de la celda, que babeó nada más ver las cuatro relucientes guineas en la palma de su mano. Dejó de hurgarse los dientes con un hueso de rata para abrir la puerta de la celda.

—Nos vemos, señor Smythe. Vuelva cuando quiera y traiga a sus amigos. —Hizo una reverencia burlona al tiempo que escupía al suelo.

El cielo seguía oscuro cuando salieron al frío día otoñal, como si no hubieran sido detenidos y acusados de robo por un obispo de la Iglesia unas cuantas horas antes. El dinero tenía sus ventajas.

Jin tenía la ropa pegada al cuerpo, empapada de sudor tras la breve estancia en la húmeda celda llena de hombres. Era la respuesta incontrolable de su cuerpo, si bien se mantuvo sentado sin moverse, controlando el pavor. Sin embargo, Viola no había tenido que soportar la inmundicia de una celda similar, ni los peligros reales que acechaban a una mujer en semejante sitio. Los habitantes habituales de las prisiones desconocían lo que era la vergüenza, el pudor o la lástima. Se habrían merendado a alguien como Viola Carlyle. A menos, por supuesto, que los hubiera engatusado como engatusaba a todo el mundo, salvo quizás al obispo. Con él se había mostrado petulante, algo de lo más inconveniente.

Atravesó el patio y cruzó la puerta exterior mientras llenaba de aire los pulmones para desterrar los últimos vestigios del terror que le agarrotaba las extremidades.

—¿No vas a hablarnos? —masculló Mattie. Matouba y Billy caminaban en silencio detrás de ellos.

El muchacho era astuto, pero el color de la piel de Matouba no les había gustado mucho a algunos de sus compañeros de celda. Jin los había dejado a su suerte. Se merecían cualquier incomodidad que hubieran sufrido por haber arrastrado a Viola a ese asunto. Como también se la merecía él. Sin embargo, sería capaz de pasar mil noches encerrado en la cárcel si así se aseguraba el bienestar de Viola.

—Nada de lo que os diga os puede sorprender. —Caminó hasta la calle—. ¿Has conseguido guardar alguna moneda para un carruaje de alquiler o tengo que volver andando a casa?

Mattie agitó la bolsita y las monedas tintinearon. Jin la cogió.

—Ni las gracias vas a darme... —farfulló el timonel.

Jin se detuvo y se volvió para mirarlos.

—Mattie, dame tu cuchillo.

Tres pares de ojos lo miraron abiertos de par en par. Matouba incluso tenía las mejillas cenicientas.

Jin puso los ojos en blanco.

—Lo necesitaré más tarde. Nuestros anfitriones me quitaron el mío, así que estoy desarmado y tú tienes otro en el barco. —Aceptó el arma y la escondió en la caña de la bota—. Si quisiera mataros —añadió mientras se alejaba por la calle—, lo habría hecho hace años.

—Capitán, sentimos mucho que la señorita Viola tirara la lámpara —dijo Billy, que no terminaba de fiarse de su estado de ánimo—. Lo estaba haciendo fenomenal hasta ese momento.

Jin no lo dudaba.

—Aficionados... Debería daros vergüenza.

—No teníamos pensado que ella entrara en la casa. Intentamos retrasar el momento todo lo posible, pero no hubo forma —murmuró Mattie—. Pensábamos que llegarías antes. Como lo has hecho todas las noches durante estos quince días.

—Capitán, usted nunca se retrasa sin un motivo —añadió Billy.

—Ha elegido la mejor noche para perder el tiempo —señaló Matouba con su voz ronca.

Jin se dio media vuelta despacio, conteniendo la risa que pugnaba por salir de su garganta.

—Sois un hatajo de imbéciles.

—Seremos imbéciles, sí —replicó Mattie al tiempo que cruzaba los brazos por delante del pecho—. Pero no estamos ciegos. No tanto como tú, por lo menos.

Jin observó en silencio a los miembros de su tripulación un instante. Después, detuvo un carruaje de alquiler y se marchó a su casa para dormir.

30

Se despertó a media tarde, se lavó para librarse de la sal y del hedor de su estancia en la prisión y envió una nota al otro lado de la ciudad a través de un mensajero.

Esperó.

Tres cuartos de hora después, llegó la respuesta. Pecker le explicaba, empleando el idioma a duras penas, cómo había aprovechado la ausencia del obispo esa mañana (mientras Su Ilustrísima iba a Newgate a fin de entrevistarse con sus prisioneros) para coger el cofre del dormitorio de su señor y esconderlo. Los nervios, sin embargo, lo estaban traicionando, de modo que ansiaba librarse pronto del botín. Jin debía encontrarse con él en un lugar concreto en el puerto de Londres, donde le entregaría el cofre a cambio de oro.

El lugar era el atracadero que Jin tenía alquilado.

Se sacó el cuchillo de Mattie de la caña de la bota y lo dejó sobre la mesa. No quería herir a más personas. No de gravedad. No desde que vio a Viola Carlyle en un salón a oscuras a medianoche, vestida con calzas y camisa de hombre.

Cabalgó hasta el puerto, dejó su caballo en unos establos y se dirigió al muelle. Al mirar su barco sintió complacencia. Pese a la inquietud que embargaba a Viola en los últimos momentos que compartieron en Savege Park, se había asombrado al comprender que debía de estar gastándose una fortuna por mantener el barco en un atracadero de un puerto tan transitado como el de Londres. Poseía un espíritu inquieto, una mente ágil... y una vehemencia que le había robado el corazón y lo había conquistado por completo. Pasara lo que pasase con el cofre, y sin importar el tesoro que descubriera en su interior, o que no descubriera, no la dejaría marchar. Prefería perdonarse todos los días de su vida y pedirle perdón al resto del mundo antes que perderla.

El muelle estaba tranquilo dada la hora. Los estibadores trasladaban la carga a bordo de los barcos que zarparían por la mañana y los marineros realizaban sus tareas en las embarcaciones atracadas. No había ni rastro del lacayo del obispo. Sin embargo, sí que vio a un marinero apoyado en la parte inferior de la pasarela de acceso al barco atracado junto al suyo. Lo poco que se atisbaba de su cara bajo el ala del sombrero se parecía muchísimo a la de Pecker.

—Me pareció que era usted —le dijo a Jin a modo de saludo—. Se lo dije a mi hermano Hole, pero no acabó de creérselo. Se pensó que mi intención era coger el dinero y salir corriendo. —Aunque la brisa del atardecer de septiembre era cálida, una brisa que mecía las jarcias y que hacía ondear las banderas de los mástiles, el tipo llevaba un grueso gabán sospechosamente abultado en un lateral—. Pero yo no le haría eso a un hermano, ¿sabe? Y me picaba la curiosidad.

—¿Se supone que te conozco?

—No, pero yo sí lo conozco a usted, señor Smythe. ¿O debería llamarlo Faraón? —Esbozó una sonrisa satisfecha—. Hace unos años, compró a una muchacha en la subasta de esclavos donde yo trabajaba. Una chiquilla muy guapa. Le encantaba gritar, también. Se lo pasó bien con ella, ¿verdad?

—¿Has traído el cofre?

El marinero se enderezó.

—Bueno, no hace falta que se ponga así de tieso con el viejo Muskrat. No creo que tenga nada de malo hablar un rato tranquilamente antes de zanjar un negocio.

—Tu hermano y yo llegamos a un acuerdo con respecto al dinero. Dame el cofre y te daré el oro.

Muskrat se frotó el barbudo mentón y pareció reflexionar un instante.

—Bueno, es que hay un problema, señor Smythe. Hole no es un genio. Yo me llevé toda la inteligencia de la familia, ¿sabe? —Se dio unos golpecitos con un dedo en el sombrero—. Y resulta que necesito solucionar un asunto que... en fin, señor Smythe, que el viejo Muskrat no tiene estómago para ciertas cosas. —Meneó la cabeza con gesto triste.

—No tengo tiempo para tonterías. ¿Qué quieres?

—Verá, tengo un problemilla que debo solucionar. —Frunció el ceño—. Mandarlo al otro barrio, vamos. —La brisa se hizo más fuerte en ese instante, pegándole el gabán al cuerpo, de modo que el bulto del costado fue más evidente—. Me han dicho que a usted no le tiembla el pulso a la hora de liquidar problemas de ese tipo.

—Ya no me dedico a ese tipo de trabajo. De hecho, he venido desarmado a este encuentro. —Se sintió bastante bien al admitirlo. Aunque fuera una imprudencia, claro. Tal vez el efecto que Viola tenía sobre él fuera mayor de lo que pensaba.

—¡No me diga! —Muskrat se rascó de nuevo el mentón, tras lo cual señaló hacia el extremo inferior de la pasarela de su barco, donde un muchacho estaba sentado con una lámpara en una mano—. Ese es Mickey. Mi hermano pequeño y el de Hole. El caso es que Mickey va a llevarlo al lugar donde sé que mi problemilla está bebiendo ginebra ahora mismo. Y después de que me solucione usted ese problemilla, el viejo Muskrat le dará el cofre aquí mismo. ¿Qué me dice?

—Te digo que no sabes con quién estás hablando.

Muskrat torció el gesto.

—Me dijeron que era un tipo duro.

—Te dijeron la verdad.

—Y también me dijeron que hacía años que no le hacía daño a nadie. Pero se me ocurrió que con un buen incentivo...

—En eso se equivocaban. Aunque ya no me dedique a ese tipo de trabajo, se pueden hacer muchas cosas por simple diversión. —Una simple indirecta no lo condenaría—. Con el incentivo adecuado, claro está. Dame el cofre, Muskrat. Ahora mismo.

—¡Madre mía! —exclamó el marinero—. El poderoso Faraón pidiéndome un favor sin contar con una pistola ni un cuchillo...

—Pero cuento con mis manos. Dame el cofre y tu madre podrá descansar tranquila porque no te pasará nada.

Muskrat lo miró con los ojos entrecerrados. En ese momento, vio algo detrás de él que lo hizo abrir los ojos de par en par. El muchacho bajó de un salto de la pasarela y se acercó a ellos mientras la luz de la lámpara oscilaba sobre las tablas del muelle, con la vista clavada en lo mismo que había visto su hermano.

—Creo que ya estoy en el cielo, porque por ahí viene un ángel —comentó Muskrat, meneando las cejas—. Supongo que es mi día de suerte.

—Siento mucho decepcionarte —dijo la sedosa voz de Viola, que en ese instante se colocó junto a Jin—. ¿Qué me he perdido? —Llevaba un vestido verde claro, un delicado chal y unos guantes. Se había recogido el pelo en un moño oculto bajo un precioso sombrerito. Solo le faltaba la sombrilla y sería la viva estampa de una dama preparada para pasear por el parque.

Era lo más hermoso que Jin había visto en la vida. El corazón le latía más rápido que nunca.

—Señora, no estaba invitada a esta reunión —le dijo él con toda la tranquilidad de la que fue capaz—. Le sugiero que se marche ahora mismo.

—¡Déjate de pamplinas! —Esos ojos violetas se clavaron en Jin antes de mirar al marinero—. Por cierto, el obispo está que trina. Deberías haberlo visto entrar esta mañana en casa, exigiendo justicia. Parece que fue a Newgate y tras descubrir tu ausencia, decidió acusar a Alex de traición a la Iglesia y a la Corona. —Esbozó una sonrisa satisfecha—. Alex fingió no conocer al obispo, cuando en realidad habían hablado apenas unas horas antes... No sabía yo que mi cuñado fuera tan buen actor. Ni que lo fueras tú, por cierto. —Lo miró de reojo—. En cualquier caso, cuando Alex insistió en que me había pasado toda la noche velando a nuestra pobre tía solterona que está en su lecho de muerte, el obispo se puso colorado como un tomate. Se marchó creyendo estar medio loco. Fue muy gracioso.

—No me digas que has venido sola.

—¡No tengo más remedio! Porque he venido sola. No quería involucrar a Billy, ni a Mattie ni a Matouba, no después de lo que pasó anoche. Así que soborné al señor Pecker para que me lo contara todo. Qué buena suerte que tuviera algo interesante que contarme sobre tu encuentro con su hermano Muskrat. Muskrat y Hole, ¿te has dado cuenta? 'Rata' y 'Agujero', su madre debe de ser una persona muy peculiar. Me preocupaba no llegar a tiempo. ¿He llegado a tiempo?

—Viola, vete.

—No. He venido a ayudar.

—¿No puedes quedarte al margen aunque solo sea una vez?

—Pues no. —Se metió una mano en un bolsillo y sacó una daga—. Toma. Billy me dijo que te confiscaron las armas en la cárcel, así que te he traído esto.

Muskrat se apartó el gabán para dejar al descubierto la culata de una pistola que llevaba metida en el pantalón.

—Pues yo he traído mi pistola. ¡Que empiece la fiesta!

Viola puso los brazos en jarras.

—Con pistola o sin ella, dale el cofre o te matará para quitártelo.

—¿Tu palomita hace ahora los trabajos por ti, Faraón? Veo que has pasado página, sí —replicó el marinero, que le guiñó un ojo a Viola.

—Señorita Daly —dijo Jin en voz baja—, ya va siendo hora de que se marche.

—No soy su palomita, aunque tampoco sé qué es eso. Soy la hija de un aristócrata, del barón Carlyle, y te crearé un sinfín de problemas como no le des ese cofre ahora mismo.

Muskrat resopló.

—Sí, claro, y yo soy el príncipe regente.

—Alteza, es un honor conocerlo —replicó Viola con una genuflexión—. Dame el cofre.

El hombre la miró con recelo.

—Si su padre es Carlyle, ¿por qué la ha llamado Daly el Faraón?

—Todo el mundo sabe que el apellido de un aristócrata no tiene por qué ser el mismo que su título, ignorante. Pero en mi caso, resulta que me apellido Carlyle. El señor Seton me ha llamado Daly para proteger mi identidad. Pero como a mí me importa un bledo, pues eso.

—Viola, no estás ayudando —murmuró Jin.

—Por supuesto que sí. ¿No ves que ya sé lo que está pensando?

—Admito que no me había dado cuenta.

—Bueno, pues tu capacidad de observación es más limitada que la mía.

—No en ciertos asuntos.

La mirada de Muskrat volaba de Jin a Viola.

—¿Te refieres a Aidan y a su deseo de crear importantes vínculos sociales? Al final, acabé descubriéndolo.

—Me preguntaba si lo harías.

—No es un mal hombre. No tan malo como tú, desde luego. Y es poco complicado. Al contrario que tú, una vez más.

Muskrat miró a Jin y soltó un resoplido burlón.

—Viola, ¿tenemos que hablar de esto aquí y ahora?

—Tú has sacado el tema de conversación.

—En eso lleva razón, Faraón.

Viola se encogió de hombros.

—A veces es un poco obtuso, la verdad —replicó ella.

Jin se volvió con los ojos en blanco y tomó una bocanada de aire, a todas luces frustrado. Con tal rapidez que Viola ni siquiera se percató de sus intenciones, se volvió y le asestó un puñetazo a Muskrat. El hombre cayó redondo al suelo. Sin darle tiempo para reaccionar, Jin lo agarró por la corbata y le apretó el cuello. Muskrat empezó a forcejear mientras trataba de respirar, y el cofre se le cayó de debajo del gabán. Viola se apresuró a cogerlo, pero los aspavientos del marinero le dificultaron la tarea. De repente, apareció un muchacho que cogió el cofre y salió corriendo.

—¡Jin, el cofre! ¡Lo ha cogido ese muchacho!

El chico había echado a correr, y apenas si podía llevar a la vez el cofre y la lámpara. Mientras corría por el muelle, miró por encima del hombro y se tropezó con la pasarela del barco junto al cual pasaba en ese momento. El cofre y la lámpara salieron volando. El primero cayó al Támesis y la segunda, a la cubierta de la embarcación más cercana, donde se rompió. El fuego se extendió por la cubierta, allí donde se había derramado el aceite.

Viola se llevó las manos a la boca.

—¡Madre del amor hermoso! ¡Jin! ¿Ese es tu barco?

Muskrat tenía los ojos abiertos de par en par.

—Smythe, puedes quedarte con el cofre. —Y con esas palabras salió corriendo. El muchacho lo siguió, sorteando a los hombres que corrían por el muelle para sofocar el fuego.

Viola corrió también, pero cuando llegó a la pasarela, las llamas habían sido extinguidas y solo quedaban las volutas de humo negro. En ese momento, desembarcaron los estibadores y marineros que lo habían sofocado, con cubos de agua vacíos y trozos de lona chamuscada. Algunos miraron a Jin y lo saludaron con respeto llevándose la mano a la gorra antes de alejarse.

Viola volvió a su lado boquiabierta, una expresión muy poco elegante para una dama.

—Me alegro de no tener ni idea de quién eras en realidad el día que te presentaste en el muelle de Boston exigiéndome que te diera trabajo. En aquel entonces, me sentí increíblemente satisfecha conmigo misma por haber llamado la atención del famoso Faraón. De haber sabido la verdad, me habría aterrado la simple idea de hablar con un personaje tan importante.

—En ese caso, me alegro de que desconocieras la verdad.

Viola reunió por fin el valor necesario para mirarlo a la cara. Esos ojos cristalinos resplandecían a la luz del atardecer.

Se llevó de nuevo las manos a la boca y exclamó:

—¡El cofre! ¡Jin, cuánto lo siento! —Gimió—. Ha desaparecido.

—No lo quiero. Ya no lo necesito.

Ella lo miró con los ojos desorbitados.

—¿Ah, no? Pero pensaba que...

Jin negó con la cabeza.

Viola puso los brazos en jarras.

—¿Qué necesitas entonces?

—A ti. —Su mirada la abrasó—. Te necesito a ti. Viola, te necesito.

—Te estás repitiendo. Porque estás tratando de convencerte, ¿verdad?

—Eres una mujer insoportable. Insistes en discutir conmigo hasta cuando te declaro mi amor.

—Bueno, si hubieras mencionado la palabra «amor» en primer lugar, no creo que...

Interrumpió sus palabras con el beso más dulce que le habían dado jamás a una mujer, al menos en opinión de Viola. Ambos acabaron sin aliento.

De repente, Jin puso fin al beso y la apartó, aferrándola por los brazos. Unos modales terribles, como siempre, pero a ella le daba igual. Además, tenía un nudo en la garganta que de todas formas le impedía discutir.

—Te quiero, Viola. Te deseo. Quiero estar contigo para siempre —le confesó con voz trémula. Maravillosamente trémula—. Di que tú también me quieres.

—No me des órdenes —consiguió decir a duras penas.

—No es una orden. Es una súplica.

Viola tragó saliva. Dos veces. Por primera vez en quince años, desde que la amordazó un grupo de marineros desarrapados, fue incapaz de hablar.

Jin examinó su cara con una expresión tierna y ansiosa a la vez.

—Viola, me estoy muriendo aquí delante de ti. ¡Me estás matando! —exclamó con voz tensa—. Di algo.

Ella asintió con la cabeza.

—¿Qué significa eso?

Ella repitió el gesto con más rapidez. El nudo que sentía en la garganta era de alegría.

Los ojos de Jin parecieron refulgir.

—Me quieres.

Viola se sentía un tanto mareada de tanto asentir con la cabeza.

—¿Por qué no hablas? ¿Por qué...?

Ella se llevó una mano al cuello.

—No... puedo —logró decir—. ¡Uf!

Jin parecía atónito. Acto seguido, le apartó la mano del cuello y le dio un beso sobre la tráquea.

—Necesito volver a escuchar la maravillosa voz de esta bruja —murmuró al tiempo que dejaba una lluvia de besos en su cuello. Le enterró los dedos en el pelo y le echó la cabeza hacia atrás—. Habla. Quiero oír las palabras. Necesito oírlas.

—Por supuesto que te quiero —susurró ella con un hilo de voz. Sin embargo, a él pareció bastarle. La abrazó y la estrechó con fuerza. Viola enterró la cara en su cuello y cerró los ojos—. En Savege Park me dijiste que tus sentimientos no habían cambiado —le recordó, con un hipido de alegría.

—No lo habían hecho. —La besó en la frente—. No lo han hecho.

—Pero...

La silenció de nuevo con sus labios. La silenció de forma maravillosa. Perfecta. Era lo más cerca del paraíso que Viola había soñado estar jamás. Porque por fin era suya.

De repente, asimiló la importancia de sus palabras y lo apartó de un empujón.

—¿Ya me querías entonces? ¿Al final de los quince días?

Él la mantuvo sujeta por las muñecas. Tenía los ojos brillantes, pero se mantuvo en silencio.

—Me hiciste creer... —Jadeó—. ¿Quieres decir que yo gané la apuesta?

—Sí.

—¿Me mentiste para saldar tu deuda?

—Lo hice. Y también lo hice porque creí que debías volver al lugar al que perteneces.

Lo entendía. Pero no del todo.

—¡Estuviste a punto de romperme el corazón!

Él frunció el ceño.

—Viola, en aquel entonces estabas enamorada de otro.

—Yo... —Apretó los labios. Bastante arrogante era ya como para decirle ciertas cosas que era mejor guardarse. O tal vez no lo fuera—. Tal vez ya no lo estuviera por aquel entonces.

Jin abrió los ojos, sorprendido, y esbozó una sonrisa satisfecha y posesiva.

—Prometo compensarte —dijo.

—¿Compensarme? —Puso los brazos en jarras—. Careces por completo de honor.

—Jamás he dicho lo contrario. —La abrazó por la cintura y tiró de ella para pegarla a su cuerpo, a fin de besarla en el cuello—. Viola, no soy un caballero. Jamás lo seré.

—No, ya lo veo.

Le dio un ardiente beso justo detrás del lóbulo de una oreja.

—Cásate conmigo de todas formas.

—Lo pensaré —replicó ella con voz trémula.

Jin deslizó las manos hacia su trasero al tiempo que pegaba una mejilla a la suya.

—Te quiero, preciosa. Más de lo que te imaginas.

—Ya lo he pensado. Sí.

Él se echó a reír y la besó en los labios. No obstante, Viola se apartó. Como Jin parecía aturdido, estuvo a punto de pegarse de nuevo a él. En cambio, se quitó los alfileres que le sujetaban el sombrero y se despojó de este, del chal y de los guantes. Acto seguido, se descalzó.

—Sujeta esto —le dijo a Jin. El corazón le latía con mucha rapidez.

—¿Para qué?

Ella le dio un beso en la mejilla, se volvió y tras una breve carrera se lanzó de cabeza al río.

El agua estaba un poco más fría y más oscura de lo que le gustaría. El sol del atardecer se filtraba por la superficie e iluminaba los despojos que flotaban y en los que no quería ni pensar. De todas formas, tampoco tenía tiempo para hacerlo. Bucear con las faldas resultaba un tanto difícil y el fondo era bastante más profundo de lo que pensaba. Además, había mucho cieno, lo que ralentizaba su tarea. De modo que tardó más de la cuenta en localizar el cofre.

Salió a la superficie jadeando en busca de aire. Jin la esperaba para sostenerla, y en cuanto la tuvo entre sus brazos dejó una lluvia de besos en su cara pese a lo sucia que la tenía, tras lo cual se la entregó a un par de estibadores que aguardaban en el muelle. No soltó el cofre en ningún momento, hasta que Jin salió del agua y volvió a abrazarla.

Él le apartó el pelo de la cara y la besó en la nariz.

—Estás loca.

—No. Estoy muy enamorada de ti y quiero que seas feliz.

Sus ojos azules resplandecieron.

—No necesito ese cofre para ser feliz. Ya no.

—Sí. Pero ¿no te alegra tenerlo de todas formas? —Sonrió, dejando a la vista sus hoyuelos—. Por cierto, Jin, ¿qué hay dentro?

31

A la atención de Lady Justice
Brittle & Sons, editores
Londres

Queridísima señora mía:
Le escribo para comunicarle unas pésimas noticias: el Águila Pescadora ha abandonado el Club. De modo que nuestro número se ha visto dramáticamente reducido. Ahora somos un patético grupo... de tres. Si fuera tan amable de abandonar su campaña contra nuestro grupito de compañeros, la tendría para siempre en la lista de mis adversarios más dignos y jamás cesaría de ensalzarla.
Si lo hace, no obstante, confieso que sentiré su pérdida.

Atentamente,

PEREGRINO,
Secretario del Club Falcon

Para Peregrino:
Sus halagos no me afectan. No cejaré jamás en mi empeño. Ya sean tres, dos o solo uno, los encontraré y los expon-

dré al escrutinio público. Ándese con ojo, señor secretario. El día de su juicio se acerca.

LADY JUSTICE

P. D.: Gracias por los arenques ahumados. Debería haber empezado con ellos. Me encantan los arenques ahumados. ¡Cretino!

Epílogo

El cofrecillo de oro y marfil yacía sobre la mesa de madera, con la tapa rota y vacío. Las manos que sujetaban las cartas que salieron de dicho cofrecillo eran muy blancas y temblaban, con la piel casi translúcida bajo el encaje de los puños.

—Se casaron en secreto. —La voz de la anciana era muy frágil, ya que apenas la usaba—. El vicario anglicano no aprobaba la unión, pero vio un amor de juventud y era una buena persona. —Frunció el ceño con delicadeza—. Pero ella no era tan valiente como le habría gustado. Días más tarde, cuando su padre se la llevó para casarla con el hombre que él le había escogido, uno muy poderoso en ese mundo de sultanes y señores de la guerra, ella no se negó. Se imaginó su castigo, y también el peligro que corría mi hermano en su país, y temió por su vida más de lo que temía la desaprobación de Dios.

Viola se inclinó hacia ella, boquiabierta.

—¿Se casó por segunda vez?

La anciana asintió con la cabeza.

—No lo hicieron por la Iglesia, así que ella no se creyó unida en santo matrimonio a su nuevo marido. Mi hermano le escribió estas cartas meses después de partir de Alejandría. Al principio, desde Grecia. Después, desde Prusia. Y, por último, desde aquí. —Pasó un dedo por las hojas con una expresión dulce en sus pálidos ojos azules—. No quería abandonar Egipto, pero ella

391

insistió. Le dijo que había perdido el niño, que ya no podía seguir viéndolo, que su marido los descubriría y los mataría a los dos. —Miró a Jin—. Pero mintió. No perdió el niño.

Jin inspiró hondo. Frente a él, en un saloncito decorado con sencillez y elegancia, su tía lo miraba con una sonrisa amable y arrugada.

—Solo quería proteger a tu padre. Mi hermano era muy joven, con toda la vida por delante. Le dijo que volviera a Inglaterra, que la olvidara, que creyera que estaba muerta, que se casara y formara una familia.

—Pero nunca lo hizo, ¿verdad? —preguntó Viola, emocionada—. Nunca se volvió a casar.

—Así es. Era el quinto hijo. De un baronet, cierto. Pero nuestros hermanos ya tenían muchos niños y nuestros padres nunca insistieron. Yo me casé muy joven, por supuesto, y enviudé unos años más tarde, sin hijos. Así que cuando mi hermano me lo pidió, estuve encantada de mudarme con él y de ejercer de anfitriona cuando la situación lo requería. Llevamos una vida muy tranquila, y él nunca dejó de escribirle, enviando las cartas al sacerdote con la esperanza de que ella las recibiera. —Apretó los dedos en torno a las cartas que el padre de Jin había escrito, ocultas en el cofre durante veinte años—. Y después, por fin, ella le escribió.

Jin entreabrió los labios.

Viola se echó hacia delante.

—¿En serio? ¿Cuándo?

—Cuando su marido me vendió. —Jin habló con seguridad, mirando a su tía—. Fue en ese momento, ¿verdad?

La anciana asintió con la cabeza.

—Le habló a mi hermano de ti, le contó la verdad que le ocultó años atrás, suplicándole que te encontrara, ya que ella no podía hacerlo por sí misma. Su vida era mucho más restringida de lo que imaginó incluso durante los primeros meses. Era una prisionera en casa de su marido. Se arriesgó muchísimo al enviar esa única carta.

El silencio se apoderó de la estancia un momento, y el único movimiento era el de las motas de polvo que flotaban en el aire, doradas por la luz que se colaba por los ventanales.

—¿Hizo lo que le pidió? —preguntó Jin a la postre, con una voz más ronca de lo habitual.

—Sí. —La anciana frunció el ceño—. Por fin les contó a nuestros hermanos la verdad y después partió en tu busca, decidido a encontrar a su hijo. Me escribió durante un tiempo, contándome sus pesquisas, siempre esperanzado. Pero después, se interrumpió la comunicación. Meses más tarde, nos enteramos de que el navío en el que había embarcado había desaparecido, que se daba por hundido. Nunca regresó a casa.

La anciana volvió a alzar la vista, soltó las cartas y extendió el brazo para coger la mano de Jin, agarrándolo con sus frágiles dedos. Los de Jin eran fuertes y curtidos por la vida en el mar. Esas manos hermosas y seguras que Viola adoraba.

—Pero ahora estás aquí. —Su tía esbozó una sonrisa al tiempo que se le llenaban los ojos de lágrimas—. Bienvenido a casa, Jinan.

Jin cerró la puerta del carruaje y se sentó junto a Viola, buscando su mano y entrelazando sus dedos mientras el vehículo se ponía en marcha, alejándose de la casa. No miró por la ventanilla. Tenía la vista clavada al frente, perdida en la distancia que ella había aprendido a conocer. Sin embargo, esa distancia no significaba lo que ella creía en otra época. Por fin sabía que era esperanza, oculta bajo una fingida seguridad.

Viola le colocó una mano en la cara, que él procedió a llevarse a los labios.

—No es como me la esperaba —dijo ella, con una sonrisilla.

Jin bajó la mano, pero no se la soltó. Apenas la soltaba esos días, de la misma manera que ella apenas lo soltaba, salvo cuando era estrictamente necesario. Supuso que estaban recuperando el tiempo perdido, todos los días y todas las horas que habían pasado juntos sin tocarse aunque se morían por hacerlo. O tal vez les gustaba hacerlo sin más.

—¿Cuánto tiempo quieres quedarte? —preguntó él mientras le acariciaba la palma con suavidad, provocándole un escalofrío por todo el cuerpo pese a los guantes.

Porque eran unos guantes muy finos, los mejores, comprados por su riquísimo marido. Demasiado rico, en realidad. Tendría que buscar una obra de caridad en la que derrochar parte de su dinero. Si algún día Jin sentía la necesidad de echarse de nuevo a la mar, sería mejor que no dispusiera del suficiente dinero para comprarse un barco. Porque sabía muy bien que jamás querría navegar de nuevo bajo las órdenes de otro capitán.

Claro que si tenía que volver al mar por algún motivo, ella lo acompañaría.

—Podemos quedarnos todo el tiempo que quieras, por supuesto. La invitación de tu tía también era para Navidad. Una visita bastante prolongada, seguramente para que puedas conocer a tus tíos, tus tías y tus primos. —Sonrió—. Es una mujer muy dulce, y parecía lamentar que te marcharas aunque solo fuera esta tarde. —Se alisó las faldas—. Por cierto, ¿por qué nos hemos ido?

—Para poder hacer esto. —Se la colocó en el regazo.

—¡Ah! Me estás arrugando el vestido. Y hoy he intentado por todos los medios ir hecha un pincel. Quería causarle una buena impresión.

Jin le pasó los dedos por el pelo, quitándole el bonete.

—La has impresionado. —Le acarició la mejilla con la nariz—. Y lo más importante es que a mí me estás causando una buena impresión, mujer. Una impresión excelente.

—Y otra vez con eso de «mujer», como si no tuviera nombre. —Ladeó la cabeza para permitir que Jin le besara el cuello, cosa que él accedió a hacer de buena gana—. Me pregunto por qué te costó tanto trabajo hacerte con lo de «capitana».

—No me costó hacerme con mi capitana en absoluto. —Le metió la mano bajo la capa—. Ni a ella hacerse conmigo. Fue muy sencillo.

Viola suspiró.

—¿Tiene límites tu arrogancia?

Jin la acarició por debajo del corpiño.

—Viola, voy a hacerte el amor ahora mismo.

El deseo se apoderó de ella, así como el anhelo que solo él podía saciar.

—¿Cómo...? ¿En el carruaje?

—Sí, en el carruaje. —Ya le estaba levantando las faldas.

—¿No puedes esperar?

—No puedo esperar. —Tiró de la tela, enrollándosela en torno a las caderas.

Ella lo ayudó con la respiración entrecortada.

—¿Me deseas ahora?

—Te deseaba hace cinco minutos, pero ahora también me viene bien.

—Esto es muy inapropiado.

—¿Y cómo lo sabes?

—Clases. Interminables clases. —Se dispuso a desabrocharle la bragueta con movimientos impacientes—. Y libros de protocolo en los que se especifica que una dama nunca debe permitir que su marido le haga el amor en un carruaje para celebrar que acaba de reunirse con su familia.

Sus manos la cogieron por las caderas y ella lo abrazó por el cuello mientras el movimiento del carruaje la mecía sobre él.

—Esos libros se equivocan. —La besó en los labios—. Porque eres una dama, Viola Seton. —Volvió a besarla, y cuando esa boca perfecta se apoderó de la suya con ansia y ternura a un mismo tiempo, el amor desbordó el corazón de Viola—. Mía —susurró, con ojos brillantes—. Y también mi dueña.

A continuación, la obligó a demostrárselo.

Nota de la autora

Gracias a la ardua y prolongada labor de los abolicionistas y de un grupo de denodados parlamentarios, Inglaterra prohibió el tráfico de esclavos desde África en 1807. Pero no fue hasta 1833 cuando el Parlamento aprobó una ley que prohibió la esclavitud en todas sus formas. Sin embargo, Gran Bretaña fue una adelantada a su tiempo, ya que muchos barcos negreros seguían operando capitaneados por súbditos y ciudadanos de otros países, que seguían vendiendo esclavos por las Américas a cambio de oro.

A finales del siglo XVIII, un niño de piel clara como Jin habría sido una rareza en los mercados de esclavos orientales, y su presencia solo habría sido aceptada si sus captores y posteriores dueños lo consideraban un mulato. Por ese motivo, Frakes, el abusivo negrero de mi historia, mintió sobre el origen de Jin a las autoridades del mercado de esclavos de Barbados, aduciendo que Jin era hijo de una esclava africana y su amo blanco, procedente de otra isla caribeña. Semejantes mentiras eran habituales en los mercados de esclavos, de modo que personas de diferentes regiones eran vendidas o sometidas de por vida siempre que el precio conviniera.

Una vez más, Stephanie W. McCullough ha compartido conmigo su amplio conocimiento náutico y ha leído el manuscrito para comprobar su autenticidad. De la misma manera, los agudos comentarios de Marquita Valentine sobre lo que debía ser un verdadero héroe me han ayudado a que Jin sea el mejor hombre posible. Estas dos maravillosas mujeres se han ganado mi más profunda gratitud.